KB213824

구보가 아직 박태원일 때

박태원 수필집

구보가 아즉 박태원일 때

구보가 아즉 박태원일 때

차   례

나의 생활보고서 – 소설가 구보씨의 일일

어린것들 / 11

에고이스트[愛己而修道] / 20

영일만담永日漫談 / 30

화단의 가을 / 40

모화관잡필–두께비집/고등어/죄인과 상여/모화관–용두리/불운한 할멈 / 50

옆집 중학생 / 61

우산 / 64

바둑이 / 68

잡설–⑴ / 72

잡설–⑵ / 75

결혼 5년의 감상 / 77

여백을 위한 잡담 / 83

나의 생활보고서–소설가 구보씨의 일일 / 87

영춘수감永春隨感 / 90

원단일기 / 91

6월의 우울 / 92

계절의 청유 / 94

기호품 일람표 / 96

병상잡설病床雜說 / 100

편신片信 / 112

꿈 못꾼 이야기 / 114

신변잡기 / 117

성문聲聞의 매혹 / 120

축견畜犬 무용無用의 변辯 / 125

무한한 정취의 동굴 / 127

항간잡필 / 129

이상적 산보법

이상적 산보법 / 133

초하풍경初夏風景 / 138

나팔 / 141

차車중의 우울 / 145

만원전차 / 147

해서기유

등산가 필독 / 153

영일만어永日漫語 / 156

바닷가의 노래 / 168

해서기유海西記遊 / 173

농촌 현지보고 / 188

이상, 유정 애사

김동인씨에게 / 197

유정裕貞과 나 / 200

고故 유정裕貞 군과 엽서 / 202

이상李箱의 편모片貌 / 205
이상李箱 애사哀詞 / 213
김기림 형에게 / 216

구보가 아즉 박태원일 때

입학 / 219
구보仇甫가 아즉 박태원泊太苑일 때-문학소년의 일기 / 221
순정을 짓밟은 춘자 / 225
춘향전 탐독은 이미 취학 이전 / 231

내 예술에 대한 항변

내 예술에 대한 항변-작품과 비평가의 책임 / 237
궁항매문기窮巷賣文記 / 244
표현 · 묘사 · 기교-창작여록 / 250
옹노만어擁爐漫語 / 277
일 작가의 진정서 / 288
백일만필百日漫筆 / 291

창작으로 본 조선문단

시문잡감詩文雜感 / 301
어느 문학소녀에게 / 304
『묵상록』을 읽고 / 306
초하창작평初夏創作評 / 317
현대 소비에트 프로레 문학의 최고봉 / 335
프롤레타리아 문학의 최초의 연燕 / 338

글라드꼬프 작作 소설 『세멘트』 / 341

편자의 고심과 간행자의 의기 / 344

문예시평—소설을 위하야/평론가에게/9월창작평 / 348

3월 창작평 / 368

이태준 단편집 『달밤』을 읽고 / 383

주로 창작에서 본 1934년의 조선 문단 / 386

문예시감 / 396

춘원 선생의 근저 『애욕의 피안』 / 418

우리는 한갓 부끄럽다—「남생이」 독후감 / 421

이광수 단편선 / 424

조선문학건설회 / 427

조선문학건설회나 조선작가옹호회를 / 430

설문 · 탐방 · 기타

내 자란 서울서 문장도文章道를 닦다가 / 435

문인 멘탈 테스트—설문 / 437

허영심 많은 것 / 439

네 자신을 먼저 알라 / 441

조선 여성의 장점, 조선 여성의 단점—설문 / 451

해설 / 연보

한 문학주의자의 운명|류보선 / 455

구보 박태원 연보 / 491

나의 생활보고서

- 소설가 구보씨의 일일

■ 일러두기

1. 이 책은 『박태원전집』의 일환으로 박태원의 문학 중 또 하나의 핵심적인 영역인 수필을 총망라하려는 의도로 기획, 편집되었다.
2. 이 책은 당시 표기를 그대로 살리는 쪽으로 표기에 대한 대원칙을 세웠다. 그것은 박태원 특유의 입말(경기도 사투리, 모음부조화 등)이나 속어 등을 그대로 두는 것이 작가와 작품의 의도를 해치지 않는 방법이며, 그리하여 박태원 수필을 제대로 맛볼 수 있는 길이라고 판단한 때문이다.

   단, 표기만 다를 뿐 현대 발음과 같게 나는 단어(특히 현대로 오면서 연음화된 표기들; ~면은→며는, 밋버운→미쁘운 등)는 현대 표기로 바꿨다.

   같은 단어인데 두 가지로 표기된 것도 두 경우 다 그대로 살렸다.(예: 두꺼비집, 두께비집, 두꼅이집)

   외래어 표기도 당시 표기를 그대로 살렸다. 일본 인명이나 지명 또한 당시에 읽던 대로 한문 발음으로 표기했고 ( )에 일본 발음을 넣었다. 단, 원문에 일본식 독음으로 표기되었을 경우에는 그에 따랐다.
3. 띄어쓰기는 현대 맞춤법에 따랐으며, 기호들도 현대 표기로 바꿨다. 대화는 " "로, 강조나 독백 및 생각은 ' '로, 책, 신문, 잡지명은 『 』로, 작품은 「 」로 표시하였다. 그리고 당시 원본에서 교정 실수나 오식으로 빠졌다고 생각되는 쉼표, 마침표 등은 꼭 필요한 경우만 넣었다.
4. 원문 판독이 불가능한 경우 문장·구절은 '……(판독 불능)……'으로, 낱말·글자는 ○로 표시하였다. 원본에 ×, ○로 표시된 것도 그대로 두었다.
5. 교정에 도움을 준 강명효, 황태묵, 이재용, 곽상인, 권정석 님에게 고마움을 표한다.

   다만 아쉬운 것은, 북한에서 쓴 제 수필들이 함께 실리지 못했다. 분량이 넘치는 탓도 컸다. 다음에 한 권으로 엮기로 하겠다.

어린것들

1

아빠가 와이샤쓰를 입고 넥타이를 매려 들 양이면 설영이가 재빠르게 그것을 보고,

"아빠아, 어디 가우."

한다. 그럼 소영이가 저도 덩달아

"아빠아, 어디 가우."

그런다. 아빠가 가는 곳을 밝히지 않고, 그냥

"어디 간다."

하고만 말할 양이면,

"어디? 인쇄쇼?"

하고 설영이는 고개도 아프지 않은지 턱을 잔뜩 치켜들고 아빠의 얼굴만 치어다본다. '인쇄쇼'란 물론 인쇄소다.

작년 겨울에 아빠는 『천변풍경川邊風景』 교정을 보기 위하여 한 달포나 실하게 대동인쇄소를 드나들었다. 그래, 설영이는 요사이도 때때로 그렇게 묻는다.

"아아니."

"그럼, 어디? 신문샤?"

설영이의 사 行 발음에는 특징이 있다. 그는 왕왕히 '사'를 '샤', '서'를 '셔', '소'를 '쇼', '수'를 '슈' …… 이렇게 발음하였다.

"아아니."

"그럼?"

"볼일."

"볼일?"

설영이는 제법 '볼일'하고 발음을 하여도, 그보다 일년 육 개월 어린 소영이는 '보일'이라고밖에는 안 된다.

아빠가 구두를 신고 섬돌을 내려설 때 설영이와 소영이는 다투어 소리친다.

"볼일(소영이는 보일) 보구 맛난 거 사와."

"그래."

하고 한마디하면 아이들은 지극히 만족한다. 그러면 아빠 편에서도 주문이 있다.

"설영아. 소영이 잘 데리구 놀아야 헌다."

"소영아. 언니허구 쌈허면 안 돼."

아이들은 크게 고개를 끄떡이고 대답한다.

"응."

"응."

엄마가 혹 나무랄 때가 있다.

"아빠보구 응이 뭐냐? 네ー 그래야지."

그럼 아이들은 곧 말을 고친다.

"네에."

"네에."

이에 아빠는 대문을 나서며 지극히 만족한다.

설영이나 소영이나 너무 늦도록까지는 깨어 있지 않다. 아이들을 기쁘게 하여 주기 위하여서 아빠는 될 수 있는 대로 일찌거니 집으로 돌아갈 필요가 있다.

자리에 들기 전 삼십 분이 어쩌면 아이들에게는 가장 즐거운 시간일지도 모른다. 어른들은 호옥 "요망이 났다"고 그러한 문구를 사용하여도 아이들은 참말 즐거우니 어쩌는 수 없는 노릇이다. 재껄대고 웃는 소리가 대문 밖까지 소란하다. 아이들은 거의 저희들 놀음에 정신을 못차린다. 만 삼년 십 개월의 설영이와 만 이년 사 개월의 소영이는 서로 좋은 동무다.

2

아빠가 대문을 삐걱 하고 열어도 아이들은 저희 작난에만 팔린다. 그래도 구둣소리를 듣고는 그들은 곧 미닫이 앞으로 달려든다.

"아빠다. 아빠야."

"아빠아. 아빠아."

그들은 참말 아빠하고 얼마나 오랫동안 서로 못 본 채 떨어져 있었나? —하고, 그러한 것에 생각이 미쳤는지도 모른다.

"아빠아. 맛난 거 사 왔수?"

아이들은 아빠 외투 주머니 속에 과일 봉지를 용하게 찾아낸다.

"맛난 거. 맛난 거."

하고, 소영이가 감격한 나머지에 고 작은 손뼉조차 짤깍짤깍 치면, 설영이는 저도 좋아서 뛰면서, 그래도 한마디한다.

"이게 어디 맛난 거야? 사과지, 사과."

소영이는 밥을 빼놓고는 모두 '맛난 것'이지만, 설영이는 좀 다른 모양이다.

'사과', '감', '배', 이러한 이름을 잘 아는 과일과 '빵', '비스켓또', '구리꼬'*, '담배과자', 이러한 이름을 잘 아는 과자 등속은 '맛난 것'이 아니라 다 각기 '사과'요 '빵'이요 '배'요 또 '구리꼬'다.

그러나 아침에 아빠보고, 사 오라는 '맛난 것'이 반드시 이 이름들을 잘 아는 것 이외에 것을 의미하는 것도 아닌 모양이다.

그럼?—

알았다. '사과'도 '빵'도 다 '맛난 것'이지만 설영이는 저의 동생 앞에서 저의 박식을 나타내고 싶었을 뿐이다.

그러나 아빠가 '신문샤'나 '인쇄쇼'에 가는 것은 설영이에게 있어 '볼일'이라는 것과 판연히 구별되는 것이다.

아침에 아빠가 되는 대로 '신문사' 간다고 말한 것을 어느 때는 설영이가 곧잘 기억하고 있다가 저녁에 돌아온 아빠보고,

"어디 갔다오?"

하고 물어, 아빠가

"볼일."

하고 그렇게 대답이라도 하고 볼 말이면 설영이는 조금도 용서하지 않는다.

"뭘, 볼일? 아깐 신문샤 간다구 그러구 ……"

그러면 소영이도 덩달아,

"뭘, 보일. 뭘 보일 ……"

소영이는 무엇이든 설영이를 따라 하려고 바쁘다. 제가 설영이를 따

---

*구리꼬 : 과자의 일종.

라 하려고 할 뿐 아니라, 어른에게도, 설영이에게 하듯, 제게도 하여 주기를 요구하여 마지않는다.

그 점에 있어, 소영이는 자못 철저하다. 설영이가 배가 아프다면 저도 배가 아프다고 그러고, 설영이가 이가 아프다면, 저도 이가 아프다고 그런다. 아이들은 어쩌면 이가 아프고, 배가 아픈 것도 부럽도록 그렇게 행복될까?

그러나 소영이의 배탈은 영신환이 필요치 않고, 소영이의 치통은 치과의에게 보이지 않아도 좋다.

"병원에 가까?"

그러면, 소영이는,

"아니야. 싫어. 안 아퍼. 거짓뿌렁."

그러고,

"배 아프다니 그럼 이거 먹지 마라."

그러면,

"안 아퍼. 다 났어. 다 났어."

불쑥 내민 저의 배를 손꾸락질한다.

그러나 설영이는 정말 이를 앓는다. 조그만 잇솔을 사다 주고, 세수할 때 반드시 이를 닦으라고 일러준 것은 이미 8, 9개월이나 전의 일이지만 설영이는

'우리들의 생활은 좀더 간이화할 필요가 있다!'

그러한 것을 느꼈던 것인지도 모른다. 처음 며칠 동안은 어른들이,

"설영이는 참 용해."

"참 이뻐."

그렇게 칭찬하는 바람에 바로 약을 칠해 가지고 닦는 시늉을 하여 보았다. 그러나 며칠 못 가서 그는 이루 그 번거로움에 견디어 나지 못한다.

뿐만 아니라 '이 닦는 약'이란 결코 '사탕'이나 그런 것처럼 달지 않다.

3
"아빠, 일 전만 ……"
"엄마, 일 전만 ……"
"할머니, 일 전만 ……"
어른이면 누구에게든지 '일 전만' 달래서 그는 쪼르르 골목 밖 가게로
나간다. 일 전이면 똥그란 사탕이 두 개다. 물론 군것질은 설영이만 하
는 것이 아니다. 소영이도 똑같이 돈을 달래서 똑같이 사탕을 사먹었다.
그러면서도 소영이의 이마저 벌레가 파먹지 않은 것은 얼마쯤 다행일지
모른다.
"아아."
벌리라 하고 들여다본 설영이의 어금니가 벌레에 시꺼멓게 파먹혔다.
손을 대면 아프다고 호소다.
병원에 갈밖에 없는 노릇이나, 설영이는 무르팍의 종기를 째 본 이후
로 결코 병원에는 가지 않으리라고, 마음에 작정이 굳은 모양이다.
"동물원에 데리구 가께."
"화신상회 데리구 가께."
"맛난 거 사 주께."
"가방두 사 주께."
갖은 말로 달래어 가까스로 병원 문턱을 들어서기까지는 하였으나 정
작 진찰실 의자 위에는 결코 올라 앉으려 안 하였다.
"글쎄 왜 그러니? 의사 아저씨가 아프지 않게 고쳐주실 텐데 ……"
"눈 깜짝 허구 얼른 나야지 맛난 것두 많이 먹지? ……"
"나중에, 너, 이 빼 버리게 되면 어떡헐런? ……"

어찌하여 이처럼 일러도 모를까?—한편으로는, 딱하게 어이없어도 하고, 또 한편으로는, 이처럼 어마어마하여서야 어른도 겁을 집어먹겠다고 새삼스러이 진찰실 안의 불안스러운 기계 설비를 둘러보기도 하다가, 하는 수 없이 그대로 돌아오기를 두 번이나 하였다.

엄마는 아빠를 나무란다.

"좀 울면 어때요? 꼼짝 못하게 간호부하구 꼭 붙들구 치료 좀 못 시켜요?"

그러면 아빠는 설영이의 잇몸이 부은 뺨을 가엾이 바라보며 말소리에 기운이 없다.

"나두 의사한테 그렇게 말을 해봤다우. 허지만, 치통은 그렇겐 못 고친다는군. 약이 독해 놔서 억지루 치료하다 생키기라도 하면 큰일이라……."

어금니로 못 먹으니까, 설영이는 꼭 앞니로만 오물오물 씹어 먹는다.

그렇게 앞니로만 오물오물 씹어 먹자면 과자고 과일이고 소영이가 하나 먹을 사이, 3분의 1이나 그렇게 먹기도 힘들다. 설영이 치통 덕에 '땡' 따는 것은 소영이다.

설영이는 먹지는 못하나마 그래도 소영이의 자못 양양자득揚揚自得하여 하는 꼴이 마음에 좋을 리는 없다.

"이건 내거야. 네건, 늬가 다 먹지 안핫서?"

남은 과자나 과일에 대하여 그는 이렇듯 소유권을 주장하여 본다. 그러나 소영이도 결코 지지 않는다.

"넌 이 아푸지. 이 아푸지."

그리고 엄마한테까지 후원을 청한다.

"쟨, 이 아푸지. 응?"

그럼 엄마는

"쟤가 뭐냐? 언니더러 ……"

하고 슬쩍 그러한 소리를 하여 본다. 그러나 소영이에게 있어 '쟤'든 '언니'든 그러한 호칭에 관한 구별은 문제가 아니다. 그래 그는 곧 말한다.

"언니 이 아푸지. 응? 엄마."

앞니로 오물오물 먹어도 어금니에 끼는 것은 또한 어찌할 수 없다.

"그러기에 병원엘 가야지."

하고 어른들의 입에서 그러한 말이 나올까 겁하여 도무지 아프다는 말을 못하고 식후면 이쑤시개를 들고 벽에 걸린 체경 앞으로 가는 설영이의 모양이 가엾다. 어른들의 눈치를 보아 가며, 설영이는 언제까지든 잇새를 우빈다.

그것은 설영이에게 있어 식후의 우울한 행사이었으나 소영이에게는 본뜨지 않고는 못 배기도록 부러운 일이었을지도 모른다. 그는 저도 이쑤시개를 집어들고 체경 앞으로 분주히 간다. 그리고 '언니'보다도 좀더 오랜 시간을 그렇게 잇새를 우비는 것이 '어린 동생'에게는 소홀히 볼 수 없는 '자랑'일지도 모른다.

4

그러나 이쑤시개로 잇새를 우비는 것은 물론 치통에 대한 치료가 못 된다. 잇몸은 마침내 팅팅히 부어 설영이는 하루 밤낮을 울었다. 그래도 아빠를 닮아 고집이 세니 슬프다. 병원에는 막무가내로 안 간다. 날이 밝자, 그렇게도 부었던 잇몸은 드디어 터지고 그 속에서 피와 고름이 흘러나왔다. 겨우, 아빠가 붕산수로 씻겨내는 것을 허락할 뿐으로, 설영이는 저의 이 아픈 데는 언제든 고개를 모로만 흔든다.

"인젠 안 아파. 아빠아, 인젠 다 났어. 엄마아, 인젠 아프지 않아."

잇몸이 제풀에 아문 뒤에 설영이는 구태여 병원에 안 갔어도 이처럼 나았고, 그 점을 역설하고 싶은 모양이다.

"이리 먹어두 인젠 안 아파."

딴은 가만히 보니까, 왼쪽 어금니로도 바른쪽 어금니로도, 설영이는 곧잘 먹는다. 소영이가 제 몫아치를 다 먹었을 때, 설영이도 제 몫아치를 다 먹을 수가 있었다. 그래 소영이는 좀 나쁘다.

"아빠아. 더 줘어."

소영이는 아빠 무릎을 잡아 흔든다.

"어디 있니? 너이들이 다 먹구 ……"

"아빠아. 더 줘어."

설영이도 아빠 무릎을 잡아 흔든다.

"잘 자리에 너무 먹으면 안 된다. 저어 먹을 것만 달라지 말구, 우리 학교 작난이나 하자."

"응. 그래, 그래."

설영이는 부리나케 책상 밑에서 전에 엄마가 배우던 『여자원예 신교과서』를 찾아내어 책보에다 싼다. 그럼 소영이도 역시 전에 엄마가 배우던 『표준재봉학습서』를 꺼내어 책보에다 싸러 든다. 그러나 설영이처럼 그렇게 쉽지 않다.

『조선일보』1939년 11월 29일~12월 2일

에고이스트[愛己而修道]

1

집에서는 올에 매우 일즉어니 아직 추위가 이르기 전에 김장을 해치 웠다. 대개 날이 차면 일하기가 구찮을 것을 생각하고서다.

그래 가히 큰일을 치르고 났다 할, 안에서들은 매우 마음에 좋아서 아 즉도 김장을 담그지 못한 다른 가정에 비겨

"우린 춥기 전에 참말 일즉어니 잘 해치웠지."

하고 무던이나 다행하게 또 만족하게 생각하는 모양이었다.

김장이 끝난 날 옆집 아낙네가 말(마실)을 왔다가

"댁에선 참 일즉어니 잘 허셋서. 우린 아즉두 김장이 안 들어왔스니 인제 날은 출께구 걱정이예요."

하고 가만히 이맛살을 찌프렸을 때 나의 안해는 가장 인사성 있게

"뭐얼요. 인제부터 허세두 너억넉허실걸. 어듸 요새 같애선 날새가 그렇게 쉽게 춥겠세요?"

그러한 말로 제법 그에게 위안을 주었다.

허지만 이것은 물론 '인삿말'이라 하는 것이다. 그는 사실 내심으로는

어서 하로바삐(라도 내일부터라도) 날이 부쩍 치워지기를 바라서 마지않는 듯싶었다. 이미 담궈 놓은 김치 깍두기를 위하여서도 그 편이 이로울 것은 물론이지만 모처럼 서둘러서 그렇게 남보다 일즉어니 해치운 터이니 이제 남들이 치운데 제법 고생하는 꼴을 보아야만 좀더 마음에 만족과 자랑이 클 것이 아니겠느냐?

그러나 나는 우리 집 사람과 반드시 그 이해가 일치하는 것은 아니다. 언제든 그렇지만 무어 김장을 담근대야 내가 바로 팔을 걷고 나서서 무 한 개 배추 한 통 만져 본 것이 아니니 남이 추위에 고생을 하거나 말거나 내가 느낄 별난 쾌감이라든 그러한 것이 있을 턱이 없다. 그야 그대로 치웁지 않은 날이 계속하여 우리의 김치 맛이 좋지 않든지 그러할 것은 저윽이 마음에 염려도 된다. 허지만 워낙이 몸이 약하여 남보다 유달리 추위를 타는 나는 역시 언제까지든 김치맛이라든 그러한 사소한 문제를 가지고 애를 태운다는 수는 없는 일이다.

그래 집이 학생이 오랜 동안 농 속에 간수하여 두었든 활빙구滑氷具를 끄내여 연連해 손질을 하며

"이거 언제나 얼음이 언담. 무슨 겨울날이 이 모양이야."
하고 그러한 말을 한탄 비슷이 하였을 때 나는 가만히 쓴웃음을 웃고 내 안해와 학생에게는 전혀 비밀로 부디 이번 겨울은 이대로 여엉영 치웁지를 말어달라고 이웃집 아낙네와 마음을 한가지하여 그러한 것을 빌어 마지 않었다.

옆집 부녀婦女의 희망은 아주 쉽사리 이루어졌다. 그는 아직도 날새가 치웁지 않은 사이에 김장을 담궈버리는 것에 성공하였다. 그러나 언제까지든 그렇게 추위가 오지 말라 바라는 것은 바라는 이가 옳지 안었는지도 모른다.

하날은 물론 나 한 사람의 당치 않은 원망願望 같은 것을 이루 돌볼 까

닭 없이 하룻날 눈을 날리고 물을 얼리고 그리고 바람도 제법 매서웁게 추위는 그으예 오고야 말았다.

학교에서는 운동장 한모퉁이에 이미 활빙장을 만들어 준비가 되었다는 보도를 내게 하고 학생은 매우 마음에 만족한 듯싶다. 나는 어째서 공부는 하지 않고 그렇게 놀 생각만 하느냐고 그를 꾸짖어 물리치고 혼자 우울하게 방 속에 가 웅크리고 앉아 있지 않으면 안 되게 되었다.

2

내가 들어 있는 집을 애초에 지은 이는 어쩌면 그 마음이 옳지 않은 사람이었는지도 모른다. 그래, 그는 오직 제 몸을 이로웁게 하기 위하여 일하는 이들에게 필시는 충분한 임금을 지불하지 않았든 것인 듯싶다.

그렇길래—아니, 만약 그렇지 않다면, 혹은 벽에다 황토를 발른 미쟁이가 확실히 자기 노역에 상당하는 임금을 받었든 것임에도 불구하고 역시 오즉 제 한 몸을 이로웁게 하기 위하여 그 노력을 무던히나 애꼈든 그 까닭인지도 모른다.

대체 그 책임을 어느 이에게 물어보아야만 옳을 것인지 이미 그때로부터 오랜 시일이 경과된 이제 이르러서는 그것을 알아낸다는 재주가 없는 것이지만 그러한 것이야 사실 어떻든간에 그 폐해를 이제 절실하게 당하고 있는 애꾸진 나의 신세가 미상불 딱하다고 하지 않으면 안 될 것이다.

—그도 그러할 것이 나의 거처하고 있는 방은 참말 그토록이나 외풍이 심하였다.

마침내 나는 방장房帳을 내여 나의 방 사면 벽에다 늘이우고 그 우중충한 속속에서 종일을 우울하게 담배로 보냈다.

물론 나의 방에는 환기장치라든 그러한 위생적인 준비가 있을 턱이

22

없다. 밀폐한 방안―가뜩이나 방장을 늘인 속에서 담배연기는 좀처럼 가시지 않는다. 그도 이 방의 주인이나 한가지로 혹은 밖이 찬 공기를 좋아는 않는 것인지도 모른다.

나는 연기가 사뭇 자욱한 방 안에서 좀더 우울하였으나 이루 창을 밀고 문을 열고 하여 새로운 공기를 맞어들이는, 그 수고로움에 비길 것은 아니었으므로, 그다지는 유쾌할 수 없는 상태에 있어서도 능히 참고 견디도록 수양하기로 작정하였다.

그러나, 나의 안해는 도저히 나만큼 수양을 쌓지 못한다. 그는 난데없는 때에, 갑자기 이 방으로 달려들며, 결코 자연스럽지 않은 표정과 어조로 소리친다.

"어유―, 이 연기. 어유―, 이 숙에가 으떠케, 어유―, 매웁지두 안흐슈."

그리고, 그는 열고 들어온 방문을 닫지 않고 그대로 두어둔 채, 한걸음 더 나아가 앞창에까지 손을 대려 한다.

나도 물론 그만한 요량은 있다. 그러나, 감히 그것을 행동에까지 옮기지 않는 것에는 또 그만한 이유가 있는 까닭이 아니냐. 그래, 나는 짐짓 노기조차 품은 어조로 그를 꾸짖는다.

"아―니, 왼통 이러케 방문을 열어노쿠… 이건 뭐― 삼복지경인 줄 아나"

"삼복지경이 아니면 이 숙에서 으터케 견디우."

"난 그래두 괜찮허."

"당신은 담밸 먹으니까 괜찮흔지도 몰르지만 내가 무슨 죄루 이 연기를 다 마슈."

우리의 논쟁은 물론 방문과 창이 함께 열려서 있는 상태에서 전개되여가고 있었든 까닭에 내가 무어 일부려 그러러 들지 않는다드라도 이때쯤 되면 매우 효과적으로 제법 큰 재채기가 내 입에서 나올 수 있다.

그것은 역시 안해에게 조고만 불안을 준다. 그래 그는 문득 좀 온화한 목소리로 이러한 말을 한다.

"어른들은 으터케 견딘다드라두 아이 몸엔 담배연기가 오죽이나 독하겠수."

그러나 물론 아이는 현재 안방에 있다. 그래 안해는 한마디 더 한다.

"안방은 자꾸 사람이 드나들어 그애가 감기나 들면 으쩌우."

그리고 그는 필시 본래부터 그러할 의사가 있었든 것 같지는 않음에도 불구하고 드디어 곧잘 자는 아이를 내 방으로 안어다 뉜다.

그러면 물론 곤하게 잠이 든 간난애 곁에서 언성을 높이어 안해를 꾸짖는다는 수는 없다.

나는 마침내 안해의 교활한 수단에 속아 재채기 한 번만 밑졌다 하겠다.

3

내가 안해로 하여서 '밑지는' 것은 그러나 물론, 한두 번의 재채기라든 그러한 것으로 끄치지 않는다. 안해는 실로 모성애라든 그러한 것을 표방하여 가지고 대체 얼마나 자기 몸을 이로웁게 하여왔든 것인지 모른다.

나는 무어 이 자리에서 언제 이러한 일이 있었다 언제도 이러한 일이 있었다— 하고 일일이 들어 말하지는 않는다. 그러나 어쨌든 그 심정을 얄미웁다고 생각한 나는 마침내 어느 날 큰 아이에게 굳이 젖꼭지를 물리려고 몰두하는 안해를 발견하고 크게 꾸짖었다.

"아—니, 왜 싫다는 걸 애써 어린애한테 젓은 멕일려는 게야. 대체 왜 그러는 게야."

아모러한 안해로서도 이 말에는 대구對句가 없어 얼마동안 눈만 껌벅 껌벅 한다. 나는 마음에 매우 상쾌하게 느꼈다.

그러나 이렇게만 말하여서는 사정을 모르는 이는 어이 된 까닭인지 이해하기에 힘들 께다. 이것에는 주해가 필요하다.

나의 큰딸년이 너무 일즉 동생을 보느라 그의 모母는 좀처럼 떨어지려 하지 않는 것을 갖은 애를 써가며 기어코 돌 전에 젖을 떼여 버리고야 말았다.

사실 그것은 곁에서 보기에도 그렇게 보채는 갓난아이의 꼴이 가엾고 애처로웠다. 뱃속에 아이가 또 하나 들어있으니까 모유는 그리로 공급이 되고 있는 것이므로 그렇게 또 한 아이가 밖에서 젖꼭지를 물어뜯으면 피차에 크게 해롭다는 것은 나도 들어 알고는 있었다. 그러나 그렇게도 젖에 안달이 나서 하는 어린것의 정경은 그러한 지식을 가지고서도 그래도 어떻게 좀 먹여볼 수는 없을까 하고 몇 번이든 생각하지 않으면 안 되리만큼 딱하였다.

그랬든 것임에도 불구하고 우리는 기어이 그에게서 젖을 뺏어버리고 그도 다시는 젖을 찾지 않게 되었다. 우리는 비로소 안도의 한숨을 토하고 나이 분수 보아서는 분명히 숙성하고 또 총명한 그가 나날이 말이 늘어가는 것을 제법 재미로 알았다.

그러든 것이 수삼 개월 전부터 갑자기 다시 어려져 가지고 아주 젖에 상성이 났다. 그것은 그러나 그 전 책임을 그의 외조모—그러니까 나의 안해의 어머니 되는 분에게 묻지 않으면 안 된다.

이 아이가 외가에 와서 유숙하고 있는 동안 언제든 새벽같이 눈을 떠가지고는 아즉 어둑컴컴한 바깥을 손꾸락질하며

"함머니-, 저기 가, 저기…"

그것도 하로이틀 아니고 줄창 성가시게 구는 통에 그의 외조모는 무던이나 고단하든 어느 날 새벽 문득 머리에 떠오르는 대로 전혀 한 개의

임시방편으로 가슴을 헤치고 그이 이에다 젖꼭지를 물려보았든 것이다. 물론 빨어본대야 그곳에서 아모 것도 나오지는 않는다. 그래도 한번 두 번 입안에 물어본 것이 아이에게는 심심풀이로는 아주 십상인 상싶어 이내 그것이 버릇이 되어버렸다.

나와 안해는 물론, 이것을 좋지 않게 생각하였다. 더욱이, 안해는 지 난날에 있어 젖을 떼노라고 그 고심이 여간한 것이 아니였든 것을 생각 해내고 입이 아프게 그 어머니를 탄하였다.

그러나 외손녀를 품에 안고서 그는 "그래도 이렇게 자꾸 찾는 걸 으 쩌나." 하고 아이도 아이려니와 어른도 그러고 있는 것이 과히 싫지는 않은 듯싶었다.

그러나 그로서 한 달이 채 다 지나지 못하여 그는 젖이 견디기 어려웁 게 아픈 것을 호소하고 아이가 근처에만 와도 경계하느라 바뼜다.

그러한데 어느 날 안해는 꼬맹이가 젖을 덜 먹어 불었다고,

"얘애 설영아, 네 동생이 안 먹으니 늬가 대신 좀 먹으련?"
하고 감언으로 꼬이고 외조모도,

"할머니 빈 젖을 빨려들지 말구 정말 맛난 젖을 좀 먹어봐라."
하고 재삼 교사하였다. 내가 참말 아이를 위할 줄 모르는 안해를 크게 꾸짖고, 그것에 대하여 안해가 능히 한마디라도 응수할 수 없었든 것도 가히 이치의 당연한 자이라 할 것이다.

4

오늘도 또 날이 치웁다. 나는 역시 방장을 내린 쪽에서 담배를 태운 다. 안해에게는 원고를 쓸 터이니 아모도 이 방에는 들어오지 않도록 하 라 명령하였다. 내가 무엇을 쓴다면 안해는 좋아하였다. 대개 나의 글이 약간의 금품과 바꾸어지는 까닭이다.

그래 그는 집필중이라 하면 나의 비위를 되도록 거슬리지 않으려 하고 매우 정숙한 여인으로 화한다. 밀폐한 방 안에서 담배쯤 태우는 것이야 물론 문제도 안 된다.

나는 마음 턱 넣고 얘기 책만 뒤적어렸다. 안방에서 안해가 두 어린 것에게 복개는 모양이나 나는 물론 '집필중'이니까 그런 것을 이루 상관 안 하여도 좋을 게다. 아이들은 같이 놀 때 마음에 기쁨이 커도 그것을 수시로 보아주게 되면 힘이 무척 드는 노릇이다.

그러나 얼마 안 있어 나는 『소림외기』와 같은 잡된 얘기책을 읽고 있느라 안해의 괴로움을 나누어주지 않는 것이 역시 스스로 마음에 키었다. 그래 생각 끝에 난데없는 『맹자』를 찾어내어다 책끝머리에 펴본다.

안해도 물론 고생이겠지만, 그렇게 산고의 글을 보기 위하여서니 그는 결단코 나를 나무란다든 그러지는 못할 께다. 나는 "맹자현양혜왕孟子見梁惠王 하신대" 하고 매우 의미 깊게 두어 줄 읽어나린다.

"왕왈王曰 수불원천리이래叟不遠千里而來하시니 역장유이리오국호亦將有以利吾國乎잇가."

"맹자대왈孟子對曰 왕은 하필왈리何必曰利잇고 역유인의이이의亦有仁義而已矣니이다."

"왕왈王曰 '하이리오국何以利吾國고' 하시면 대부大夫 왈曰 '하이리오가何以利吾家오' 하며, 사서인왈士庶人曰 '하이리오신何以利吾身고' 하야 상하교정리上下交征利면 이국위의而國危矣리이다……."

참으로 옳은 말씀이다. 하고 싶었든 말 한마디 섣불리 입밖에 내였다가 그만 코를 떼운 양혜왕에게는 좀 민망한 일이기도 하지만 열 번을 되풀이 읽어도 역시 성현의 말씀이란 지극히 옳다고 아니할 수 없다.

우리는 사서인士庶人이라 하이리오신何以利吾身고 하야 그래 안해가 그렇게 질색이건만 나는 방 안에 연기를 가득히 하고 안해는 또 나로 하여금 재채기를 하게 하고 외조모가 외손녀를 좀더 어리게 만들면 이번에는 외손녀가 외조모의 젖꼭지를 아프게 하고—물론 그렇다고 곧 나라가 위태할 지경은 아니겠지만 이것은 서로 사람이 사랑하는 도리가 아닐 것이다.

문득 귀를 기울이니 안방에서는 꼬맹이는 잠이라도 들었는지 아모 소리 없고, 아까 한참 떼를 쓰든 큰아이는 어떻게 마음을 돌렸는지 혼자 연해 중얼대가며 재미있게 놀기에 바쁜 모양이다.

나는 느낀 바 있어 창문을 삐겨놓아 방안의 공기를 갈고 곧 아이에게로 갔다. 아이는 그의 왼갓 세간을 방안에 가득차게 늘어놓고 내가 들어갔어도 별로 흥미를 느끼지 않는 듯이 오직 제 작난作亂에만 팔려 있다.

"설영아-. 너, 아빠하구 놀자 응? 이렇게 모두 헷드리지 말구 말이야. 설영이 아가는 요기다가 앉혀놓구 설영이 토끼는 요기다가 요렇게 놓구 또 설영이 멍멍개는 요기다가 요렇게……"

그러나 설영이는 손을 내저어 나를 물리쳤다.

"안야, 안야. 인줘, 그거 인줘."

"그럼 설영이 공을 요기다가 노까."

"안야, 안야. 서영이 공 인줘."

잠이 든 꼬맹이 옆에서 자기도 깜박 졸았든 듯싶은 안해가 갑자기 고개를 돌려 나를 나무랬다.

"왜. 혼자 잘 노는 걸 괜히 그러우. 정작 좀 봐주라면 안 봐주면서… 참, 뭐 쓴다드니 쓰기나 했수?"

나는 그 말에는 대답않고,

"설영아 아빠허구 시장 허까. 시장 재미있게 시장 허까"

그러나 설영이는 또 한번 말하였다.

"안야. 안야. 아빠 저리 가."

안해도 또 한번 눈살을 찌푸렸다.

"글쎄, 가만 두래두 왜 그러우. 괜히, 남 달게 잠좀 자는 거 깨 노쿠……."

나는 쓴웃음을 웃고 내 방으로 물러갔다. 성현도 소인과 여인은 기르기 어렵다 말씀하셨다. 나 혼자만 맹자를 읽어도 소용없는 일이다.

『조선일보』1937년 12월 3일~7일

영일만담 永日漫談

7월이라면 한참 더울 때입니다. 그러나 더웁대야 매년 그리 대차大差 없이 한모양으로 더운 것이건만 그래도 사람들은 몇 년 내로 혹은 몇십 년 내로 이러한 더위는 처음이라고들 말합니다. 작년에도 재작년에도 그리고 몇십 년 전에도 그런 말을 헌 것을 기억하고 있는지 않는지 여름마다 그렇게 말합니다. 그러한 때에 누가 한온계를 가지고서 기실은 올해같이 덜 더운 때는 없다고라도 말한다 하면, 사람들은 한온계니 기상대의 기록이니 하는 것 따위의 존재쯤은 완전히 무시하여 버리고 몇 년 내로 혹은 몇십 년 내로 이런 더위가 없었는 것을 어찌할 테냐고 초과학적 선언을 할 것입니다.

그러나 그러한 것은 어떻든 간에 한참 더울 때에는 너나 할 것 없이 누구든 그러한 말을 한마디라도 하고 싶은 것입니다. 최상급의 낙천가로서도 이제껏 '삼복三伏'을 '삼복三福'이라고 말한 이는 없지 않습니까?

목욕탕에서밖에는 그다지 중요한 지위를 요구하고 있지 않는 '겨드랑이밑'이니 또는 '발바당' 같은 것들이 이 시절만 되면 시위운동을 하니 딱한 노릇입니다. '축은축은'하고 '끈적끈적'하고…… 참말로 "딱한 노릇입니다” 하는 말을 몇 번씩 거퍼 말하드라도 서투르게 안 들리도록 이나 딱한 노릇입니다.

이러한 때에는 그저 무어니무어니 다 집어치우고 길거리로 나가서 조 고마하게나마 얼음장수라도 시작하는 것이 제일이언만, 조고마하게나 마도 개업을 할 실력도 재주도 없는 위인이라 방 속에—이 더운데 말씀 입니다—붙박히어 이런 씨도달도 않은 이야기를 하고 있다니 내 생각에 도 멋쩍은 노릇입니다. 그러나 이야기라는 것이 ○○ 불가사의한 것으 로 곧잘만 주워대면 눈물콧물도 자아내고 웃음보도 터트려놓을 수 있는 것이니 비록 잠시나라도 이까짓 더위쯤 잊어버리게 할 수 없겠습니 까? 이크! 저기서 신대장영감이 오시는군-.

“신대장영감 아니십니까?”

“왜 아니는 아닌가?”

“아, 이 더위에 어디를 가십니까?

“어디 좀 이렇게 간다네.”

“어디를 가세요?”

“자네 알어 뭣하나?”

“그도 그렇습니다.”

“그도 그렇다니…… 아예 인제부터 객쩍은 것 묻지 말게. 어저께도 그것 때문에 힐난을 했는걸.”

“무엇 때문에요?”

“무엇 때문이라니…… 왜 자동차 있지 않은가?”

“있죠.”

“어저께 어디 좀 가느라고 자동차를 타는데 사람이 꽉 찼드란 말이야!”

“어디를 가시는데 자동차를 타셨세요?”

"아 이 사람 객쩍은 것 묻지 말라니까 그러는군."

"잘못했습니다."

"잘못할 것이야 무엇 있나? 그런데 어떻게 사람이 많은지 탈 수가 있어야지."

"동행이 그렇게 여러 분이세요?"

"동행은 무슨 …… 나 혼자지."

"그럼 딴 차를 타시죠?"

"앗다, 이 사람! 나도 그만한 꾀 없겠나? 빈차가 없는 걸 어떻게 하나?"

"왜 인산땐가요? 자동차가 세가 나니."

"낸들 알 수 있나? 그래두 타긴 해야구 해서 들어갔었지."

"스시다니요? 좌석이 없으세요?"

"앉을자리가 그렇게 있나. 그래 섰섰겠다!"

"머리가 천정에 닿지 않으세요?"

"닿지 않데그려!"

"아! 뻐스 말씀이로군요! 나는 택씨 생각만 했으니……"

"누가 언제 택씨랬나? 아 참 뻐쓰니 택씨니 하니까 생각이 나는군. 자네 영어 알겠다?"

"좀 알죠!"

"하나 물어볼 게 있네."

"잘 모릅니다."

"잘 몰라도 알 만한 걸세!……저- '에로' 라고들 시쳇말로 하는 것이 영어렸다?"

"'에로' 요? 노인께서……하 하……영어죠."

"바로 영어로 '에로'야? 무어 줄인 말이라든데……"

"'에로틱'이라는 것을 줄여서 '에로'라고들 하지요."

"'에로' 무어?"

"'에로틱'이요, 틱-!"

"'-틱'이라 '에로틱'? 거짓말 아니겠지?"

"원, 영감께 거짓 말씀 할 리 있나요!"

"정녕 에로틱이렸다!"

"정녕 에로틱이죠!"

"고마우이. 내 갔다옴세."

"아 어딜 가세요?"

"객쩍은 것 묻지 말라니까 그러는군!"

"그럼 여쭈어보지 않겠습니다. 그러나 갔다가 오시렵니까?"

"암, 곧 오지. 한턱 내께스리 자네 어디 가지 말고 있게."

......십 분 후......

"자네 문간에가 서 있으니 누구 기다리는 모양인가?"

"아 영감 오시니 기다리고 있었죠!"

"나는 기다려 뭣하나?"

"한턱 내께스리 기다리라고 바로 아까 영감께서 말씀하시지 않았세요?"

"자네 정신도 좋의. 틀렸어!"

"무에 틀렸습니까!"

"한턱 다 받어먹었네!"

"골목을 돌쳐스시다 반찬가가 주인을 만나셨나보군요?"

"에이, 이 사람 반찬가가 외상값이야 꼬박꼬박 치르고 지난다네...... 그런게아니라 자네 내 둘째아이 알지?"

"아다뿐입니까. 보통학교쩍부터 같이 다녔는데요."

"그애 몇 살인줄 아나?"

"저보다 세 살 아래죠."

"자네는 몇인데…… 아예 이 사람, 내 둘째아이보다 세 살 위라구, 말게."

"하, 하, 미리 방패막이를 하셨습니다그려! 저야 지금 스물셋이죠! 장가는 아직 안 들었습니다."

"누가 사위 삼을 줄 알고 그러나?…… 한데 그애가 자네보다 세 살 아래라도 자네보다 영악하이."

"아 그렇겠죠."

"정말일세. 내 그놈하고 내기했다가 졌는걸?"

"무슨 내기를 하셨세요?"

"그놈이 공부는 않고, 펀둥펀둥 놀고만 지낸단말야! 그래 매양 공부하라고 타일르지."

"그러시겠죠."

"그러면 이놈이 시쳇세상에서 살어갈려면 청년뿐 아니라 청년의 부형 되는 사람도 공부를 하지 않으면 안 된다고 아 이놈이 되레 날보고 말하네그려."

"그래 무어라고 그러셨세요?"

"나는 지금부터 공부 안해도 너만큼은 아니까 노인으로서는 이만하면 그만이지만, 너야 어린아이니까 어서 자꾸 공부해라 했겠! 그랬드러니 이놈 말이 아버지가 나만큼 아신다니 그래 아버지 영어 아세요? 이런단 말이야."

"하, 하"

"그래 보통 조선말 섞어서 말하는 거야 안다 그랬지. '미스토신' 하면 나 부르는 말이고, '꼳빠이' 그러면 또 보자고 하는 게 아닌가?"

"잘 아십니다그려."

"그랬드니 '에로'라는 말도 항용 쓰는 말인데 그게 원 영어를 줄여서 한 말이니 알겠냐네그려."

"하, 하, 그래 아까 제게 물으셨군요!"

"그래 모른다면 아이들 교육상에 좋지 못하겠기에 안다고 그렇겠다! 하지만 실상은 모르니까 잊어버렸으니 잠깐만 생각하여 볼 여유를 달라 지 않았겠나?"

"그래 무슨 내기를 하셨세요?"

"이놈이 한강 나가서 놀구 오겠다고 자꾸 십 전만 달라데.. 내가 '에 로'를 알어낼테니 못 알어내면 십전 주마 그랬지!"

"알어내시면 어떻게 하시구요?"

"알어내면 십 전 안 주고."

"그런데 제게 무슨 한턱을 내시겠다고 하셨세요?"

"이기면 십 전을 그놈한테 뺏긴 심 대고 쓰려고 그랬지? 빙수래도 자 네하고 사 먹을 작정으로."

"십 전이면 한 그릇밖에 더 되나요?"

"이 사람아, 그릇 가지고 가서 사보게그려. 한대접 그득하게 줄테니."

"딴은 그렇군요! 아버—엄"

"자네 하인은 왜 부르나?"

"대접 가지구 가서 얼음 갈어오라구요."

"그건 또 뭘를……. 난 더웁지 않으니 나 봐서 시키는 것이거든 그만 두게."

"아 왜 영감께서 내신다면서요?"

"내가 언제 낸댄나?"

"이기섰으면 내서야죠?"

"내가 어떻게 이겨?"

"에로가 에로틱인데 이기섰죠!"

"그게 그런게 아니라 내가 에로틱이라고 그러니까 이놈이 그러면 '끄로'라고 하는 것은 무엇이냐고 그것 모르면 돈 십전 내라네그려."

"그래 어떻게 하셨세요?"

"대번에 대답하기가 실수지…… 나는 '에로'니 '끄로'니 하는 것이 두자씩이요, 운이 맞기에 똑같은 줄만 알고 '끄로틱'이라구 했드니 틀리데그려."

"하 하"

"그래 이놈이 한강을 나갔지! 하인 나왔네. 물었으니 무어 시켜야지. 부르고 안 시키면 욕먹느니……."

"영감께서 지섰다면서 어떻게 시킵니까?"

"자네 돈 없나?"

"없세요."

"이왕 나왔으니 물이나 한그릇 가져오라게."

"물 한그릇 떠오!"

"무어 타 내오면 난 안 먹네!"

"하 하 영감께서도……."

"그런데 아까 하시든 이야기는 어떻게 됐습니까?"

"무슨 이야기?"

"뻐스 타고 어제 어디 가섰다죠?"

"응! 그거…… 그래 사람들이 꼭 찬 틈을 비집고 승강대에 섰스려니까 안이 비었으니 들어가라데그려! 아니 비었다며 어떻게 들어가랴느냐 하였드니 아 안이 비었으니 들어가라고 또 그러네그려! 글쎄 아니 비었다며 어떻게 들어가랴느냐고 나도 또 그럴밖에―. 그랬드니 계집아이가 짜증을 내며 안이 비었으니 들어가시라는데 왜 안 들어가시느냐네그려! 가만이 생각해보니까 속이 비었다는 소리를 그렇게 하데그려."

"하 하, 영감께서도……. 물 떠왔습니다."

"아 이거 메시가루를 탔네그려!"

"어디요? 하하 재가 좀 들어갔군요. 후후 불고 잡숩죠!"

"그래, 노인 대접을 이렇게 해야 옳아?"

"잘못됐습니다."

"그래, 내 안으로 들어갔겠다! 그랬드니 이번엔 어디를 가시느냐고 하는군! 그래, 내가 왜 모르는 계집애한테 그런 것 말할 까닭 있나? 알어 무엇하느냐고 하였지! 그랬드니 그냥 저리로 가버린단 말이야! 가버리나 보다 그랬지! 그랬드니 조끔 있다 또 오드니 표 찍읍쇼― 하면서 또 어디를 가느냐고 묻데그려! 내가 성미가 콸콸한 사람은 아니지만 공연히 늙은이라고 업신여기고 놀리는 것 같기에 소리를 버럭 질렀지! 내가 어딜 가든 무슨 챙견이냐! 늙은이가 어디를 가든 네가 알어 뭣하느냐! 이랬지."

"그렇게까지 하실 것이야 없지 않었습니까?"

"하 하, 그랬드니 영감께서 어디 가시는 걸 알려는 게 아니라 표를 찍을려면 그걸 알아야 한다고 그애도 그러고 탄 사람들도 그러드군! 그래 소리를 질렀지!"

"무에라고 하셨세요?"

"왜 모두들 나를 들볶느냐, 나는 이런 뻐스는 불쾌해서 탈 수 없다! 나려다우…… 하고 나렸드니 게가 연병장이드군!"

"그래, 딴 차를 타셨세요?"

"딴 차를 또 왜 타나! 연병장에 볼일이 있었는데……."

"그럼 차값은 안 내셨군요?"

"그만 그 통에 잊어버렸지…… 술을 좀 먹은데다 그렇게 승갱이를 하고 나서 깜박 잊었다네."

"그 오전으로 얼음 한덩어리 사오죠!"

"무슨 오전으로?"

"영감께서 공차 타시고 버신 것 말이에요!"

"이 사람아, 남이 무엇하게 들으리, 공차를 타고 싶어 탄 것인가? 고만 잊어버려 그렇게 됐지."

"그럼 잊어버리시고 안 내신 오 전으로 얼음이나 한 덩어리 사오죠네?"

"날더러 달라지 말고 자네도 어떻게 그렇게 벌게."

"노인이시니까 어떻게 됐지, 저이들 젊은놈은 안 됩니다."

"그럼 마작을 해서래도 돈 좀 따서 늙은이 얼음 대접이래두 하게 냉수만 앵기지 말구."

"그렇게 따려들면 지기 쉽죠!"

"그러게 그냥 하나? 술을 먹고 하거든. 어저께도 실상은 연병장에 사는 친구집엘 가서 내기마작을 해서 땄다네."

"운이 좋으셨든 게로군요?"

"운이 좋다고 말고 잘해서 땄다고 좀 해보게!"

"그럼 영감께서 기술이 높으셔서 따셨군요!"

"기술도 기술이려니와 실상인즉 술을 먹고 해서 이겼다네."

"술을 잡수시면 더 정신이 없으시지 어떻게 이기십니까?"

"그건 자네가 모르는 말이지. 월계관을 먹고 무슨 내기든 해보게."

"딴은 그럴듯합니다. 그래, 따시고도 얼음 한 그릇 안 사주십니까?"

"흠뻑 땄든 것을 나종 한판에 모조리 뺐겼는걸."

"그럼 어디 월계관이라고 신용할 수 있습니까?"

"그것도 괴이치 않은 말이나 나종 한판 할 때는 술이 아조 깼었다네……."

『신생』1931년 7월호

화단의 가을

1

우리집 뒤뜰이 하도 좁고 또 모양이 없어, 내가 그것을 무슨 크나큰 불평이나 되는 것같이 여러 차례나 입 밖에 내어 중얼거렸드니, 안해가, 그럼 게다 무슨 화초라두 심어보시지 한다.

그리고 그는 그러한 생각을 하여낸 것이 제딴에는 퍽 신기하였든지, 참 그래, 화초를 심으면 꽤 좋 께야, 요기다는 백일홍, 조기다는 봉선화 허구 채송화허구, 그리구 예다가 옥잠화, 해바라기, 진달래, 개나리, 게다가 '스미레'*, '담쏬쏬', 하고, 무어니, 무어니⋯⋯ 아마 그것이 제가 알고 있는 꽃이름의 전부이었든 게지, 그는 한바탕을 늘어놓았다.

그러나, 이렇게 빈약한 터전에다 그렇게 수많은 화초를 재배할 수 있을 것같이 생각하는 것은 가소로운 일이라 아니할 수 없다.

나는 쓰디쓴 얼골을 하고 무엇보다도 제일에, 일 년에 두 달, 볕 한번 변변히 드는 일이 없는 이 습한 땅에 화초다운 화초가 제법 잎이라 펴지

---

*스미레 : 제비꽃.

40

고 꽃이라 피구 헐듯 싶으냐고, 어림두 없는 소리는 다시 허지를 말라구, 일갈에 물리치고 말았다.

안해는, 그 뒤로, 내가 비록 열 번을 더 보잘 것 없는 뒤뜰에 관하야 말하드라도 결코 입을 열어 참여하려 들지는 않았다.

여름도 중복이 지난 어느 날 새벽이다. 보건을 목적으로 남산에 올라갔다 돌아오는 길에, 나는 진고개 어느 화초가가 앞에 걸음을 멈추었다.

그곳 점두에 진열된 그 모든 사랑스러웁고 또 아름다운 화초들이 우리의 살풍경한 뒷터전에서도 그대로 아름다웁고 또 사랑스러우리라고는 결코 자신할 수 없었으나, 그래도 그 불건강한 뒤뜰이 내게 가져다주는 불쾌와 우울과 그러한 것들을 이제도 가련한 식물들이 얼마쯤이라도 덜어줄 수 있지 않을까 생각하였든 것이다.

그러나 불행히 나는 꽃에 대하야 너무 아는 것이 없었다.

젊은 꽃장수는 벌써부터 내 곁에 와 서 있고, 나는 또 나대로 마음속에 몇 가지의 화초를 선택하였으나, 그러면서도 나는 주저하지 않으면 안 되었다.

지금 눈앞에 있는 화초란 혹은 세상에 흔한 '따리아'니, '코스모스'니, 또는 '아네모네'니 하는 그러한 것들에 지나지 않을지도 모른다.

그러나 나는 어느 꽃이 어느 이름을 가지고 있는지 그것에 대한 지식이 확실하지 않어, 내가 코스모스일지도 모른다 생각한 꽃이, 혹은, 따리아일지도, 아네모네일지도, 또는 천만의외로 바로 그것이 안해가 말하든 옥잠화라는 꽃일지도 모를 일이었다.

꽃이름에 있어 위선 그러하매 화초 시세에 관하여는 애당초에 어림이 서지 않어, 그것이 한 일 원 한다드라도 오히려 싼 것인지, 단 십 전을 달라드라도 비싼 것인지, 내가 알 턱이 없는 일이다.

생각이 이에 미치자, 나는 갑자기, 나의 이 방면의 무지를 이 일면식도 없는 꽃장수 앞에 폭로하지 않으면 안 될 것의 불유쾌함을 마음 깊이 느끼고 왜 바로 집으로 들어가지 않았든고 하고, 새삼스레이 그러한 것을 뉘우치기조차 하였다.

2

마츰내 꽃장수는 무엇을 드릴까요, 하고 물었다.

기다려도 아모 말이 없는 나를 좀더 잠자코 보고 있을 수가 없었을 뿐 아니라, 어찌면 그는, 내가 은근히 그대로 그곳을 떠나려는 눈치를 채였든 것인지도 모른다.

글쎄- 하고, 나는 모든 화초를 새삼스러이 둘러보며 어디 무어 쓸 만헌 게… 하고 불쑥 그러한 말을 하여보았다.

그러나 나의 위인이, 그런 무책임한 말을 아모러케나 내뱉은 뒤에 그대로 그곳을 떠나버린다든 그런 만큼 대담하지 못하다.

이제 이르러서는 이미 아모런 꽃도 나는 그다지 사고 싶다고는 생각되지 않았음에도 불구하고, 나는 한시라도 바삐 아모런 꽃이든 사 가지고 이곳을 떠나야만 하였든 것이다.

그렇게 한참을 남의 점두에 서 있었음에도 불구하고, 무엇 하나 흥정도 해보는 일 없이 떠날 때, 젊은 꽃장수는 응당 나를 욕할 게다.

그러나 산다면 무엇을—나와 꽃장수 사이에 짧은 교섭에 있어, 결코 나의 무지는 폭로되지 않어야만 한다.

나는 마츰내 내 발 아래, 나팔꽃을 발견하고 비로소 안도의 숨을 내쉬었다.

나팔꽃쯤이면 나도 그리 망령된 수작을 하지는 않으리라는 것보다도, 내가 그 경우에 꽃장수와 반드시 교섭을 갖지 않어서는 안 되는 것이라면 나팔꽃이나 그저 그러한 것을 가지고서밖에는 결코 다른 수가 없었든 것이다.

꽃장수는 민첩하게, 제 허리를 굽히고, 네, 이것 말씀이죠, 요게 좋습니다, 요놈이 다홍꽃, 요놈은 무라사끼, 요렇게 두 개 사가지고 갑쇼, 값은 한 분에 오십 전씩입니다마는 두 분을 사신다면 십 전을 감해 모두 구십 전에 드리죠.

나는 그가 부른 값이, 얼마나 비싼 것인지 또 싼 것인지 알지 못하였음에도 불구하고, 짐짓 어이없는 표정을 하고 얼마? 둘에 구십 전? 어림두 없는 소리 말우. 모두 오십 전만 합시다.

그러면서도 나는 내가 시세도 모르면서 에누리를 너무 하지는 않았나, 그래 이 젊은 꽃장수가 나를 욕하지나 않을까, 그러한 것을 은근히 염려하였으나, 다음 순간, 그가 선뜻, 그럭헙쇼 하고, 신문지와 노끈을 끄내드는 것을 보고는, 좀더 깎을 것을 그러지는 않았나, 이십오 전씩이나 주고 이런 것을 사는 사람이란 나밖에는 혹은 없지나 않을까, 하고, 나는 객적게스리 헛기침을 두어 번 하고, 꽃장수에게, 중도에서 풀러지지 않게스리 꼭 좀 묶으라고 명령하였다.

나는 그 흥정을 잘하였는지 못하였는지를 모른다.

그러나 그 결코 업신여길 수 없는 중량의 것을 둘이나, 한 손에 하나씩 들고, 집까지 돌아가지 않으면 안 되었을 때 그것은 단 오십 전어치의 무게가 아니었다.

길 가는 사람들의 시선을 전신에 불쾌하게 느끼며, 그래도 나는 중도에서 세 번 이상 쉬는 일 없이 무사히 집까지 그것들을 운반하였다.

된장찌개나 그런 것을 만들기에 골몰하다가 문득 고개를 들고, 무얼 사오세요? 어디? 으응 '아사가오?'* 하고 약간 내 화초에 대하야 모욕의 정을 갖는 안해를, 물러가라고 소리치고, 나는 양복 저고리를 벗어던지고 비 오듯 하는 땀을 씻었다.

3

내가 가늘게 쪼갠 댓가지와 노끈을 가져, 장차 무럭무럭 자라나올 나
팔꽃 덩굴을 위하야, 되도록 맵시 있게스리 '사다리'를 짜고 있으려니
까, 어느 틈에 왔는지 갑자기 등 뒤에서 올해 여섯 살 된 조카가,

"작은아버지, 그 뭣하는 거유?"

하고 묻는다.

"나팔꽃 덩굴 올라가게스리 사다리를 맨든단다."

하고 나는 일러주었으나, 그는 그것에 대하여는 별로 아무런 감상도 말
하는 일 없이, 잠깐, 나의 하는 양만 보고 있다가,

"작은아버지, 그 댓가지 남거들랑 나좀 주우, 응?"

하고 불쑥 그러한 말을 한다.

"그건 왜, 뭣하게?"

하고 물어보니까, 조카는 그것으로 연을 만들어 가지고 퍽 자미나게 놀
겠노라 한다.

그러나 내가 나의 나팔꽃을 위하야 툇마루 밑에서 가까스로 찾어내인
댓가지는 아주 가늘게 쪼개서도, 겨우 사다리의 일급 단을 벌려 채울 수
있었을 뿐이다.

나는 조카의 청을 들어주지 못하였다.

사다리가 되자, 나는 분을 가져 그 앞 가장 적당한 자리에 배치하고
다음에 덩굴을 찾어보았다.

그러나, 덩굴을 키우기에보다는, 오즉 꽃을 피우기에 좀더 골몰하였

＊아사가오 : 나팔꽃.

든 싶은 꽃장수의 손에 덩굴이란 덩굴은 모조리 아낌없는 가위로 잘리어, 그 중 긴 것이라야 두세 치나 그밖에는 더 안 되는 것들뿐이었다.

나는 앞날에 희망을 갖기로 하고 위선은 그만 그 앞을 떠나기로 하였다.

그러면서도 안해에게 이제부터 매일 아침 저녁으로 한 차례씩 정성스리 이 화초에다 물을 주어야만 할 것이라고 명령하기를 잊지 않았다.

어쩌면 나보다도 훨씬 더 가련한 화초에 사랑을 가지고 있을지도 모르는 나의 안해는 기꺼이 나의 명한 바를 좇는 듯싶었다.

그것을 나는 알고 있으면서도, 나는 또 나대로 생각만 나면 그저 물을 주려 들었다.

안해가 그의 임무를 다한 후에, 내가 또 두세 시간이라 거르지 않고 — 그러니까 반나절 사이에 서너 차례나 그보다 적지 않게 그곳에 물을 주었을 때에, 안해는 참말로 어이가 없는지 너무 물을 많이 주어도 되레 해가 되지나 않겠느냐고, 설혹 해될 건 없드라도,

"도로무공이지."

하고 그는 그러한 문자를 사용하였다.

물론 그 말도 괴이치는 않으나 그래도 그 빈약한 화초 앞에가 서서 그 잎새며, 그 덩굴이며 또 내게 희망을 갖게 하는 제법 큰 꽃봉오리를 이윽히 들여다보고 있노라면 나는 또 물을 흠씬 주고 싶은 충동을 느끼고 또 물을 주면 줄수록에 그놈들이 훨씬 더 기운차게 커지고 자라고 피고 할 것같이만 생각이 되어 견딜 수 없었든 것이다.

그러나 불시 안해의 말이 옳았는지 그렇게 물을 준 분수로 보아서는 나의 나팔꽃은 거의 이렇다 할 변화를 나의 눈앞에 보여주지는 않았다.

4

나는 그때 나의 가난한 화단 앞에 서기를 얼마 동안 잊고 있었다.

그러자 하룻날 아침, 내가 그저 자리 속에 누워 있을 때, 안해는 행주치마에 손을 씻으며 방으로 들어와, 내가 잠을 깨기만 기다렸든 듯싶게 마침내 꽃이 한송이 탐스러웁게 피었다고 일러주었다.

"무슨 꽃이? 다홍?"

하고 물으니까, 다홍은 내일이나 그렇게 필 것이요 오늘 아침 것은 보라라고 말한다.

나는 가을 나팔꽃이라도, 다홍꽃보다는 보라꽃을 좀더 좋아하였으므로, 만족하여 곧 뒤뜰로 가보았다.

그러나 안해의 관찰은 옳지 않아, 그것은 어림도 없는 다홍꽃이었고, 뿐만 아니라, 나의 기상 시간이 지나치게 늦어진 것이었든지, 오즉 한송이 외로웁게 또 자랑스러웁게 피었든 그 꽃은 이미 시들어 버리고 만 뒤였다.

그래도 역시 기쁨은 내 마음에 있어, 나는 며칠 주의 안 한 사이에 제법 자란 덩굴을 사다리로 인도하여 주고, 아주 그길에, 또 물을 주었다.

이튿날은 다홍이 둘, 보라가 하나.

다음날은 보라가 셋, 다홍이 다섯.

또 다음날은 다홍이 넷, 보라가 다섯.

그렇게 꽃이 피는 동안에 덩굴은 덩굴대로 자라고 잎새는 잎새대로 퍼지어, 사다리의 하반신, 거의 노끈과 댓가지가 드러나지 않게 되었다.

나는 틈 있는 대로 그곳에 와 꽃송이를 헤이고, 또 덩굴이며 그 잎새의 푸른 빛을 가져 내 눈을 기꺼웁게 하였다.

나는 그다지 신기로웁지 않은 양자樣姿의 나팔꽃보다도, 좀더 그 잎새며 덩굴의 푸른 빛들을 사랑하였다.

그러나 그것은, 혹은, 나의 기상 시간이 언제든 대개, 이르지 않어, 아침 한때의 생명밖에 없는 그 꽃을, 감상하려야 감상할 수 없었든 그 까닭일지도 모른다.

그래도 역시 나는 비록 시든 꽃이라 하야 소홀히 여기는 일 없이, 몇 번인가 조카가 그 꽃을 한 송이만, 오즉 한 송이만 따달라고 말하였을 때에도 결코 그의 청을 들어주지는 않었다.

마침내 나의 나팔꽃이 결코 얕지 않은 그 사다리의 전면을 그 꽃과 덩굴로 잎새를 가져 완전히 덮였을 때, 그것은 분명히 누가 보기에도 제법 유쾌한 풍경임에 틀림없었다.

그리고 차차 더위가 물러가자, 나는 심히 딴때없이 일즉 일어나서 하루라도 거의 완전한 형태를 보존하고 있는 꽃을 사랑할 수 있었다.

나는 때로 나의 화단 앞에가 오랜 시간을 물리지 않고 서 있곤 하였다.

그것들이 오즉 50전 은화 한 푼으로 얻은 것인가 생각하면, 나팔꽃 두 분을 사다놓았을 그뿐으로 '화단'이라 일컬으러 드는 것이 우선 내 자신 가소로웁지 않은 배 아니나, 그래도 이만큼이나 키워놓은 이제, 그것은 결코 금전으로 환산할 것이 아니겠고 설혹 값을 따진다드라도 단 돈 50전으로 이만큼이나 눈을 질길 수 있었다는 점에서 그것을 그 까닭으로 하야 좀더 유쾌하다 할 수 있겠다.

그러나, 어느 틈엔가 나의 가난한 화단에도 가을은 깊어 안해와 또 내가 암만을 물을 주어도 꽃은 더 피지 않고 덩굴은 더 자라지 않었다.

이미 늙은 잎새들은 더러 누렇게 빛을 변하고 꽃잎이 진 뒤에 씨들은 영글기에 바뻤다.

거미는 어데선가 두세 마리씩이나 찾어들어, 제각기 말라드는 덩굴에 의지하야 그들의 집을 지었고, 이곳을 한때 찾아들든 나비도 다시는 그 자태를 나타내지 않었다.

5

안해는 다시 물을 주는 일 없이 내게 이제 그만 그 사다리를 치워버리는 것이 좋을 게라고 일러주었다.

그래도 나는, 열매가 까맣게 영글 때까지는 그것을 그대로 두어두기로 마음먹었다.

새까만 씨를 하나도 남기지 말고 정성스레 받아두었다가 내년에 나는 그것들을 다시 나의 화단에 심으리라.

그러나, 안해는 워낙이 늦어져서, 이제는 더 무어라도 혹은 영글지 않을지도 모르겠다 한다.

그래도 나는 끈기 있게 기다려 보기로 하였다.

그렇게도 짧지 않은 동안 내 마음에 기쁨을 주어온 이 가련한 화초를 씨도 받는 일 없이 그대로 내어버린다는 것이 내게는 견디기 어려웁게 슬펐든 까닭이다.

그러나 불행히 안해의 한 말은 옳아 그 뒤로 한 이레가 지나도록 씨는 단 하나도 영글지 않았다.

혹은 화분에 익숙한 이가, 내 대신 그것들을 거두어 주었다면, 틀림없이 씨를 받을 수 있었고, 조심스러이 간수된 씨들은 다시 내년에도 한여름 화단의 고움을 더하고, 그리고 또 여름에도, 그 이듬해도…… 그래 몇 년이든 몇십 년이든 생명을 전해 나려갈 수 있었을 것을, 운명은 꽃 장수로 하여금 단 오십 전이란 헐값에서라도 그것을 나에게 물려주었든 까닭에 나팔꽃은 그대로 원한을 품은 채, 이 빈약한 화단에서, 그의 대代만으로 영구히 스러지고 만 것이나 아니었든가.

문득 생각이 그것에 미쳤을 때, 내 마음은 아펐다.

내가 그것을 사고 싶었다고 또 내게 그것을 살 푼전이 있었다고, 별로 깊이 생각해 보는 일도 없이, 꽃장사의 점두에서 그 불운한 나팔꽃을 집어온 것은 분명히 옳지 않었든 것이다.

우리집 좁고 또 보잘것없는 뒤뜰에서의 그들의 생활은 군색하였고, 그곳에서 그들은 영구히 전할 생명을 잃고 말었다.

내가 애달픔을 가져, 분에서 뿌리를 뽑고, 또 다음에 사다리를 치울 때, 어느 틈엔가 그곳에 와 있든 나의 조카는 거의 기쁨 가득한 얼골로, 내게 이제는 소용이 없을 그 댓가지를 달라고 졸랐다.

×

이제 가을도 더할 나위 없이 깊었다.

또다시 눈을 기쁘게 하여 주는 아모 것도 없이, 춥고 모양 없는 마른 터전은 바람이 일 때, 오즉 흙먼지만 날렸다. 때로 조카가 동리 아이들을 데리고 들어와서는 그 터전에서 시끄러웁게 작난을 할 뿐이요, 나도, 안해도, 다시 뒤뜰에 관하야 말하지 않었다.

맑고 또 높은 하날 아래 '가을'은 나의 가난한 화단의 '가을'은 애닯고 또 슬프다.

밤이 깊으면 달이 있어도 없어도 나는 곧잘 뒷짐 지고 그곳을 거닐며 때로 씨도 못 받은 나의 나팔꽃을 생각하고는 혼자 마음에 운다.

나의 나팔꽃은

나의 화단은

그리고 가을은 참말 슬프기도 하구나.

『매일신보』 1935년 10월 30일~11월 5일

모화관잡필

두께비집

이곳 모화관幕華館으로 살림을 나와 산 지도 이미 일 년이 되어 온다. 십팔 평짜리 여덟 칸 집─물론 옹색은 하다. 그러나 나와 안해와 딸 설영雪英이와 이렇게 세 식구가 할멈 하나를 데리고 가난한 살림살이를 경영하여 가기에는 우선 이만해 좋다.

중앙지대 다방골 살다 이곳으로 나온 당초에는 내 자신 어느 먼 시골로 낙향이나 한 듯한 느낌이 없지 않아 누가 집을 물으면 으레히 한 번은,

"나 고양高陽 사오."

그렇게 말하였고 듣는 이도 나의 주택의 위치가 독립문 밖이다 알면,

"어떻게 그렇게 멀직이 물러앉았소?"

하고 눈을 크게 떴다.

그러나 이곳 모화관─뫄-간이라는 데가 나와 아주 인연이 없는 것은 아니다.

그것은 아직 내가 낳기 전이지만 원래 우리 집안은 현재의 이 집과는

전찻길 하나 건너인 행촌동杏村洞 살았든 모양이요 우리 큰집도 수 년 전까지는 역시 같은 동리에 있었다.

이를테면 똬―간 사람이 똬―간으로 돌아온 폭이지만 나는 이사 온 지 한 이레도 채 못 되어 벌써 이 동리가 싫어졌다.

물론 처음 집을 구할 때 멀리 이곳으로 나와 보았든 것이 전혀 '비교적 싼 집값' 까닭이었으므로 웬만한 불편이나 불쾌쯤은 괘념하지 않아야 마땅할 것이다. 그러기에 결코 '참을성 많은 인물'일 수 없는 나로서도 아직 이대로 이 집에서 지내고는 있다…….

이 동리에 대한 내 인상을 맨처음으로 상해 놓은 것은 전기회사 공부工夫다. 계량기를 달러 온 그는 내가 묻지도 않은 것을

"두껩이집이 이 관동館洞에 한해서는 이렇게 두 개씩이죠."

하고 객쩍은 말을 하였다. 그것은 웬 까닭이냐 물었더니, 경성 시내에서 전기 사용하는 사람이 이 동리같이 많은 곳은 없어 그래 그 까닭으로 하여 이렇게 '두꺼비집'을 두 개를 만들어 놓았다 한다.

도전盜電을 하느라면 흔히 전기가 끊어지기 쉬운데 그 경우에 회사에 신고하는 일 없이 간단히 철선鐵線 등을 가져 수리한다든가 그렇지 못하게 하기 위하여 따로 두꺼비집을 또 하나 달아 놓고

"자― 이렇게 딱지를 붙여 꼭 봉해 놓지요."

그리고 이 동리에서 전등선의 고장을 호소할 때 출장한 회사원은,

"어떡허다 줄이 끊어졌소?"

"그냥 제절루 ……"

"제절루 왜 끊어진단 말요. 대리미를 썼든 게로구려. 곤로를 사용했든 게로구려."

바로 으르딱딱어리기를 죄인 다루듯 한다 하고 내 집에 계량기를 달

고 난 젊은 공부工夫는,

"허지만 댁에서는 메-도루*시니까 고장만 났다고 전화 한 번만 걸어주시면 즉시 달려올 껩니다."

그러나 그도 2, 3주일 지나 우리가 전기풍로를 사용하다 줄이 끊어졌을 때 한 시간이나 지나서야 회사원은 게으르게 오고 나는 내 자신 입을 열어 우리가 사용하는 전기가 메터제임을 설명하지 않았으므로 회사원이 제 자신 아랫방 벽에가 계량기가 달려 있는 것을 발견할 때까지 우리는 제법 언성을 높여 전기풍로와 같은 것은 사용하면 안 되지 않느냐거니 어째 사용하여서는 안 되는 거냐거니 하고 얼마 동안 다투었다. 마침내 그는

"아, 메-도루시군요? 모르고 실례했습니다."

사과를 하였으나, 나는 관동館洞 주민으로서 며칠 동안 매우 불쾌하였다.

고등어

역시 떠나온 지 며칠 안 되어 어느 날 현저정峴底町 정류장에서 전차를 나리려니까 등덜미에서 누가

"아 댁이 어디 이 근처세요?"

반가웁게 인사를 한다. 돌아다보니 중학시대 동창으로 언젠가 길에서 만났드니 참말 오래간만이라 하며

"난 이런 걸 허구 있답니다."

하고 어느 생명보험회사 외교원外校員으로서의 명함을 내어주던 친구다.

그는 자기도 작년에 이곳으로 나왔다 하며

"말하자면 이런 데가 우리 살기는 오히려 괜찮죠. 그저 동저고릿바람

---

* 메-도루 : 미터.

으로 나댕겨두 허물할 사람 없구 주위가 대개들 가난한 사람들이라 웬
만한 옹색한 살림두 흉될 게 없으니까요."
하고 그는 그러한 것을 늘어놓고는 다리께서 나와 헤어졌다.

이 동리가 가난한 동리라는 것은 옳은 말이다. 위선 물을 그들은 대부
분이 손수 길어 먹는다. 남자들이 대개 일터로 나가고 없는 그 까닭이겠
지만 물지게를 조석으로 지는 이는 거의 모두가 아녀자였다.

그러나 그들의 사무는 물론 물만 긷는 것에 그치지 않는다. 그들은 조
석으로 바구미를 들고 장場으로 관館으로 반찬가가로 한바퀴를 돌아온
다. 그 중에도 여력膂力이 남에게 지난 부인은 문간에다 모탕을 내 다놓
고 능숙한 솜씨로 장작을 패었다.

장작은 나도 패지만 찬거리 흥정이라든 그런 것은 할멈의 소임이었고
물은 수상조합水商組合에 말하여 길어 먹는 터이라, 사실 알고 보자면 그
생활 정도에 있어 우리와 그들 사이에 큰 차이란 없을 것을, 그래도 그
들은 우리를 전연 종류가 다른 인물들인 거나 같이 생각하고 은근히 경
이원지敬而遠之하는 싹이 보였다. 어느 날 고등어를 두 마리 사들고 가는
뒷집 여인을 보고 집이 할멈이

"그 을마 주셌소?"
물었드니 거기 대답은 하지 않고

"이건 어려운 사람이나 먹지 양반은 뭇 잡숫는 거야요."
하고 그러한 가소로운 말을 하였다 한다.

이것에는 집이 할멈에게 책임의 태반이 있다.

이리로 나오든 때부터 그는 그것이 무슨 큰 자랑인 거나 같이 동리 사
람에게

"우린 문안서 나왔죠. 이 댁은 문안서 나오신 댁이죠. 문안두 다방굴
서 사셌섰죠."

그따위 객쩍은 선전을 하여 우리에게 대한 그들의 첫인상을 좋지 못하게 만들어 놓았다. 그러지 말래도 그것은 거의 입버릇같이 이미 되어 버려 가령 무 배추 같은 것 흥정하는 데도 말끝마다

"아유 문안선 암만암만씩인데 외레 문밖이 비싸니 웬일야."

하고 그러한 말을 하였고 장수가 필연必然한 형세로,

"그럼 문안 들어가 사십쇼그려."

하고 말하면 물론 그 '사십쇼'라는 말은 '사라'는 거지 '살라'는 것이 아니건만 그 문답을 듣고 보고 하는 동리 아낙네들은,

"참말 문안서 살지 여긴 왜 나와?"

반감이 좀더 커져서 그래 마침내 고등어는 양반이 못 먹는다는 설이 나게 된 모양이다.

나는 매우 유감으로 생각하고 즉시 고등어를 구하여 앞뒷집에 성盛히 냄새를 풍겨 가며 구워 먹고 조려 먹고 하였다. 우리도 고등어를 먹는 이상 그들과 벗할 수 있을 게요 또 설혹 양반이더라도 고등어를 먹는 양반에게 그들은 크게 반감을 갖지 않아도 좋을 게다.

죄인과 상여

이곳의 어린아이들도 다른 동리의 아이들이나 한가지로 할 작난들은 다 하고 있다. '숨바꼭질' '뜀뛰기' '술래잡기' 또 특히 계집애들은 '공기' '잇센, 도-까, 모모 아다마' ……

모다 좋고 또 재미있는 작난이다. 내 딸도 좀 자라면 반드시 그 놀이에 참가할 것이요 그것을 무론 나로서 금한다든 그러할 아모런 이유도 그곳에는 없다. 그러나 나는 최근에 그 어린이들이 좀 유다른 작난을 하고 즐기는 것을 발견하고 마음에 좋지 않았다.

분명히 그렇게도 지척 사이에 '감악소'가 있는 그 까닭이다. 하로에도

몇 차례씩 형리들은 죄인의 손을 얽고 몸을 묶어 이곳으로 안동按洞하여 왔고 또 한결같이 붉은옷을 입은 전중이들은 개인 날 밭에 나와 부지런히 일들을 하였으므로 이 동리의 어린이들은 쉽사리 그것을 볼 수 있었고 본 것은 흉내내는 것이 또한 재미있는 노릇이어서 그래 그들은 곧잘 순검이 된 한 아이가 새끼나 빨랫줄 등속으로 죄수가 된 몇 아이들을 잔뜩 묶어 가지고는 골목 안을 돌아다니는 그러한 형식의 작난을 하며 서로들 매우 만족한 듯싶다.

이것은 분명히 자녀 교육에 있어 심히 아름답지 못하다 할 수밖에 없을 것이다.

그러나 아름답지 못한 것은 그것에 그치지 않는다. 골목을 나서 큰길에는 죄수를 실은 것말고 또 시체를 담은 금빛 자동차가 하로에도 몇 번이나 무학재 고개를 넘나들었다. 대개 고개 너머 홍제원에 화장터가 있는 그 까닭이다.

그래도 자동차는 또 오히려 낫다. 그것은 위선 빨리 달릴 수 있는 수레이어서 잠깐 사이에 우리의 시계를 벗어나 버린다. 그러나 상여라든 그러한 것의 행렬은 느리고 길고 격에 맞추어 부르는 '에-홍' 소리와 또 (아마 어리석은 생각에 예식을 갖추은 우에도 더욱이 장하고 화려하기를 꾀하여서의 일이겠지……) 악대樂隊를 사서 '내 고향을 이별하고'와 같은 통속명곡을 취주吹奏하게 하는 등 귀와 눈에 함께 언짢기가 여간이 아니다. 올 정월에 첫돌을 지냈을 뿐인 내 딸이 아즉은 할멈의 등에 업히어 그 장엄한 행진의 내용을 알 턱이 없으나 이제 2, 3년을 못다 가서 늙은이의 잔등이를 비는 일 없이 제 발로 혼자 거리까지 뛰어나와, 그렇게 어린 설영이가 벌써 인생의 무상을 안다든 그러할 것을 나는 물론 마음 깊이 꺼리지 않을 수 없다.

그래 이래저래 수히 다른 동리로 떠나야 하겠다고 누구에게 이야기를 하였드니, 그는 곧 맹자 자당의 일화를 생각해내는 모양이었으나, 내 딸보다도 당장 내 자신을 위하여 여기는 오래 머물러 있을 수 없는 곳이다.

문밖이라니까 그 말만 듣고 곧 그럼 공기가 맑고 조용할 게라고 말한 이도 있었으나 매우 유감이라 할 수밖에 없는 것이 이곳은 결코 조용하지도 공기가 맑지도 않다.

그러면서도 객쩍게 구석진 곳이 되어 이른바 도심지대를 향하여 집을 나설 때 원래가 허약한 나는 그것이 별로 급한 볼일이라든 그런 것이 아닌 경우에도 또박또박 전차를 타지 않으면 안 된다.

가난한 내게 있어 그것은 딱한 부담이다.

나는 곧잘 정류장에가 서서 좀처럼 오지 않는 전차를 기다리느라 지치며 맞은편 언덕진 밭에서 일하는 죄수를 보고 독립문께서 들려오는 '에—흥' 소리를 듣고 참말 어디 다른 곳으로 수히 좀 떠나야 …… 하고 눈살을 찌푸려 본다.

모화관—용두리

그렇게 나 사는 동리에 불평과 불만을 가지고 있는 것은 물론 나 한 사람뿐이 아니다. 안해도 그러하였고 내 딸도 그러하였고 — 내 딸은 이제 겨우 생후 만 일 년하고 오 개월, 도저히 그러한 것에 관하여 의견을 진술할 재주를 못 가진 것이나 구두를 신켜 주면 제법 잘 돌아다니는 그를 뜰은 좁고 또 대문 밖은 비탈이 지고 층계가 있고 그래 할멈 잔등이에서 내려 놓아 주지는 않았고, 또 그의 일과로 낮에 두어 번 고요히 잠들려면 앞뒷집에서 격금내기로 무슨 '나미다노 와다리도리'*니 '아나다 또 요베바'** 더구나 요사이는 길 건너집 젊은이가 '앞에 가는 저 여자

---

* '눈물의 철새, 후처, 뜨네기 생활자' 정도로 해석되는 당시 유행가.

앞니가 **빠졌네**'라나 무어라나 하는 것을 구하여다 놓고 어떤 때는 십여 번씩도 연속적으로 틀고는 그것에 맞추어 결코 듣는 이에게 쾌감을 주지 않는 목소리를 높이어 노래를 불렀으므로 아무리 천성이 착하고 또 유순한 내 딸로서도 그 마음에 불평이 없을 것이랴? ……

그러나 누구보다도 우리가 이 동리로 이사온 것에 대하여 불만을 품었든 것은 우리를 따라 문안서 이곳으로 나오지 않으면 안 되었든 할멈이다.

그는 원래 내 처가에서 부리든 사람으로 춘천서 서울 온 지는 고작 사년이나 그밖에 안 된다. 별로 들어 말할 장점은 없었으나, 무엇보다도 우리로서는 별로 그를 내어보낸다거나 그러할 의사는 없었다.

"내가 설영이를 그 중 귀여헌다면, 그건 거짓말이죠. 그 중 귀여허긴 아무래두 내 손주 계옥이구, 설영인 둘째죠."

그는 곧잘 그러한 말을 하였고, 우리도 그것은 당연한 일일 게라고, 하여튼 제 손주 바루 다음으로 우리 딸을 사랑해 준다는 것이 우리 부처로서는 감격할 일이었다.

그러나 그가 자기의 가장 사랑하는 손주를 보기 위하여 자주 집을 나가는 데는 딱 질색이다. 이리로 나온 당초에는 열흘에 한 번씩, 그것도 점심을 차려 놓고 부리나케 갔다가 저녁 전에는 돌아오고 하였으나 어느 틈엔가 그 도수가 잦아져서 여드레만큼도 가고 닷새만큼도 가고 또 아침만 해먹고 가서는 저녁 후에야 오기도 하고 저녁 후에 잠깐 이를 말이 있어 다녀오겠다든 사람이 이튿날 해질 임시에야 돌아오기도 하였다.

"계옥이가 배탈이 나서 뒤집어 엎는군요."

"집이 팔려 새루 방을 구허러 대니느라 늦었죠."

** '당신이라고 부르면, 메아리' 정도로 해석되는 당시 유행가.

그러한 것은 좋아도,

"빨래가 글쎄 이렇게 밀렸군요. 그래 그걸 좀 빨어 주고 오느라―"

라든지 그러한 말에는, 그 동안 내외가 아이와 씨름하느라 반찬가가로 통장을 들고 나가느라 또 아궁지마다 군불을 지피느라 한참 부산하였든 우리로서 결코 듣기 좋지는 않었다.

그는 그러한 우리의 기색을 무안쩍게 살피며 그때마다 으레히 한마디 씩은,

"아유, 엔간히 멀어야지 걸어서 꼭 세 시간은 걸리는걸."

하고 그러한 말을 하였다.

그의 큰아들은 동대문 밖 '용머리'에서 산다. 세 시간씩은 안 걸리겠지만 제법 먼 거리임에는 틀림없다. 우리는 몇 번인가 좀 일즉어니 다녀오라고 전찻값을 들려 보냈으나 그는 결코 한 푼의 돈도 그렇게 쓰려 들지는 않었다. 사기 공기라든 그런 것을 하나 사고, 2, 3전 남는 돈으로 손주 먹으라 과자를 사고, 그래 '꽈―간'서 '용머리'까지를 꼭 걸어서 내왕하였다. 그리고 때때 생각난듯이,

"동대문 밖에두 새집 세 논 게 많든데, 게가 예보다두 살긴 실상 좋죠."

그러한 말을 하곤 하였다.

불운한 할멈

이 할멈은 그러나 우리가 용이하게 동대문 밖이라든 그러한 곳으로 이사를 가려 들지는 않는 것을 보자 둘째며누리 해산할 날이 가까워 아무래도 자기가 가 봐 주어야만 되겠다는 것을 핑계 삼아 우리 집을 나갔다. 물론 다시는 남의 집을 못 살겠는 것이 아니다. 반찬가가 주인마누라에게 하였다는 말을 들어보면, 그는 더 좀 자주 손주 얼굴이 보고 싶어 꼭 동대문 '밖'이 아니드라도 그 '안', 예를 들자면 '첫다리께'라든

지, '양삿골'이라든지 그러한 곳에도 안짬재기로 다시 들어갈 의사인 듯싶었다.

다음에 집에 들어온 할멈은 먼저 할멈보다 나이가 네 살이나 위였으나 일이 잰 점에 있어서는 뉘집 할멈에게도 지지 않을 게다. 참말 시원스럽게 일을 잘한다.

그러나 그 값을 하느라고, 나이 먹은 사람다웁지 못하게 퍽 위인이 경망되어 객쩍은 거짓말도 한두 마디씩은 하고 안할 소리 못할 소리도 곧잘 하였다.

서로 사귄 지 아직도 두 달이나 그밖에 안 되기는 하지만 피차 마음이라든 성미는 그만하면 알련만 그는 우리가 저를 믿고 있는 것을 저는 꼭 믿지 않어, 가령 무얼 사고 거슬러온 돈을 방문턱에 놓기라도 하여 설영이가 그것을 휘질러 한 푼이 안 보일 때,

"십오 전 거슬러 오지 않었수?"
하고 안해가 부엌에다 대고 말한다면

"왜 한푼이 없어요? 그게 어딜 갔누?"

그리고 안해가,

"어디 방 속에 있겠지 어서 상이나 보우."
하고 말하여도 듣지 않고 방으로 들어와서는,

"아니 어딜 갔나? 분명히 예다가 났는데 …… 이상헌 일두 다 있네."
쉴사이 없이 중얼거려 가며 대체 그 한 푼의 돈을 찾어낼 때까지는 부엌에서 밥이 넘거나 찌개가 졸거나 오직 방안과 마루를 헤매도는 것이다.

바루 요전 번에는 안해가 아이를 데리고 처가에 잠시 간 사이,

"서방님 나 잠깐 딸네 집에 갔다 곧 올께요."
하기에 그랬드니 무엇을 주섬주섬 보퉁이에다가 싸가지고 대문을 나서려다 돌쳐서서 내 방 앞으로 오며

"저어 아씨 안 계신 틈에 뭐나 훔쳐 가는 줄 아지 마세요. 이건 내 헌 고쟁이를 ……."

하고 늘어놓은 것을, 나는 참말 마음이 좋지 않아 고개도 돌리지 않은 채,

"무슨 말을 그렇게 한단 말이요? 어서 갔다 오–"

하고 소리를 버럭 질르기조차 하였다.

워낙이 위인이 그러하였으므로 총명한 내 딸은 쉽사리 그와 친하려 들지 않았다. 밖에 데리고 나간다는 통에 더러 그에게 업히거나 안겼지 집안에서는 도무지 그에게 가려 들지를 않았다.

그래도 우리는 별 큰 허물이 없는 이상 자주 사람을 간다든 그러고 싶지 않았으므로 이제 좀더 있으면 설영이도 그와 사괴리라 생각하였고 사실 요사이 와서는 할멈이 등을 갖다 대면 제법 어깨에가 매어달리게 끔 되었으나 사람의 일이란 공교로웁기가 한이 없어 그렇게 어깨에가 매어달린 설영이를 업고 할멈이 바루 옆집으로 놀러갔을 때 그곳에서 그는 바루 오 년 전에 이십 원 빚을 진 채 소식을 끊었던 중년부인과 마주 대하지 않으면 안 되었다.

재동 사는 그는 참말 오래간만에 그 집에를 놀러왔든 것이요, 그 집에서는 그 손님과 집이할멈의 관계를 알 턱이 없는 노릇이다. 그 시각에 그 집 대문만 할멈이 들어서지 않았드면 혹은 영구히 그 빚은 갚지 않아도 좋았을지 모르는 것을 사실은 역시 소설보다 기이하였다.

채권자와 채무자는 서루 장시간 협의한 끝에 수히 우리집을 나가는 대로 그에게로 가서 몇 해를 안잠을 자서라도 갚기로 서로 작정이 된 모양이다. 할멈의 불운도 불운이려니와 우리는 또 사람을 새로 구하느라 고생하지 않으면 안 될 게다.

『조선일보』 1937년 5월 28일~6월 2일

옆집 중학생

우리 옆집, 어린 여학생들이 어찌나 유난스러웁게 웃고, 울고, 재껴리고, 노래를 하고, 그러는지, 우리들, 나와 안해는 봄내, 여름내, 하루라도 일즉어니 그들에게 경사가 있으라고, 오즉 그것 하나만을 은근히 바라고 있었든 것이, 이번 가을 들어서자, 색씨들은 고사姑捨하고, 그 집 식구가 전부 어데로인지 이사를 가는 모양이라, 이제는 글 한 줄이라도 조용히 읽고 쓰고 할 수 있을 게라고 좋아하였든 것도, 그러나 부질없은 일로, 새로이 그 집에 든 사람은, 그들 자신이 학교에 다니는 딸을 가지고 있지 않은 대신에, 바로 그 먼저 유난스런 색씨들이 거처하든 방에다, 어느 중학에 다니는 남학생을 둘씩이나 친 까닭에, 혹시나 펴지는가 싶었든 우리들의 눈살은 다시 찌프려지지 않으면 안 되었다.

그들은, 내가 공부하기에 적당한 그러한 시간을 택하야, 그들의 학업에 힘썼으므로 내가 내 일에 정신을 집중시키려 하드라도 그것은 용이하지 않았다.

하나이 영어 독본을 낭독하느라면 또 하나는 동양사를 암송하기에 바뻐, 맞대어 놓은 책상 앞에가 그렇게 마주 앉어, 제각기 큰 소리를 내일 것 같으면, 서로 학습에 방해가 될 것은 분명한 일이련만, 그것도 역시 무슨 재준지, 일즉이 그들은 상대자에 대하야 아모런 불평도 말한 일 없이 언제까지든 그렇게 소란하게 또 평화로웁게 공부들을 하였으므로, 결국, 직접 피해를 보는 것은, 애꾸진 우리들이다.

특히, 시험 때도 아니연만, 그렇게 매일같이 복습을 게을리 않는 것은 대개, 두뇌가 그리 명석하지 못한, 우직한 학생들에게서 흔히 보는 현상으로, 그 열심의 분수로 보아서는, 필연 그 성적들이란 그리 양호하지 못하리라, 대강 짐작은 서지만 그러한 것이 나에게는 아모 문제도 될 턱없이, 오즉 그들과 그들의 주인집과의 사이가 좋지 못하다든 하야 그들이 불쾌하게 떠나 버린 그 뒤에 찾어드는 학생이라는 것이, 혹, 바루 샌님같이 얌전하다거나, 또는 밤낮 밖옅으로 나돌아다니기가 일쑤인, 이를테면 불량 학생이라거나 하는 그러한 것이어서, 공연히 까닭도 없이 옆집 가난한 선비를 괴롭히지나 않었으면 하는 것이나, 옆집 주인마누라쟁이는, 뜻밖에도 그들을 사랑하야 하로에도 몇 번씩 그들과 이야기를 하려, 그들 방으로 건너왔고, 그들도 곧잘, 쥔아주머니 군밤 좀 드릴까요 하고, 화기가 자못 애애한 것은 적지아니 유감이다.

그들의 공부는 대개 열점이나 열한점 그러한 시각이라야 끝이 나는데, 그들에게는 이상한 버릇이 있어 누구든 제 공부가 끝이 나면, 즉시 책을 탁 덮어서 탕 하고 책상을 한번 치고 나서, 제 동무야 그저 기하幾何 정리를 암송하느라 골몰이거나 말거나, 제멋대로 한바탕을 휘파람을 부느라면, 그의 동무는 또 동무대로, 오즉 제 일에만 열중하다가, 그것도 마침내 끝이 나면, 저도 책을 탁 덮어서 탕 하고 책상을 한번 치고 나서, 곡조도 잘 맞지 않는 유행가를 부르는 까닭에 그 소란하기란 짝이 없다.

그리고 나서 곧 자느냐 하면, 결코 그렇지 않어, 그 다음 한 시간은 그들의 담화 시간으로, 교사들에 대한 험담 기타며, 각종 오락에 관한 소감, 그리고 또, 가령 몇 군데 우동집에 관하야, 그 점내의 설비라든, 객에 대하는 주인의 태도 등의 비교 연구 같은 것으로, 자정 이내에 우리들을 재워 주는 일이 결코 없어, 차라리 먼점번의 여학생들이 그래도 나었다고, 안해는 몇 번인가 말하였고, 나도 그것에는 의견이 같으나, 물론, 옆집 중학생이야 그러한 것을 눈치챌 까닭 없이, 또 요사이는 어데서 수풍금手風琴이라는 악기를 구하여 가지고 와서, 바로 지금도, 그 둘 중의 누구인지, 서투른 솜씨로 '나의 고향'을 연주하느라 골몰인 것은 적지아니 한심스러운 일이다.

『중앙』 1936년 11월

우산

가소로운 장면

별로 추위라 할 추위도 겪어 본 일 없이 어느 틈에 겨울을 나고 경칩驚蟄보다도 앞서서 바로 봄날같이 풀린 날씨에 이 날은 또 나무에 물 오르라고 부실부실 비조차 나린다.

나는 오후에 볼일을 가져 집을 나서지 않으면 안 되었든 것이나 본래 우산을 휴대하고서의 외출을 나는 질기지는 않는다.

손에 들 때에 한 개의 단장은 도리어 나의 걸음을 경쾌하게 하여 주는 것이나 한 자루의 우산은 이를테면 짐이다.

그래도 비는 만만하게 볼 수 없게스리 나리였고 또 내가 다시 집으로 돌아올 그러한 시각까지에 결코 개일 듯은 싶지 않았으므로 나는 산 지는 오래 되어도 별로 쓴 일은 없는 우산을 받고 큰길로 나갔다.

이만 시각이면 이곳 영천靈泉 방면에는 전차가 한참 만에야 오고 또 갔다.

나는 비 나리는 안전지대 우에가 서서 결국 우산을 가지고 나온 내 몸을 다행하게 생각하였든 것이나, 문득 눈을 돌려 한 옆을 보았을 때 나는 과연 한 자루의 우산이 내게 가져올 수 있었던 것을 이름지어 능히 다행이라 할 수 있을까—스스로 의심하지 않을 수 없었다.

그곳에는—같은 안전지대 위 나에게서 한 간통이나 그밖에는 안 떨어진 곳에 한 여인이 우산을 준비하지 못한 맨머리에 그대로 나리는 비를 맞으며 서 있었다.

한 손에 하나씩 결코 적지않은 보퉁이를 만들어 든 그는 설혹 우산이 있드래도 주체스러울 것에는 틀림없어 그가 이렇게 우중임에도 불구하고 생각없이 밖에 나온 것은 혹은 전혀 그 까닭일지도 모르나 그러한 것이야 어떻든 스물대여섯이나 그러한 젊은 여인이 나리는 비를 그대로 맞고 서 있지 않으면 안 되었든 것은 적지않게 애처로운 일이다.

나는 물론 이러한 경우에 냉담할 수 있는 종류의 사람이 아니면 그렇다고 하여 나는 감히 나의 우산 아래 절반의 지대를 그에게 빌려줄 수 있는 일일까.

우리 조선 사람들은 아직 그러한 풍습에 익지 않았고 또 우리는 그러한 일을 대개는 악의로 해석하는 경향을 갖는다.

나는 결코 오십이나 육십이나 그러한 노인이 아니었고 그렇다고 그는 또 고작 십오륙 세나 그러한 소녀가 아니었다.

그는 구차스러이 나의 호의를 용납하느니 오히려 싸늘한 빗물에 온몸을 적시는 것이 마음의 불안을 적게 할 게다.

나는 좀처럼 오지 않는 전차를 저주하며 차라리 우산을 가지고 나오지 않았드면— 하고 그러한 가소로운 생각조차 하지 않으면 안 되었다.

아름다운 풍경

밤 열점이나 그러한 시각에 악박골로 향하는 전차는 으레히 만원이다.

나는 물론 그 속에 자리를 구하지 못하고 우울하게 사람들 틈에가 비비대고 서 있지 않으면 안 된다.

밖에도 역시 비가 쉬지 않고 나리고 있었으나 대부분의 승객은 우산을 휴대하지 않았다.

비는 정오 가까이나 되어 오기 시작하였으므로 그들은 응당 그 전에 집을 나선 사람들일 게다.

나는 다시 한번 살피어 구하기 어려운 피로를 그 얼골에 그 몸에 가지고 있는 그들이 거의 모다 그의 한 손에 점심 그릇을 싸들고 있는 것을 알았다.

아침 일즉이 나가 밤이 이렇게 늦어서야 돌아오는 그들은 필연코 그 살림살이가 넉넉지는 못할 게다.

근소한 생활비를 얻기에 골몰하는 그들이 대체 언제 어느 여가에 그들의 안식과 오락을 구할 수가 있을 것인가. 더구나 이렇게 밤늦게 궂은 비는 끊이지 않고 나려 우산의 준비 없는 그들은 전차 밖에 한걸음을 내어놓을 때 그 마음의 우울을 구하기 힘들 게다.

그러나 나의 생각은 이를테면 부질없은 것으로 내가 현저정 정류소에서 전차를 나렸을 때 나와 함께 나리는 그들을 위하여 그곳에는 일즉부터 그들의 가족이 우산을 준비하여 기다리고 있었고, 더러는 살이 부러지고 구녕이 군데군데 뚫어지고 한 지우산을, 박쥐우산을 그들은 반가이 받아들고 그들의 어머니와 그들의 안해와 혹은 그들의 누이와 어깨를 나란히하여 그들의 집으로 향하여 돌아가는 것이 아닌가.

내가 새삼스러이 주위를 둘러보았을 때 아즉도 돌아오지 않는 아들을 위하여 남편을 위하여 혹은 오래비를 위하여 우산을 준비하고 있는 여인들은 그곳에 오즉 십여 명에 끄치지 않았다.

나는 그들에게 행복이 있으라 빌며 자주는 가져 보지 못하는 감격을
가슴에 가득히 비 나리는 밤길을 고개 숙여 걸었다.

『백광』1941년 5월

바둑이

'개'라고 일컫는 동물이 있습니다. 사람들은 흔히 이것을 사랑하고 기르고 그러는가 봅니다. 우리 동리에도 실로 여러 집에서 마음을 수고로이 하여 이 축생을 먹여 살리고 있습니다. 허지만 나는 결코 이것들에게 호의를 갖지 못합니다.

앞집 누렁이가 말이냐고요? 누렁이뿐이 아닙니다. 신둥이도, 검둥이도, 삽살이도, 바둑이도, 또 반찬 가가 '쫑'이란 놈도 ……. 어떻든 개란 놈을 나는 좋아하지 않습니다.

가만히 보십쇼그려. 이놈의 행세란, 그저 심심하면 괜스리 아무나 보고 컹컹 짖고, 툭하면 아무데나 똥을 깔기고, 호옥, 죄 없는 이웃집 닭이나 놀래 주고,…… 어데 그뿐입니까? 그러다가 몸이 근질근질하면, 양지짝에가 몸을 굴려—무어 제법 원숭이라든 그런 것들처럼 속속들이 털을 헤치고 용하게 한 마리씩 잡아내어, 아주 달게 먹는다는 그러한 재주가 있나요?—그러니까, 그대로 아무 데나 대고 제 몸에 붙었던 벼룩이란 놈을 털어 놓을 양이면, 양지짝이라는 데는, 흔히, 이제 두 살이나 세 살, 그밖에 더 안 된 어린 아이들이 간밤에 오줌이라도 싼 포대기를 널어놓는 곳이 돼 놔서, 그래 그날 밤, 불운한 어린이는 영락없이 개벼룩 때문에 잠을 못 자고, 그러니까 물론 아이 어머니도 잠을 못 자고…… 그래, 이튿날 아침에 한참 졸리운 눈을 부비고 일어나, 부랴부랴 시간 밥을 대서 하느라면, 호옥, 밥을 풀을 만들어 놓게도 되고, 또는 된장찌 개라는 그러한 것이 너무 짜게도 되는데, 워낙이 음식 솜씨에는 자신이 없는 터이라, 매양 아지노모도*나 그저 쳐서 어름적거리던 것이, 이날 은 이처럼 졸립고 또 바쁘고 한 통에 그만 정작 넣을 것은 안 넣고, 안 넣어도 좋을—, 이를테면 머리카락 같은 것이라도 슬쩍 넣게, 어떻게 그렇게라도 일이 공교로울 것이 아니겠습니까? 허지만, 무어 안해가 고 의로 그래 놓은 것은 아니니, 모른 체하고 슬쩍 수저 끝으로라도 건져 내버리고, 특히 그러한 경우일수록에, 딴 때 없이 밥 한 그릇을 달게 다 먹고 볼 말이면, 제자신 인격의 연마도 되겠거니와, 아낙에게 내리는 무 언의 교훈이 또한 훌륭하겠지만, 원래가 성미 까다롭고 비위 약한 것이 시체時體 젊은 사내들이라,

"에이 참. 이게 뭐야, 이게 …… 온, 내, 더러워 먹을 수가 있나?"

자기는 비록 오십오 원짜리 월급쟁이라 하드라도 그래도 이 집안에서 는 그 중 어른이래서, 그래, 떠억 아랫목에가 상을 받고 앉았고, 안해는 그러니까 필위적必爲的으로 윗목에가 앉아서, 부석한 얼굴로 몇 차례씩 하품을 하여 가며 어린아이 입에다 젖꼭지를 물리고 있는 판인데, 난데 없이 그러한 소리가 들리니까,

"뭐—?"

하고 되묻고 볼 양이면,

"뭐는 뭐야? 어떻게 허는 거게, 음식이 왼통 머리카락 천지구, 에

---

* 아지노모도 : 미원(味原)의 일본 발음. 조미료.

이······."

저엉 비위가 역하여 못 먹을 바에는 그도 어쩌는 수 없는 노릇이니, 그러면 그런대로 수저나 점잖게 놓고 일어서면 좋을 것을, 아직 수양이 부족해 놔서, 팩! 아무 데나 동댕이를 치고 밥상을 덜컥 떠밀고 그러니, 그야 머리카락을 밥상에 곁들여 올린 것은 과시 자기의 잘못이지만, 그러한 잘못쯤은 흔히 아무 부인에게나 있는 일이고 한데, 그쯤 가지고 그렇게까지 할 것은 또 무엇이 있느냐고,

"온, 참, 머리카락쯤 들어갔다구 밥 굶으실 꺼야 뭐 있수?"

못마땅하게 볼따구니를 씰룩거리게도 될 것이 아니겠습니까? 그러면 이러한 경우의 남정네들의 마음이란 또 어떠냐 하면,

'문제는 단순히 머리카락에만 있는 것이 아니다. 그보다두······.'

그보다두? — 물론, 트집을 잡자면 한이 없는 것이어서, 그래도 결혼 당시는 그렇지도 않았는데 삼 년쯤 지나는 사이에,

'원, 저렇게두 변한달 수가 있나?'

머리 꼬락서니하고, 파닥지 생긴 모양하고, 또 젖통을 드러내고, 저, 앉었는 체격······.

'온 흡사 행랑어멈이 아니야?······.'

그가 행랑어멈이면, 자기는 갈 데 없는 행랑아범이라, 그래 순간에, 그의 인생관은 한없이 어두워질 수도 있을 것이 아니겠습니까?

학생 적에 배운 영어는 단자單字만 하여도 수천이 넘지만, 이제는 그 대반大半을 잊은 터에 유독 '어그리'란 놈이 그저 기억에 남아 있는 것도 기이한 일로,

'오— 어그리다, 어그리야. 머리카락두 어그리구, 예펜네두 어그리구, 인생두 어그리구······.'

전도前途에 광명을 상실한 회사원이 울울히 집을 나설 때, 다른 때나

한가지로 꼬리를 흔들며 골목 밖에까지 따라나오는 바둑이의 머리를 그는 한번 쓰다듬어 주고,

　‘내 벗은 너밖엔 없구나. 오— 충견 바둑아……’

　그리고 그는 가만히 한숨조차 토하여 보는 것입니다.

『박문』 1939년 10월

잡설-(1)

도하都下에 한 관상자觀相子 있어 일찍이 내 상을 보고 이르되,

"면사귤피面似橘皮하니

득자필만得子必晩이라."

하였더라.

내 상모狀貌를 가리켜 귤피橘皮와 흡사하다 함은 그러나 그의 발명한 배 아니오, 이미 십수 년 전 중학 시절에 일一 악우惡友가 나를 별명지어 부르되 오렌지Orange라 함에 비롯하였으니, 이는 대개, 내 변성기에 있어 면상에 창궐하던 여다념女多念*이 종시 그 흔적을 그대로 남겨 두어, 그 들고 나고 한 형상이, 마치 천체망원경으로 관측한 월세계月世界의 표면과 방불하다 이름이라.

이는 내 스스로도 그러히 여기는 바로 그렇길래 내 급笈을 부負하고 멀리 강호에 놀새 회화를 지도하던 영국 부인에게 자기 소개를 함에 있어,

"…… 여余는 두 개의 별명을 소유하니, 일一은 라켓Racket이라, 이二

---

* 여다념 : 여드름.

는 대개 여余의 면모가 장구함으로부터 좋아온 것이오, 타他는 오렌지 Orange니, 이는 실로 여余의 면상에 다수한 여드념이 존재한 소이로다." 하였거니와, 미차혜美且慧한 나의 은사는, 이윽히 내 말을 듣고 나더니, 문득 완이이소莞爾而笑하고 이르되,

"무릇 오렌지라 일컫는 실과實果는 그 껍질이 비록 추하나 그 맛이 상줄 만하니, 그대의 상모 얼른 보기에 비록 심히 아름다웁지는 않으나 내 족히 그대의 군자됨을 알겠노라."
하니 이는 대개 그의 가장 꾸밈없는 감상이더라.

이래以來 십 년 내 한결같이 성현의 가르치심을 본받아 덕을 닦고 배움을 힘씀이 오직 실적은 없이 이름만 헛되이 전할까 저어함이러니, 뉘 능히 뜻하였으리오, 상모 귤피와 같음은 겸하여 득자의 필만必晩할 것을 알겠노라 하니, 인인군자仁人君子됨이 또한 어려웁도다.

그러나 이미 하늘이 정하신 바를 내 감히 누구를 원망하고 누구를 허물하리오. 내 실인室人이 연달아 두 번 딸을 낳으며 아직 아들은 없으되, 내 그를 죄주지 않고 더욱 인격 연마에만 전심하니 비록 그 소문이 밖에 들리어 인근이 모두 내 덕을 일컫는 것은 아니로되 실인의 나를 경모함이 날로 더하여 시끄러웁고 어지러운 소리 이웃에 들리지 않으니, 이는 본래 어진 선비의 가풍일지라.

그러나 내 비록 저를 죄주지 않으나 제 어찌 스스로 마음에 떳떳할 것이라. 실인이 가만히 분발한 바 있어, 이에 세 번째 회잉懷孕하니, 비록 태아의 남녀를 미리 판단할 도리 없으나 그 뜻만은 장하도다.

소문이 한번 밖에 들리매 우선 여천黎泉* 선생이 예단하되, 필시 또 여아이리라 하니, 이는 대개 그가 슬하에 딸만 삼형제를 두어 매양 영규

---

* 여천 선생 : 이원조.

슈閨와 더불어 후사를 염려하는 나머지에 은근히 내 복을 시기함이니, 덕이 박한 이의 상정이거니와 회남공懷南公*은 이르되, 이번에는 한번 아들을 나보슈 하니, 말은 비록 귀에 달가우나 뜻은 또한 그렇지 못하여, 여천 선생의 삼녀三女, 구보자仇甫子의 이녀二女에 비겨 공公은 실로 이자二子를 두었음에 스스로 교기驕氣를 금치 못함이라.

그러나 사람의 귀천이 오로지 현우賢愚에 있고 남녀에 있음이 아니니, 외우제공畏友諸公이 비록 어지러이 논의하나 개의치 말고, 내 실인은 오로지 태아를 위하여 덕을 쌓으라.

『문장』 1939년 9월

---

* 회남공 : 안회남.

잡설-(2)

기묘己卯 추추秋 8월 가배절嘉俳節에 실인室人이 일아一兒를 분만하니 곧 옥 같은 동자라, 이날 경향京鄕이 함께 술을 두고 떡을 빚어 즐기더라.

대개 귀인이 세상에 날새, 앞서 기이한 몽조夢兆나 혹 서상瑞祥이 있음은 자고로 누구나 일컬어 오는 바이라, 그래, 내 일즉부터 길몽 있기를 가만히 꾀하였더니, 마침내 이를 얻지 못하고 이 날에 미쳤는지라, 한때 마음에 저윽이 섭섭한 정을 금하기 어려웠으나, 곧, 다시 생각하되, 이는 모두 근세에 이르러 인지人智가 크게 발전되고 전등의 류가 발명된 연고라, 제 비록 귀히 낳되, 어찌 예와 같은 신이神異를 바라겠느냐. 내 황연怳然히 깨닫고, 곧 손을 들어 실인의 등을 어루만져, 써 그의 수고로움을 사례하고, 이에 문간에 나아가 몸소 인줄을 매어 놓으니, 이는 대개 온갖 부정과 잡인의 출입을 금하기 위함일러라.

방에 돌아와 실인으로 더불어 강보 소아를 살피어보매, 봉안鳳眼 여미麗眉에 안색이 중조重棗와 같음이 한수정후漢壽停候 관모關某를 방불케 하며, 울음 소리 또한 영특하여 한번 입을 열어 소리를 발하매 칸반방間半房이 크게 진동하는지라, 족히 저 인물의 범상되지 않음을 알겠도다.

마침 문전에 부르는 소리 있어 뉘 나를 찾기로, 나아가 보니 이는 학예사 사동이라, 제 자행차自行車를 달려 바쁘게 내게 옴은 오직 사명社命을 내게 전코저 함이러니, 제가 사社에 돌아가 복명함에 미쳐, 내 집에 산고가 있음을 아울러 보報하되, 구보댁에 또 여아가 탄생하였더이다 하니, 이는 제가 내집 문전에 걸린 인줄만으로 경망되이 판단하였음이라.

　대개, 동속東俗에 여아를 낳매, 인줄에 숯만 꿰어 달고, 남아를 얻으매, 숯과 함께 고추도 아울러 달더니, 근자에 이르러 남아를 얻고도 고추를 달지 않는 풍습이 성행하는지라, 혹은 이르되 이는 아들 얻기를 목마른 이 물 구하듯 하는 자—남의 복을 흠선欽羨하는 나머지에 더러 어둔 밤을 타서 인줄에 매인 고추를, 가만히 취하여 갈까 저어함이라 하되, 내 어찌 무지한 아녀자와 더불어 이렇듯 허망된 말을 믿으리오. 다만, 그날 집안에 고추를 구하지 못하여 내 오즉 숯만 달았더니, 저 사동이 그 하나만 알고, 미처 그 둘을 몰라 그릇 전하였더라.

　소문이 한번 밖에 들리매, 딸만 연달아 삼형제를 두고 아직 아들은 없는 여천黎泉 선생이 스스로 기쁨을 이기지 못하여 곧 주효酒肴를 베풀어 회남懷南, 규섭圭涉 등 제공諸公으로 더불어 하룻저녁을 즐기니, 이는 곧 저의 하고자 않는 바를 남에게 주어 가만히 쾌快하다 하는 마음이라. 성현의 가르치심이 크게 어긋나나니, 선생이 스스로 원치 않는 딸만 낳아 장래 여학교 입학난만 더하게 하게 됨이, 오로지 그의 덕이 박하고 어질지 않음에 말미암은 것이라, 선생은 반드시 세 번 생각하여 마음을 바로 가져 써 후사를 도모할지어다.

『문장』1939년 12월

결혼 5년의 감상

편집 선생이 나에게 글을 청하시며 제목을 내어주시되 '결혼 5년의 감상'이라 하시었습니다.

결혼 5년—

내가 안해를 맞아들인 지 이미 5년이 지냈는가 하고 생각하여 보니 나와 나의 안해가 신랑 신부로서 초례청에서 마주보고 같이 백년해로를 맹세하였던 것이 그것이 바로 소화 9년 가을의 일이었으니까 딴은 이번 10월 27일로써 우리들의 결혼 생활도 만 5년—햇수로는 어언간에 6년이나 되는 폭입니다.

결혼 5년—

5년이란 시일이 무어 그리 길다고 하겠습니까마는 그래도 이제 우리가 서로 손을 맞잡아 걸어온 길을 돌아보고 그 사이 있었던 가지가지의 일을 되생각하여 볼 때 그것은 우리에게 있어 또한 그다지 짧은 시일도 아닌 것 같습니다.

그때만 하여도 아직 학생티가 그저 가시지 않았던 젊은 남편은 이제 이미 삼십의 고개를 넘었으며 노랑저고리 다홍치마가 어울리던 안해도 이제 세 어린것의 어머니가 되었습니다.

그러나 5년의 시일을 두고 언제든 변치 않은 것은 나의 '가난'입니다. 나는 남들만큼은 안해와 어린것을 사랑하는 까닭에 내가 가난하므로 하여 저들을 좀더 다행하게 하여 주지 못함을 생각할 때 못내 죄스럽고 또 슬픕니다.

그러고 보니 결혼 생활 5년에 내가 절실히 느낀 것은 '돈의 귀함'입니다. 내 집에 안해를 처음으로 맞아들였을 때 나는 안해를 위하여 비로소 '돈의 귀함'을 배웠거니와, 이제 세 어린것의 아버지 노릇을 하게 되매 그 느낌이 절실한 바가 있습니다.

나의 안해는 숙명여고를 마치고 여자사범 연습과를 나온 여교원이었습니다. 그는 나와 결혼하기 한 해 전에 교원을 그만두었던 것입니다마는 나와 결혼한 뒤 얼마 지나지 아니하여 다시 교원 노릇을 하겠노라고 원하였습니다. 그는 가난한 속에서 혼자 허위대는 남편의 모양이 보기에 딱하고 민망하였던 모양입니다.

그러나 나는 그의 의견을 좇지 않았습니다. 안해가 비상한 결심을 하고 다시 교편을 잡는다 하더라도 그것이 우리의 생활 위에 얼마나한 윤택을 가져다 줄지 그것은 빠안한 노릇이었고 그 분수로는 엄청나게 무능한 남편의 마음 속에 서글픈 정만 클 것이 싫었던 까닭입니다.

안해가 아직 처녀 적에 삼 년간 시골 보통학교에서 교원 노릇을 하였다는 것만으로 나의 마음은 곧잘 애달픈 정을 느낍니다. 다른 별 까닭 아니고 오직 남편이 가난하기 때문에 다시 교단에 선다는 것은 내가 바로 가난한 연고로 하여 마음에 견디기 어려웠던 것입니다.

안해가 큰딸 설영이를 낳은 것은 소화 11년 1월 16일 오후이었습니다. 지금도 눈앞에 당시의 정경이 서언합니다만은 눈이 제법 오고 매섭게 치웁던 날입니다.

　나는 안해를 동대문 부인병원에 맡겨 두고 그대로 거리를 헤매 돌았습니다. 더욱이 초산이라 하여서 진통도 심한 모양이었었는데 그러한 때 남편된 사람은 마땅히 산실 밖에 지키고 있어 안해의 아픔을 함께 아파하여야만 할 것일지도 모릅니다. 그러나 나는 차마 그곳에 머물러 있지 못하였습니다. 나의 어머니와 안해의 어머니에게 뒷일을 부탁하고 나는 그대로 병원에서 뛰어나왔습니다.

　지금도 이 생각은 변치 않습니다마는 그때 나는 자식이란 아비된 사람의 것이 아니라 어미된 이의 것이라고 깨달았습니다. 열 달 동안 뱃속에서 기르고 크나큰 아픔 속에 한 생명을 세상에 내어 놓는 기쁨을 알고 다시 이를 몇 해씩 품안에서 키우는 것을 생각할 때 자식은 아비의 것이기보다도 정녕 좀더 어미의 것이라 할밖에 없을 것입니다.

　더구나 설영이 경우에 있어서 나는 내가 이미 한 명의 어버이가 되었다는 것도 깨닫지 못하고 다방 '낙랑'에서 이상李箱이와 차를 마시고 있었습니다. 하기야 '낙랑'으로 가기 전에 들린 조선일보사 학예부에서 전화를 빌어 집에다 병원에서 무슨 기별이나 없었느냐고 물어는 보았던 것입니다. 그때가 오후 4시 10분—아직 아무 소식이 없다고 알고 나는 다방으로 갔던 것이나 그 뒤 5분이 지나지 못하여 내가 딸자식을 가진 몸이 될 줄은 꿈밖이었습니다.

　나종에야 집에 들어가서 알고 어쩐지 마음이 슬펐습니다. 왜 슬펐던 것인지는 설명하기 힘듭니다마는 분명히 가슴 한구석에 슬픔이 솟던 것을 지금도 기억합니다. 물론 아들이 아니라 딸이었기 때문이라는 그러한 까닭은 결코 아닙니다. 이를테면 분명 저의 자식이면서도 어미가 아니라 아비된 설움으로 그것을 전연 깨닫지 못하고 다방 한구석에서 언제나 한가지로 벗과 이야기를 하고 있었다는 데서 느껴진 감정일지도 모릅니다.

둘째딸 소영이 적에도 한가지이었습니다.

새문밖 살 적이었는데 이번에는 병원에 안 가고 집에서 낳기로 하여 미리 산파에게 부탁하여 두었던 것이나 내가 산파를 부르러 나간 그 사이에 안해는 혼자서 아이를 낳아 놓았습니다. 그것을 물론 알 턱 없이 나는 산파를 불러내어 집으로 보내고는 그 길로 처가로 알리러 갔던 것입니다. 설영이 적을 생각하고 이번에도 4, 5시간 있어야 낳을 것같이 그렇게만 생각하고서입니다.

거듭 말씀하거니와 자식은 어미의 것이지 결코 아비의 것이 아닙니다. 따라서—라고 말하면 어폐가 있겠지만 자식에 대한 애정도 아비가 어미를 못 따릅니다. 나도 어지간히 어린것들을 귀여워하는 사람으로 때때로 나의 안해보다도 오히려 내가 좀더 아이들을 애끼고 사랑하고 그러는 것같이 생각하러 드는 것이나 다시 냉정하게 살피어볼 때 나의 안해의 사랑에 크게 미치지 못하는 것을 시인하지 않을 수 없습니다.

그야 그렇지 않아도 좋을 경우에 아이들을 나무라고 꾸짖고 그러는 것이 나보다도 안해가 더하기는 합니다. 그러나 그것을 가지고 곧 아이들에게 대한 안해의 사랑이 나의 사랑만 못한 것처럼 생각하러 드는 것은 당치 않은 일 같습니다.

나 모양으로 어디 근무하는 곳을 가지고 있지 않고 일이라고는 오직 문필에만 종사하는 사람도 생각하여 보면 집에 앉어 있는 시간보다 밖에 나가 있는 시간이 좀더 많습니다. 나갔다 들어오면 한나절 못 보았던 어린것이 유달리 그리웁고 사랑스러울 것은 정한 이치입니다.

그러나 안해는 대개의 경우에 종일을 아이들과 함께 지냅니다. 아이를 기르는 것이 그가 맡은 중요한 사무입니다. 옷고름 한 짝을 떼어도 곧 안해가 달아 주어야 하고 양말에 흙이 묻어도 그것은 안해가 빨아 주어야 합니다.

흙작난을 한다고 진창에가 넘어졌다고 안해가 나무랄 때 언제든 옆에서 바라보고만 있는 남편이,

"아이들이란 으레 그런 거지. 그걸 가지고 그처럼 야단을 할 것이야
……."

하고 바루 안해를 되나무라는 것은─(나도 이제까지 곧잘 그래 왔고 아마 앞으로도 그러할 것같이 압니다마는)─아무래도 공변되지 않은 일 같습니다. 종일 집에 들어앉아 아이들을 보고 그 뒤치다꺼리를 하여야 하는 것이 안해가 아니라 바로 나다 하면 나는 아무래도 안해의 반만큼도 아이들에게 대하여 관대할 것 같지가 않습니다.

거듭 말씀하거니와 부성애란 모성애에 멀리 미치지 못할 줄로 믿습니다.

결혼 5년─

때때로 말다툼도 하여 보고 피차 불쾌한 순간도 가져보았습니다마는 그래도 큰 탈 없이 지내왔습니다. 이번에 첫아들 일영─昞이를 낳어 우리도 이미 삼남매의 어버이가 되었습니다. 안해가 나에게 대하여 지니고 있는 불만이나 불평은 혹은 한둘에 그치지 않을지 모르나 그 중에도 가장 큰 것은 아마 내가 좀 게으르다는 것일까 합니다. 그것은 내 자신도 시인하는 바입니다마는 나날이 커가는 어린것들을 볼 때 이제는 좀처럼 게으르고 싶어도 그럴 수 없을 것을 마음 깊이 느낍니다.

결혼 5년의 감상—

진작 하여야 할 말을 많이 못한 것 같습니다마는 하여튼 집안에 재앙 받는 일 없이 또 식구에 큰 병 앓는 일 없이 5년 동안 이처럼 지내온 것을 적지아니 복으로 알아야만 하겠습니다.

나는 안해에게도 그저 평범한 지어미가 되기와 평범한 어미가 되기를 요구합니다마는 나도 한 개 평범한 지아비가 되기와 평범한 아비가 되기를 스스로 마음에 힘씁니다.

5년 동안의 우리 살림살이를 돌아보아 비록 가난은 하나마 큰 불행은 우리들 우에 있지 않았던 것 같습니다. 앞으로는 좀더 다행한 빛이 있기를 서로 노력하여 볼까 합니다.

『여성』 1939년 12월

여백을 위한 잡담

혹, 나의 사진이라도 보신 일이 있으신 분은 아시려니와 나는 나의 머리를 다른 이들과는 좀 다른 방식으로 다스리고 있다.

뒤로 넘긴다거나, 가운데로나 모으로나 가름자를 타서 옆으로 갈른다거나 그러지 않고, 이마 위에다 간즈런히 추려 가지고 한일자로 짜른 머리—조선에는 소위 이름 있는 이로 이러한 머리를 가진 분이 없으므로, 그래, 사람들은 예를 일본 내지에 구하여 등전(藤田후지다) 화백에게 비한 이도 있고, 농조를 좋아하는 이는 만담가 대십사랑(大辻司郎오쓰지 시로)에 견주기도 하였으며, 『주부지우主婦之友』라는 가정 잡지의 애독자인 모 여급은 성별을 전연 무시하고 여류작가 길옥신자(吉屋信子요시야 노부코)와 흡사하다고도 하였으나 그 누구나 모두가 나의 머리에 호감을 가져 주지 못하는 것은 사실이다.

호감을?—호감은 말도 말고 지극한 악의조차 가지고서 나의 머리를 비난하고 한걸음 나아가서는 나의 사람됨에까지 논란을 캐인 이조차 있었다.

단순히 괴팍스러운 풍속이라 말하는 이에게 대하여 나는 사실 그것이 악취미임을 수긍하였다. 그러나 어떤 이는 내가 남다른 머리 모양을 하고 다니는 것을 무슨 일종의 자가선전自家宣傳을 위한 행동같이 오해하고, 신문 잡지와 같은 기관을 이용하여 대부분이 익명을 가지고 나를 욕하였다.

사람이란 대개가 저를 가지고 남을 미루어 보는 법이다. 나의 단순한 악취미를 곧 그러한 것과 연관시키어 생각하지 않을 수 없었던 그들은, 우선 그들 자신이 그처럼 비열한 심정의 소유자이랄밖에 없지만, 나는 속으로 무던히 불쾌하고 괘씸하였음에도 불구하고, 일즉이 그러한 것에 대하여 한마디도 반박을 시험하여 본다거나 구차스러운 변명을 꾀하여 보려 안 하였다.

그것을 이제 와서 새삼스러이 끄집어내는 것은 도리어 우스운 일일지 모르나 이것은 물론 내가 잡문의 재료에 그처럼 궁한 까닭이 아니다.

내가 이 머리를 하고 지내 오기도 어언간에 십 년이 되거니와, 내가 글 쓰는 사람으로 다소라도 이름이 알려졌다 하면, 그것은 틀림없이 나의 그 동안의 문학 행동에 힘입은 것으로, 결코 내 머리의 덕을 본 것이 아님은 두 번 말할 것도 없다.

이제 내가 내 머리에 관하여 몇 마디 잡담을 하드라도 아무도 그것을 나의 '자가선전'인 듯이 곡해를 하지는 않을 것이다. 그래, 이 기회에 나의 작품은 사랑하면서도 나의 머리를 함께 사랑할 도리가 없어 나의 악취미를 슬프게 생각하고 있는 이들에게, 나는 나의 머리에 대하여 한마디 석명釋明을 시험하여 보고자 한다.

머리에 대한 나의 악취미는 물론 단순한 악취미에서 출발된 것이 결코 아니다. 참말 까닭을 찾자면 나의 머리 터럭이 인력으로는 어찌할 도리가 없게 억세다는 것과 내 천성이 스스로는 구제할 도리가 없게 게으르다는 것에 있다.

내가 중학을 나와 이제는 누구 꺼리지 않고 머리를 기를 수 있었을 때, 마음속으로 은근히 원하기는, 빗질도 않고 기름도 안 바른 제멋대로 슬쩍 뒤로 넘긴 머리 모양이었다.

그러나 정작 기르고 보니 나의 머리는 그렇게 고분고분하게 나의 생각대로 '슬쩍 뒤로' 넘어가거나 그래 주지를 않았다. 홍문연鴻門宴의 금쟁장군禁嚼將軍인 양, 내 머리터럭은 그저 제멋대로 위로 뻗쳤다.

나는 하는 수 없이 빗과 기름을 가지고 이것들을 다스리러 들었다. 그러나 약간량의 포마드쯤이 능히 나의 흥분할 대로 흥분한 머리털을 위무할 도리는 없는 것이다. 그래, 나는 취침 전에 반드시 머리에 기름을 바르고, 빗질을 하고, 그리고 그 위에 수건을 씌워 잔뜩 머리를 졸라매고서 잤다.

그러나 모자나 양복에 언제 한번 솔질을 한 일이 없고 구두조차 제 손으로 약칠을 하여 본 것은 이제까지 도무지 몇 번이 안 되는 그러한 나로서, 머리만을 언제까지든 그렇게 마음을 수고로웁게 하여 다스릴 수는 없는 것이다.

며칠 가지 아니하여 나는 그만 머리에 기름칠할 것과 빗질할 것을 단념하여 버렸다. 가장 무난한 해결법은 도루 빡빡 깎아 버리는 것이겠으나 까까머리라는 것은 참말 나의 취미에는 맞지 않는다. 그래 길게 기른 머리를 그대로 두어 두자니 눈을 가리고 코를 덮고 그렇다고 쓰다듬어 올리자니 제각기 하늘을 가리키고⋯⋯. 그래 마침내 생각해낸 것이, 이것들을 이마 위에다 간즈런히 추려 가지고 한 일 자로 짜르는 방법이었다.

그것이 내가 동경서 돌아오기 조금 전의 일이었으니까, 십 년이 가까운 노릇이다. 그 사이 꼭 사흘 동안, 내가 장가를 들고 처가에서 사흘을 치르는, 그 동안만, 처조부모가 나의 특이한 두발 풍경에 놀라지 않도록

하여 달라는 신부의 간청에 의하여 나는 부득이 기름을 바르고 빗질을
하고 그랬으나, 그때만 빼고는 늘 그 머리가 그 머리인 것이다.

그의 성미나 한가지로 나의 머리가 그처럼 고집 센 것은 슬픈 일이다.
그러나 또한 어찌할 도리가 없다. 나이 삼십이 넘었으니, 그만 머리를
고치라고 말하는 이도 있으나, 그것이 나의 악취미에서 나온 일이 아니
니, 이제 달리 묘방이라도 생기기 전에는 얼마 동안 이대로 지내는밖에
별수가 없는 것이다.

『박문』1939년 3월

나의 생활보고서 ─소설가 구보씨의 일일

　어머니는, 아들이 장가만 가면, 모든 심평이 펼 것같이만 생각하였든 모양이다.

　심평이 어떻게 펴느냐 하면,

　가령―,

　아들은 이제 위선 어떻게 돈벌이를 하여야만 할 것이요 그러니 물론 전이나 한가지로 늦잠만 잘 수는 없을 것이요, 또 밤늦게 술이 취하여 들어온다거나 하는 아름답지 못한 일도 드물 것이요, 뿐만 아니라, 잘 팔리지도 않거니와, 또 설혹 팔리드라도 본전도 안 남는 듯싶은 소설을 쓰느라 '딱하게' 애쓰지도 않을 것이요 …… 무어, 무어, 하고, 어떻든 그렇게 여러 가지로 '행실'을 고치고, 제법 '사람'이 될 것같이만 생각하였든 모양이다.

　그러나 딱한 아들은 결코 어머니에게 그 지극히 적은 '기쁨'이나마 주려 하지는 않았다.

　모든 것이 예전 그대로였다.

　밤낮 밖에 나가 있거나, 또는 밤낮 방에 들어앉어 있거나, 하여튼 하는 일 없이 노는 것에는 늘 틀림이 없었고, 간혹 책상 앞에 앉드라도, 하는 일이란 그 '골머리는 빠질 대로 빠지면서, 돈은 안 생기는' 소설 쓰기였다.

다만 '아침 잠' 한 가지에 있어서만은, 아들이 단연 느낀 바 있어 '허물'을 고친 듯싶게 어머니는 생각하고, 그리고 얼마 동안 덧없이 기뻐하였든 것이나, 그것은 아들이 '사람'이 제법 되느라 해서 그런 것이 아니라 실로, 전에 없이 자기 곁에 '낯설은 사람'이 자고 있으므로 그래 약간 일즉어니 자리에서 떠났든 것이요, 서로 제법 얼굴이 익어 논 이제 이르러서는 전이나 한가지로 늦게 또 어떤 경우에는 좀더 늦게—그것을 시간으로 명시하자면, 오정이나 그렇게 되어서야, 비로소 자리를 떠나, 염치없이 세숫물을 요구하고, 그리고 그 위에 '밥'조차 강청強請하는 것이다 …….

—구보의 생활에는 족히 들어 말할 것이 없으므로 대개 이만한 정도로 그치는 것이, 누구보다도 읽는 이들을 위하야 좋을 것이다. 그러나 내게 허락된 지면이 약간 남었으므로 아주 이 기회에 벽 하나 격하야 옆집에 사는 묘령의 여성에 관하야 간단히 한마디하여 보기로 한다.

원래 같으면 창밖 앞이 행길인 설랑舌廊에 앉어, 무슨 벽 하나 격하야 묘령이고 무어고가 있을 턱이 없으나, 이번에 뜻하지 않고, 그윽하며 또 시끄러운 '뒷방'으로 이사를 오게 되어, 참말 뜻하지 않고, 옆집이 '색시' 있음을 알게 된 것은 다시 없는 행복이며 동시에 다시 없는 불행이었다—하고 말하면, 신경이 과민한 분은 혹 '삼각관계' '가정불화' '한숨짓는 안해'…… 무슨 그러한 것들을 번개같이 생각해내실지 모르나, 이것은 그러한 것이 아니라.

옆집에는 분명히 두 명 이상의 '여학생'이 있어, 실로 잘 웃고, 잘 떠들었다. 뿐만 아니라, 하로에 한 번 이상은 반드시 '대동강변 부벽루하浮碧樓下'로부터 '보꾸노하루'*에 이르기까지, 그들이 아는 유행가요의 전부를 특히 연대순으로, 때로는 독창, 때로는 병창, 또 때로는 혼성합창을 하야 젊은 사람의 마음을 산란케 하는 것이다. 그것은 분명히 행복되며 동시에 불행한 일일 것이다. 원고를 쓰다가 그 '현묘玄妙'한 음률이 들리면, 나는 한숨과 함께 펜을 던지고, 어서 그 집에 경사가 있었으면 하는 것이다 ·······.

『조선문단』1936년 7월

---

* 보꾸노하루 : '나의 봄', '나의 청춘'이란 유행가.

영춘수감迎春隨感

　해마다 맞이하는 봄이니 이 봄에는 또한 새로운 느낌이 있습니다. 나이 30 고개를 겨우 넘은 몸으로 슬하에 이미 1남 2녀를 두었으니 아비된 짐이 저으기 무겁습니다. 겨울 안에 기어코 지으려던 집을 못 지었으니 이 봄에야말로 뜻을 이루어야 하겠습니다.

　지나온 길을 되돌아보아 일이라고 한 것이 없으니, 이 봄에야말로 단 한 편이라도 소설다운 소설을 써야 하겠습니다. 한겨울 동안 생각을 가다듬고 힘을 길러 뜻 있는 봄을 맞이하려 합니다.

『가정지우家庭之友』 1940년 1월

원단일기

    차례를 지내려 큰집으로 갔다. 소영이는 감기 기운이 있건만 설영이가 나서니 저도 가겠다고 떼를 써서 하는 수 없이 일영이만 집에 두고 아내와 더불어 네 식구가 다옥정茶屋町으로 갔다. 큰집 아이들이 학교에서 식을 마치고 돌아오기를 기다리여 열한시에나 지냈다. 작년까지도 이중과세二重過歲 혹은 음력으로 과세하는 집이 많았었는데 올에는 분명히 대부분이 양력으로 설을 쉬는 모양이다. 아이들을 데리고 집으로 돌아와 다시 나가지 않고 하루종일을 어린것들과 놀았다. 금년에 할 일이 많다. 우선 일기를 반드시 꾸준히 써갈 일, 장편소설을 3편 이상 쓸 일, 「우맹愚氓」 고쳐 쓰는 사무를 정월 안으로 끝낼 일, 봄에 집 지을 일, 그러려니 건강에 좀더 유의하여야 하겠다.

『가정지우』 1940년 2월

6월의 우울

6월은

이미 더웁습니다.

무턱대고 땀이 흐릅니다.

일즉이 '그'의 앞에서 땀과 기름에 겨른 수건을 끄내었다 좀더 땀을 흘린 기억이 내게 있습니다.

집에 있으면

때로 냉면을 먹고 낮잠을 잡니다.

허약한 나의 좀더 핏기 없는 얼골―. 그렇다고

창작을 위하야

낡은 대학노트를 들고 거리에 나가도 십 분의 '도보노정徒步路程'을 못다 가서 나의 찾어드는 곳은 다방입니다.

한 잔의 탄산수를 앞에 놓고 내가 뒤적거려 보는 나의 '낡은 대학노트'에는 예例하면 이러한 것이 씌어 있습니다.

1931. 7. 26. 오후 3시에 왕십리역 대합실 시계는 오전 (혹은 오후) 11시 5분 전을 가르킨 채 서 있음 …….

6월의 신록을 찾어

한 손에 단장과 또 한 손에 당시선唐詩選을 들고 나는 티끌 많은 거리를 떠나 교외로 나갑니다.

나는 고독을 사랑하는 것일까요?

또는 염인증厭人症이라도 있는 것일까요?

그윽한 숲속을 찾어 그곳에 '선주민족先住民族'을 발견할 때 나의 발길은 당황하게 그 방향을 바꿉니다.

—어느 시인인 듯싶은 이에게.

그대의 덥수룩한 머리칼과 때묻은 샤쓰와 손기름에 겨른 넥타이와 그리고 분명히 그 끝에 말똥이 묻었을 단장은 이곳 풍경을 너무나 손상하나이다.

—애인인 듯싶은 여자를 동반한 청년에게.

나는 그대들에게 아모런 흥미도 느끼지 않습니다.

내 그림자가 이곳에서 사라질 때 그대는 그대의 여인에게 좀더 대담하소서.

가까스로

사람 없는 솔숲을 찾어들어 나는 그곳에 한껏 다리를 뻗고 눕습니다.

내 누운 잔듸 우에 가래침이 없으소서. 머리 위 늘어진 솔가지에 눈에 띄는 송충이가 없으소서.

마음의 불안은 내가 그곳에 오래 머무를 것을 용서하지 않아 나는 황당하게 자리를 차고 일어나 도망질치듯 그곳을 나와,

집에 돌아와

냉면을 먹고 그리고 낮잠을 잡니다.

『중앙』 1934년 6월

계절의 청유

어디서 이다지도 맑은 바람이 이리 시원스리 불어듭니까.
부채질 하든 손을 멈추고 한참을 혼자 망연하여 합니다.
문득 깨닫고, 고개를 들어 하늘을 우러러봅니다.
오오, 그렇게도 높고 또 깨끗한 저 하늘―
우리 모를 사이, 어느 틈엔가 가을이 올 곳을 찾아온 것입니다.

나는 위선 부채를 한구석에 치워 버립니다. 한여름의 더위와 희롱하기에 지친 한 자루 부채를 가져, 어찌 이리도 맑고 새로운 계절을 맞이하겠습니까.

나는 또 옷을 벗어 안해에게 장 속 깊이 감추어 버릴 것을 명합니다. 나의 여름옷은 본래는 가벼운 것이었으나, 한여름 흘린 땀에 그것은 또 무거울 대로 무거워지지 않았습니까.

나도 이 계절에 합당한 새양복을 가든히 입고, 오랫동안 간직하여 두었던 단장을 벗삼아, 거리로 나갑니다.

가을을 맞는 한 개의 예의로 간밤에 은근히 비 나린 뒤, 거리 우에는 일어나는 한 점의 티끌도 없이, 가로수 한 잎의 잎새 속에도 새로운 계절은 스며 있습니다.

　포도 우를 오고 또 가는 우리들의 걸음걸이도, 이제는 결코 더위에 쫓기어 황황할 까닭 없이, 걸음에 맞추어 단장이 울 때, 그 소리 또한 귀에 상쾌합니다.

　그러나 우리는 이 거리에 그다지 연연하여 하지 않아도 좋을 것이 아니겠습니까.

　여름내 자조 찾었던 거리의 다방의, 아직도 한 그릇 아이스크림의 미각이 남어 있는 그 탁자 우에서, 어찌 이 새로운 손님을 대접하여서 옳겠습니까.

　우리들의, 인생에 있어서의 용무라는 것이, 그것이 결코 그의 대단한 것이 못 될진댄, 하룻날의 번거로운 '볼일'은 뒤로 미뤄두고, 마음도 가든히, 거리 밖에 한때의 맑은 놀음을 꾀하여야 하겠습니다.

　"두어 명 좋은 벗과 더불어, 한 병 향기 높은 술을 가져 ……"

　이것은 이미 오랜 옛날에 제정된, 이 계절을 맞이하는 한 개의 예법일 것입니다.

『중앙』 1936년 3월

기호품 일람표

향연香煙

    염결廉潔한 양반은 실내의 공기가 혼탁하여질 것을 염려하고 위생가 제군은 두통 식욕부진 시력감퇴…… 등의 해독을 들어 금연을 역설하오 마는 그래도 우리는 요 귀여운 기호품은 결코 버릴 수 없소.

    물론 사람에 따라서 취미는 다르오마는 아마도 우리 젊은이의 입에 는 '피죤'이나 '마코–'가 알맞을까 보오. '카이다'를 좋아하는 사람도 있소.

    '수도數島'라든 '조일朝日'– 이러한 '구찌쓰게'*는 섬나라 사람에게나 맞을까 하오. 프롤레타리아트는 '마코–'를 입에 물어야만 하는 이야기 도 그럴 듯하게 들릴 것 같소.

    나는 지방으로 여행할 때 가끔 '메풀'의 유혹에 끌리어 그놈을 몇 갑

---

*구찌쓰게 : 담배 먹을 때 담배를 씌우는 통. 필터 비슷한 형태인데 속이 비어 있다.

사가지고 집으로 돌아오는 일이 있소.

주류

'알콜'은 연초 이상으로 위생가들의 기료하는 바로 구세군영救世軍營
에서는 이것 하나로 말미암아 신문까지 발매하오마는 이 '달콤한 유혹'
을 언제든지 물리치고만 있을 수는 없소.

'진' '아푸산'– 이 두 가지는 나에게도 좀 독하오.
'오색주五色酒'와 '페파민트'는 연인을 동반하지 않고는 참 맛이 나올
것 같지 않소.
'브란디'– '위스키'– 이러한 것들도 그리 감복할 종류의 음료는 못
되오.
'약주'와 '소주'는 쓰다듬을 수 있는 수염이 없는 우리 젊은이에게는
적절한 것이 못 되고 '탁주'와 '무주'는 머리에다 수건을 질끈 동이고 곰
방대를 꽁무니에다 차지 않고서는 먹어도 맛이 없을까 보오.
우리는 '알콜' 중독자가 아닌 이상 '황주黃酒'와 '호주胡酒'를 사랑할
생각은 들지 않소.

저속한 취민지는 모르겠지만 우리 젊은이들에게는 두어 잔의 '보
리술' — (맥주 말씀이오) — 이 좋지나 않을까 생각하오.

다일茶– 기타

양식洋食에는 언제든지 홍차紅茶가 맛있소. 늘 다녀 그 '솜씨'를 잘 알
고 있는 끽다점 외에서 나는 일찍이 가배차珈琲茶를 마신 일이 없소.
차와 '케잌'을 맛보고 싶을 때면 나는 언제든 '코코아'와 '슈크림'을

취하오.

'첫사랑의 맛'을 잘 알고 있는 나는 '칼피스'를 먹을 마음이 생기지 않소

'파-피스', '세-피스', '오아피스' …… 웬일인지 나는 '-피스'가 붙은 음료를 의식적으로 취하지 않소.

'소다수'도— 산미가 강함으로 하여 그리 애호하지 않소.

'보리차'— 나는 '아이스크림'과 함께 이 음료를 애용하오.

과실

'배'는 너무나 무미한 껍질을 가진 까닭으로 하여 시원한 맛과 함께 '이도 닦을 수 있는' 일거양득의 가치 있는 물건인 줄 알고 있지마는 그리 호감을 갖지 못하오.

'감'은 '침시'와 '연시'를 물론하고 감복할 수 없소.

'포도'와 '석류'는 맛볼 것이 아니라 구경할 것이오.

나는 '사과'와 '네풀'과 '바나나'를 좋아하오.

'사과'는 난숙한 처녀의 피부를 연상케 하는 고운 빛을 가진 까닭으로 하여, '네풀'*은 비록 헐가의 것이나 남국정서를 맛보게 하는 까닭으로 하여, '바나나'는 칼로 껍질을 벗기는 노력이 들지 않는 것인 까닭과 또한 아름다운 풍미로 말미암아 '네풀'과 한가지로 남국의 청신한 공기를 호흡할 수 있는 까닭으로 하여 나는 이것들을 사랑하오.

그러나 (이것은 비밀한 이야기지만) 내가 '바나나'를 사랑하는 가장

---

*네풀 : 파인애플.

중대한 원인은 그 풍미를 맛볼 대로 맛보고 나서 남모르게 어두운 길거리에 버리어 비대한 신사의 위대한 둔부가 얼마 지나 속히 대지와 접촉하나를 관찰하여 비록 순간적이나마 어린이의 기쁨을 맛보려 하는 데 있는 것이오.

『동아일보』1930년 3월 18일~25일

병상잡설病床雜說

장수 · 단명 · 시가 · 사색

대수로웁지 않은 병으로 말미암아 2, 3일간 자리에 누운 몸이 되었다. 들창 밖에 들리는 단조로운 빨래터의 소음을 귀애하며 천정을 치여다보고 생각나는 바를 그대로 적어 놓은 것이 이 글이다.

누가 "머리 좋은 때엔 '생각'하여라. 독서 같은 것은 머리 나쁠 때 할 것이다."라고 한 것을 기억한다. 나에겐 머리 좋은 때이니 나쁜 때이니 하는 것은 없으나 적어도 우리가 독서하는 시간의 십분지 일쯤은 '생각'하는 시간에 공供할 것이라는 것이 나의 지론이다.

그러나 시간의 여유가 가장 많으며 또한 가장 적은—이러한 모순된 말은 불규칙한 생활을 하는 나에게 있어서는 동시에 성립된다—나의 생활엔 생각하는 일이란 별로 없다.

그러나 우연히 짧은 시일이나마 2, 3일 동안—물론 오랜 시일을 병상에 눕고 싶다는 말은 아니나—병석에 눕게 되어 독서를 하자드라도 두통을 도울 뿐이요, 자리에 엎디어 무엇이든 쓰고자 하나 또한 배가 결리어 할 일 없는 몸이 하염없이 천정만 치여다보고 있노라니 머리에 떠오르는 것이란 평소에는 염두에도 두지 않든 이것저것의 이 궁리 저 궁리밖에 없다. 물론 묵상도 아니요 정사靜思도 아니요 명상도 아니요 소위 필자의 사색이다.

우리들은 병상에 누웠을 때보담 더 진실한 태도로 인생이란 것 특히 '죽음'이란 것에 대하야 생각을 베푸는 때는 없다. 물론 조만간 죽어야 할 노령도 아니려니와 명재경각命在傾刻하다는 병세도 아니나 자연히 그러한 생각을 하게 된다.

위선爲先 필자 독특의 — 혹은 독특하지 아니할른지도 모르나 — 장수 비관론을 늘어놓을까 한다. 물론 조물주가 나에게 장수란 놈을 준 것도 아니려니와 고대외후작故大隈候爵이 제창하고 있든 백이십오 세라는 그다지 장수다웁지 않은 장수를 할 것 같지도 아니하나 여기서는 내가 장수를 한다면은… 하는 가설 밑에 장수 비관론을 쓰려 하는 것이다.

대부분의 사람들은 — 혹은 극히 일부에 지나지 않는지도 모르나 나의 견해로는 — 거의 한결같이 장수 갈망자인 것 같다. 물론 그야 장수를 원하는 사람들에게도 별별 이유가 있을 것이다.

혹은 현재 자기가 누리고 있는 부귀 향락을 될 수 있는 데까지 오래 계속하고 싶다는 사람도 있을 것이고, 또는 자기의 연구하는 바이나 사업이나 그것이 성취되는 것을 보고 죽고 싶다는 사람도 있을 것이고, 또는 자기네 자손이 선조의 성예聲譽를 계승하야 가문이 성창盛昌하는 것을 보기까지 살고 싶다는 사람도 있고, 또는 자기의 일종의 구적仇敵에게 대하여 피자彼者가 죽기 전에는 죽고 싶지 않다는 이제 것과는 좀 종류가 틀리는 이유로 장수를 원하는 사람도 있을 것이다. 그러나 여하튼 장수를 원하는 사람이 결코 적지 않다는 것만은 명백한 일이니, 즉 아들이나 손자를 끼고 앉았는 노인네들이 내가 손자를 보고 죽게 될까 하는 것이나, 내가 요것 국수를 얻어먹게 될라구, 하는 것을 보면 과연 그들이 얼마만한 열성을 가지고 장수를 원하나 하는 것을, 용이히 알 수가 있는 것이다. 그러한 그들의 눈썹을 찡그리게 하는 장수 비관론을 쓰겠다는 말이다.

사람들은 왜 장수를 원하는가?
나는 이 문제부터 해결하려 한다. 물론 그들 — 장수를 원하는 사람들 — 이 장수를 원하는 것은 결코 처음에 필자가 예를 들어 논 것 같은 피상적 극히 천박한 이유 때문이 아니다. 이것의 근본적 이유는, 필자의 견해로서는 그들이 '죽음'이라는 것, 즉 '죽음'에 대한 공포에 근저根底를 두고 있지 아니한가 한다.
즉, 그들은 '죽음'이란 것, 환언換言하면 이 세상에서 영구히 소멸하여 버린다는 것을 다시없이 두려워한다. 그러한 까닭에 생에 대한 애착심이 이에 반비례하게 된다. 이에 있어, 장수를 원한다는 것은 모든 이해를 초월한 인간의 진정 발로에 틀림없다고, 필자는 생각한다.

전제는 이만하고 이에 필자는 장수 비관론을 시작하려 한다. 거듭 말하거니와 내가 장수한다는 것은, 필자가 제 마음대로 정한 것으로, 내가 장수한다며는 — 하는 가설 밑에서 혼자 비관하는 것이다. 따라서, 아조 환한 일이지만 이 글은 전혀 나의 주관에만 의하였다는 것을 부가하여 둔다.

필자가 장수 비관론을 늘어놓는 것은, 결코 장수를 하야, 차차 치아가

빠지기 시작하고 시력과 청력이 쇠퇴하고 세상 만사에 비하야, 자기의 노쇠에 가히 감추지 못할 때의 쓸쓸한 고통을 오래 받게 된다는 까닭이 아니다. 그까짓 고통이 오즉 장수를 향락하는 이의 결점이 된다 하며는 나는 달게 그 고통을 맛보며 이 세상에 장수를 자랑할 것이다. 그러나 내가 장수를 비관하게 되는 것은 노령만이 맛볼 수 있는 만년의 고독이라는 것이다.

자기와 한가지로 장수의 복을 누리지 못하는 자기의 모―든 사랑하는 사람이 뒤를 이어 이 세상을 떠날 때, 그들―장수하는 사람들―은 오히려 자기네의 장수만을 자랑하고 있을 수가 있을까?

모―든 사랑하는 사람―부모 형제며 일가친척이며, 모든 미뻐운 벗들―의 소실이란 즉 자기네의 소실 정신적 소실을 의미하는 것이다. 자기가 이 세상에서 정신적으로 소멸하여 버렸음에도 불구하고 빈 육체만이 장수라는 간판 아래 이 세상에 현신顯身하고 있다는 것을 깨달을 때 장수란 과연 우리가 그토록이나 갈망하든 물건인가? 하고 일고를 요하게 될 것이다. 그러나 이러한 만년의 고독―즉 필자의 소위 정신적 소멸―에 그다지 많은 영향을 받지 않고 여전히 장수 행복 타령을 늘어놓을 사람도 있을 것이다. 그러나 구작 신작을 물론하고 빈약은하나마 필자의 시낭詩囊을 뒤적거려 오분지 사 가량이 우울과 적요와 고독을 노래한 것임을 필자 스스로 새삼스러이 깨닫고는 호젓한 웃음을 웃는, 나에게 있어서는 이 만년의 고독은, 그야말로 명실공존名實共存의 이 세상으로서의 필자의 정신적 소멸이다.

이 글을 쓰면서도 언뜻 알프레드 테니슨이 그의 친우 아서 핼럼을 잃고 십칠 년 간이나 비애와 적요 가운데 회상의 시를 읊어 고요히 자기의 마음을 위로하였다는 것을 생각하고는 홀로 몸을 떠는 것이다. ―장수란 결코 행복된 것은 못 된다.

이것이 이 글의 결설結說이다. 필자가 장수를 비관한다고 결코 단명을 원하는 것도 아니다.

인생 70이 고래희古來稀라 한다. 그 근처까지만 가면, 필자의 만족하는 바이라 하겠다.

이 생각 저 생각 끝에 가만히 귀를 기울이면 요란한 빨래터 수선보다도, 머리맡에서 째깍거리고 있는 시계 소리가 그야말로 골수까지 사모쳐 든다. 시계를 손에 들고 볼 양이면, 시계란 참말로 이상하다─시계라고 한 것은 기실 인생이란 말이다─하는 생각과 함께 참으로 우스꽝스럽다는 생각이 뒤미처 일어난다.

이, 아무 능력이란 없는 시계가, 그나마 맞춰 주고, 태엽을 감어 주어야만 억지로 제 몸 간수를 하게 되는 시계가, 우리 인생이라는 것을 각일각刻一刻 묘지로 몰고 있는 것이라곤 아모렇게 해도 생각되지 않는다. 이상하다는 것보담도, 우스꽝스러웁다는 말이 적절할까 한다.

나는 단명이라는 말을 들을 때마다, 거의 무의식적으로 나도향羅稻香을 연상한다. 그것은 단지 요절을 하였다는 까닭은 아니다. 그가 언젠가 조선 문단에 내인 수필 속에서 천재와 조숙에 관한 이야기(?)를 하고, 혹시도 천재는 단명을 하여야만 된다며는 자기는 천재 같은 것은 헌신짝같이 내어버리겠다고 하는 뜻을 말한 일이 있는데, 그 글이 이상히도 내 기억에 남아, 고인에게 대하여 불손한 일인 줄 알면서도, 항상 저도 모르게 '단명'과 '도향'을 연상하여 버리는 것이다.

단명을 쓰려다가 갑자기 도향의 생각이 들어, 책상 머리에 있는 작년 일기책을 뒤적거려 보니 '8월 26일(목요)'라 한 날에 도향에 관하여 이러한 구절이 있다.

"……

도향은 가다. 25세를 일기로 그는 가다.

글 하는 이들의 가장 천분天分 많은 이를 폐결핵은 잘도 가져 간다.

젊게 섧게 간 도향을 나는 가장 애닲허 허노라 ……."

"나는 때로, 우울과 적요를 사랑한다."는 뜻의 문구를 일기장이나 노트나, 그 외 원고지 조각 같은 데 수없이 써 내던진 것과 같이, 기실 나는 우울과 적요 사이에서 방황하는 일이 한두 번이 아니다. 때때로 애상 기분에 빠져 남몰래 눈물짓는 일이 몇 번인지 모른다. 까닭에, 나의 친우 S도 나를 센티멘탈리스트라고 조롱을 한다. 물론 근거 있는 조롱이라 아무런 불만도 느끼지 않거니와, 때때로 이것을 감수하야 자기를 센티멘탈리스트로 자임하는 때가 있다. 우스운 일이다.

나는 언뜻, 내가 그간 3, 4개월 동안을 시가詩歌를 잊어버리고 살아왔다는 것을 생각하고, 깜짝 놀랐다.

"이럴 수도 있는가? ……"

나는 그간, 나의 희열이라는 것, 욕망이라는 것, 애수라는 것, 우울이라는 것, 무릇, 나의 마음과 가슴을 채이고 있는 모든 것을 잊고 있던 것이었다.

아ー모도 모르게, 저 홀로 한숨 지우며, 소리쳐 노래 부르던 5개월 전까지의 내 자신을 나는 자리 속에서 회상하였다.

마음속으로 나의 처녀 시집을 출판하고는, '나'라고 하는 애독자 하나로만 만족하든 1925년도의 '나'도 생각하여 보았다. 요즈음의 4, 5개월 간, 무미한 생활이었기 시가가 없었으며, 시가 없는 생활이었기 더욱 건조하였다.

시가 없는 생활! 그것은 결국 나에게 있어서는 피로와 적멸의 연쇄일 뿐이다.

시가를 잃은 몸! 그것은 결국 나에게 있어서는 무기력한 15관여의 육체를 의미할 뿐이다.

노래하기를 잊으매, 또한 읽기조차 잊어, 애송시집에 먼지가 앉기까지 아주 읽기를 꿈꾸기조차 않았다.

"시 한 편 외이지도 않고 어떻게 살어오긴 하였누?" 하리만큼 놀라워, 황황히 이불을 차고 일어나 탁자에서 삼석승오랑(三石勝五郎미쓰이시가쓰고로)의 『화산회火山灰』를 들고 다시 누웠다.

「시문잡감」에서 잠시 말한 일도 있거니와 삼석三石 씨는 가장 나의 경모하는 시인의 한 사람으로 그의 시편은 확실히 '진眞'과 '열熱'을 아로새긴 '성명性命의 시'에 틀림없는 것이다.

필자는 이에 2편을 택하야 독자의 감상에 공供할까 한다.

꺼먼 손

나는 가느다란 손의 소유자를 개의치 않는다.
나는 턱 괴이고 앉아 생활의 협위威脅에 떨고 있는 젊은이에게
다시 한번 맘을 돌려서 가슴의 피를 파내라고 말한다.
행복이란 도망하지는 않는다.
운명은 네것이다.
나는 철도선로에서
곡팽이질을 하고 있는 노동자의
저 꺼먼 손을 좋아한다.
오! 꺼먼 손이여

저 손을 좀 만져 보렴 열도 있다. 힘도 있다.
모-든 것이 네것이다.

몇 푼의 돈이 있을 때

왼손이
나를 훔쳐갈겼다—
"이놈아 너는 어디로 가는 모양이냐."
어느 공원 문턱을 돌쳐설 때

"왜 너는 오늘도 펀둥펀둥 놀고 있느냐
대체 어떻게 너는 살아갈 작정이냐."

"나는 이렇게 직업을 구하고 있다.
그러나 일자리가 없단다."

"학문을 내어버려라 허영을 내어버려라
너는 이제 아-모 이력도 경험도 없는 어리석은 사람으로서 직업을 구하여
라."

내가 머뭇거리고 있을 때
주먹이 또 한번 머리 위를 스치려 하였다.

나는 주머니에 손을 느허 보았다.
나의 지갑에는 아직도 몇 푼의 돈이 있었다.

어떻든 좋은 노래다. 이 시詩를 읽고 독자는 이 시인을 사랑하는 필자
의 심정을 알았을 줄 믿는다.

이러한 노래야말로 참된 인간 생활의 꾸밈 없는 단편이 아닌가.

진애塵埃·매연·굉음·살풍경·몰취미—

모-든 실답지 않은 것만을 소유하고 있는 도회 가운데서 폐병환자로 신경이 극도로 과민하여 가지고 살아가려니 첫째 위생이니 무에니 하는 것이 다- 헷소리려니와 통계표를 보지 않고도 적어도 10년쯤 단명할 것은 환한 일이다. 더구나 허위란 놈은 사람이 사는 곳이면 어댈른지 따라다니는 것이지만 특히 도회에서 가장 많이 발견되는 바이라는 것은 누구나 아는 바이다.

약 일 주일 가량 전의 일이거니와 나는 세모의 가장 바쁜 본정통本町通을 걷고 있었다. 대판옥大坂屋을 나선 나는 몇 걸음 걸어 오기도 전에 삼월오복점三越吳服店 쇼윈도 앞에 몰켜 있는 무리들 발 밑에서 울고 있는 '애 거지' 두 명을 발견하였다. 그들은 치운 듯이 서로 얼싸안고서는 처창悽愴스럽게 울고 있었다. 물론 길 가는 사람이나 쇼윈도 앞에 서 있는 사람이나 이런 것은 조곰도 개의치 않는 모양이었다. 그러다가 '거지'는 울고 있든 얼굴을 들어 조심조심 주위를 살피어보다가 고만 나의 눈과 마주쳤다. 나는 독자에게 그때—실로 그 순간—그가 얼마만이나 황당하게 다시 머리를 '동무 거지' 가슴에다 파묻고 소리를 내어 울었는가를 알리려 한다. 동정을 청하는 깨끗한 눈물이 전혀 허위의 책략이라는 것이며, 천진난만하여야 할 어린이를 이렇게 만들어 놓은 사회— 아-니 도회의 죄를 생각할 때 나는 머리가 힝한 것을 깨달었든 것이었다.

이것은 한 조고마한 도회거주 비관론이다.

신경쇠약은 20세기 유행병이라 한다. 일명 문명병. 또한 신체의 외부에 아모런 변화도 없거니와 외견 아모런 고통도 제삼자에게는 인식되지 않는 까닭으로 말매암아 '하이카라' 병이라고도 한다. 그 요법으로는 전지요양, 적당한 운동, 독서집필 일절 폐지, 3B수水 복용 등이 일반 의가醫家의 말하고 있는 바이다. 물론 1, 2, 3의 요법은 가장 좋은 바이나, 3B수 복용만은 필자로서 수긍할 수 없는 바이다. 필자의 체험에 의하면 그 오줌빛 약물을 정성스레 하루에 네 번씩—아침, 점심, 저녁, 잘 때—먹는 것보다는 오렌지나 흠뻑 쳐서 빙수나 두어 그릇 해치우는 것이 얼마나 유효한지 모른다.

그러나 이 신경쇠약도 이미 시대에 뒤떨어진 병이니 필자가 이 병의 환자가 아니고서는 예술을 가히 논할 자격이나 없는 것 같아야 지금 생각하면 어리석기 한량없는 이야기지만 은근히 이 병에 걸리길 바란 것도 1925년도의 일이었다. 이제 다시금 그 시절을 생각하매 스스로 고소苦笑를 참지 못하거니와 또한 그리운 생각이 가슴 한 모퉁이에서 일어남을 깨닫는다.

바다 건너편 일본에서는 탐정소설이 한창 유행이다. 아즉 우리 문단에는 그러한 기미는 보이지 않지마는 필자의 기억에 남아 있는 것으로는 수법은 약간 구舊짜이나 『신민新民』 제13호에 실린 종명鍾鳴씨의 「노름꾼」 같은 것은 호개好箇의 탐정 취미적 콩트인 것이며, 아직 발단만을 서술한 『조선문단』 부활 소재 계속물 빙허憑虛씨 「해뜨는 지평선」은 호號를 따라 사건의 진전을 보기 전에는 말하기 어려우나 탐정소설로 본격물에 가까운 경향을 보이고 있다.

『신민』 신년호에는 양주동梁柱東씨의 「813」 역이 실리었다. 이러한 것을 기운機運으로 하야 우리 문단에도 탐정물이 유행될른지도 모른다.

그러나 내가 우리 문단에게 요구하는 작품의 일부는 우에 말한 탐정소설이 아니다. 유-모아 소설이라는 것이다. 우리 문단에는 아직도 이러한 것을 발견치 못하였다. 춘원春園씨의 「천안기千眼記」는 아즉도 거리가 머르다.

내가 유-모아를 찬미하는 이유는, 그것이 인생에게 유쾌와 미소와 '환한 빛'을 재래齋來하는 까닭으로서이다. 필자는 어떠한 작품이, 어떠한 때, 어떠한 작가의 손에 의하여 내 눈앞에 출현하나 하는 것을 많은 흥미를 가지고 보고 있다.

우리가 아모짝에도 쓸데없는 헛일인 줄 알면서도 매년 매년 되풀이하는 것은, '그믐날 밤 헛탄식'이라는 것이다. 무위로 시일을 허비함이 아니드라도, 인생의 욕망은 한없는 것이라, 아마도 '그믐날 밤 헛탄식'은 인생이 있는 곳, 욕망이 없어질 때까지는, 언제든 있는 것일까 한다.

나는 지금, 언제든 위대한 '상想'이 내 머리를 지배하야 3일간쯤을 불음불식不飮不食하며, 이야계일以夜繼日하야, 붓대를 놀릴―물론, 일순시一瞬時라고 쉬는 일 없이―경우를 생각하고는 홀로 미소를 금치 못하는 것이다. 그 순간은 나에게 있어서 가장 존귀한 순간일 것이며, 그 창작은 나에게 있어서 가장 위대한 작作일 것이다. 나는 결코 이 일이 불가능하다고는 생각지 않는다. 언제든―멀지 않게 그때가 올 것을 나는 믿고 있다.

홀연히 생각나는 것은 작년 9월경(?)에 자기의 몸을 스스로 버린 김위영金渭榮 군의 일이다. 나는 그를 몰랐었거니와, 그의 자살한 동기며, 「나의 온 길을 돌아다보면서」를 읽고서 내 스스로, 그가 그리워지는 것을 깨닫지 아니치 못하였다.

'외로운 조선 한구석에 기를 펴지 못하는 쓸쓸한 인생이 있었고나!'

하는 생각은 다만 나홀로의 생각이 아닐까 한다.

끝엣말—조리 없는 말을 꽤 늘어놓았다. 모든 것이 병상의 잡소리 아모 짝에도 쓸데없는 소리다. 그러나 독자가 이 글을 읽고 난 다음에, 이것을 읽느라고 소비한 시간을 과도히 아까워하시지 않으신다면 만행萬幸일까 한다.

『조선문단』 1927년 1월

편신片信

기체후일안하옵시고 아기들도 잘 있읍니까. 너모나 오랜 동안 문안드리지 못하와 죄송하옵니다. 소생은 무고히 있사오니 염려마시옵소서. 이곳에 오는 도중 경도(京都교토)에 잠깐 나렸사오나 우중雨中이었으므로 무엇 하나 구경 못하고 다만 경극京極, 무슨 신사神社, 무슨 공원公園 등등을 별견瞥見하였을 따름으로 총총히 그날 밤 차로 이곳으로 향하야 떠났사온데 분명히 경도는 귀貴여운 곳이라 생각합니다. 경도를 떠날 때 약간 섭섭한 생각이 들었사온데 그것을 형용하자면 마치 중년 신사가 동기童妓로부터 철없는—천진스런 이야기하며 작난을 하다가 떠나가는 (물론 소생은 중년도 아니오며 또한 여하한 경륜도 없사오나) 어떻든 그러한 종류의 섭섭한 생각이었읍니다. 13일 조朝에 동경에 도착하야서는 선생님 일러주시든 대로 본향을 물색하여 보았사오나 두 가지 이유로 이유로 본향에 숙소를 정하는 것을 대략 반 년간 연기하얐습니다.

첫째, 법정法政 통학에는 시전市電을 이용하게 되는 까닭, 둘째, 그리고 가장 중요한 것은 제대帝大, 일고생一高生에게 위압당하는 감이 있는 것.

— 좀 우스운 말씀 같사오나 실상 현재의 소생에게는 이것이 가장 큰

원인이요 또한 아조 진실한 말인 것입니다. 약 반 년 있다가 중앙부中央部로 진출하려 합니다. 퍽 우습게 낙천가로의 자신을 찾어볼까 합니다. 퍽 우습게 써집니다. 선생님께서도 그러한 기분으로 읽어주시옵소서.

전단(田端다하시)으로 정한 것은 무슨 큰 이유가 있는 것은 아닙니다. 종일 돌아다니다가 아조 기진하야 아모렇게나 찾어들어왔다가 문득 전단이라는 곳이 고故 개천(芥川아쿠타가와)의 살든 곳이라는 것에 일종 인연을 지워 주저앉아 버린 것입니다.

그렇게 말씀하오면 소생에게는 무슨 인연을 붙인다거나 하는 일이 곧 잘 있습니다. 이번 떠나올 때에도(가인家人의 간청하는 배 있었음으로이었기는 합니다마는) 가정보감과 무엇인가를 뒤적어려 소생이 떠나오든 날이 '무슨 일日'이든가이어서 만사 통달하며 금의환향한다는 구절을 발견하고 떠났던 것입니다. 이번에는 제 잔소리만 늘어놓았사오나 금후로는 좀 편지다운 편지를 드릴 생각이옵니다.

일기가 매우 고르지 못하온데 주체做體 보중하시기 거듭거듭 비오며 이만 그치옵니다.

몽보夢甫 9월 16일

『동아일보』 1930년 9월 26일

꿈 못꾼 이야기

꿈 이야기를 쓰기 위하여서는 위선 꿈을 꾸어야만 한다.

나는 반다시 꿈을 꾸고 말리라고 결심하였다.

그와 함께 꾼다면 어떠한 꿈을 꿀까? 하고 생각하여 보았다.

기위己爲 별르고 별러 꾸는 꿈이니 될 수 있으면 훌륭한 -?-꿈을 꾸고 싶다고 생각하였다.

훌륭한 꿈이라니? ……

그것은 나로서도 물론 예를 들어 말할 수는 없다.

다만 그것을 여러 사람에게 공개하야 결코 남부끄럽지 않은 그러한 종류며는 족하였다.

만약 한걸음 더 나아가 남들이 그러한 꿈을 꿀 수 있었든 나에게 그지없는 부러움을 느낀 끝에 드디어 자위적으로라도,

"아모리 좋다고 해도 꿈에 지나지 않으니까…… 결코 현실의 일이 아니니까……."

하고 그러한 말이라도 아니하고는 못 견딜 그러한 종류의 꿈을 꿀 수 있다면 요사이 나의 생활에 위선 그만큼 반가운 일이 없을 것이다.

나는 일본 작가의 연애소설을 읽다 말고 한참을 자리 속에서 이러한 생각을 하다가 생각난 듯이 곧 잠을 자기로 결심하였다.

하기야 박명미인의 전도가 얼마간 궁금하지 않을 것도 없었다.

그러나 이 경우에 그러한 일에 아녀자 같은 애착심을 가져서는 안 된다.

나는 단연코 책을 물리치고 불을 끄고 벼개를 고쳐 베었다.

그리고 눈을 감으려다 말고 벌떡 일어나 한참을 눈물겨운 노력이 있은 끝에 약간의 오줌을 누었다.

두뇌가 그다지 명석하지 못한 이를 위하야 나는 좀 보태서 말하기로 한다.

사실 나는 결코 오줌이 마려웠든 것은 아니다.

두 방울이나 세 방울…… 결코 그 이상이 아닌 오줌을 배설하기 위하야 이 추운데 한데가 서서 실로 오 분 이상을 아랫배에 힘을 주었다는 것이 가장 손쉬웁게 그것을 증명하여 줄 것이다.

그것은 사실 눈물겨운 노력이었음에 틀림없었다.

그러나 '꿈의 행복'을 위하여서는 나는 그 이상의 일도 하였을 것이다.

나는 나의 '꿈의 행복'이 적어도 오줌으로 말미암아 중단되지 않을 것에 확신을 가지고 그제야 비로소 안심하고 자리에 누웠든 것이다.

이것이 1934년 1월 1일 오전 한시반의 일이다.

그러나 그렇게까지 별르고 별렀음에도 불구하고 아침 열한점에 잠을 깨었을 때 나는 아홉 시간 반의 '잠'이 나에게 '꿈'을 가져오지 않았든 것을 깨달었다.

그래도 나는 결코 실망하지 않었다.

이제도 앞으로 3, 4일간 나는 꿈을 꿀 3, 4차의 기회를 가지고 있는 것에 틀림없었으니까.

그러나 그 하나하나의 기회가 모다 한결같이 나에게 실망을 가져오리라고는 신령이 아니드라도 3, 4일 지내 보면 알 일이다.

나는 편집 선생이 될 수 있는 대로 5일까지에 나의 꿈 이야기를 써 달라는 것을 생각하고 4일날 밤에 자리에 들 때 이번만은 기어코 꿈을 꾸고 말리라고 결심하였다.

무어니 어쩌니 하는 그런 수다스러웁게 훌륭한 꿈이 아니드래도 좋다고 생각하였다.

사람들에게 공개하여 남부끄러운 종류의 것이라도 좋다고 생각하였다.

저ㅣ 할 수 없으면 가위를 눌리드라도 관계치 않다고까지 생각하였다.

그러나 아모렇게 생각을 하드라도 그것은 소용없는 일이었다.

나는 꿈꾸기를 단념하고 이제부터 박명미인의 전도에 관심을 갖기로 한다.

다만 그렇게까지 애를 썼으면서도 꿈꾸기를 성공 못한 나는 이제 누가
"새해에는 소원성취한다지?"
하고 그따위 말을 하드라도 결코 속지 않으리라는 자신만은 갖고 있다.

『신동아』 1934년 12월

신변잡기

일기

우리가 그날그날의 생활 기록을 갖는다는 것은 온갖 의미로 퍽이나 좋은 일이라 생각한다. 나는 새해부터 기어코 내 자신의 생활 기록을 가지기로 결심이다.

그러나 그것이 좋은 일임을 내가 요즈음 와서야 안 것은 무론 아니다. 나이 겨우 열아문 살 때, 나는 이미 그것을 배워 알았던 것이나, 어느 해고 꾸준히 써 본 일이 없었다.

매양 섣달 대목에 이르면, '새해야말로—' 하고 결심이 자못 굳다. 그러나 고작 달포나 보름을 못 가서 나는 내가 한 권의 일기장을 소유하고 있다는 사실조차 잊고 만다.

그러길래, 이즈음 4, 5년 동안은 아주 '새해에야말로—' 정도의 분발조차 깨끗이 단념하여 왔던 것이다. 한 달이나 두 달쯤 쓰다 그만둘 것이라면 애초부터 손을 대지 않는 것이 상책이리라 하여서다.

그러나 요즈음, 나는 새삼스러이, 비록 보름이나 한 달밖에 계속이 못 된다 하드라도, 일기란 하여튼 써지는 데까지 쓰고 볼 일이란 생각을 먹기에 이르렀다.

일기가 본래 띠우고 있는 사명말고도, 나처럼 문필에 종사하는 사람에게는 그날그날의 기록을 남겨 둔다는 것이 여러 경우에 있어 많은 편의를 가져다 준다.

나는, 설혹 며칠씩 걸르는 일이 있드라도 그러한 것을 이루 개의치 않고, 참말 '새해에야말로—' 다시 일기를 시작하여 보리라고, 마음에 작정이다.

서신

아마 나만침 편지 쓰기 싫어하는 사람도 그 예가 드물 것이다. 내가 본래 속무俗務에는 지극히 게으른 사람이요, 편지란 이를테면 속무에 속할 것이라, 그래 그러한지는 과시 모를 일이로되 하여튼 제때에 남에게 서신을 가져 뜻을 전하여 보는 일이란 지극히 드물다.

일기를 꾸준히 계속하지 못하는 것도, 따져 보자면 게으른 탓이나, 그래도 일기는 내 개인에게만 관여하는 것이요, 서신은 크게 그렇지 않아, 다른 이와의 교섭에 있어 적지아니 중대한 의미를 띠우고 있는 것인데 매양, 이에 등한한 것은 스스로 생각하여도 딱한 일이다.

새해부터는 일기도 일기려니와 다른 이와의 서신 왕복에 있어서도 좀 부지런하여야만 되겠다.

부기附記

그러나 이렇게 생각하고 보니, 내가 부지런하여야만 할 것은 서신이나 일기에만 한정된 노릇이 아닌 것 같다. 몸을 거두는 데도 역시 좀 뜻을 두어야 하겠다.

본래 '모양을 낸다'는 것은 전연 모르고 지내는 사람이라, 치장에도 도무지 마음을 쓰지 않아, 양복의 먼지도 별로 안 털고, 구두에 솔질도 자주 안 하나, 그러한 것은 오히려 야인의 풍風이 있다 하여 구태여 고치지 않아도 좋다 하드라도, 이발, 목욕을 제때에 않는 것은, 우선 위생상으로만 논하드라도 상 줄 일이 못 되겠다.

이제부터는 이러한 방면에도 좀 부지런하여야만 하겠다.

『박문』 1939년 12월

성문聲聞의 매혹

목숨은 저마다 귀하다고 한다. 위선, 살고 볼 일이란 말은 흔히 듣는 바이다. 그러나 그만치 귀한 목숨을 결코 애끼려하지 않는 일군의 사람이 있다. 어떠한 연유로서던지 스스로 죽음을 취하는 것이 곧 그들이다.

그러나 물론 같은 죽음이라 하여도 각각 그 경우가 다르고 따라서 그 뒤에 남는 공론에도 또한 별의별 사설이 많다. 이 생에서는 결코 이루어질 수 없는 연정에 그지없는 한을 머금고 가령 청루靑樓의 홍군紅裙과 그 뜻을 한가지하여 목숨을 버리기 초개草芥와 같이 하는 자의 예도 우리는 항간에서 흔히 듣고 있다. 한 나라 한 인군人君을 위하여 이른바 대의명분에 있어서 언제까지든 구차스러이 삶을 도모하는 것이 스스로 떳떳지 못하다 하여 '죽음을 보기 돌아감'과 같이 한 충신열사의 기록도 우리는 많이 보아 왔다.

사람의 목숨은 모질다 흔히 말하나 이들에게 있어서는 과연 몇 푼의 값어치가 없는 것인지도 모른다.

언젠가 본지에서 각계 인사에게

"명예, 금전, 건강─이 세 가지 중에서 어느 것을 취하고 싶다 생각하느냐?"

하고 그러한 것을 물은 일이 있었든 것 같다. 그때 열의 아홉 분까지도 역시 건강을 취하겠다는 것에 의견이 일치된 듯싶으며 어느 한 분이 지금 당장 몸에 별 탈은 없으니 금전이 탐난다 말하였을 뿐으로 입밖에 내어 명예라든 그러한 것을 희구한다거나 그러한 의사를 발표한 이는 아마 한 분도 없었든 것같이 기억한다.

그러나 사람은 누구나 또는 언제나 그렇게 명예에 대하여 냉담할 수 있다든지 금전에 대하여 무관심할 수 있는 것은 아닌 듯싶다.

"염명리지담자厭名利之談者 미필진망명리지정未必盡忘名利之情"으로 혹은 그 마음에 진실로 간절한 정이 있어도 이른바 체모를 돌본다거나 그러한 것이 남의 앞에서 말을 삼가게 하는 것이나 아닌가 한다. 더구나 '명예'라는 마치 현대에 있어서는 매우 속취俗臭가 분분한 자者이 있다. 뿐만 아니라 그것은 스스로 '이루어질 것'으로 '나아가 취할 자'이 아닐 것이다. 모든 인사가 입을 다물어 말이 그에 미치지 않은 것도 이치에 당연하다 하지 않을 수 없다.

그러나 이 '이름' 하나를 탐내어 애꿎이 처자를 죽이고 저의 목숨을 내어놓는 자가 있다. 요리要離가 바로 그다.

선생의 공자公子 경기慶忌가 애성艾城으로 달려나가 널리 사사死士를 초납招納하고, 또 인국隣國과 결연하여 때를 타서 오나라를 쳐 그 하늘에 맺힌 원한을 풀려 할 때 이 말을 전하여 듣고 오왕吳王 합려闔閭는 그 마음에 근심이 컸다. 그래 미전未前에 경기를 죽여 없앰만 같지 못하다 생각한 그가 공신 오원吳員에게 물어서 얻은 한 명 자객이 곧 이 요리라 하는 자이다.

그러나 그가 오원伍員에게 이끌리어 처음으로 왕의 앞에 나아갔을 때, 그를 한번 보고 합려는 마음에 저으기 불안하지 않을 수 없었다. 신재身材가 겨우 오 척 남짓하고 요위腰圍가 일속一束에 지나지 않는 그는 결코 일만 지아비로서도 능히 당하지 못할 용맹을 가졌다는 경기의 적수일 수 없을 것만 같았든 까닭이다. 그래도 요리는 사람을 잘 죽인다는 것이 꾀에 있고 힘에 있지 않음을 들어서 자기는 능히 그 소임을 감당하겠노라 말하였다.

그러나 경기는 명지明智의 사람이다. 큰뜻을 품고 일을 도모하는 그가 그렇게 경솔하게 오나라에서 온 객을 그의 자변自邊에 접근시킬 까닭이 없었다. 오왕은 요리를 위하여 이것을 염려하였다. 이때에 요리가 스스로 생각해내인 고육계苦肉計가 어느 나라 어느 곳에서도 그 유례를 보기 어렵게 참독慘毒한 것이다.

"신이 거짓 죄를 지고 출분出奔할 터이오니 원컨대 왕은 신의 처자를 죽이시고 또 신의 바른 팔을 짜르소서. 경기는 반드시 신을 믿어 가까이 부치리니, 이같이 한 연후에 가히 도모하오리다."

그러나 심복心腹의 대환大患인 경기를 없애는 데는 수단을 가리지 않으려는 오왕으로서도 이토록이나 참혹한 계교에는 초연히 그 마음이 즐겁지 않았다. 요리는 그러나

"신이 충의로써 이름을 이룰 수 있다 하오면 비록 왼집을 들어 죽음에 나아간다드라도 그 달기가 엿과 같으리다."
하고 고집하여 듣지 않았다.

합려는 마침내 요리에게 거짓 죄를 주어 그의 바른 팔을 짜르고 또 그 처자를 살육하였다.

이러한 악독한 고육계가 세상에 있을 수 있으리라고는 경기가 아니라 하드라도 믿을 수 없었을 것이다. 요리가 나라를 나가 그에게로 가서,

"대왕은 아버님의 원수를 갚으소서. 신도 또한 처자의 원한을 풀어 보리다."

말하였을 때 그것을 조금도 의심치 않았든 것도 또한 괴이한 일이 아니다. 경기는 그를 심복을 삼어 사졸士卒을 훈련하게 하였다.

이리하여 삼월 후에 경기가 크게 군사를 일으키어 배 타고 오 나라로 향할 때 요리는 마침내 그를 창으로 찔러 죽인다. 물론 족력族力이 사람에 지나는 경기를 요리와 같은 체구 왜소한 자가 더구나 쌍수로 도모한다는 것은 지극히 어려운 일이다. 오왕 합려 앞에서 "사람을 죽이는 것이 꾀에 있고 힘에 있는 것이 아니다."라고 설파한 요리는 그 찌르는 법에 과연 꾀가 있었다.

그는 우선 경기에게 뱃머리에서 사공들을 계칙戒飭하라 말하고 자기는 쌍수로 단모短矛를 집고 시립侍立하여 있었다. 그러자 강 속으로부터 일진의 괴풍怪風이 일어나자 요리는 곧 몸을 돌려 바람 머리에 서서 디디어 풍세를 빌어서 경기를 찌르고 말었든 것이다.

물론 인군人君에게 대한 충성을 위하여 기꺼이 목숨을 내어놓은 이는 사상史上에 그 예가 허다하다. 그러한 때 어찌 구구히 처자를 돌아볼 겨를이 있을 것이냐.

그러나 요리는 무어 오왕 합려와 평생의 은혜라 할 것이 없었다. 물론, 공자 경기에 대하여서도 마음에 품은 털끝만한 원한이 있었든 것은 아니다. 그가 만약 경기를 찌르고 성명性命을 온전히 하여 나라로 돌아갈 수 있을 때, 그곳에는 마땅히 그에게 차례는 작록爵祿이 있을 것이다. 그러나 물론 그는 그러한 것에 마음이 움즉였던 것도 아니다. 자기의 목숨과 바꾸는 일 없이 경기만을 죽일 수 있을 그러한 요행은 아모러한 사람으로도 바랄 수는 없다.

그러나 이곳에 있을 수 없는 일이 있기는 있었다. 경기는 죽기에 미쳐 요리를 가리켜,

　　"천하에 이와 같은 용사가 있었드냐. 감히 내게 칼을 가하였고나."

탄복하고 좌우가 과극戈戟을 가져 생공生公의 구인仇人 요리를 치려할 때 그는 손을 저어서 그것을 말렸다.

　　"이는 천하의 용사라. 어찌 하로 사이에 천하의 용사를 둘씩이나 죽이는 도리가 있겠느냐."

하여 그를 오나라로 돌려보내 그 충성을 표하게 하도록 하라 말을 마치고 이내 죽었다. 그래 좌우는 그의 성명性命을 온전히 하여 주려 하였으나 요리는 자기에게 세 가지 세상에 용납할 수 없는 것이 있으니 비록 공자의 분부가 있드라도 내 어찌 감히 투생偸生하겠느냐 하였다. 말을 마치고 몸을 강에 던졌으나 사공이 그를 건졌다.

　　"만약, 오나라로 돌아가면 반드시 작록이 있을 터인데 어찌하여 가지 않소."

하였을 때 요리는 웃으며,

　　"내가 실가室家의 성명性命도 사랑하지 않거든 하물며 작록이랴."

말하고 곧 종인從人의 패검佩劍을 빼앗어 스스로 다리를 짜르고 다시 목을 찔러 죽었다.

　　요리가 제 것은 물론이요, 그 처자의 목숨까지를 알기 초개와 같았든 것은 물론 이것으로도 분명히 알 수 있는 바와 같이 결코 작록을 받았든 것도 아니다. 대의명분에 의한 것도 아니다. 선비는 저를 알어주는 이를 위하여 죽는다 하나 이것도 물론 당치않다. 그는 오로지 그토록이나 '이름'을 탐냈든 것이다.

『조광』 1938년 2월

축견畜犬 무용無用의 변辯

나는 남들처럼, '개'라고 일컫는 축류畜類에 대하여 호의나 동정을 갖지 못한다. 그러나 그것을 슬프게 생각하지는 않는다. 도리어 마음을 애고愛苦로이 하여 이 짐승을 거두어 기르는 이들을 딱하게 여기기조차 한다.

개는 주인의 은혜를 잊지 않는다 한다. 무슨 '충견'이니 '의견義犬'이니 하여 고래로, 그 가화미담이 더러 전하여 나려오는 것도 나는 알고 있다. 그러나 그것은 무론毋論 수많은 개 중에서 오직 몇 마리에 지나지 않는 것으로 대개는, 저를 거두어 주는 주인집 식구 이외의 사람에 대하여, 무턱대고 짖고 흥얼거리는 것을 일삼을 따름이다.

사실, 동리 안에 있어 개처럼 괘씸한 것은 다시 없다. 그는 늘 불안하다. 눈에 띄는 모든 사람이 그에게는 흡사 절도나 악한같이만 보인다. 그래 그는 잔뜩 겁을 집어 먹고 혹 앞으로 달려들어 사나웁게 짖어도 보고, 혹 뒤를 밟아 의심스레 냄새도 맡는다. 낯설은 개가 신변에 접근하는 것에 불안과 협위를 느끼는 것은 오직 아녀자에 그치는 일이 아니다. 다른 이들은 버려두고, 유독 내게만 극성을 떠는 개 앞에서는 장부도 까닭 없이 얼굴을 붉히고 우울하지 않을 수 없다.

늦도록 슬하에 일점 혈육을 갖지 못한 내외가 외로운 심사를, 혹, 그러한 것에나마 붙일 수 있을까 하여 과히 사나웁지 않은 강아지의 뒤를 거두는 것은, 이를테면 눈물겨운 노릇이라, 구태여 탓하지 않겠다. 그러나 집 속에 약간의 재물을 감추고 있으매, 그 마음에 불안이 또한 없을 수 없어 가장 의혹 많고, 가장 잘 짖고 가장 잘 무는 개를 대문 안에 감추어 두는 것에는 우리는 연민의 정과 함께 일종 분노조차 느끼지 않을 수 없다.

모처럼 찾아간 객에게 대하여 우선 개로 하여금 시끄럽게 짖게 하는 풍습은 접객의 예에도 어긋나거니와 그 객이라는 자가 설혹 일개 걸인에 지나지 않는 경우라 하드라도, 어떻든 만물의 영장을 축생을 가져 쫓는다는 것은 거의 인도상人道上 문제이다.

심한 자는 문전에 '맹견주의'라든 그러한 문구를 기입한 조이쪽을 내붙이어, 동리가 소란하게 개 짖는 소리 나기 전에, 행상이나 걸객배로 하여금 스스로 물러나게 하는 것에 자못 득의로운 표정을 갖기도 하나 춘풍에 놀아나는 것은 묘령의 시골 색씨만이 아니어서, 하룻날 아침, 그동안 밥 먹여 길러준 은공도 잊고서 곧잘 행위 불명이 되는 것은 또한 어찌 할 수 없는 일이라, 자못 당황하여 일변 사람을 사방으로 풀어 놓으며 일변 신문에 광고를 내며, 그러는 꼴이란 가소로웁기 짝이 없다.

『문장』 1939년 5월

무한한 정취의 동굴

단지 실용적일 뿐이라면, 얼골 한복판에 그냥 구녕이 두 개—아니한 개면 어떠랴—동그라니 뚫려 있으면 좋은 것을, 공연스리 수공을 더들여, 그래, 주먹코니, 벌렁코니, 들창코니, 납작코니, 안장코니, 또 무슨 매부리코니, 말코니, 하고, 수다한, 종류의, 이른바, '코'라는 것을맨든 것이랴—싶되, 알고 보면, 그것이 공연한 작난作亂이 아니라, 역시, 조물주는 탁월한 예술가인지라, 딴은, 매부리코나 들창코라도, 결코없는 데 비할 것이 아닌 줄은, 구태여 누구에게 배우지 않드라도 우리가스스로 알 수 있는 일인 것이다.

주름살투성이 늙은 영감의, 새빨갛게 주독이 든 왕코도, 그것이 다만외설猥褻게 보인달 뿐이 아니라, 또한 그곳에도 무한한 정취를 느낄 수있는 것이어든, 하물며, 가히 애愛홉는 여인에게 있어서랴.

창경원, 우이동의 벗꽃도 엊그제 지고 만 요지음의 오월 날씨—한때꽃놀이 나섰다는 핑계도 없이, 그저 무턱대고 거리로만 나도는 왼갖 종류의 여인의 무리들.

그들의 얼골 한복판에, 바로 '내로라' 하고 자리를 잡은, 왼갖 형태의

'코'에 그것이 설혹, 안장코요, 말코인 경우에라도, 우리 예절 있는 젊은
이들은, 결코 경의 표하기를 잊는 것이 아니다.

『여성』 1937년 5월

항간잡필

눈 먼 사람은 매양 한번 보기를 원하며, 앉은뱅이는 주소晝宵로 한 번 걷기를 바란다. 이는 대개, 자기에게 없는 바를 구하여 마지않는, 사람의 가엾은 심정이다.

내가 스스로 원하고 또 구하는 것이 실로 한두 가지가 아니나, '완력腕力'이란 자도 내가 은근히 탐내서 마지않는 것 중의 하나이다.

타고나기를 본래 포류지질蒲柳之質이기도 하다. 그러나 그 우에, 자라매 또 문약文弱에 빠지어, 스스로 닭 한 마리 잡을 기운이 능히 있는가를 의심하지 아니할 수 없다. 그렇길래, 간혹 저잣거리에서 크게 의로웁지 못한 일이 있음을 볼 때, 여윈 팔을 남몰래 어루만지며 가만히 한탄하기가 참으로 한두 번에 그치는 것이 아니다.

우리가 나아가는 길 우에는 이미 법도도 도덕도 있다. 그러한 터에 어찌 서로 다스리기를 완악한 힘으로써 할 것이겠느냐?

그것은 진실로 나도 잘 알고 있는 바이나, 그래도, 수고로이 이르고 또 깨쳐 주어도, 제가 종시 뉘우치지 않을 때, 뒤에 남은 방도란 오직 제 뼈 속에 사모치도록 매우 아프게 매질할 것이 아니겠느냐?

경성도 시구市區 확장을 하여, 그 면적과 인구와 시설에 차차 대도시의 면목을 갖추어 가고 있거니와, 세계의 개화한 도시마다 반드시 무뢰배들이 깃들이고 있는 예에 빠지지 않고, 장안 거리에도 적은 파락호들이 떼를 지어 횡행함은 통탄할 일이 아닐 수 없다.

양민의 생활을 위협하는 자로 흔히 야도夜盜의 무리를 드나, 오히려 피해의 우심함은, 이들 거리의 무뢰배들이다.

제 함부로 신사에게 폭행을 가하고 부녀에게 희학질을 하여, 거리의 질서를 어지러이 하되, 저들이 서로 세를 믿음이 커서, 내가 바로 눈으로 정녕 보고, 귀로 어김없이 듣건만, 오직 마음 속에 분개할 뿐, 감히 나서서 정의를 위하여 편들지 못하는 것이, 스스로 돌아보아 부끄러웁고 또 슬프기 그지 없다.

집에 돌아와 자리에 들어서도 심신이 함께 편안치 아니하여, 문득 철필을 잡아 이 단문을 초하며, 다시 한번 '완력'을 탐내었으나, 그는 졸연히 얻기 어려울 뿐 아니라, 설혹 원하여 얻을 수 있더라도 어찌 내 한 몸이 능히 저들 수다한 무리를 거리에서 없앨 수 있으랴? 이에 양민 보호의 소임을 맡은 경찰 관리에게 저들 부랑배 구제에 한층 더 진력하기를 위촉하는 바이다.

『박문』 1939년 9월

이상적 산보법

이상적 산보법

여기에 필자가 이르는바 '산보'는 특히 근대적 시가지의 산보를 의미하는 것이다…… —이렇게 필자가 이야기를 꺼내는 그 동안에도 간결을 무엇보다도 사랑하는 근대 청년인 제군은 필자가 이제부터 늘어놓을 가장 친절한 '비법 강의'를 완전히 무시하고 가장 간단명료한 결론만을 요구할 것이라 믿는다. 그러나 만약 필자로서 제군의 요구를 그대로 들어 '이상적 산보법'의 결론만을 말한다 하자. 즉—

—근대적 시가지의 이상적 산보법은 가장 교묘하게 '거짓말'을 하는 데 있다. 이렇게—

제군은 필자의 설명 없이 이 '수수께끼' 같은 말을 풀 수 있을 것인가?…… 두렵건댄 제군은 풀지 못하리라 믿는다. 그리고 마침내는 이 알아들을 수 없는 소리를 태연하게 하는 필자의 정신상태에 의혹조차 품게 되리라고 생각한다. 그렇게 된다면 큰일이니까 필자는 억지로라도 제군에게 필자의 '비법 강의'를 들어주기를 요구할밖에 수가 없다.

그러나 필자는 제군의 '걸음걸이'에 간섭을 가하려 하는 것은 아니다.

제군이 여덟 팔 자 걸음을 걷든 갈 지 자 걸음을 걷든 그러한 것은 제군의 취미와 습관이 하고자 하는 바를 그대로 하면 고만이다.

또 장소를 국한하는 것도 아니다. 제군이 광화문 근처를 배회하든 본정통本町通으로 진열장 순회를 가든 혹은 (제군의 취미가 그러한 곳에 있었다 하면) 본정 오정목五丁目 부근을 탐험하든 그것은 제군의 자유인 것이다…….

그러면 필자의 비법 강의는 어떠한 점을 논하려 하는 것인가?—이제부터 이야기 하고자 한다.

제군! 제군은 제군이 '근대 청년'인 까닭으로 하여 누구보다도 '근대적 시가지'의 산보를 애호할 것이라 굳게 믿는다. 그러나 과연 제군의 산보가 언제든지 제군이 애호하고 있는 분수만큼 축복을 받는 것일까? 과연 제군은 마음에 눈곱만한 불쾌도 느끼는 일 없이 수십 분 내지 수 시간의 산보를 마치고 집으로 돌아올 수 있는 것일까?—필자는 의심하여 마지않는다.

가령 제군이 혼자서 가장 자유로웁고 시원스러웁게 산보를 하는 도중에 불행히 한 친구를 만났다 하자. 그리고 더욱 불행하게도 그 친구는 산책의 아취를 이해 못하고 이 좋은 하룻밤을 영화상설관 속에서 보내려 하는 것이며 제군은 그것을 극도로 혐기嫌忌할 때에 그 친구가 만약 딴 때 없는 열정으로 제군을 초대하려 하였다 하면 제군은 어떠한 방책으로 그것을 물리칠 것인가? 그리고 그것을 물리칠 수 있는 뒤에도 조고만 불쾌를 깨닫지 않을 수 있을 것인가? 그뿐만 아니라 제군이 사절을 하고도 상대자로 하여금 섭섭한 감정을 눈곱만치도 맛보지 않게 할 수 있을 것인가?

또는 제군이 노상에서 여학생 제양의 '갑사댕기'가 그 '삼단 같은 머리'에서 떨어지려 하는 것을 또는 떨어진 것을 발견하였다 하자. 그때에 제군은 어떻게 할 것인가?

집어 가지고 쫓아가서 그에게 돌려줄 것인가? '노-노' 그렇게 하여서는 안 된다. 과도기의 나라에 있어서 청춘남녀의 접촉은 비록 그 원인이 그 동기가 어떠한 것이든 간에 군중의 주목과 이유 모를 조소를 도저히 면할 수는 없다. 까닭에 선남선녀인 제군과 해양該孃은 서로 얼굴조차 붉히게 되고 그것으로 인하여 제군의 산보는 극도로 불쾌한 것이 되어 버리고 말 것이다. 그러면 어떻게 하여야 좋을 것인가?

—이하 여러 경우와 그 대책을 일일이 들어서 제군에게 이상적 산보법의 이상적 산보법인 소이를 알리어 주고자 한다.

이하, 약속대로 활동광 취급법으로부터 '여학생 댕기'에 이르기까지 비법을 피력하기로 한다.

전일 이야기하였던 바와 같이 활동광活動狂이 제군을 상설관으로 유인하려고 딴 때 없는 우정을 발휘하여 제군의 가장 행복스러운 산보에 일대 위험이 당도하였을 때의 대책은 이러하다. 즉- 만약 상대자가 가장 '충실한 영화팬'으로 오직 영화만을 사랑하는 사람이라 하면 "우리 ××로 토키 구경……" 하고 말을 꺼내는 것을 못 들은 체하고 "참 시골서 일가사람이 올라왔는데 광무대光武臺를 구경시키어주기로 약속이니 웬만하거든 자네도 같이 가세그려."—

—만약 상대자가 제군의 친구 'ㄱ군'과 절교상태를 유지하고 있다 하면 "참 ㄱ군이 오늘 제 집에서 한턱 낸다고 별로 볼 일 없거든 자네도 가세."

—만약 상대자가 '카페 말괄량이'에 적지않은 부채를 짊어지고 있는

현재 상태에 있다 하면 "참 우리 오래간만에 말괄량이로 차나 먹으러 갈까?"

　—이하 략略—

　만약 제군이 전도회관 앞을 지날 때 제군을 죄악의 구렁에서 구하려는 인사가 제군에게 잠깐만 안에 들어가 좋은 이야기를 듣고 가기를 요구하였다 하면 그리고 불행히도 제군이 천국의 문전에 도저히 접근할 수 없는 불신자이었을 뿐 아니라 또 산보와 설교가 양립할 것 같지 않게 생각이 되었다 하면 제군은 다음과 같은 방법으로 그 난관을 통과하여야 한다.

　"○○교회로 가는 길이올시다."—만약 목사 이름을 기억한 것이 있거든 "○○○씨도 가끔 이곳에서 전도하십니까?"

　—만약 교회나 목사의 이름을 제군이 아는 것이 없다 하면 또 설사 아는 것이 있더라도 순하게 자연스러웁게 나오지 않는다 하면 방법으로는 매우 열등한 것이다.

　"지금 의사를 청하러 가는 길입니다."

　—이렇게 말할 것이다. 그러나 그 중 상책은 그의 앞에 은근하게 약례(約禮)를 하고서 "저, 신자입니다."—하는 것이다. 필자는 이 방법으로 전도사의 절대한 존경을 받은 일이 실로 한두 번이 아니다.

　만약 제군의 행로에 구세군영의 금주선전신문禁酒宣傳新聞이 앞을 막고 기다리고 있다 하면 이에 대한 최선의 대책은 일금 2전을 투投하여 금주 선전에 찬의를 표한다는 것이다. 그러나 만약 제군의 재정이 1, 2전이라 할지라도 소홀히 취급할 수 없게스리 긴축을 요구한다면 제군이 상대자를 피한다든 상대자와 언쟁을 한다든 하는 추태를 연출하지 않기 위하여서는 다음과 같은 방책이 있다.

—만약 묵은 금주지를 소지한 것이 있거든 그 일단을 주머니에서 조금 꺼내 보이고 묵례로 그의 앞을 지나간다는 것.

—만약 불행히 그러한 것이 없을 때에는 그리고 다행하게도 구세군영에 있는 사람의 이름을 기억하는 것이 있거든

"모某씨와 각별하게 친한 사이지요." 하고 상대자가 어리둥절한 사이에 모른 척하고 지나가 버리는 것이다. 그러나 이것은 책策의 가장 열劣한 자로 잘못하면 당자에게 향하여 당자의 이름을 고하는 경우와 같은 위험이 없지 않다. 까닭에 주의를 요한다.

『동아일보』 1930년 4월 1일, 4월 15일

초하풍경 初夏風景

하늘

첫여름의 맑은 하늘은 흰 구름이 있어도 없어도 잔디에 누워서 우러러 볼 때에 머―ㄴ 나라 알지 못하는 나라, 좋은 나라를 동경하게 됩니다.

새벽녘에 히끄스름한 달을 치어다보며 천막을 걷어 들고 지평선을 넘는 아라비아 사람들의 생활도 동경하게 됩니다.

빨래터

운치스럽습니다. 깨끗한 옷들을 입고 늙은이 젊은이 섞여 앉아, 비록 잠시일지라도 인간고人間苦 잊고 푸르른 하늘 뜨거운 볕 아래 검붉은 얼굴들을 진열하여 놓은 빨래터의 첫여름 풍경―.

딴 때는 소란한 방맹이 소리도 이때는 귀貴여웁고 듣기 좋습니다.

맥고자

일제히 여름 옷들을 가든히 입고 길거리를 활보하는 모양은 매우 보기 좋습니다. 우리 젊은이에게 딱 맞는 여름 모자로는 오직 맥고자가 있을 뿐입니다.

만약 다행스럽게도 바람이 불어 그대의 모자를 날리는 일이 있다 합시다. 오랫동안 가물어 몬지만 폴삭거리는 아스팔트 위를 보기 좋게스리 떨떨떨 굴러가는 불운한 맥고자의 광경은 천진한 도회인의 자주 맛볼 수 없는 기쁨을 자아낼 것입니다.

모기장

아직 모기장은 이릅니다. 몇 마리의 모기는 태극선太極扇과 담배 연기로 쫓아 버리기로 하고 우리 벼개를 높이 하고 바람 잘 불어 들어오는 마루에 누워 몇몇 친구들의 험담이라도 하여 보지 않으시렵니까.

발[簾]

그린 듯한 눈썹.

어여쁜 눈.

날씬한 코.

만약 그대가 우연히 발을 들여놓은 뒷골목에서 '발'을 내린 방안에 미인을 발견할 수 있었다 하며는 그리고 그로 말미암아 그대의 눈이 얼마간의 보양을 얻을 수 있었다 하며는…….

이것은 확실히 첫여름이 젊은 그대에게 준 선물에 틀림없습니다.

악박골

'뻐쓰'의 출현을 나는 참말로 기뻐하는 바입니다. 그러나 그것은 결코 서울의 교통 발전을 기뻐한다는 것이 아닙니다. 오즉 '영천행'의 몇 대가 있음으로 하여서 서울의 귀한 약물터 악박골을 다만 몇 사람이라도 더 찾아가리라는 것을 생각하고 말입니다.

냉면

차차 더워지면 평양 명물인 이 음식이 우리의 침선을 자극합니다. 비록 맛은 그다지 묘할 것이 없다 하드라도 그 위에 소복히 얹힌 각종 고명이 참말 보기 좋지 않습니까.

낮잠

그대여! 창 앞을 지나는 누더기 입은 청인淸人의 자유 노동자를 '짱고로' '흑야' — 이렇게 놀리지 마시오. 그들은 비록 짧은 동안이나마 대낮의 낮잠으로 첫여름을 지낼 줄 아는 국민입니다.

『신생』 1930년 6월

나팔

오월로 하여서는 더운 날이다.

채 단장을 고치기 전에 이쪽 저쪽에 상처를 입은 아스팔트가 영글어 터진 종기 구녕의 고름 모양으로 지르르 흐르는 '핏츠'[瀝靑]를 상처마다 들어내고 있다.

그 위를 이백열여섯 개의 구두발이 걷고 있다.

엇 둘, 엇 둘……

일백여덟 명의 병정들의 행진이다.

나팔이 네 개였다. 네 개의 나팔을 앞잡이가 불고 갔다.

페프먼트 우에 오고가는 사람들이 잠시잠시 걸음을 멈춘다. 그리고는 다시들 제 길을 걸어갔다.

엇 둘, 엇 둘……

곧잘 맞는 행진이다. 규율 바른 병정들이다.

엇 둘, 엇 둘

엇 둘, 엇 둘……

그러나 엷게 몬지 앉은 아스팔트 우에 떨어지는 이백열여섯 개의 구듯발소리는 그 하나하나가 몹시도 탄력없는 것이다. 피곤한 것이다. 자신없는 것이다.

그들이 가져야 마땅할 듯싶은 '모진 맛' '굿센 맛' '힘찬 맛'……이러한 것들을 그들 행진에서는 찾아낼 수가 없다.

붉은 테두리 모자에 카키 복장, 혁대 띠고 총을 매인 자기네들이 이렇게도 뻔뻔하게스리 대낮의 거리를 행진하고 있는 것이 염치없는 노릇이라는 것을 그들은 깨닫고 있었다.

자기네들을 한축에 끼워주기는커녕, 도리어 원수로 여기고 있는 민중 앞에, 자기네들의 꼴을 보이기를 그들은 꺼리었다. …… 그러나 끝끝내 이렇게 보이게 된 까닭에 그들은 아주 낙심하고 있는 것 같다.

자기네들의 '존재의 의의'며 '가치'를 주장할 용기도, 욕심도, 무론 그들에게는 없었다.

대낮의 거리는 복작거리고, 아스팔트의 길은 길다.

복작거리는 군중들을 말없이 말을 잊은 듯이 그들은 아스팔트 우의 행진을 계속한다.

엇 둘, 엇 둘

엇 둘, 엇 둘……

자기네들이 이렇게 부끄럼없이 행렬을 지어 대낮의 거리를 걷고 있다는 것을 아스팔트 우에 떨어지는 무거운 구둣발소리로 민중에게 알리어 주게 되는 것이 마음 괴로운 듯같이 아주 고양이 사뿐 나려 놓려다가 — 그러나 거리를 남과 같이 걸어갈 권리를 가지고 있다고 굳게 믿고 있음에도 불구하고 그 한걸음 한걸음에 이러한 모욕적 관념을 물리칠 수 없는 데서 깨닫는 울분으로 아무렇게나 되어라—하고 내어던지는 두 발 밑에, 아스팔트가 울고 있다.

그들은 그대로 걸어간다.

'신전교神田橋'로 해서, '소천정小川町'로 해서.

엇 둘, 엇 둘

엇 둘, 엇 둘……

그리자 그들은 소스라치게 놀라, 자기들의 숨을 곳이 어디 있지나 않을까 하고 생각하여 본다.

잠깐 쉬었든 나팔이 다시 울리기 시작한 까닭이다.

곡고수의 입에 대인 나팔에서 그 야만적 음향의 첫소리가 울리어 나올 때 그들은 자기네들이 어떠한 목적과 계획 아래 길리우고 있는 것인지를 새삼스리 깨달았다. 그와 동시에 그것을 그 비밀을 민중이 벌써부터 자기들보다도 먼저, 알고 있다는 것을 그들은 눈치챘다.

까닭에 오월의 거리를 요렇게도 발악을 하면서 가는 나팔소리에 그들은 아주 곤혹하여 버린 것이다.

한거리 복판을 아스팔트 우를, 복작거리는 사람들을 악을 악을 쓰며 지나는 나팔소리에 그들은 아주 바보같이 발들을 맞추어 행진하여 간다.

엇 둘, 엇 둘……

오월로 하여서는 더운 날이었다.

나는 다 탄 '꼴든 빽'을 아무렇게나 아스팔트 우에 내어던지고 내 길을 걸어갔다.

바로 며칠 전에 '메이데이 데모'가 그렇게도 굳세고, 힘차고, 열 있고, 자신 있고, 그리고 그렇게도 희망으로 가득 찬 행진을 하여간 뒤의 이 거리에 그것은 너무나 우스꽝스러웁고, 모순되고, 그리고 가엾은 행렬이었다.

병정들이 지나간 뒤의 거리에 약하디 약한 나팔 소리가 잠깐 동안 남어 있었다. 그 소리는 발악을 하다하다 못해 지쳐버린 듯이 차츰차츰 죽어갔다.

그리다가 그 소리는 이 거리에서 아주 사려져 버리었다. (그만)

『신생』 1931년 6월호

차車중의 우울

거리에 자주 나오는 나는, 하루에도 몇 번씩 전차를 탄다. 그리고 차 속에서 나는 거의 언제든 우울하다. 승객의 대부분이 좌석을 사양하는 미덕을 갖지 않은 까닭이다.

물론 나는 부녀가 아니요 또 그렇게 노쇠하지도 유약하지도 않다. 나의 우울은 그러니까 결코 사욕에 말미암은 것이 아니다.

그러나, 내가 좀 우울하여 한다고 또는 한 걸음 더 나아가 격분하기조차 한다고 아무 승객도 겁내지 않는다. 그들은 좌석을 구하지 못하여 애쓰는 노인을 소년을 또는 아이 업은 아낙네를 눈앞에 두고 그들이 용하게 구한 행운의 좌석 우에 그 몸가짐이 자못 안연晏然하다. 그럴 수밖에 없는 것이 그들은 일찍이 그러한 예법을 배우지 않았고 따라서 그들은 자기의 위치를 고집함에 있어 제법 떳떳한 까닭이다.

그들은 제 자신 남에게 좌석을 사양할 줄 모르는 까닭에 남이 간혹 자기를 위하여 자리를 내어주더라도 그것에 감사할 줄 모른다. 그는 필연코 창 밖에 내리쪼이는 볕이 목덜미에 따가웠든 또는 다음 정류장에서 내리기 위하여 지금부터 승강대 가까이 가 있을 필요를 느꼈든 그런 까닭이리라 하고 똑 그러하게만 생각한다.

   그러한 그들 앞에서 젊은 여인을 위하여 자리를 일어섬에는 비상한 용기가 필요하다. 나는 충분한 공석이 준비되지 못한 차중에서는 언제 든 승강대 가까이 서서 되도록 창외窓外의 정경을 사랑하기로 방침이다.

『조선일보』 1939년 4월 18일

만원전차

일정한 근무처를 가지고는 있지 않으나, 그래도 매일같이 밖에 나갈 일이 생기고, 나가면 또 대개는 교통기관으로 전차를 이용하게 된다. 특히 러시아워도 아니건만 나의 타는 전차는 언제든 만원이다. 항상 불편을 느끼고 있거니와, 조석 출근, 퇴근시의 번잡은 이에 수 배 할 것을 생각하니, 자못 우울하기조차 하다.

'만원전차'로 하여, 여론은 이제까지 끊임없는 비난을 경전京電에 대하여 퍼부어 왔다. 그것을 나까지 나서서 되풀이할 생각은 없지만 나는, 또 나대로 평소에 느끼는 바 있기로 한마디한다.

부민府民들이 경전에 대하여 그 성의가 없음을 탄하였을 때, 경전은 이에 대답하여, 자기들은 진실로 성의를 가져 문제 해결에 노력하고 있으나, 다만 물자 기근으로 원활히 진행이 안 될 뿐이라고 하였다. 이 대답에도 소상히 검토하여 볼 여러 가지 문제가 들어 있을 것이나, 나는, 이곳에서는 짐짓 그네들 말을 그대로 믿어 두기로 하고, 다만 그네들이 문제 해결을 물질 방면에만 두고, 정신 방면을 전혀 몰각한 사실을 지적하는 데 그치고자 한다.

'만원전차'에 대한 비난에 부수되어 승무원의 불친절이 동시에 논의되건만, 분명히 경전 당국자는 이 나중 문제는 중요시 않는 모양이다. 오직 전차 대수만 충분한 수량까지 늘릴 수 있으면, 자기네들에 대한 비난은 일소될 것같이 생각하고 있는 듯싶으나, 이는 인식의 부족함도 심한 자라 할밖에 없다. 오히려 문제는 승객들에 대한 승무원의 태도 개선에 좀더 중점이 있다고 하겠다.

그네들의 구차스러운 변명을 그대로 용인하여, 현재 부민들이 받고 있는 불편은 그 책責이 오로지 물자 기근에 있고, 결코 그네들의 무성의에 있는 것이 아니라 하자. 그러면 그래도 좋으니, 한층 승무원을 단속하여 정신 방면으로나마 승객들의 불편 불쾌를 최소한도로 덜어 줄 수 있도록 하는 것이 끽긴喫緊한 일이 아니겠느냐.

경전 승무원들 중의 대부분이 승객에 대하여 정녕 친절치 못함은 일반이 다 알고 있는 사실이다. 그들은 자기들에게 봉급을 지불하는 경전 당국에만 충실하면 족한 듯이 생각하는 듯싶으나 이는 크게 옳지 않다. 어떻게 하면 승객들이 조금이라도 불편함을 덜 느끼고, 각기 목적지에 안전히 도달할 수 있을까—, 그것에 대하여 고려하는 일 없이, 그들은 오직 승차임 징수와 무효승차권 발견에만 전 정신을 집중시키는 것 같다. 한편으로 가소로우며 또 한편으로 연민을 금키 어렵다.

구체적인 실례 수삼數三을 들어 본다면, 가령 사거리에 있어서, 교통 신호에만 충실하고 승객에게는 불친절한 승무원들이, 승객이 다 타기를 기다리지 않고 발차를 하여 혹 사고도 일으키고, 혹 동행을 서로 갈라 놓기도 하며, 그것을 비난하면, "요 댐 정류장에서 나리면 그만 아니오" 등 불손한 말을 불쾌한 어조로 거리낌없이 방언放言하는 등, 또 도심지대니 무엇이니 하고 교활한 제도를 정하여 놓고, 이에 철저치 못한 승객에게 초과 임금을 강제로 징수하여 스스로 쾌하다 하는 등, 혹 십원 지폐라도 내어 놓는다면, 마치 그 승객이 무임 승차의 요행이라도 의도하고 그러는 듯싶게 백안시하는 등, 이 같은 예는 들자면 얼마든지 있거니와, 이는 직접 곤경을 당하는 승객은 물론이요, 오직 수수 방관일 뿐인 동승객들에게 여간한 불쾌와 격분을 도발하는 것이 아니다.

지리에 어둡지 않은 승객의 경우에 있어서도 요사이 같은 만원전차에 있어서는, 분명히 종로에서 나리려 하면서도 이정목二丁目까지 마지못하여 끌려 가는 수가 있다. 그곳에서 다시 한 정류장을 되돌아가야 할 것만도 불편하고 불쾌한 노릇인데, 시외선으로부터의 승차권으로는 그곳까지 못 온다고 다시 일구一區의 차임을 강제로 청구당하는 등은 가히 언어도단의 일이 아닐 수 없다.

차의 대수를 늘린다는 것이 실제에 있어 어려운 노릇이라면, 그것도 어쩔 수 없는 일이니, 그러면 그런대로 경전 당국은 좀더 다른 방법으로 성의를 표하여야 마땅할 것이다. 승무원을 단속하여 승객에게 절대 친절 정녕케 하고, 우선 불합리한 이구제二區制를 철폐라도 한다면, 경전에 대한 일반의 여론은 훨씬 완화될 것을 나는 믿는다.

『박문』 1940년 2월

해서기유

등산가 필독

여름이면 어느 때를 물론하고 대개 더운 경향이 있는 법인데 대체 왜들 그 더운데 기를 쓰고 산에로들 가려는지 알아내는 재주가 없구려.

혹은 더우니까 도리어 그렇게 산에로들 간다구 할런지도 모르지만 그런 말은 듣기만 해도 딱하지. 왜 고생을 사서 하우?

말하자면 고생뿐이 아니지. 산을 오르나리느라면 또 별의별 딱한 일이 많구려.

기왕 산이라고 올라가자면 높고 험해야만 묘한 맛이 있는 법인데 높고 험한 산엘 오르나리노라면 십상팔구로 다치기가 쉽구려. 그 중에는 너무 다쳐서 죽는 사람조차 간혹 있으니 그런 변이 그래 어디 있수?

그러기에 효자들은 애당초에 산에를 안 가네. 왜 그런구 하면 신체발부身體髮膚 수지부모受之父母다 불감훼상不敢毀傷이 효지시야孝之始也니까.

그럼 자식은 그렇거니와 애비된 사람은 어떠냐 하면 그야 더 말할 것도 없이 처자 생각을 하고서야 어떻게 주책없는 짓을 하겠소?

원래 자식 가진 이는 백운봉 꼭대기 뜀바위에서 뛰지 못한다고 말이

있지만 뜀바위뿐이겠소? 애당초 산이란 갈 덴가? 어림도 없는 수작이
지…….

이런 말을 자꾸 하면 혹은 날더러 겁쟁이랄지도 모르지.

그러면 이번엔 방향을 바꾸어서―

위선 산에는 일반으로 공동변소라는 것이 없구려. 그러니 '그' 문제를
어떻게 해결해야 하우? 그것도 서울로 치자면 식전에 남산엘 잠깐 갔다
온다거나 점심 먹고 북악산엘 올라간다거나 하는 일종 산보와 달라, 등
에다 무얼 들고 바로 대규모로 하는 참말 등산이야 시간으로 쳐 보더라
도 그 사이 한두 번쯤 의례히 '그' 문제에 봉착하구 말 게 아니우?

산꼭대기에 올라가면 공기가 맑으니 무에니 해두, 다 믿을 수 없는 말
이지.

그건 어디 산뿐인가? 여름이면 산이나 마찬가지로 아니 그보다도 더
열이 나서 어중이떠중이 저마다 허려 드는 해수욕에 있어서도 그렇지
백죄 해수욕한다고 물속에서 그대로 오줌들을 누는구려?

몇 시간씩 물 속에 가 들어 있는 놈이 몇 번씩 참말로 소문도 안 나게
그 속에서 오줌을 누는 건 말할 것도 없지만, 모래사장에서 뒹굴고 있던
놈도 오줌이 마려우면 저 편에 있는 변소로는 가려구 들지 않고 그저 물
속으로 뛰어들어 가는구려. 그 불결하기란 이를 데 없지. 산 이야기를
하다가 바다 이야기가 나온 것을 혹은 탈선이라 보실 분이 계실지두 모
르지만 원래 솜씨 있는 이야기란 그렇게 하는 것이라우. 그래두 비위생
적 이야기는 그만 하기루 하구―

한번 금강산―○, 볼까! 딴은 산 중엔 대왕인데 그래두 요즈음같이 대
중적이어서야 가 볼 맛이 안 생기는구려. 참말 금강산을 사랑할 줄 아는
사람만이 허위단심 찾아와서 단발령斷髮嶺에서 머리 깍든 시절이 좋았다
면 좋았을 게지 왼통 화륜차가 앞뒤로 드나들구 무슨 호텔 무슨 호텔 하

고 없든 게 생기고 한 요즈음에야 창피해서 어떻게 금강산엘 가우?

그러기에 원생고려국願生高麗國하여 일견금강산一見金剛山이란 건 다 옛날 말이지. 교통과 숙식 준비가 이렇게 완비되었는데도 어디 중국인 금강산 탐승단이라고 오는 줄 아우?

산이라면 원래가 우리들에겐 숭엄崇嚴하구 그윽한 '무엇'같이 생각되어 왔는데 근래같이 비속한 것으로 맨들어 놓아서야 무슨 재미가 있겠수?

짚신 신구 감발 하구 손에는 일간장一竿杖, 낡은 절 섬돌 우에서 늙은 중하구 횡설수설해야 한 폭의 거름두 되는 거지 어디 시체時體같이 땀만 뻘뻘 흘리구 도라지타령이나 부르구 그저 무턱대구 꼭대기루만 올라가려구 들구 그래서야 저속한 사운드판 활동사진이지 무어유.

양인들은 산꼭대기에 올라가는 걸 자못 정복이라구 그러는구려. 그렇게 높이 올라가려면 준비만 하는 데두 돈이 끔찍하게 든다니 그건 어떻게 되어 먹은 사람들이게 그렇수?

산이란 원래가 우리들에게 주는 교훈이 많은데 그걸 모르구 그 못 탕탕 박은 우악한 구둣발루 아무렇게나 짓밟구 또 아무데나 똥 오줌 누구. 그리구 지쳐서 쓰러져 자구 하는 걸 보면 딱하기가 짝이 없구려.

처음부터 운동으로 하는 거라면 누가 무슨 말을 또 하겠소만은 때때로 그런 분들 중에 나는 산을 사랑한다 어쩐다 하는 이가 있길래 한마디 하는 게지. 사실 그런 생각을 가졌다면 그건 실수지 어데 산을 사랑하는 법이란 그런가!

『조선중앙일보』1934년 7월 9일

영일만어永日漫語
─ 하날 · 피서 · 山 · 물 · 해수욕 · 천막생활 · 부채 · 여름의 양생

하날

나는, 서울에 있는 동안, 여름의 하날을 일즉이, 아름다웁다 우러러본 일이 없습니다.

땀을 씻기에만 골몰하고 부채를 놀리기에만 바쁜 몸으로서, 언제 마음 고요히 하늘을 우러러 본다든 할 겨를이 우선 있겠습니까?

또 간혹 고개를 들어 보는 일이 있어도, 더위에, 허덕이는 마음은, 오즉, 하날 어느 한구석에, 한 줄기의 시원한 소낙비라도 가져올 수 있는 비구름만을 찾느라고 애타 합니다.

한 조각 흰구름이 있어도 없어도, 여름날 맑게 개인 푸른 하날이란, 더위를 아지 못하는 이의 눈을 가져 볼 때 제법 아름다운 것일 수 있을 것입니다.

그러나, 이미 부채질을 하는 것조차에도 지쳐버린 몸에 사랑이라든 기쁨이라든 그런 것을 가져 우러러 볼 수 있는 것은 못 되며, 또 그리타 하야, 백주白晝도 오히려 어둡다 하게 흐린 하날이 마음 한구석에 혹은

156

한때의 질거움을 가져오기는 하나 그것이 아무러한 나의 눈에도 결코 아름다운 하날일 수 없습니다.

피서

본래 아름다운 여름의 하날을 아름다운 그대로 우러러볼 수 있게, 나는 행장을 수습하야 어디 더위를 모를 곳으로 떠나고 싶습니다.

더위를 모를 곳 –

산도 좋고, 바다도 또한 싫지 않습니다.

피서라는 것에다 구태여 유한이라든, 향락이라든 그러한 것을 관련시키어, 혹은 그것을 비웃고 혹은 그것을 욕하고, 굳이 그러할 까닭은 없는 것이 아닙니까.

더구나, 나와 같이 한여름의 더위를 능히 이겨내지 못하도록 허약한 신체의 소유자일진댄, 도회의 이글이글 끓어오르는 염열炎熱 속에서 아무러한 일을 할 조그마한 마음의 여유도 있을 턱 없이, 그대로 남 보기가 딱하게시리 허덕이느니보다, 서늘한 바람이 한낮에도 자주 찾아들어 주는 곳에서 때로 고요히 생각하고, 또 질거이 글 읽어 가난한 마음에 한줌 양식을 더하는 것이, 그 얼마나, 뜻 있는 일일까요.

나는 벌써 여러 해를 두고 더위를 당하면 결코 그다지 성대할 턱도 없는 나의 피서를 위하여 궁색한 계획을 세워보고 세워보고 하여 왔습니다.

그러나, 지금은 이미 유명幽明의 그 경계를 달리하여 버린 나의 옛 벗 백군白君과 더불어, '송전松田' '원산元山' '석왕사釋王寺'로 겨우 보름 남짓한 적은 여행을 할 수 있었든 것도, 생각하여 보면, 오 년 전의 옛일로, 그 뒤로는 좀체로 서울을 떠날 수 없는 채, 장안長安 더위를 혼자 안고 지내지 않으면 안 되고 이 몸이 적지아니 애닯습니다.

나는 그것이 결코 실현될 수 없는 것임을 알고 있으면서도, 어리석게, 오직 이삼 주일간의 적은 여행을 이 여름에도 계획하여 보았습니다.

그러나 가난한 선비에게 그만한 행복—?—도 허용될 까닭 없이, 낮은 낮대로 푹푹 찌고, 밤은 밤대로 물것에 뜯기는 서울의 여름을 올해도 또한 이대로 나야만 하는 이몸이 구차스럽게도 슬픕니다.

山

비록 어디 마땅한 곳을 가리여 한여름의 더위를 완전히 피하는 수는 없다 하드라도 그대로 서울에 있는 채로 잠시 잠시의 더위를 더는 법이 아주 없지는 않을 것입니다.

어느 벗은 나를 위하야 북한산이며, 관악산이며, 그러한 경성 근교의 산악 등반을 권하여 마지 않습니다.

벗들은 수천 언름을 소비하여서 고산 절정에서의 상량미爽凉味의 이루 아무 것과도 비길 수 없는 것임을 일러주는 것입니다.

그들은 나의 신체가 건강치 않으므로 하야, 등산의 효과가 배가될 것을 역설하나, 나는 도리어 내 몸이 너무나 허약함으로 하야, 우선, 산정의 신기神氣를 호흡할 수 있기 전에 능히 그곳에 이르기까지의 준험한 산로山路를 극복할 수 있을 것인가—그것을 한 푼의 자신도 가질 수 없이 오직 잠시 생각하여 볼 뿐으로, 이미 나의 숨은 가쁘고 어느 틈엔가 얼굴에는 땀조차 흐르는 것입니다.

그래도 나는 한번, 꼭 한번 북한산에 오른 일이 있습니다.

4년 전, 늦인 여름에 나의 형제의 완강한 권유를 이루 물리치기 어려워, 나는 하는 수 없이 그들을 따라 나섰든 것이나, 오직 문수암에 이르는 그 동안에도, 대체 몇십 차례나 길가에 가엾게도 주저앉아, 가쁜 숨을 돌리기에 애썼든지 모를 일입니다.

그래도, 어쨌든 목적한 곳까지 오르기는 올랐습니다. 뿐만 아니라, 이제는 오직 황혼의 서늘한 길을 그대로 산을 내려 창동倉洞까지만 가면, 다음은 차에 몸을 의탁할 수 있는 것이라 알았을 때, 나는 누구보다도 먼저 뜀바위를 뛰어 건느고, 휴대한 쌍안경을 들어 좀더 원거리를 관망하는듯, 자못 득의만만한 자가 있었습니다.

그러나, 돌아온 그 뒤에 내가 애닯게도 결심한 것은, 역시 이 뒤로는 좀처럼 아무런 산에도 오르지 않으리라는 것이었습니다.

물

그러한 소식을 아는 또 다른 벗은 내게 물과 친할 것을 권하였습니다.

우선 한강으로라도 달려나가, 벌거벗은 알몸뚱이를 물 속에 굴릴 때, 그것은 내 몸을 여러 가지로 이롭게 하여 줄 뿐 아니라, 무엇보다도 한 개의 척서법滌暑法으로 누구에게나 주저함 없이 주장할 수 있는 것이라는 벗의 의견이었습니다.

그러나 나는 그 벗의 말이 있기 여러 해 전에 이미 몇 차렌가 그러한 목적으로 한강을 찾았든 것이요, 그리고, 그것은 또 내게 있어 결코 유쾌한 것일 수 없었습니다.

물 속에 들어간다드라도 일즉이 수영법의 연구를 등한히하였던 나의 상반신은 반드시 수면 위에 노출되어 있어야만 생명의 안전을 기할 수 있었으므로, 대낮에 뙤약볕은 무자비하게도 나의 얼굴과 가슴과 또 등어리를 나리쪼여, 나는 어처구니없이 '더위'를 먹고, 간신히 다시 옷을 주워 입고는 자연히 돌아오는 수밖에는 없었습니다.

그뿐이 아닙니다. 벗들이 자랑스러이 희롱할 수 있는 것에 소년과 같은 희망을 느끼던 나는 어리석게도 몇 번인가 그들의 지도하는 대로, "물 속에 머리를 푹 박고, 발장구를 치고", 그러느라 탁한 강물을 용이하게 나의 귀로 들어간 뒤에 여러 날을, 나는 이질耳疾로 고심하지 않으면 안 되었던 것입니다.

해수욕

그러한 나인 까닭에, 바다에 가는 일이 있어도, 결코 물 속에 들어가기를 질기지는 않습니다.

인천으로 서너 차례, 원산으로 두어 차례, 그리고 송전松田으로 한 차례, 벗들을 따라 이른바 해수욕이라 떠난 바 있었으나, 나는 거의 한번도 물 속에 들어가지는 않았습니다.

뿐만 아니라, 나의 행장 속에는 일 매의 해수욕복도 애초에 들어있지는 않았던 것입니다.

나는 아침 저녁으로 달리 무어 어떻게 할 턱이 없이, 그저 해변을 멋없게 산책할 수밖에는 없었습니다.

벗들은 그러한 나를, 가엽게 또는 딱하게 생각해 주는 듯싶었습니다.

나는 물론 누구보다도 더 강렬하게 내 자신 그것을 느끼고 있는 것입니다.

그러면서도 나는 해마다 만약 갈 수만 있다면, 그러한 곳으로라도 가서 한여름을 지냈으면— 하는 것입니다.

그저, 집에가, 서울에가, 붙박혀 있지 않고, 어디 그러한 '시원한 곳—(기실 나는 그러한 곳을 시원하다 생각해 본 일이 없으면서도)—으로 갈 수 있는 것이, 나에게는 적지아니 기쁜 일, 자랑스러운 일인 듯싶게 생각되는 것인지도 모릅니다.

천막생활

나의 문학소년 시절에 이른바 로맨틱하다는 점에서 은근히 동경하여 마지않았든 천막생활이라는 것에 대한 나의 회상은 오즉 '불쾌한 것' 일 뿐입니다.

그러나 나는, 물론 내 자신 천막생활다운 천막생활을 거의 하여 보지는 못하였읍니다.

뿐만 아니라, 오즉 한 번 들어 본 천막 안에서도, 단 하룻밤을 지내보지는 않았든 것입니다.

여러 해 전에, 지금은 이미 고인이 된 백군白君과 그의 아우되는 학생의 교묘한 유인에 속아, 그때까지는 이름 한번 들은 일이 없었든 이른바 '신新해수욕장'인 '송전松田'으로 갔을 때, 나는 무모하게도 일 주일 여정으로 천막생활을 경영한다는 계획에 별로 깊이 생각해 보는 일이 없이 그만 찬동하고 말었든 것입니다.

그러나, 나의 첫경험은, 우선, 그 시초에 있어서부터 결코 순조로웁게 진행될 수 없었읍니다.

우리가, 송전에서 차를 내렸을 때, 그 전날 밤 철원 부근에서부터 나리기 시작한 비는, 그저 끊일 줄을 모르고 줄기차게 오고 있었으므로, 이러한 조건 아래서는 그 멋진 천막생활도 응당 적지아니 고생되리라 어렴풋이 생각되였든 것입니다.

우리는 죽죽 나리는 비를 한 자루의 우산으로는 세 사람이 함께 피하는 수 없이, 그대로 맞으면서, 발이 푹푹 빠지는 모래밭을 우울하여 하며, 그래도 달리 어쩌는 수 없이 철도국에선가 어데선가에서 준비하여 놓은 천막 속으로 들어갔든 것입니다.

그 속은 우리들의 여행 용구와 우리들을 수용하기에는 적지아니 협착하였읍니다.

더구나, 밑에 깔은 거적은 축축하였고, 밖에는 그대로 끈기좋게 비가 내리고 있어 우리들은 한 걸음도 밖에 내놓을 수 없이, 그대로 밤 들기까지 흡사 바보와 같이 그 안에가 들어앉어 있지 않으면 안 되었으므로, 우리들의 마음은 결코 명랑할 수 없었습니다.

그래도 학생은 자기가 이번 계획에 있어, 당초의 발안자이었으므로, 비라는 것은 끝이 있어 언제까지 계속될 것이 아니라, 이제 오늘밤으로라도 날이 개이면, 명일부터의 생활은 도로혀 좀더 유쾌한 것이라고 그 점을 역설하고, 혼자서 분주히 밖으로 뛰여나가, 해변의 조고만 매점에서 과자 등속을 사오고, 또 그곳에서 밥 짓는 계집에게 쌀을 내여 주어 손수 날러오고 하였습니다.

그러나, 비는 그의 예언과 같이 용이히 그치지 않을 뿐 아니라, 도리어 날이 어둑어둑하여질 임시臨時하여서는 바람조차 세차게 불어, 그 형세가 자못 불온하였습니다.

백군은, 비록 자기 아우와 함께 이 생활에 나를 끌어들이노라 감언이설을 농하기는 하였어도, 그 자신 천막과는 이번이 처음 인연이라, 원래가 소심한 그는, 천막 안이 컴컴하여지자 슈트케이스 우에 세워놓은 한 자루의 양초가, 빗소리, 바람소리에 놀라 깜박이는 것을 보는 것만으로도 이미 그의 마음은 놀라고, 불안하여, 혼자서 애를 태우는 모양이 옆에서 보기에도 매우 민망스러웠으나, 그것은 물론 내가 동정할 것이 아니었습니다.

그리다, 마침내 그의 아우를 따라 밖에 나갔다 돌아온 백군은, 해변의 매점 주인의 의견이라 가칭假稱하고, 풍우가 이다지도 심하니, 오늘밤으로라도 무슨 일이 일어날지도 모를 일이라, 그가 권하는 대로 그의 집에 가서 위선 비가 개일 때까지 임시 유숙하는 것이 어떻겠느냐고, 나에게 말하였습니다.

나는 짐짓 떠름한 얼굴을 하고 얼마 있은 뒤에야 그것을 응낙하였습니다.

그리고, 나는 그렇게 여러 차례나 비를 맞아, 어쩌면 감기가 들는지도 모르겠다고—그것이 모두 그들의 죄과罪過인 것을 들어서 매우 책망한 뒤에, 그들이 적어도 보름 동안 애용할 목적으로 휴대하고 온, 한 되들이 안성소주를 그날 밤으로 먹어버리는 것에 성공하였습니다.

그러나 그날 밤은, 작야昨夜 이래以來의 피로와, 분수에 넘치게 먹은 안성소주로 하야 정신없이 자느라 몰랐든 것이나, 이튿날, 주인에게서 작야에 얼마나한 괴력이 해변에 일어났든 것인가를 들었을 때, 우리의 놀람은 컸습니다.

맹렬히 휩쓸어 부는 바람에 사장砂場 우의 모든 천막은 하나 남지 않고 그대로 날러버려, 아닌 밤중에 난리를 만난 선남선녀들은, 그대로 촌으로 달려들어와, 피차에 그러한 야단이 없었다 합니다.

비는 그대로 이틀이나 계속되었습니다. 그러나 무서운 것은 오히려 바람이었습니다.

비가 끄친 뒤에도 마음이 놀랍게 그대로 불어드는 바람이 그것이 바로 '폭풍'이라는 것을 이틀인가 뒤늦게 배달된 신문으로 알았을 때, 우리들은 새삼스럽게 하늘을 처다보았습니다.

이리하야, 나의 단 한 번의 천막생활은 오즉 그것으로 종말을 고하였고, 비록 이 뒤에 절호한 조건 아래에서의 그러한 생활이 내 앞에 놓인다드라도, 나는 그것을 사양하리라고— 그 굳은 생각은 지금도 매한가지입니다.

부채

그러나 그러함에도 불구하고, 결코 물 속에 들어가지 않는 해수욕을 떠나, 오즉 나에게는 우울을 줄 뿐인 천막생활을 한다드라도, 그것이 오히려, 장안의 삼복더위를 혼자 도맡아 가지고 거리에 나가면 거리가 더웁고, 집안에 붙박혀 있으면 집안이 또한 더워, 가뿐 숨으로 몸둘 곳을 찾지 못하야 허덕이는 그러한 것보다는 얼마큼이나 나혼자 물을 일입니다.

그러기에, 나는, 일전에 경성중앙방송국이 춘원 선생께 청탁하야 '피서지 순례'의 취미순연을 이틀이나 낭비하야 방송하였을 때, 선생이 들어 말씀한 여러 피서지 중의 어느 한 곳으론 오즉 1, 2주일에 불과한 단기간이라도 가 있다 왔으면—하고, 또다시 어림도 없는 생각을 하여 보았던 것이나, 그것은 어디까지든 부질없는 일로, 이제 그것을 단념하고, 애닯게도, 이 여름 역시 한 자루의 부채를 동모 삼아 서울을 지키리라고 결심하는 수밖에 없었든 것입니다.

그래 하로저녁 나는 화신상회를 들러, 마침내 한 자루의 붉은 부채를 구하였습니다.

그것은 대가代價 십오 전에 불과한 것으로 누구든지 용이히 살 수 있는 것임에는 틀림없으나, 내가 그곳에 갔었을 때에는, 검정부채, 노랑부채, 태극선 등 그러한 것은 얼마든지 있었어도, 그렇게 새빨간 부채라고는 오직 한 자루가 남아 있었을 뿐이므로, 그것이 나에게는, 나 한 사람을 위하야 준비되었던 것인거나 같아 퍽이나 소중하게 생각되였든 것입니다.

혹, 몇 사람, 그 풍경이 괴팍스러워 보인다고 비난하는 이도 있었으나, 나는 신중히 고려하여 본 뒤에, 역시 밖에 나가는 때에도 그 붉은 부채를 지니고 다니기로 방침을 정하였습니다.

첫째, 그것은 단장을 들고 다니는 것보다, 여름 한철에 있어서는 더욱 실용적이라 하겠습니다.

둘째로, 젊은 양복쟁이가 그러한 고풍의 부채를 지니고 다니는 모양은 오즉 그것만으로써 능히 당자의 마음은 물론, 그냥 지나는 길에 흘낏

곁눈으로 본 사람의 마음에까지 명랑한 찬탄을 느끼게 하고, 그리고 끝 끝내는 인생을 축복하기에까지 이르게 할 수 있을 것이라 하겠습니다.

셋째로, ─(이것은 나 혼자서 은근히 생각하고 있는 것이나)─나는 이 대가가 불과 십오 전인 한 자루의 부채를 가져, 나의 사색의 깊이와 여유를 구하려 합니다.

좁은 집안이라고는 하드라도 그곳에는 역시 한 사람의 몸을 누일 만한 마루가 있고 그 마루를 깨끗이 치운 다음 그 우에 한 개의 돗자리를 펴놓는 것이 결코 힘들지 않는 일일진대, 나는 때로 틈을 타서 그 위에 몸을 누이고, 나의 사랑하는 부채로 바람을 희롱하여, 한가로이 생각에 잠긴다는 것은, 오직 수상만 하여볼 그뿐으로 유쾌한 일이 아니겠습니까.

설혹 좋은 생각을 얻기 전에 그보다도 먼저 한때의 게으른 낮잠이 나를 찾는다드라도 그것은 또 그것대로 유쾌한 일이 아니겠습니까.

나는 지금 이 글을 초草하면서도 대낮의 더위가 하 괴로우면 곧잘 책 상머리의 부채를 들어 내 몸의 땀을 덥니다.

아무렇게나 접어서 주머니에다가도 용이히 널 수 있다는 그러한 부채에게 비겨서 나의 붉은 부채가 한결 바람이 잘 나는 것도 마음에 적지아니 기쁜 일입니다.

여름의 양생

어제도 오늘도 하날은 마음대로 맑습니다.

때로 비구름이 장안의 하날을 찾어오는 일이 있어도, 바람은 얄궂게도 그것을 흩어버려, 오즉 한 줄기의 소낙비나마 하날은 그 인색함이 너무나 심합니다.

신문은, 중부와 서부 일대의 한발이 갈수록에 더욱 심하다고, 만일에 수 일 내로 비가 오지 않는다면 큰일이라고 보도하여, 누구나, 만나면 그 것이 화제의 중요한 지위를, 차지하고 있는 것은 크게 우려할 일입니다.

그러나, 설혹 비가 없이도 능히 풍년을 맞이하는 수가 있다드라도, 대 체 이렇게 더워서야 어찌 견디어 가겠습니까.

땀을 흘리는 바로 그 비례로 나의 몸이 무서웁게나, 달라가는 것이 남 이 일깨주지 않드라도 스스로 딱합니다.

도저히 한 자루의 부채도, 더위를 물리칠 재주가 있을 턱 없이, 드디 어 참지 못하고 과도히 먹은 참외며 얼음 덕에 위장을 상하여, 다시 좀 더 여름의 우울에 마음을 어둡게 하지 않으면 안 되는 것이 또한 슬픕 니다.

수 년 전에 이질을 열입곱 적인가 열여덟 적인가를 앓아 크게 혼이 났 든 것은, 그것이 그만해도 여러 해 전의 일이라, 지금, 당장 내 마음을 위협하는 것은 될 수 없어도, 바로 작년 여름부터 금년 이른봄에 이르기 까지 반 년 너머를 두고 고생하였든 나의 위장병은, 아즉도 기억에 새로 워, 약간의 복통, 약간의 변비에도 마음을 놀래지 않을 수 없는 것이 저 으기 불쾌합니다.

내가 연일 말러가며, 그러한 대로 나에게는 또 나의 일이 있어, 더위 와 싸화가면서 낡은 만년필을 놀리지 않으면 안 되는 그것이 애닯게, 생 각되었든지, 한 벗이 나에게 닭고기로 몸을 보하게 하기를 권하여 주었 습니다.

그러나 물론 그는 그것을 오즉 말로만 권하여 주었을 뿐으로 결코 단 한두 마리의 병아리나마 그는 나에게 보내주지는 않았으므로, 나는 나 의 몸을 보하게 하기 위하여서는 스스로 나의 빈곤한 주머니를 털어 영 계를 시장에서 구하는밖에는 다른 도리가 없는 것이나, 그래도 그 말이 나마 고마워 나는 드디어 뜻을 결決하고, 안해에게 어떻게 몇 마리의 닭을 구하여야만 할 것을 명령하였습니다.

　안해도 단지 이해관계만으로도, 내 몸이 지나치게 쇠약하야 끝끝내는 단명할지도 모를 것이 크게 염려되었으므로 즉시 내 말에, 찬동의 뜻을 표시하였습니다.

　나는 수일 동안, 몇 마리의 닭을 과 먹고, 크게 보건에 힘을 써, 그때 더위와 싸화가며, 얼마든지 창작에 전념하지 않으면 안 되는 것입니다.

　애닮게 용감하고도 또한 슬프게 장한 일이 아닙니까. 이제 나는 이 고 稿를 필하고 한 마리의 닭을 잡아먹은 다음에, 새로히 기운을 얻어서 또 다시 펜을 잡으려 합니다.

『매일신보』 1936년 7월 28일~8월 4일

바닷가의 노래

1

송학관松鶴館 옆 솔나무에다 의지하여 매어 놓은 '그네'는 아모나 할 수 있는 것이 아니다.

솔나무 허리에 붙어 있는 양지洋紙 조각에는 다음과 같은 글이 묵으로 씌어 있었다.

> 주의
> 대인은 - 위험하오니
> 줄에 오르지 마시요

나는 물론 '대인'임에 틀림없었으나 아침저녁으로 사람이 그곳에 뜸하면 곧잘 그네에 올라 이제는 다시 돌아갈 수 없는 어린 시절을 애닯게도 그리워하였다. 물 속에 들어가기를 질기지 않는 나는 모처럼 찾어온 이곳 해수욕장에 있어서도 심심하고 또 승거웁기가 짝이 없었으므로 때때 그렇게 아이들 틈에가 끼여 그네라도 한다든 하는밖에 별 도리가 없는 것이다.

2

하룻날 저녁 내가 식후의 운동을 겸하여 송림松林 속을 그네 있는 곳까지 갔을 때 그러나 뜻밖에도 그네는 한가로웁지 않아 그 우에는 한 젊은 여인이 올라 있었다.

그도 나나 한가지로 어린 시절에의 그윽한 향수를 느꼈든 것일까? — 이십이나 그렇게 된 색씨는 물론 이미 '대인'이었다.

내가 그곳에 걸음을 멈추고 그를 잠깐 지켜보았을 때 그러나 비로소 나와 시선이 마주친 묘령은 순간에 얼골을 붉히고 좀더 동심을 희롱하는 일 없이 곧 그네에서 뛰어나려 거의 달음질치다시피 그곳을 떠나버렸다.

지나는 여인이 젊고 또 아리따울 때, 나는 거리 우에서도 곧잘 걸음을 멈추고 그의 뒷모양을 바라보는 풍습이 있다. 이날 나는 그네에 오를 것도 잊고 한참을 그가 사라진 곳만 망연히 지켜보았다 …….

3

달도 없는 어느 날 밤 나는 바닷가에 나와 참으로 오랜 동안을 모래 우에 뒹굴며 놀았다. 이러한 때 사람들은 흔히 황당무계하게도 애수를 느끼고 감격을 갖고 한다.

내 귀는 바닷가의
조개 껍데기
물결치는 소리가
그립습니다.

장 콕토도 생각해 내고

눈을 감어도 마음에
떠오르는
아모것 없네
외로이도 또다시 눈을
뜨고 마누나.

탁목(啄木타쿠보쿠)의 단가短歌도 외워 보고 하였을 때 나는 문득 어둠 속을 바람에 날라오는 노랫소리에 놀랐다.

며칠후우 며칠후우
요오단가앙 거언너가아 마안나리이
며칠후우 며칠후우
요오단가앙 거언너가아 마안나리이

나는 저도 모를 사이에 모래를 차고 일어나 노랫소리를 더듬어 그 주인을 찾었다.
'누가 이 어둔밤에 죽음을 생각하고 있누? ……'
모래 우에 내버려둔 낡은 목선에가 기대앉어 머얼리 명사십리 편을 바라고 있는 여인은 내가 그의 옆에까지 가도 놀라 고개를 돌리거나 하지 않었다 …….

4
며칠 지나 나는 드디어 여인의 거처하는 곳을 알어내고야 말었다. 송도원松濤園 뒤 조고만 초가집, 국제통운회사 원산지점에 근무하고 있는 젊은이의 건는방을 세내어 여인은 손수 조석을 지여먹고 있었다.

다마네기(양파)를 사러 나온 그와 나는 다음과 같은 회화를 하였다.

"오래애 여기 계시겠습니까?"

"네에. 한여름 있을려고 오긴 했죠만 ……."

"오후에 시내를 들어갔다 올까 허는데 부탁헐 게 있으시면 말씀헙죠."

"고맙습니다. 무어 별로 ……."

여인은 물론 사양하였으나 나는 그의 처소도 나 있는 곳이나 한가지로 응당 파리가 많으리라고,

'파리채를 하나 선사 하리다 …….'

이러한 어림도 없는 선물을 생각해내고는 혼자 좋아하였다.

5

그러나 그날 오후에는 비가 나리고 이튿날은 서울서 벗이 찾어오고 그래 사흘 되는 날에야 시내로 들어가 파리채를 구하여 가지고

'그의 앞에 이것을 내어놓을 때 그는 대체 어떻게 놀랄 것일꼬?……'

부리나케 송도원 뒤로 그를 찾었을 때, 그러나 그는 이미 어저께 그곳을 떠나 서울로 돌아간 그 뒤였다.

마음씨 고운 할머니는 어제까지 그가 거처하는 방으로 나를 인도하여 내가 묻는 대로 여인의 이야기를 들려주었다.

"신세가 가엾은 사람이죠. 시집간 지 이태 만에 남편이 죽고 그 남편이 부족증不足症이기 때문에 이 색씨도 그 병이 옮아서 그래 우리집이와서도 약을 댈여 먹고 있었죠. 올에 갓스물이라는데 어서 병이나 고쳐 가지고 다시 좋은 데로 시집이나 갔으면 그만 고마울 데가 없으련만 죽은이 생각을 아마 자나깨나 허나 봅디다 ……."

나는 가지고 갔든 파리채를 할머니에게 전하고 홀로 바닷가로 나왔다.

그가 애닯게 노래 부르든 낡은 배 있는 곳으로 찾어가 그곳에 오래 머물러 있었을 때 나는 저도 모르게 탁목啄木의 단가를 개작하여 몇 번인가 되풀이 읊으고 있었다.

눈을 감으면 마음에 떠오르는
그 님의 생각 그 생각이 애달퍼
다시 눈을 뜨누나

이것은 나의 슬픈 심사인 것과 함께 필연코 그 여인의 외로운 정회情懷이기도 하리라.

『여성』 1937년 8월

해서기유 海西記遊

1. 백천온천

길을 떠나는 데 시계쯤 하나 있는 것이 좋을 게다. 하지만 나는 원래 시계를 갖지 않는다. 시계를 갖지 않는 것은 그러나 나만이 아니다. 나의 안해도 나의 딸년도 시계와는 인연이 없다. 허기야 마루기둥에 괘종이 있고 책상머리에 일좌—座 미술시계가 있기는 하다. 그러나 아모러한 나로서도 그러한 것을 여행에 휴대한다는 수는 없는 일이다.

잠깐 생각에 잠긴 나를 민망스러이 바라보다가 안해는 문득 느낀 바 있는 듯이 부리나케 장속을 뒤져 일개—個의 크롬딱지 팔뚝시계를 찾아 내었다. 그것은 그가 일즉이 학교를 다니든 시절에 사용하였던 것인데 원래 살 때에는 10년간이라든가 15년간의 보증을 받은 것이었다 하나 산 지 2, 3년을 경과하지 못하여 자주 고장이 생기고 또 그 시간이 매우 정확치 못하여 안해는 그 사용을 단념하였든 것이나 그것을 거의 10년 가까이 지나는 오늘날까지 알뜰히도 간수하여 두었다가 지아비가 집을 떠나는 날 갸륵하게도 내어주는 내 안해는 가히 규모 있는 지어미라 안할 수 없을 것이다.

나는 무한한 감격 속에 집을 나섰다.

사성士成서 차를 바꾸어 타고 백천온천白川溫泉서 나린 것이 오후 한시 반. 떠나기 전에 이형李兄에게서 배운 대로 천일각天一閣에 들었다.

욕탕에 들어갔다 나와서 점심으로 돔부리를 하나 먹고 역시 이형이 소개하여 준 대로 조선일보 지국을 찾았다. 나의 기억이 틀림이 없다면 그 지국은 천일각에 지극히 가까워야만 할 것이다.

"대체 어데쯤이 되오. 한 십 리 떨어져 있는 거나 아니오."

떠나기 전에 내가 그렇게 물었을 때 이형은 분명히,

"아니야. 가까워. 여기서 체신국 앞 가기만 할까."

하고 대답하였든 것이다. '여기'라는 것은 바루 '조선일보사'를 가리켜 한 말이다. 게서 체신국 앞이면 참말 지척 사이라 하겠다. 나는 마음에 매우 만족하였었다.

그러나 정작 여관을 나와 길 가는 이에게 지국을 물으니 읍내로 가 보라 한다.

"읍내란 대체 어드메요?"

하고 물으니까,

"바루 저기요."

하고 까마아득한 곳을 가리킨다. 체신국이 얼토당토 않은 곳으로 이주를 하였으면 하였지 위선 그렇게 멀 수가 없었다. 물론 십 리씩은 가지 않는다. 허지만 한 오 리—가까운 오 리는 착실히 되었다.

지국장 조면식趙冕植씨를 찾아 이곳 이야기를 듣고 석양녘에 나와 지국의 소년이 안내하여 주는 대로 남산엘 올라갔다. 산이래야 물론 조그만 언덕에 지나지 않는다. 설혹 봄이나 가을이드라도, 별로 경개景槪가 좋다든 그렇게 생각할 수는 없을 그곳이라 때마침 겨울에 오직 삭막하고 살풍경할 따름이다.

한 조고만 정자가 있어 문무정文武亭이라 이른다. 지금도 사정射亭으로 사용되는 모양이다. 정자 기둥에 글 한 구가 적혀 있다.

그 구에 가로되,

"일없는 사람은 근처에도 오지 마시오."

'근처에도'란, 매우 다부진 표현이라 아니할 수 없다. 물론, 언덕 우에 저녁 바람이 차서, 그것이 아니라도 더 있고 싶지 않았다. 소년과 헤어져서 나는 다시 여관으로 돌아간다.

밤 깊어 갑자기 바람이 크게 일른다. 머리맡에 놓아 둔 시계를 집어들고 보니 새루 한시가 넘었다. 그 시간이 얼마나 정확한지는 알아낼 도리가 없지만 쉬지 않고 가는 것만이 신통하다.

그러나 그러한 시각에 잠을 깬 것은 창을 흔드는 바람 소리 때문만이 아니었다. 나의 뱃속의 불안이 좀더 컸던 것이다. 자기 전에 식당에서 술 두 병 먹은 것이 가뜩이나 내 뱃속에 탈을 또 잡은 것에 틀림없을 것이다. 나는 가방 속에서 영신환을 내어 열다섯 알을 입에 넣고 다시 자리에 들어갔다.

그러나 이튿날 아침 조반을 먹으며 내가 이 말을 하자 상머리에 앉았던 '죠쭈'*가 손님은 원래 위장이 튼튼하시지 못한 것이나 아니냐 한다. 그것은 사실이다 하였더니 득의만면하여,

"그럼, 온천 물이 약이 돼서 그런 겝니다" 한다. 그의 설명에 의하면 이 온천은 특히 위장병에 효험이 있어 누구든 소화가 불량한 사람은 처음에 반드시 배탈이 한번 크게 나고 다음에 낫는다 한다. 그렇기나 하느

---

*죠쭈 : 女中. 여자 가정부쯤 되는 사람으로, 숙식하면서 일을 배우는 사람을 말한다.

라고 간밤에 볶갠 것이라면 작히나 좋으랴.

2. 해주로 가는 길

오전 열시 오십오분발 차로 해주海州로 향한다. 밤새로 날이 갑자기 또 차져서 창호를 밀폐한 차실 안에 공기가 좋지 못하다.

어제 사성士城서 타고 온 까소링(가솔린)차는 매우 불유쾌한 물건으로 좌석이 전차나 한가지로 창을 등지고 서로 향하여 앉게 되었을 뿐 아니라 그것이 또 지극히 적고 지저분하였다. 그러나 오늘 것은 이와는 매우 달러 비록 같은 좁은 궤도 위를 달리기는 하나 제법 증기를 폴삭폴삭 내는 기관차를 단 이를테면 상식적인 기차다. 이 차에는 바로 과자 등속을 들고 다니며 파는 청년조차 있었다.

남의 연령을 알아맞히는 것에 익숙지 못한 나는 그 청년의 나이를 이십으로부터 이십육칠까지 사이라고 말하여 두는 것이 온당한 일일 게다. 제법 건장한 몸을 가진 그는 또한 그 천성도 원만한 청년인 듯싶었다. 그러나 이 차 안에서는 당장 아무도 카라멜 한 갑 팔어주지 않는 모양이다. 마침내 그는 한 옆에다 상자를 두어둔 채 저편 자리에 앉어 있는 한 사십 바라보는 사나이에게로 갔다.

"이번엔 어디까지 가십니까?"

"응. 해주, 잠깐 들러서, 사리원으루 해서 그 담에 신경新京까지 좀
……."

그는 그렇게 밤낮 쏘다니는 것이 직업인 인물인 듯싶었다.

"저어─ 대판大版까지 가려면 기차값만 해두 많을걸입쇼?"

"왜 대판 가구 싶은가?"

"네─, 허지만 어디 돈이 있어얍쇼?"

"뭐얼. 그냥 가기만 한담야 한 이십 원 있으면 되지. 대판까진 가지.

그래 가서 뭘 헐 작정인가?"

"일헙죠. 뭐든지 헙죠. 대판은 꽤 큰 데랍죠?"

"그야 크구 말구 ⋯⋯. 자네 경성 가본 일 있나?"

"네. 경성 참 크두군요."

"허지만 대판은 그 세 갑절 네 갑절이거든. 경성쯤은 어림없네."

"어이 그래요? 그렇게 커요?"

차 밖에 뒤로 날으는 연기를 물끄러미 바라보며 청년은 잠시 생각에 잠기지 않으면 안 된다. 나는 그의 옆 얼골을 한참이나 바라보았다.

해주역에 나리는 길로 그곳에 나와 있는 순사에게 조선일보 지국을 물으니까 그는 잠깐 생각하는 모양이드니 마침내 절대의 자신을 가지고 역 앞에 객을 기다리고 있는 버스를 가르친다. 그것을 타고 읍사무소 앞까지 가서 북쪽으로 뚫린 길을 얼마쯤 올라가면 바른손 편에 찾는 집이 있으리라 한다.

읍사무소 앞에서 뻐스를 내리기에 미처, 여차장에게 다시 물었더니, 그는 운전수와 한참을 상의한 뒤에, 역시 북쪽 길로 올라가면서 바른손 편을 살피는 게 좋을 것 같다고 일러준다. 나는 매우 면밀하게 살펴보았으나, 찾는 집은 없었다. 그냥 무작정하고 걸어가면 산 우에까지 이를 게다. 나는 마침내, 자전차를 타고 나려오는 한 남자를 발견하고 그에게 또 길을 물었다.

그는 고개를 한참이나 기웃거리더니, 문득 뒤에서 걸어오던 또 한 남자를 돌아보고,

"저어, 어제 우리가 수도 고치러 갔든 집이 게가 신문사 아니든가!"

"글쎄—, 아마 게가 신문사라지."

그는 다시 나를 향하여,

"그럼, 저리 가시면 됩니다. 이 길로 가시다가요⋯⋯."

그러나 나종에 생각하여 보니 그들이 일러주는 대로 갔드면 혹은 광석천廣石川 근처로 나가 그 일대를 한참이나 헤매돌지 않으면 안 될 뻔하였다. 마침 지국장을 잘 아는 이를 만나 그의 안내를 받아 나는 쉽게 그곳을 찾았다. 다만 지국은 역에 나왔든 순사가 일러준 곳과는 얼토당토않은 위치에 있었다. 그러나 따져 보자면 여차장이나 운전수까지도 나를 잘못 인도하여 준 것은 아니다. 오직 그들 모르게 해주지국이 4, 5개월 전에 자기 마음대로 이주를 갔을 그뿐이다.

3. 가론 해주의 삼다三多

본사 판매부장이 해주지국장에게 나를 소개하는 글 속에는 분명히 내가 백백교白白敎에 관하여 무엇을 좀 알려고 가는 것이니, 그리 알고 편의를 보아주라는 그러한 말이 적혀 있었든 모양이다. 최지국장은 편지를 읽고 나자 마침 그곳에 놀러왔든 해주경찰서 고등계 이씨에게 나를 소개한다.

그것은 나로서는 뜻밖에 일이었으나 무어 구태여 숨기고 있어야만 할 일도 아니었으므로 결국은 그 편이 도리어 좋았다고 나는 간단히 장편 계획을 말하고 이씨에게 이야기를 청하였든 것이나 내가 들을 수 있었든 것은 일즉이 신문지상에 보도되었던 사실 이상의 것이 아니었다.

지국장은 다시 기자에게 명하여 유곤룡柳崑龍씨에게 전화를 걸고 우리가 곧 왕방往訪할 뜻을 전하게 하였다. 그러나 나는 유씨를 만나드래도 별로 소득이 있을 것같이 생각되지는 않았다. 유씨가 솔직하게 본 바 들은 바 겪은 바를 이야기하여 준다 하면 실로 나는 얻을 바가 적지않을 것이나 물론 그것들은 유씨로서 즐겨 말할 종류의 것이 아니다. 그래도 다만 그의 얼골을 한번 보아 두는 것만도 그리 부질없는 일은 아닐 게다.

얼마 지나 지국장의 안내로 우리는 태봉골 상술집으로 갔다. 모다 점심 전이었으므로 어데서 간단히 식사나 하며 이야기하자고 이왕이면 해주 독특한 음식점이 좋겠다고 내가 희망한 데 대하여 지국장은 잠시 생각한 끝에 나를 그곳으로 이끈 것이다.

두렵건댄 경성서는 구경 못할 것이라고 지국장이 한 말은 결코 글르지 않았다. 둥근 식탁이 우리들 사이에 운반된 뒤 혹 일품 혹 이품식 안주가 들어오자 수유須臾에 상 우에 그득한 십여 품 요리가 매우 왕성하게 우리의 식욕을 도발한다. 이들은 같은 상술이나 몇 가지 가짓수를 채웠을 뿐으로 질로나 양으로나 별로 맛볼 것이 없는 서울 상술과는 아주 크게 다르다. 다만 이름 높은 박문주朴文酒를 삐―루병으로 두 병씩 날러들이는 것은 감복할 수 없다. 조선술은 역시 주전자가 제격일 것이다.

원래 해주 태생이라는 최지국장의 해주에 관한 지식은 사실 풍부한 것이었다. 뿐만 아니라 그는 또 좌담에 능하다. '해주삼다'도 원래 '인다人多' '석다石多' '언다言多'를 이른다 하거니와 지국장이 바로 '언다言多'를 몸소 보여준 폭이다. 그러면서도 화술이 비범하여 멀리 서울서 간 요설가로서도 은근히 경복한 바 적지않았다.

술이 네 병째 들어오자 지국장은 차차 유씨에게서 이야기를 끌어내려 하였으나 백백교 삼자三字가 나올까 말까 하였을 때 이미 그는 경계하기 시작하며 화제를 전환시키려 노력이다. 우리는 그에게 말 듣기를 이내 단념하지 않으면 안 되었다.

나는 원래 술이 졸拙하다. 주호酒豪의 이름이 높은 지국장과 상대로 끝까지 술을 즐긴다는 것은 어림도 없는 노릇이다. 그러나 이 집에서는 오직 술값을 술병으로만 계산하여 한 병에 오십 전이요, 요리는 값을 안친다는 말을 듣고는 그대로 일어나는 도리가 없었다. 술 두 병이 또 들어왔다. 나는 대체 저것을 또 어떻게 먹나 은근히 걱정을 하며 순간에 회남懷南을 생각해 내었다.

문인에 술 잘하는 이가 그 하나뿐이 아니지만 이번 내가 길을 떠날 때 어쩌면 그도 동행을 하겠다 말하였든 터이라 그가 함께 나서 주었드면 지국장은 그의 주량을 기울이어 위선爲先 하로를 질길 수 있었을 것이다.

나는 그만 나아가 객사를 정하고 편히 쉬고 싶었으나 지국장은 좀처럼 해방하여 주지 않는다. 세 사람은 다시 '진옥'이라나 하는 기생을 그의 집으로 찾어 잠시 화투를 하고 놀았다.

다음에 다시 이곳서 일류 요리점이라는 대정관大正館으로 이끌리어 가며 나는 몇 번이든지 그렇게까지 약속을 하였으면서도 같이 나서 주지 않은 회남을 은근히 원망하지 않으면 안 되었다.

4. 수양산首陽山의 백세청풍百世淸風

이튿날 아침 나는 지국 기자를 따라 시가지로 나섰다. 우리는 지국장이 일러준 대로 먼저 광석천을 구경하기로 방침이다. 이곳도 날이 다시 추워져서 수양산에서 불어나리는 바람을 안고 걸어올라가는 것은 결코 유쾌한 일이 아니었다.

광석천은 물 좋고 돌 많기로 이름이 있다. 겨울 한철을 빼고 이곳은 해주 시민의 빨래터요 목욕장이요 술병을 들고 나와 탁족濯足하기에 좋고 아름다운 이의 손을 이끌어 산책하기에 알맞다.

물론 해주에 수도가 생기기 이전만 훨씬 못하다 한다. 수양산 골짜기를 흘러나리는 이 냇물이 수원지가 되어 높이 방책을 쌓은 뒤로 수량이 줄어 전날의 면목이 고쳐진 바 많다 하나 냇가에서 있는 정자 이름도 탁열정濯熱亭으로 여름철 삼복 더위는 아직도 이곳에서 덜기 좋을 것이다.

시내를 끼고 나려가다 청풍교淸風橋 돌다리를 건너 청성묘淸聖廟에 들렀다. 최기자가 나를 위하여 읍사무소에서 얻어 준 『해주읍세일반海州邑勢一班』 부록에 의하면 이조 숙종 13년 감사신사監司申事 목사牧師 이제李

濟 등이 건의하여 묘廟를 창건하고 동17년 5월 목사 이덕성李德成이 백이숙제의 위폐를 천薦하여 안치하고 호號하여 청성묘라 하였다 한다.

묘전廟前 '백세청풍白世淸風'의 고패古牌를 보고, 우리는 곧 역으로 나가 선로를 횡단하여 남산南山에 올랐다. 물론 서울 남산에 비할 것이 아니다. 지극히 적은 봉오리나, 그곳에 올라 해주 시가를 나려보기에 알맞다. 뫼 우에 지은 지 얼마 안 되어 보이는 여섯 모 진 작은 정자가 있다. 이름을 무엇이라 하느냐 기자에게 물었으나, 그냥들 전망대라 부른다고 대답이다.

이곳에서 나려다보는 시가는 얼른 느낌이 경성의 축도다. 동서로 터지고 남북에 산이 있어 뒷산이라 그냥 부른다는 것이 바루 경성의 북악이요 수양산은 가령 북한산에 비해 두고 눈을 돌이켜 남편南便의 용당포龍塘浦가 용산이면 바다와 강이 무론 서로 다르나 눈앞에 푸른 물은 한강에 잠시 견줄 만하다.

산 우에 바람이 더욱 차서 오래 머무르기 어렵다. 우리는 눈 아래 송림 사이에 빠안히 바라보이는 요양원을 향하여 걸음을 옮기었다.

원장 하락(賀樂가라쿠) 씨가 이것을 만들어 놓은 지도 이미 10년이 된다 한다. 전혀 그의 사재로 성립되었던 것으로 이제는 재단법인이 되었으나 그래도 해마다 천여 원의 결손은 이를 원장이 역시 단독 부담하지 않으면 안 된다 한다.

이곳에서 나는 『피안彼岸의 태양』의 작자, 이규희李圭憙씨와 알았다. 그는 금년 정월부터 이곳에서 서무 일을 맡어 보고 있다 한다. 그와는 물론 초면이었으나 같은 길을 걷는 사람은 한번 보아도 구지舊知와 같아서 그는 기꺼이 몸소 우리를 안내하여 준다. 그가 상세히 아르켜 준 이곳의 모든 이야기를 훌훌한 붓 끝에 옮길 수 없는 것이 유감이다. 그러나 그것은 봄철에 다시 한번 들른 때에 전하기로 생각이다.

될 수 있으면 환자가 들어 있는 병실이 보고 싶다 하였드니 이씨는 이를 쾌히 응낙하고 JODK의 중간연속방송을 혼자 즐기고 있는 일등 병실 앞으로 가서 두 번 노크를 한다. 순간에 음악이 그치고 안으로서 "들어오십쇼" 소리가 들린다.

우리는 실내로 들어갔다. 침대가 곧 온돌로 되어 있다는 그 위에 한 소년이 —(나이는 이십이 되어 보이나 역시 소년이라는 것이 나의 인상의 옳은 표현이겠다.)— 단정히 앉아 있다. 그가 지금 마악 스위치를 끊은 라디오 세트 아래 불란서 인형이 하나. 햇빛이 잘 들어오는 이 방은 초록빛 나는 창장窓帳을 내렸어도 충분히 밝다. 그 속에서 그는 마악 친한 벗에게라도 편지를 쓰고 있었든 모양이다. 깨끗한 소반을 책상 대신으로 하여 그 우에 올려 놓은 편지지는 이제 한두 줄만 더 쓰면 다음 종이로 옮겨야 할 것이다.

환자의 뺨이 유난히 붉다. 그것은 병으로 인하여 온 것이겠으나, 붉은 빛으로는 이제까지 내가 보아온 중에 가장 아름다운 것이었다. 또 그는 충분히 미모다. 얼마 동안을 우리도 말이 없었다. 그도 말이 없었다. 깨끗하게 정돈된 방 안에 귀여운 불란서 인형과 함께 병을 앓고 있는 어여쁜 소년은 그것이 바루 창백한 '미'였다.

이씨의 말을 들으면 처음 입원 당시에는 각혈을 하고 그랬으나, 이제는 경과가 매우 양호하다 한다. 나는 그 방을 나오며 그의 고향 함경도에보다도 좀더 일찍이 봄은 그를 찾어와지라고 빌었다.

5. 여창노변旅窓爐邊의 한화閑話

밖으로 나오면 그곳 일대가 이 요양원에 부속된 농원이다. 우리는 그곳을 거닐며 잠시 한가로운 이야기를 하였다. 한옆에 극히 소규모의 과수원이 있었다. 눈 나린 겨울날, 잎새 떨어진 나뭇가지에는 물론 배도 사과도 열리지는 않았다. 우리는 또 목장을 보았다. 그것도 한가지로 규모가 적었으나 그래도 소와 양은 모두 몸 성히 있다. 이씨는 이곳 시중을 드는 사람을 찾는 모양이었으나, 그는 종시 보이지 않았다. 이씨는 우리를 위하여 한 그릇의 갓 짠 젖으로 접대하고 싶었든 모양이다.

우리는 응접실로 돌아갔다. 이야기를 들으면 요양원 설립 십주년 기념식이 돌아오는 사월에 성대히 거행되리라 한다. 그리고 그것을 기회삼아 『요양촌』이란 잡지가 나올 예정인데 그 편집은 이씨의 담당이리라 한다. 그는 말벗을 가지지 못한 환자들이 항상 얼마나 고독에 울고 있는가를 들어 부디 재경在京 문인들이 그들을 위하여 좋은 글을 많이 보내 주었으면 말한다. 나는 위선 내 자신 이를 응낙하고 또 내가 익히 아는 문인들에게 그 뜻을 전할 것을 약속하였다.

세 사람은 남산을 다시 넘어 시내로 돌아왔다. 오후 세시─우리는 간단히 점심을 먹기로 하고 지나는 길가에서 우연히 발견한 지나支那요리점으로 들어갔다. 전화로 지국장을 청하였을 때 이씨는 안함광安含光씨를 이야기한다. 일직이 만난 일이 없는 나는 그가 이 해주에 산다는 것조차 몰랐다.

안씨는 즉시 우리에게로 왔다. 그는 평론가임에도 불구하고 지극히 온건한 이였고 또 나처럼 술에 졸拙하다. 내가 그러한 좌석에 있어 지국장에게보다 안씨에게 좀더 호의를 느끼드라도 그것은 또한 어쩌는 수 없는 노릇이다.

석상에서 지국장은 오늘 저녁차로 본사에서 판매부장이 나려온다 한다. 그를 역으로 마중나가는 지국장과 나는 응당 행동을 같이하는 것이 마땅함인지 모른다. 그러나 나를 지국장에게 소개하여 준 판매부장을 나는 전연 모른다. 이미 지국장과 서로 안 내가, 이번에는 그의 소개로 판매부장과 서로 인사하지 않으면 안 된다는 것은 지극히 가소로운 일이다. 우리는 밖으로 나와 우선 서로 헤어지기로 하고, 이씨와 둘이서 해주항 구경을 나섰다.

한 시간만큼씩 떠나는 뻐스가 막 출발한 뒤다. 이씨는 나를 위하여 택시를 불렀다. 나는 대체 역에서부터 부두까지가, 자동차로 몇 분 거리인가를 시험하려고 주머니에서 문제의 팔뚝시계를 끄내 보았으나, 얼토당토않은 시각을 가리키고 있는 채 시계는 자고 있었다. 물론 태엽은 충분히 감겨진 대로다. 손에 들고 한번 흔든 다음에 다시 살펴보니, 초침이 바루 성실하게 움직이기 시작한다. 그러나 이 시계는 오즉 이만한 재조才操만 가진 것이 아니다. 일부러 뒤딱지를 열고 내가 무어 지속遲速을 조절한다거나 그러지도 않았건만 시간의 빠르고 느린 것이 실로 자유자재다. 나는 그것을 몰랐다. 그래 쉬지만 못하도록 감시를 게을리 안 하면 혹 믿을 수도 있으리라 생각하였던 나는 이틀 뒤 신천온천서 재령載寧 가는 버스를 놓치고 말었다. 안해가 이러한 시계를 소중하게 장 속에 간수하여 두었다고 곧 그를 가리켜 규모 있는 여인이라 한 말은 결코 옳지 않었든 듯싶다.

우리—이씨와 내가 나의 여사旅舍로 돌아온 것은 일곱시가 넘었을 때다. 잠깐 앉아 있는 사이에 안씨가 다시 나를 찾아주었다.

우리는 화로를 끼고서 이야기가 많았다. 안씨는 어쩌면 이번 봄에 동경을 바라고 떠날지도 모르겠다 말한다. 이미 우리가 한가지로 처자를 가지고 있는 그가 이제 다시 뜻을 세울 수 있었던 이면에는 알고 보니 인정의 지극히 아름다운 이야기가 숨어 있다. 이씨도 나도 함께 감격하고 안씨를 위하여 그의 앞길을 축복하여 마지않었다.

안씨가 이끄는 대로 우리는 요정 동양루를 향하여 밤거리를 걸어갔다. 오후에 먹은 술이 막 깨고 난 얼굴에 싸락눈이 과히 시끄럽지 않게 부딪친다. 아마 열한시가 넘었을 게다.

6. 안악安岳을 돌아오며

나의 원래 생각에는 나의 주인공이 나의 부주인공과 백천온천에서 만나 부주인공이 인도하는 대로 그의 고향 해주로 같이 가는 것으로부터 소설이 시작될 듯싶었다. 그래 백천과 해주만 보면 우선 붓을 들 수 있을 것같이 생각하고 집을 나섰든 것이다. 그러나 두 곳을 보고 나자 나는 생각을 고치지 않으면 안 되었다.

나는 신천信川 온천을 들러 그곳이 백천보다는 나의 소설을 위하여 얼마쯤 합당한 곳이라 느꼈다. 그러나 두 사람이 서로 만나는 곳은 그것으로 좋다 하드라도 이번에는 부주인공의 집을 어데로 정하느냐가 문제다. 나는 재령이 어떠할까 가상하여 보았다. 그러나 급기야 가 보니 별로 구미가 당기지 않는다.

그래 나는 안악으로 갔다. 그러나, 나는 안악에 닿는 길로 방에 불을 더웁게 때 달라고 여관 주인에게 말한 뒤 이불을 들쓰고 자느라 넓지도 못한 그곳 거리를 잠시 헤매 돌 시간조차 가지지 못하였다. 해주를 떠날 때에 벌써 느꼈든 감기 기운이 이제 정말 나를 괴롭힌 까닭이다.

그래도 저녁을 치른 뒤에 여관 주인에게 지극히 간단하나마 안악에 관한 이야기를 듣고 나는 이내 나의 부주인공을 안악 사람으로 정하여 버리기로 결심하였다. 그러한 이상에는 다만 한 이틀이고 이곳에 더 머물러 있어야만 옳을 게다. 여비는 아직도 약간 남았다.

그러나 이곳의 추위는 참으로 심하였고 기침을 하고, 코를 풀고 그럴 때마다 머리는 또 지끈지끈 울리어 나는 마침내 그것을 단념하고 이튿날 아츰 사리원으로 나가는 뻐스를 타기로 작정하지 않으면 안 되었다.

내가 하룻밤 인연을 지은 안악여관 주인은 심히 유쾌한 인물이다. 그는 모처럼 왔다가 구경도 못하고 그대로 떠나는 것이 나를 위하여 또 안악을 위하여 매우 섭섭한 모양이다. 내가 세음細音을 치르고 차부로 향하여 나갈 때 그는 그의 집에 다른 객이 또 있었고 여관 주인의 몸이란 응당 바쁠 것임에도 불구하고 내가 암만을 사양하드라도 듣지 않고 나를 따라 거리로 나왔다.

차부는 그곳에서 매우 가까웠다. 내가 그곳에 걸린 시계를 보고, 내 시계의 시간을 수정하고 있을 때 그는 아직도 차 떠날 시간이 남았으니, 잠깐 밖으로 나가자 한다. 길 양녘에 가가들이 채 문을 열지 않은 곳이 많은 그 시각에, 새벽 추위가 사뭇 매서워, 길에는 사람의 왕래도 별로 없다.

그러나 그는 기어코 나를 밖으로 끌어내고야 말았다. 나는 어인 영문도 모르는 채 그를 따라 다시 거리로 나섰다. 생각건댄 그는 그 짧은 동안이라도 이용하여 내게 안악의 시가를 구경시킬 의사인 듯싶었다. 그러나 그는 종시 한마디 말이 없이 오직 앞장을 서서 걸었다. 나는 기침을 하고 코를 풀고 그러면서 대체 어데까지 갈 생각이냐 물었으나 그는 변변히 대답도 안하고 그저 앞만 보고 걷는다. 나는 우울한 속에 그대로 뒤를 좇는 수밖에 없었다.

그러자 마침내 한 곳에 이르러 그는 비로소 걸음을 멈추고 나를 돌아본다. 그리고 손을 들어 한 곳을 가리키고 말하였다.

"저게 김씨가 저번에 새루 진 집이죠."

딴은 맞은편에 광대한 기와집이 한 채 서 있다.

"저 집이 저게 4만 원이나 들여서 지은 집입죠."

얼른 보기에도 돈은 많이 들었을 듯싶었다. 그러나 실로 길고 또 높게 쌓아 놓은 붉은 벽돌담이 나의 취미에 맞지 않았다. 그래 솔직하게 의견을 말하였더니, 그는 매우 유감된 표정으로 잠시 나의 얼골을 바라보다

가 문득 생각난 듯이,

　"그럼 저기를 가 보시죠."

　또 어데 분명히 자랑할 건축물이 있는 모양이다. 나는 경솔한 내 자신을 속으로 꾸짖으며 그대로 제발 차부로 돌아가자고 바람 찬 거리에서 그를 달래느라 한참을 애썼다.

『조선일보』 1938년 2월 15일~22일

농촌 현지보고

- 충남 농촌 점묘

소화 16년 5월 1일, 오전 9시 5분 경성역발 남행차로, 나는 본지 6월
호의 「농촌현지보고」를 위하여 보급과에 계신 박노열朴魯烈 형을 따라,
우선, 온양溫陽으로 향하니, 이날, 하늘은 구름 한 점 없이 맑게 개이고,
날씨는 무던히나 따뜻하였습니다.

본래, 이 「농촌현지보고」는, 본지의 기자 되시는 분이 주로 써오셨던
것인데, 앞으로는, 매달, 조선 문인들에게 부탁하여 원고를 얻기로 방침
을 세워, 그 맨 첫번으로 나에게 말씀이 있었습니다. 그러나 사실대로
고백하자면, 나는 처음에, 이 청탁을 쾌히 받아야 좋을지 어떨지 적잖이
망살거렸습니다. 정직하게 말씀하자면 나는 과거에 집을 잡히고 얼마간
의 돈을 융통하여 쓴 일이 있는밖에는, 금융조합과 별다른 교섭을 가져
보지 못하였으므로, 그래, 금융조합이란, 그저 단순한 한 개 금융기관에
지나지 않는 것처럼 막연히 생각하여 왔던 것입니다. 따라서, 모처럼,
본지 기자 되시는 분의 안내를 받아, 지방으로 나려가 본다 하더라도,

별 흥미 있는 보고 재료를 얻을 수 있을 상 싶지 않았고, 설혹, 얻을 수 있는 경우라 하더라도 그것이 금융조합을 위하여 매우 유리한 보고 재료라면 피차 다행한 일이겠으나, 만약, 반대로 퍽이나 불리한 재료일 때에는, 나의 처지가 적지아이 거북한 까닭입니다.

그러나 본지 주간되시는 분이나, 또 보급과장으로 계신 분이나, 모두 말씀이, 그러한 것은 염려 말아라, 본래 취지가 원고지 십여 매의 '현지 보고'를 얻자고 하는 것에 있는 것이 아니요, 실상은 금융조합이란 어떠한 것인가, 금융조합에서는 어떠한 일을 하고 있나, 그러한 것을 직접 눈으로 보고, 금융조합에 대한 그대들의 인식을 새로이 하여 주기만 한다면, 우리들로서는 만족히 생각할 터이다—하시는 것이었으므로, 그러한 조건이라면 오히려 내 편에서 청하여서라도 구경을 나서겠노라고 흔연히 집을 떠났던 것입니다.

차 속에서 나는 동행하는 박형의 입으로, 이제부터 우리가 만나볼 아산금융조합의 이사 되시는 가와바다川畑 씨가 지극히 인격이 원만한 분이라는 말을 들었던 것입니다마는, 만나 뵈옵고 또 여러 가지로 말씀을 듣기에 미처, 나는 내 자신도 그분이 과연 지금 세상에서는 드물게 보는 인격자라는 것을 속깊이 느꼈던 것입니다.

그의 인격이나 수완은, 단지 부내의 직원들의 존경만 받고 있는 것에 그치는 것이 아니었습니다. 조합원이 되는 사람이나 아니나를 물론하고 일반 농민들까지, 모조리, 그를 진정으로 경모하고 있다는 것은, 잠깐 지나는 이 길손의 눈에도 역력히 비추어졌던 것입니다.

나는 그와 같은 인물을 일개 지방 금융조합의 이사의 직위에다 앉혀 두는 것이 국가와 사회의 큰 손실같이 생각되어 견딜 수 없었습니다.

가와바다 이사는 결코 한가로운 몸이 아님에도 불구하고, 몸소 나서서 법곡리法谷里 모범부락으로 우리들을 안내하여 주셨습니다. 우리는 그곳에서 구장區長이요 식산계 주사殖産契主事 되시는 김씨의 설명으로 부락의 개황槪況을 들었던 것입니다마는, 그의 설명을 기다리지 않더라도 이곳 부락민들의 생활이 어느 정도로 안정되고, 그 안정된 생활에 일시 만족하는 일이 없이, 한층 더 생활 개선과 생산 확충을 위하여 노력하고 있어, 과연 모범부락됨에 부끄럽지 않다는 것은 부락 안을 잠시 두루 돌아보아도 알 수 있는 일이었습니다.

그것도 결국은, 가와바다 이사를 위시하여 지도층에 계신 분들의 적벌한 지도와 교화가 열매를 맺은 것에 틀림없습니다. 나는 이곳에서 금융조합이라는 것이 단순한 금융기관이 아니었다는 것을 새로이 인식하는 것과 동시에 조금 전에 가와바다 이사와 같은 인물을 이러한 촌구석에 파묻혀 있게 하는 것이 애석한 듯 생 (……한 줄 탈락……) 으로 그러자 높은 지위도 영예로운 직함도 아닐 것이오, 또 관내의 한두 부락을 갱생시킨다는 것은, 언뜻 생각하기에 장부일대丈夫一代의 큰 사업은 아닌지도 모릅니다. 그러나 전 농촌의 갱생은, 한 부락, 한 부락의 갱생에서부터 시작되는 것이오. 한 부락, 한 부락의 갱생에는, 사리사욕을 완전히 떠나, 지도자가 전인격, 전정신을 들어 교도하지 않으면 참말 실적은 얻지 못할 것이라, 나는 생각이 이에 미치자 그는 털끝만치도 수고를 아끼지 말고, 언제까지든 시골에 남아 있어, 우리 농민들을 사랑하고 어루만져 달라고 속으로 바라지 않을 수 없었습니다.

신정관神井館에서 하룻밤을 지내고 이튿날 아침 온양을 떠나 대전으로 향하였습니다. 전날 저녁부터 갑자기 꾸물거리던 하늘이 이날 아침부터 마침내 비를 내렸습니다. 우중에 나는 박형을 따라 지나기는 여러 차례나 나려보기는 처음인 대전역을 나서 역 앞에 넓은 거리를 춘일정(春日町)으로 접어들어 조금련朝金聯 충남지부를 찾았습니다.

지부장 되시는 분은 신병으로 병석에 누운지 오래라 하여 주석참사主席慘事 되시는 오까무라岡村 씨가 대신 만나주셨습니다.

그는 역시 인격 원만한 호개신사好個紳士로 직원들의 신망과 존경을 일신에 모으고 있는 이였습니다.

지도부락指導部落의 경영지도란 물론 이곳 충남지부에서만 하는 것이 아니오 조선 각 도 지도부마다 그 사업의 가장 중요한 종목 (……한 줄 탈락……) 시설施設 개황을 들자면,

1. 자작농창정自作農創定
2. 고리채정리
3. 저축장려
4. 부업장려
5. 공동경작
6. 생활개선

등으로, 소화 15년도 말 현재로 충남지부 관내의 지도부락은 38개, 인원은 1,501명에 달한다 합니다.

우리는 다시 그에게서 식산계殖産契에 대한 말씀을 들었습니다. 이, 식산계라는 것은, 내가 이제까지 모르고 지내왔을 뿐이지, 본시 독자께서는 누구나 모두 또 잘 이용하고 계실 줄 믿습니다마는 금융조합의 지도와 감독 아래 공동판매 공동구입을 주요 사업으로 하는 이 식산계가 충남지부 관내에 있어서 소화 16년 3월말 현재로,

계수契數 2,378

계원수契員數 10만 3,688

에 달하며 이를 지구 내의 총세대수 14만 8,758에 대하여 계원 총수의 비례를 따지자면 6할 9부로 매우 양호한 성적이라 아니할 수 없을 것입니다.

우리는 이튿날 다시 들르기로 하고 우중에 그대로 예정 숙소인 유성온천 호텔로 향하였습니다.

밤이 들어도 비는 그대로 주욱 죽 쏟아집니다. 때맞추어 반가웁게 내리는 천금감우千金甘雨입니다마는 원래 예정이 내일은 유성금융조합에를 들러 이야기를 듣고 다음에 농민도장農民道場과 또 여자청년훈련소(……한 줄 탈락……) 마음이 불안하였습니다.

그러나 이튿날 깨어보니 비는 어느 틈에 씻은 듯이 개이고 하늘은 더욱 맑습니다. 우리는 조반을 재촉하여 먹고 곧 유성 금융조합으로 향하였습니다.

고바야시小林 이사는 조선에 나온 지 어언간 40년이 넘는 이로 내지인에보다도 반도인 측에 아는 이가 많다 합니다. 그만치 조선의 인정풍속에도 통효하고 따라서 조선 사람들의 생활 감정에도 이해가 깊은 듯싶었습니다. 이러한 분의 지도 아래 있는 유성의 조합원들은 행복스러우리라고 저절로 믿어집니다.

고바야시 이사가 몸소 안내하여 주시어 우리는 농민도장으로 갔습니다. 소장 선생의 한 시간을 넘는 간곡한 설명을 들은 뒤에 우리는 열두 채의 농사農舍를 두루 구경하였습니다.

한 집에 다섯 명씩 열두 채에 예순 명을 수용하여 일개년의 기한으로 진정한 황국 농민을 만들어 낸다는 이 농민도장은 이번 정월에 제7회의 졸업생을 내고 현재는 제8회째의 생도들이 수용되어 있는 것이었습니다.

무엇보다도 먼저 경신숭조敬神崇祖의 사상을 함양하는 것은 물론이요 일과 중에 가장 비근한 예를 들자면 하루 세 끼니 식사 때에 식전의 맹세 식후의 맹세라는 것이 있어 한 그릇의 밥이 자기 앞에 준비될 때까지 얼마나 많은 사람의 수고와 하느님의 가호가 있었던 것인가 그에 대한 사례와 먹고 난 뒤에는 그 먹은 양식에 대한 보답의 뜻으로 오늘 하루 힘껏 일을 하겠습니다 하고 스스로 맹세를 하는 것은 농민도장에 수용되어 있는 생도들만이 할 것이 아니요 우리 일반 가정에서도 그대로 신행하면 얼마나 좋을지 모를 일입니다.

일에 귀천이 없다고는 누구나 하는 말이요 누구나 아는 말입니다. 그러나 언뜻 보기에 호화스러운 도회생활을 동경하는 나머지 마땅히 지켜야 할 자기의 농토를 버리고 철없이 서울로 올라오는 청년이 조옴 많습니까?

부디 저의 직분을 잃지 말고 농촌에 남아 있어 우리 땅을 지켜달라고 농민도장의 생도들에게 바랍니다.

그래도 농토를 버리고 혹은 읍내로 들어가서 장사를 한다던가 혹은 서울로 올라가서 제 ○○○떠돌아 다닌다거나 하는 청년이 없지 않○○○○는 전체의 삼할 미만으로 칠할 이상은 착실하게 농업에 종사하며 그 동리의 지도자격으로 활약한다 합니다.

제한받은 지면이 다하였으므로 여자청년훈련소 견학담은 다음 기회로 밀밖에 없이 되었습니다마는 하여튼 이번 나의 여행은 유쾌하였습니다. 내가 만나뵈온 지도자 여러분들은 첫인상부터 내가 충분히 존경할 만한 분들로 그들은 확호한 신념 아래 농민들을 지도하고 계시는 것이었습니다.

　다른 도, 다른 부락에 있어서도 역시 존경할 만한 지도자 아래 굳세고 든든한 기초 위에 우리의 농가가 갱생하기를 바라며 이번은 이만 그치겠습니다.

『半島の光』1940년 6월

이상, 유정 애사

김동인씨에게

단 한번 뵈온 일은 없어도 그래도 항상 선생의 문명文名을 흠모하고 건강을 빌어 온 소생입니다. 이제 편집 선생이 '흉금을 열어' 선생에게 한 말씀 드릴 기회를 주심을 소생은 못내 기뻐합니다.

그러나 대체 소생은 선생에게 무슨 말씀을 드려야 옳습니까. 우리 문단의 말석을 더럽히고 있는 소생으로서 우리들의 앞길을 열어주신 선생께 드릴 말씀은 가장 많은 듯하면서도 생각하여 보면 없습니다그려.

왕성하여야 마땅할 선생의 창작활동이라도 빌까.

선생의 창작적 소질은 장편에보다도 단편에 있다 생각하는 소생인지라 근래에 수이數二 발표하신 그 저속한(감히 이러한 형용사를 사용합니다) 통속소설 말고 왕년에 「배따라기」 「목숨」 「감자」 등에서 보여주신 그 '바른 길'을 걸어가시라 고언을 드릴까.

그러나 이 시대의 이 나라의 문인 생활이 어떠하다는 것을 알고 있는 소생으로서는 그 말씀을 선생께 드리는 것이 너무나 몰이해하고 무의미함을 느끼지 않을 수 없습니다그려.

작품을 써서 미향米餉에 바꾼다는 말이 전연 조선을 제외한 세계에서

만 통용되는 것이요 달에 한 번 있을까 말까한 작품 발표 기회에 그 노작의 대가가 3, 4원 내지 8, 9원에 불과한 지라 호구책을 신문소설 연재에 구하지 아니치 못하는 그 고충을 모르면이어니와 알면서 어찌 책하오리까.

그러나 선생.

그 괴로움은 선생에게만 있는 것이 아니요 그 어려움은 누구나 다 맛보지 않으면 안 되는 것임을 기억하여 주십시오. 연꽃은 진흙 속에 낳길래 우리가 더욱 사랑하고 아끼는 것이요 조선의 문인은 그 궁핍한 살림 속에 그래도 꿋꿋함을 보여 비로소 이름을 빛낼 것이 아니겠습니까.

김동인 선생.

소생은 선생의 「배따라기」 「목숨」 「감자」…… 그러한 작품을 열정을 가져 읽었고 그것들을 주옥같은 작품이라 진상進賞함에 결코 남에게 뒤지지 않는 자입니다.

일찍이 나는 보았습니다.

모 잡지에서 저널리스트다운 의도 아래 노벨상이 조선에 온다면 그 상을 받아 족한 분은 누굴까 하고 문인 제씨에게 물은 일이 있습니다.

그것에 대답하야 선생은

"그것은 여(余)이다"—?—

하고 말씀하였습니다.

또 일찍이 나는 들었습니다.

선생이 신문사나 잡지사에 원고를 주실 때 그 원고에는 반드시 한 조각 적은 종이를 붙이고, 그 종이 우에는 "교정부장 족하足下"에게 선생 원고의 일자一字 일구一句의 오식이 없기를 명하는 것은 물론 그 한 개의 구두점 한 칸의 공간에 이르기까지 교정을 게을리 말 것을 주의하는 말씀이 있었다 합니다.

그러한 것을 가리켜 사람들은 선생을 오만한 이라 말합니다. 혹은 그러할지도 모릅니다. 그러나 소생은 오히려 그 작가적 기개 작가적 자존심에 경의를 표하여 왔습니다. 조선에도 선생과 같은 분이 한 분 계셔도 좋으리라고……

김동인 선생.

그러나 근일의 선생에게서 소생은 그 기개를 그 자존심을 찾지 못합니다. 예술가적 양심조차 그 정열조차 구하여 얻지 못합니다.

작년에 모 신문에 선생이 발표하신 「신문소설론」에서 소생은 힘써 저널리즘에 영합하려고 노력하시는 선생을 뵈옵고 스스로 개탄함을 마지 않았습니다. 혹 그것이 선생 본래의 신문소설론일지도 모릅니다. 그러나 소생은 선생이 그것을 가져 선생의 이즈음의 창작 활동(?)의 태도를 합리시키려 하신 것에 지나지 않는다고밖에 보지 않습니다. 그토록 그 문장에는 취기臭氣가 있었습니다. 그 논조에는 '억지'가 있었습니다.

김동인 선생.

'흉금을 열어'라는 방벽을 가져 당돌한 말씀을 한 것을 용서하여 주십시오. 그러나 현명하신 선생은 이 글 속에 소생의 선생에 대한 아끼고 존경하는 뜻을 알아주시리라 믿습니다. 모든 들으시기에 괴로우신 말씀도 그곳에서 우러나온 것에 틀림없습니다.

김동인 선생.

자 그러면 언제까지든 건재하십시오. 그리고 옛날의 그 기품 그 기개를 가져 진정한 문장선文章選에 정진하여 주십시오. 소생은 이제부터의 선생의 활동에 좀더 큰 기대를 갖고자 합니다.

1934년 6월 22일
『조선중앙일보』 1934년 6월 24일

유정裕貞과 나

    내가 유정과 처음으로 안 것은 그가 그의 제2작 「총각과 맹꽁이」를 발표한 바로 그 뒤의 일이니까 소화昭和 8년 가을이나 겨울이 아니었든가 한다.

    하로밤 그는 회남懷南과 함께 다옥정茶屋町으로 나를 찾어왔다. 그때 그들은 미취微醉를 띄고 있었으므로 그래 우리가 초면 인사를 할 때 그가 술냄새 날 것을 두려워하야 모자 든 손으로 입을 거의 가리고 말하든 것을 나는 지금도 기억하고 있다.

    이를테면 그러한 것에도 유정의 성격은 그대로 드러나 있었다. 그는 그만큼이나 남에게 대하야 어려워하고 조심스러워하였다. 그것은 그러나 그의 타고나온 품성만으로가 아닌 듯싶다.

    그는 불행에 익숙하였고 늘 몸에 돈을 지니지 못하였으므로 그래 어느 틈엔가 남에 대하야 스스로 떳떳하지 못한 사람이 되었든 것인지도 모른다.

    우리는 한동안 곧잘 낙랑에서 차를 같이 먹었다. 그리고 세 시간씩, 네 시간씩 잡담을 하였다. 그는 분명히 다섯 시간씩, 여섯 시간씩이라도 그곳에 있고 싶었음에도 불구하고 문득 내게 말한다.

"박형, 그만 나가실까요?"

그래 나와서 광교廣橋에까지 이르면,

"그럼 인제 집으루 가겠습니다. 또 뵙죠."

그리고 그는 종로 쪽으로 향하는 것이었으나 대부분의 경우에 그는 얼마를 망살거리다가 다시 한 바퀴를 휘돌아 낙랑을 찾는 것이었다.

고중에라도 그것을 알고 그를 책망하면 그는 호젓하게 웃고,

"허지만 박형은 너무 지루하시지 않아요? ……."

유정은 술을 잘하였다. 그의 병에 술이 크게 해로울 것은 새삼스러이 말할 것도 못된다. 그러나 그 생활이 외롭고 또 슬펐든 유정은 기회 있으면 거의 술에 취하였다.

언제나 가난한 그는 또 곧잘 밤을 도아 원고를 쓴다.

"김형, 돈두 돈이지만 몸을 애끼세야지 그렇게 무리를 허면 ……."

우리는 그러한 말을 하는 것이었으나, 그는 몸을 애끼기 전에 위선 그만큼이나 몇 원의 돈이 긴요하였든 것이다.

그러한 유정에게 나는 결코 좋은 벗이 아니었다. 벗이라 일컬으기조차 죄스러웁게 그에게 충실치 못하였다. 그러한 내가 이미 그가 없는 이제 이르러 영영 안해를 모르고 가버린 그를 좀더 큰 작품을 남길 새도 없이 가버린 그를 애닯어하드라도 그에게는 오히려 가소로운 일이 아닐 것이냐?—

『조광』 1937년 5월

고故유정裕貞 군과 엽서

작년 5월 하순의 일이었든가 싶다. 당시 나는 몸이 성치 않은 안해를 위하야 잠시 성북동 미륵당彌勒堂에 방 하나를 빌었다. 옹색하기는 지금이나 그때나 일반이어서 나는 모처럼 문 밖에 나간 몸으로도 한가로울 수 없이 쌀과 나무를 얻기 위하야 사흘 밤낮을 도와 「천변풍경」 제1회분을 초하였다.

원고를 가지고 문 안으로 들어와 조선일보사 앞에 이르렀을 때 나는 뜻하지 않게 회남懷南과 유정裕貞 두 분을 그곳에서 만났다.

"아 박형. 안녕하셨에요?"

인사할 때에 얼굴에 진정 반가운 빛이 넘치고 이를테면 '수줍음'을 품은 젊은 여인과 같이 약간 몸을 꼬기조차 하는 것이 지금도 적력的歷하게 내 망막 위에 남아 있는 유정의 인상 중의 하나다.

우리는 참말 그때 만난 지 오래였다. 그러나 그들에게는 동행이 또 한 분 있었고 나는 나대로 바빴으므로 우리는 잠깐 길 위에 선 채 몇 마디 말을 나누고는 그대로 헤어졌다.

그러한 뒤 며칠 지나 일즉이 내게 서신을 보낸 일이 없는 유정에게서 다음과 같은 엽서가 왔다.

날사이 안녕하십니까.

박형! 혹시 요즘 우울하시지 않으십니까. 조선일보사 앞에서 뵈었을 때 형은 마치 딱한 생각을 하는 사람의 풍모이었습니다. 물론 저의 어리석은 생각에 지나지 않을 게나 만에 일이라도 그럴 리가 없기를 바랍니다.

제가 생각컨대 형은 그렇게 크게 우울하실 필요는 없을 듯싶습니다. 만일 저에게 형이 지니신 그것과 같이 재질이 있고 명망이 있고 전도가 있고 그리고 건강이 있다면 얼마나 행복일는지요. 5, 6월호에서 형의 창작을 못 봄은 너무나 섭섭한 일입니다. 「거리」「악마」의 그 다음을 기다립니다.

김유정 재배再拜

그날의 나는 혹은 그가 지적한 바와 같이 우울한 얼굴을 하고 있었을지도 모른다. 제작 후의 피로가 위선 있었고 또 그 작품은 청탁을 받은 원고가 아니었으므로 그날 즉시 고료를 받아 오는 것에 성공할지 못할지 그러한 것이 자못 마음에 걱정이었든 것이다.

그러나 나의 요만한 '우울'이 유정의 마음을 그만치나 애달프게 하여 준 것은 나로서 이를테면 한 개의 죄악이다.

물론 나는 그가 말한 바와 같이 남에게 뛰어난 재질이 있지도 못하였고 명망이 있는 것도 아니며 또한 전도가 가히 양양하다고 할 것도 못된다.

그러나 무엇보다도 '건강'이— 그가 항상 그만치나 바라고 부러워하여 마지않은 '건강'이 내게는 있다고 그는 생각한 것이 아닌가. 나는 허약하고 또 위장에는 병까지 가지고 있는 몸이나 그의 눈으로 볼 때에 그 것은 혹은 부러워하기에 족한 것이었을지도 모른다.

그러한 내가— 그만큼이나 행복된 내가 그에게 우울한 얼굴을 보였다는 것이 그에게는 마음에 일종 쾌씸하기조차 하였을지도 모른다.

내가 유정의 부고를 받았을 때 먼저 머리에 떠오른 것은 이때의 일이다.

만만하게 거처할 곳도 없이 늘 빈곤에 쪼들리며 눈을 들어 앞길을 바랄 때 오직 '어둠'만을 보았을 유정—.

한 편의 작품을 낼 때마다 작가적 명성을 더하여 가고 온 문단의 촉망을 한 몸에 받고 있었을 그였으나 그러한 것으로 그는 마음에 '밝음'을 가질 수 있었을까.

더구나 그가 병든 자리에서 신음하면서도 작가적 충동에서보다는 좀 더 현실적 욕구로 하여 잡지사의 요구하는 대로 창작을 수필을 잡문을 써온 것을 생각하면 우리의 마음은 어둡다.

그의 병은 물론 그리 쉽사리 고칠 수 있는 것은 아니었으나 경제적 여유가 만약 그에게 있었다면 위선 그는 삼십이란 나이로 세상을 버리지 않아도 좋았을 것이다. 병도 병이려니와 그를 그렇게 요절케 한 것은 이를테면 그의 지나친 '가난'이다.

그가 죽기 수 일 전에 약을 구할 돈을 만들려 가장 흥미 있는 외국 탐정소설이라도 번역하여 보겠다 하든 말을 내가 전하여 들은 것은 그의 부음을 받은 것과 동시의 일이지만 그가 목숨이 다하는 자리에서까지 그렇게도 돈으로 하여 머리를 괴롭힌 것은 얼마나 문인의 생활이 괴로운 것이였으랴!

『백광白光』 1937년 5월

이상李箱의 편모片貌

내가 이상을 안 것은 그가 아즉 다료茶寮 '제비'를 경영하고 있었을 때다. 나는 누구한테선가 그가 고공건축과高工建築科 출신이란 말을 들었다. 나는 상식적인 의자나 탁자에 비하여 그 높이가 절반밖에는 안 되는 기형적인 의자에 앉아 점 안을 둘러보며 그를 괴팍한 사나이다 하였다.

'제비' 헤멀슥한 벽에는 십 호 인물형의 초상화가 걸려 있었다. 나는 누구에겐가 그것이 그 집 주인의 자화상임을 배우고 다시 한번 치어다보았다. 황색 계통의 색채는 지나치게 남용되어 전 화면은 오직 누―런 것이 몹시 음울하였다. 나는 그를 '얼치기 화가로군' 하였다.

다음에 또 누구한테선가 그가 시인이란 말을 들었다.

"그러나 무슨 소린지 한마디 알 수 없지 ……."

나는 그 무슨 소린지 알 수 없는 시가 보고 싶었다. 이상은 방으로 들어가 건축 잡지를 두어 권 들고 나와 몇 수의 시를 내게 보여 주었다. 나는 쉬르리얼리즘에 흥미를 갖고 있지는 않았으나 그의 「운동運動」일 편은 그 자리에서 구미가 당겼다.

지금 그 첫 두 머리 한 토막이 기억에 남아 있을 뿐이나 그것은

일층 우에 이층 우에 삼층 우에 옥상정원에를 올라가서 남쪽을 보아도 아모
것도 없고 북쪽을 보아도 아모것도 없길래 다시 옥상정원 아래 삼층 아래 이
층 아래 일층으로 나려와 ……

로 시작되는 시였다.

　나는 그와 몇 번을 거듭 만나는 사이 차차 그의 재주와 교양에 경의를
표하게 되고 그의 독특한 화술과 표정과 제스처는 내게 적지 않은 기쁨
을 주었다.

　어느 날 나는 이상과 당시 조선중앙일보에 있든 상허尙虛와 더불어 자
리를 함께하여 그의 시를 중앙일보 지상에 발표할 것을 의논하였다.

　일반 신문 독자가 그 난해한 시를 능히 용납할 것인지 그것은 처음부
터 우려할 문제였으나 우리는 이미 그 전에 그러한 예술을 가졌어야만
옳았을 것이다.

　그의 「오감도烏瞰圖」는 나의 「소설가 구보씨의 일일」과 거의 동시에
중앙일보 지상에 발표되었다. 나의 소설의 삽화도 '하융河戎'이란 이름
아래 이상의 붓으로 그리어졌다. 그러나 예기豫期하였던 바와 같이 「오
감도」의 평판은 좋지 못하였다. 나의 소설도 일반 대중에게는 난해하다
는 비난을 받았든 것이나 그의 시에 대한 세평은 결코 그러한 정도의 것
이 아니다. 신문사에는 매일같이 투서가 들어왔다. 그들은 「오감도」를
정신이상자의 잠꼬대라 하고 그것을 게재하는 신문사를 욕하였다. 그러
나 일반 독자뿐이 아니다. 비난은 오히려 사내에서도 커서 그것을 물리
치고 감연敢然히 나가려는 상허尙虛*의 태도가 내게는 퍽이나 민망스러
웠다. 원래 약 1개월을 두고 연재할 예정이었으나 그러한 까닭으로 하

＊상허 : 이태준.

여 이상은 나와 상의한 뒤 오직 십수 편을 발표하였을 뿐으로 단념하여 버리지 않으면 안 되었다.

그러나 당시에 이상이 느낀 울분은 제법 큰 것이어서 미발표대로 남어 있는 「오감도 작자의 말」이라는 것은 다음과 같다.

왜 미쳤다고들 그러는지 대체 우리는 남보다 수십 년씩 떨어져도 마음놓고 지낼 작정이냐. 모르는 것은 내 재주도 모자랐겠지만 게을러 빠지게 놀고만 지내던 일도 좀 뉘우쳐 보아야 아니하느냐. 여남은 개쯤 써 보고서 시 만들 줄 안다고 잔뜩 믿고 굴러다니는 패들과는 물건이 다르다. 이천 점에서 삼십 점을 고르는 데 땀을 흘렸다. 31년 32년 일에서 용대가리를 떡 끄내어놓고 하도들 야단에 배암꼬랑지커녕 쥐꼬랑지도 못 달고 그만두니 서운하다. 깜박 신문이라는 답답한 조건을 잊어버린 것도 실수지만 이태준李泰俊, 박태원朴泰遠 두 형이 끔찍이도 편을 들어준 데는 절한다. 철鐵― 이것은 내 새 길의 암시요, 앞으로 제 아모에게도 굴하지 않겠지만 호령하여도 에코―가 없는 무인지경은 딱하다. 다시는 이런― 물론 다시는 무슨 다른 방도가 있을 것이고 위선 그만둔다. 한동안 조용하게 공부나 하고 딴은 정신병이나 고치겠다.

그러나 오감도를 발표하였든 것은 그로서 아주 실패는 아니었다. 그는 일반 대중의 비난을 받은 반면에 그것으로 하여 물론 소수이기는 하여도 자기 예술의 열렬한 팬을 이때에 이미 확실히 획득하였다 할 수 있다.

그 뒤로 그는 또 수 편의 시와 산문을 발표하였으나 평판은 역시 좋지 못하였든 것으로 문단적으로도 그가 일개 작가로 대우를 받게 된 것은 작년 9월호 조광에 실렸든 「날개」에서부터가 아닌가 한다. 최재서崔載瑞 씨가 그에 대하여 이미 호의 있는 세평細評을 시험하였으므로 이곳에서 다시 말하지 않으나 「날개」 한 편은 이렇든 저렇든 우리 문단에 있어 문제의 작품으로 모든 점에 있어 미완성한 것임에도 불구하고 우리가 우리의 문학을 논의할 때 반드시 들어 말하지 않으면 안 될 '소설'이다.

그러나 그는 그 독특한 경지를 개척하여 놓았을 뿐으로 요절하였다. 영원한 미완성품인 채 그는 지하로 돌아갔다. 이상이 동경으로 떠나기 전에 정인택에게 하였다는 말을 들어 보면 그는 이제는 다시 「오감도」나 「날개」를 쓰는 일 없이 오로지 정통적인 시 정통적인 소설을 제작하리라 하였다지만 만약 그것이 그의 참말 마음의 고백이라면 「오감도」나 「날개」 부류에 속할 작품만을 남겨 놓은 채 돌아간 그는 지하에 있어서도 눈을 감지 못할 게다.

그러나 그것은 어떻든 우리가 이상의 작품을 이해하려면 먼저 그의 위인과 생활을 알지 않으면 안 된다.

"괴팍한 사람이다"라는 것은 그에 대한 나의 첫 인상이거니와 물론 그렇게 단순한 것은 아니었어도 역시 '괴팍'하다는 형용만은 결코 글르지 않은 듯싶다.

일즉 『여성』지에서 나에게 「문단기형이상론文壇畸型李箱論」을 청탁하여 왔을 때 그 문자가 물론 아모러한 그에게도 그다지 유쾌한 것은 아닌 듯싶었으나 세상이 자기를 기형으로 대우하는 것에 스스로 크게 불만은 없었던 듯싶다. 그러나 그 이상론은 발표되지 않은 채 편집자가 갈리고 그러는 사이 원고조차 분실되어 나는 그때 어떠한 말을 하였든 것인지 적력的歷하게 기억하지 못하고 있으나 하여튼 다점茶店 플라타느에 앉아서 당자 이상을 앞에 앉혀 놓고 그것을 초하며 돈을 벌려면 마땅히 부지런하여야만 하는 것을 이상은 너무나 게을러서,

"그래 언제든 가난하다."

하는 구절에 이르러 둘이 소리를 높여 서로 웃던 것만은 지금도 눈앞에 또렷하다.

사실 이상의 빈궁은 너무나 유명하였다. 그리고 그것은 대부분은 그의 도저히 구할 길 없는 게으름에 기인하는 것이었다.

'제비'가 차차 경영 곤란에 빠졌을 때 어느 날 그의 모교 상공商工에서 전화로 그를 부른 일이 있다. 당시 신축중에 있었든 신촌 이화여전 공사장에 현장 감독으로 가 볼 의향의 있고 없음을 물은 것이다.

"하로 일 원 오십 전이랍디다. 어디 담배값이나 벌러 나가 볼까 보오."

그리고 이튿날 벤또를 싸가지고 신촌으로 갔든 것이나 그 다음날은 다시 '제비' 뒷방에서 언제나 한가지로 늦잠을 잤다.

"그 참 못하겠습디다. 벌이두 시원치 않지만 나 같은 약질은 어디 그런 일 견디어 나겠습디까."

그것은 사실이다. 그의 가난은 이렇게 그의 허약한 체질과 수년래의 절제 없는 생활이 가져온 불건강에도 말미암아 오는 것이었으나 집주인이 점방店房을 내어 달라고 지방법원에 소송을 제기하였을 때에 출두하라는 오전 9시에 대어 일어나는 재주가 없어 가장 불리한 결석 판결을 받고 그래 좀더 가난하지 않으면 안 되었든 것은 역시 너무나 철저한 그의 게으름을 들어 논하지 않으면 안 될 일이다.

현재 '뽀스톤'의 전신 '69' '씩스나인 -'을 오즉 시작하였을 뿐으로 남에게 넘겨 버리고 '제비'에 또한 실패한 이상은 그래도 단념하지 않고 명치정明治町에다 'むぎ'*라는 다방을 또 만들어 놓았다. 그곳의 실내장식에는 '제비'의 것에보다도 좀더 이상의 '괴팍한 취미' 내지 '악취미'가 나타나 있었다. 결코 다른 다점茶店에는 통용되지 않은 괴이한 형채의 다탁이며 사면 벽에 그림이나 사진을 걸어 놓은 대신 '루나르'의 『전원수첩』에서 몇 편을 골라 붙여 놓는 등 일반 선량한 끽다점 순방인巡訪

---

*むぎ : 보리.

人의 기호에는 결코 맞지 않는 것이었다.

'악취미'로 말하면 '69'와 같은 온건치 않은 문구를 공연하게 다점의 옥호로 사용한 이상의 것은 없을 것으로 그 주석을 나는 이 자리에서 하지 않거니와 모르는 사람이 고개를 기웃거리며

"69? 六九? 육구라 …… 하하 육구리* 놀다 가란 말인 게로군."

이라고라도 하면 그는 경우에 따라 냉소도 하고 홍소도 하였다. 그렇기로 말하면 그에게는 변태적인 것이 적지아니 있었다. 그것은 그의 취미에 있어서나 성행性行에 있어서만이 아니라 그의 인생관, 도덕관, 결혼관, 그러한 것에 있어서도 우리는 보통 상식인과의 사이에 적지 않은 현격을 깨닫지 않으면 안 된다.

그러나 그의 사상을 명백하게 안다고 나설 사람은 그의 많은 지우 중에도 혹은 누구 하나라 없을 것이다. 그의 참 마음을 그대로 그의 표정이나 언동 우에서 우리는 포착하기가 힘든다.

이상은 사람과 때와 경우를 따라 마치 카멜레온같이 변한다. 그것은 천성에보다도 환경에 의한 것이다. 그의 교우권이라 할 것은 제법 넓은 것이어서 물론 그 친소와 심천의 정도는 다르지만 한번 거리에 나설 때 그는 거의 온갖 계급의 사람과 알은 체하지 않으면 안 된다. 그러한 모든 사람에게 자기의 감정과 생각을 그대로 내어 보여 주는 것은 무릇 어리석은 일이다. 그래 그는 '우울'이라든 그러한 몽롱한 것말고 희로애락과 같은 일체의 감정을 솔직하게 표현하지 않는 것에 어느 틈엔가 익숙하여졌다. 나는 이 앞에서 변태적이라는 문자를 사용하였거니와 그것은 이상에게 있어서는 그 문자가 흔히 갖는 그러한 단순한 것이 아니고 좀 더 그 성질이 불순한 ?— 것이었다. 가령 그는 온건한 상식인 앞에서 기

---

*육구리 : 천천히.

탄 없이 그 독특한 화술로써 일반 선량한 시민으로서는 규지窺知할 수 없는 세계의 비밀을 폭로한다. 그러나 그는 그것을 이야기하고 싶은 충동을 느끼어서가 아니라 실로 그것을 처음 안 신사들이 다음에 반드시 얼굴을 붉히고 또 아연하여야 할 그 꼴이 보고 싶어서인 듯싶다.

사실 이상은 한때 상당히 발전하였던 외입장이로 그러한 방면에 있어서도 놀라운 지식을 가져 그것은 그의 유고 중에도 한두 편 산견散見되나 기생이라든 창부라든 그러한 인물을 취급하여 작품을 쓴다면 가히 외국 문단에 있어서도 대적할 사람이 없을 것이다.

다만 그러한 점으로만도 조선 문단이 이상을 잃은 것은 가히 애석하여 마땅한 일이나 그는 그렇게 계집을 사랑하고 술을 사랑하고 벗을 사랑하고 또 문학을 사랑하였으면서도 그것의 절반도 제 몸을 사랑하지는 않았다.

이상이 아즉 서울에 있을 때 하로 저녁 지용이 그와 한강으로 같이 산책을 나가 문득 그의 건강을 염려한 나머지에, "여보 상허尙虛를 본뜨시요. 상허尙虛의 반만큼만 몸을 애끼시요." 간곡히 충고하였다는 말을 나중에 들었거니와 그와 가까운 벗은 모두 한두 번쯤은 그에게 그러한 종류의 말을 할 것을 잊지는 않았었다. 이상보다 이십 일 앞서 돌아간 김유정金裕貞도 자기 자신 병고에 허덕이며 몇 번인가 이상의 불규칙하고 또 아울러 비위생적인 생활에 대하여 간절하게 일러준 바가 있었다. 아직 동경에서 그의 미망인이 돌아오지 않았고 또 자세한 통신도 별로 없어 그가 돌아가든 당시의 주위와 사정은 물론, 그의 병명조차 정확하게는 모르고 있으나 역시 폐가 나뻤든 모양으로 그 점은 김유정과 같으나 유정이 죽기 바로 수일 전까지도 기어코 병을 정복하고 다시 일어나려 끊임없는 노력을 애끼지 않든 것에 비겨 이상은 전에도 혹간 절망과 같은 의사 표시가 있었고 동경에 간 뒤에도 사망하기 수개월 전에 이미

「종생기終生記」와 같은 작품을 써 보낸 것을 보면 이상의 이번 죽음은 이름을 병사病死에 빌었을 뿐이지 그 본질에 있어서는 역시 일종의 자살이 아니었든가—그러한 의혹이 농후하여진다.

그러나 이제 있어 그러한 것을 새삼스러이 문제 삼아 무엇하랴. 이상은 이제 영구히 돌아오지 않고 이상이 없는 서울은 너무나 쓸쓸하다.

『조광』1937년 6월

이상李箱애사哀詞

여보, 상箱—

당신이 가난과 병 속에서 끝끝내 죽고 말았다는 그 말이 정말이요? 부음을 받은 지 이미 사흘, 이제는 그것이 결코 무를 수 없는 사실인 줄만 알면서도 그래도 좀처럼 믿어지지 않는 이 마음이 섧구려.

재질과 교양이 남에게 뛰어나매, 우리는 모두 당신에게 바라고 기다리든 바 컸거늘, 이제 얻어 이른 곳이, 이 갑작한 죽음이었소? 사람이 어찌 욕되게 오래 살기를 구하겠다면 이십팔 년은 너무나 짧소.

여보, 상—

당신이 아직 서울에 있을 때 하룻저녁 술을 나누며 내게 일러주든 그 말 그 생각이 또한 장하고 커서 내 당신의 가는 팔을 잡고 마른 등을 치며 한가지 감격에 잠겼든 것이 참말 어제 같거든 이제 당신은 이미 없고 내 가슴에 빈 터전은 부질없이 넓어 이 글을 초하면서도 붓을 놓고 멍하니 창밖을 바라보기 여러 차례요.

여보, 상—

이미 지하로 돌아간 당신은 이제 참 마음의 문을 열어, 내게 일러주지 않으려오? 당신은 참말 무엇을 위하야, 무엇을 구하야 내 집, 내 서울을 버리고 멀리 동경으로 달려갔던 것이요?

모든 어려움을 다 물리치고 모든 벗들의 극진한 만류도 귀 밖에 흘리고 마땅히 하여야 할 많은 일을 이곳에 남겨둔 채 마치 도망꾼이처럼 서울을 떠났던 당신의 참뜻을 나는 이제 있어도 풀어낼 수 없구료.

여보, 상―

그래도 나는 믿었소. 벗에게 마음을 아직 숨겨 두어도 당신의 뜻은 또한 커서 이제 수히 서울로 돌아올 때 당신은 응당 집안을 돌보아 아들된 이의 도리를 지키고 또 한편 당신이 그렇게도 사랑하여 마지않던 우리 문학을 위하야 힘을 애끼지 않으리라고. 그러나 그것도 부질없이 만 리나 떨어진 곳에 가난하고 외로운 몸이 하룻날 병들어 누우매 이곳에 남은 벗들은 오직 궁금하고 답답하여 할 뿐으로 놀란 가슴을 부둥켜안고 달려간 안해의 사랑의 손길도 당신의 아픈 몸을 골고루 어루만지는 수는 없어 그래 드디어 할 일 많은 당신을 다시 돌아오게 못하였나, 하면, 우리가 굳이 당신을 붙들어 서울에 그대로 머물러 있게 못한 것이 이제 새삼스러이 뉘우쳐지는구료.

여보, 상―

재주가 남보다 뛰어난 사람은 마땅히 또 총명하여야 할 것으로, 우리는 그것도 당신에게 진작부터 허락하여 왔거든, 어찌 당신은 돌아보아 그 귀한 몸을 애낄 줄 몰랐소?

병을 남에게 자랑할 줄 모르는 당신, 허약한 몸이 감당해낼 턱 없는 줄 알면서도 그 절제 없는 생활을 그대로 경영하여 온 당신―그러한 당신의 이번 죽음을 애끼고 서러워하기 전에 먼저 욕하고 나무라고 싶은 이 어리석은 벗의 심사를 상의 영혼은 어떻게 풀어주려 하오?

여보, 상―

그러나 모든 말이 이제는 눈꼽만한 보람도 없는 것이구려. 돌아오면 하리라고 마음 먹었던 많은 사설도, 이제는 영영 찾아갈 곳을 잃은 채 이 결코 충실치 못하였든 벗은 이제 당신의 명복만을 빌려 하오. 부디 상은 편안히 잠드시오.

『조선일보』 1938년 2월 8일

김기림 형에게

　돌아오셨으니 반갑소. 오랜만에 서울거리를 함께 거닙시다. 술은 배우셨소? 당신의 「철로범선鐵路沿線」은 나와 함께, 죽은 이상이도 매우 좋게 본 작품이었는데, 그 뒤로 다시 창작 활동이 없는 것은 도시 술을 배우지 못하기 때문인가 하오. 우리, 같이 술 좀 자시고, 누구 꺼릴 것 없이, 죽은 이상李箱이의 욕이나 한바탕 합시다.

『여성』 1939년 5월

구보가 아즉 박태원일 때

입학

　금일은 정월 대보름이라. 작일昨日 윷 놀고 남은 부럼을 까먹으며 학우 수 명으로 더불어 달맞이 하러 집을 나서기는 오후 7시 반경이라. 흑연黑煙이 만천滿天한 시가를 지나 밭두렁 좁은 길을 찬찬히 걸어 어둠침침한 산길을 살피면서 그리 높지 않은 산언덕을 허덕거리며 올라갔다. 쓸쓸한 산정에는 두어 명의 노인이 한가히 팔짱을 낀 채 아무 말도 없이 서 있을 뿐이다. 우리는 거기서 조금 떨어진 성 무너진 곳에 가서 돌 위에 앉아 달뜨기를 기다리며 이런 말 저런 말 하는 동안에 둥글고 큰 달이 동산에 얼굴을 내어 놓았다. 나는 무엇이나 아는드키 "참 그 달 풍년들 달인걸" 하면서 옆에 있는 김군을 돌아보았다. 그는 빙그레 웃으면서 "박군이 복술자卜術者가 되었나" 한다. 이 말을 들은 이군은 "물론이지, 박朴자에 나무 목木자만 빼면 점칠 복卜 자가 되니까" 하면서 김군을 따라 웃는다. 말 한마디 하였다가 동모에게 조롱을 받은 나는 무심히 하늘을 쳐다보니 아까보다 작은 달은 중천에 높이 떠 있다. 쓸쓸한 바람이 우리들의 등을 치고 나아간다. 나는 껌껌한 산길로 터벅터벅 걸어가는 김군의 뒤를 따라 산을 내려갔다. 그와 동시에 이때까지 움직이지도 아니하고 움직이려도 하지 않던 달이 갑자기 우리의 머리 위로 쫓아온다. 중천에 뜬 채로…….

경성제일고등보통학교 제2학년 재학시(14세) 작문 뽑힌 것

『동명東明』 1923년 4월 15일

구보仇甫가 아즉 박태원泊太苑일 때

− 문학소년의 일기

1월 6일(음 12월 7일)

여余의 생일. 태원太苑군이 이제 약관이 되었다.

11시 반에나 기상.

독서—4시간—『세계문학강좌』『야夜의 숙宿』(3막까지)『Don Qui-xote』… 5시간 독서주의 실천 극난極難.

동일 군 내방.

기춘, 응호, 병태 내來.

4시 반경 영세, 영섭, 병룡 3군 내來.

형과 더불어 5인 음주 and 화투.

오후 11시 청요리.

12시 15분 전 3군 귀歸.

방이 몹시 난잡—인생관을 암흑화.

1월 7일

11시 기상.

독서. 내객來客.『야의 숙』독파. 감격.

1월 8일

소설—창작적 정열 부족으로 써지지 않는다. 그러함에도 불구하고 쓰고 싶어 못 견딘다. 딱한 일—. 2시간의 독서.

오후 4시. 명환, 동일, 희정, 동규 내방. 소언少焉에 남희. 화투하다.

오후 8시. 6인, 대구탕으로 석반을 대신하고, 대관원大觀園으로 행行. 약간 음飮하다. 여余의 출자 2원.

공작孔雀에 가서 홍차를 끽喫. 12시 반 귀歸.

독서 좀 하다가 1시 반에 취침.

1월 9일

작일 음주 탓인지 종일 복중 불안. 고로 종일 불식不食.

오후,「꿈」을 4매 가량 쓰고 있을 시時 인택군 미지의 인사과 동반 내방. 고모高某—시인이라 한다. 2시 반에 귀.

3시에 동일. 3시 반에 희정. 4시에 남희. 6시에 3군 귀.

금일의 독서. Moliere의『염인병환자厭人病患者』.

야夜 명환군, 인택군, 내방.—화투. 10시 반 양兩군 귀.

하—도 배가 고프므로, 할 수 없이 저녁 먹다.

11시 반에 자리에 누워 1시까지『Don Quixote』

1월 10일

11시 기상. 입욕.

귀도歸途에 남희군 심방尋訪. 불러도 무대답. 어디 나간 게지….

오후 1시. 일대 청장淸腸을 할 작정으로 하제-피마자유 복용.

오후 2시, 동일, 명환 내來.

3시, 성희 내.

4시 반, 희정, 순우 내.

화투―6시 20분 전 제군 귀거.

8시 온면. 복중 약간 진정.

금일의 독서(오정∼오후 3시)

  『Don Quixote』『세계문학강좌』(오후 9시∼오전 2시)『Don Qui-
xote』―70엽頁. 체홉의 「허가許嫁」「붉은 양말」 골즈 워디(Galsworthy)
「투쟁Defeat」. Synge 「Riders to the sea」「The playboy of the
Westernworld」.

필자 후기

  '지난날의 자취'를 더듬어 볼 일기라고는 오즉, 20세 전후의 것이 하
나 있을 뿐으로, 그것도 그 이듬해 가량에 발전되었던 잡문과 수필 등속
을 위한 스크랩북이 되어 있는 까닭에, 그 당시의 기록은 겨우 한 달이
나 그밖의 것을 찾아보기 힘든다.

  대형의 대학노트에다가 횡서로 기록하였던 것으로, 제일고보를 마친
그 이듬해, 동경으로 건너가기 바로 두 달 전의 것이다.

내 자신, 당시를 기념키 위하야 오즉 언문諺文을 한글 철자법으로 고
쳤을 그뿐으로, 일기의 스타일이며, 기타, 모두를 원본 고대로 옮겼다.

『중앙』1936년 4월

순정을 짓밟은 춘자

일곱 살 적—옛날얘기

어린 구보는 얘기를 좋아한다. 큰댁 할아버지를 사랑에다 모셔다 놓기는 천자문과 통감을 배우기 위하여서이지만 구보는 틈만 있으면 할아버지를 졸라 옛날 얘기를 들었다. 할아버지는 얘기를 잘하신다. 또 별별 얘기를 다 아신다. 구보는 아주 만족이다. 그러나 이윽고 구보는 이야기를 듣는 것만으로는 마음이 흡족치 못하다. 그는 이번에는 할아버지에게서 들은 얘기를 할아버지 이외에 사람에게 하여 주느라 골몰이다. 구보가 약방에를 나가면 약봉피를 붙이면서 김서방이

"태원이, 심심한데 얘기나 하나 허지."

그러나 얘기는 허구 많은 얘기—어떠한 얘기를 들려주어야 할지 구보는 분간을 못한다.

마침내 구보는 낡은 공책에다 얘기 목록을 꾸몄다. 물론 옛날 얘기에는 특히 제목이라 할 것이 없다. 까닭에 구보는 그것들을 제 자신 만들어 놓지 않으면 안 되었다.

구보는 툭하면 공책을 들고 약방으로 나간다. 제약실의 장서방이 목

록을 뒤적거려 보고 가령—,

"꿀똥 누는 강아지 얘기 하나 해라."

하고 청한다. 구보는 얘기를 시작한다. 구보는 얘기를 제법 재미있게 한다. 어른들은 한마디 얘기가 끝날 때마다,

"얘기 참 재미있게두 헌다."

"애가 정신두 참 좋다."

그래 구보는 또 다른 얘기를 시작한다. 당시의 구보가 암만해도 그 중 득의였든 듯싶다.

아홉 살 적-얘기책

어머니를 따라 일가집에 갔다온 나 어린 구보는 한꺼번에 다섯 개나 먹을 수 있었든 침감보다도 그 집의 젊은 아주머니가 재미나게 읽든 '얘기책'이 좀더 인상 깊었다.

"어머니 그 책 나두 사 주."

"그 책이라니 얘기책? …… 그건 어린앤 못 읽어. 넌 그저 부지런히 학교 공부나 해애."

어린 구보는 떠름한 얼골을 하고 섰다가 슬쩍 안짬재기에게로 가서 문의하였다.

"얘기책은 한 권에 을마씩 허우?"

"대중 없지 십 전두 허구 십오 전두 허구 …… 왜 데렌님이 볼려구 그러우?"

"응."

"볼려면야 가게서 일 전이면 세두 내오지."

"단 일 전에? 그럼 하나 내다주우."

"마님께서 그거 봐두 좋다십디까?"

"……"

"어유 마님께 꾸중 들으면 으떡허게……"

그는 다듬이질만 하다가 문득 혼잣말같이

"재밌긴 춘향전이 지일이지."

이튿날 안짬재기가 '주인마님' 몰래 세를 내온 한 권의 춘향전을 나는 신문에 싸들고 약방으로 나가 이층 구석진 방에서 반일半日을 탐독하였다. 아모러한 구보로서도 아홉 살이나 그밖에 안 된 소년으로는 광한루의 가인기록佳人寄綠을 흥겨워한다는 수가 없었으나 변학도의 패덕悖德에는 의분을 느끼지 않을 수 없었고 여인麗人 춘향의 옥중 고초에는 쏟아져 흐르는 눈물을 또한 어찌할 수 없었다.

다음날 구보는 역시 안짬재기의 의견에 의하여 『춘향전』 다음으로 재미있는 『심청전』을 세내다 읽었다. 그러나 또 그 다음날 『소대성전蘇大成傳』을 얻어 보려 하였을 때 어머니는 마침내 우리의 '비밀'을 알아내고 그래 꾸중을 단단히 들은 안짬재기는 다시 나의 그러한 심부름을 하려고는 안 하였다. 어린 구보는 얼마 동안 어찌할 바를 몰랐으나 어느 날 종각 모퉁이에서 (아마 어데 책사册肆에서 불이라도 났든 게지……) 한 구퉁이가 타고 누르고 한 '얘기책'을 산과 같이 싸놓고서 한 권에 이 전씩 삼 전씩에도 방매하는 사나이를 발견하자 그는 곧 안짬재기도 모르게 그것을 매일같이 구하야 보름 뒤에는 오륙십 권의 얘기책이 어린 구보의 조고만 책상 밑에 그득 쌓였다.

이러한 아들은 어머니로서도 또한 어찌할 수 없어 학교공부 아닌 것도 어머니는 이내 묵허默許하게 되고 구보는 누구 꺼리지 않고 맹렬한 형세로 그 해 가을 한철을 완전히 얘기책으로 보냈다.

열일곱 살 적-신경쇠약

구소설을 졸업하고 신소설로 입학하야 수년 내 『반역자의 모母』(고리키), 『모오팟상선집』, 『엽인일기獵人日記』(투르게네프) …… 이러한 것들 알든 모르든 주워 읽고 '하이네' '서조팔십(西條八十사이조 야소)' '야구우정(野口雨情노구치 우조)' …… 이러한 이들의 작품을 흉내내어 성盛히 「서정소곡抒精小曲」이란 자를 남작濫作하든 구보는 드디어 이 해 가을에 이르러 집안 어른의 뜻을 어기고 학교를 쉬어 버렸다.

나는 내 자신을 남에게 뛰어난 천재라고 믿었었고 천재에게는 정규의 학교 교육이라는 것이 아랑곳할 배 아님을 잘 알고 있었든 까닭이다. 병도 이만하면 고맹膏盲에 들었다 할까? …… 닷새에 한 번 열흘에 한 번 소년 구보는 아버지에게 돈을 타 가지고 본정本町 서사書肆로 가서 문예 서적을 구하여 가지고 와서는 기나긴 가을밤을 새워 가며 읽었다. 그리고 새벽녘에나 잠이 들면 새로 한시 두시에나 일어나고 하였다. 일어나도 밖에는 별로 안 나갔다. 대개는 책상 앞에 앉아 붓을 잡고 가령—

「흰 백합의 탄식」

이라든 그러한 제목으로 순정소설을 쓰려고 낑낑 매었다.

이러한 생활은 구보의 건강을 극도로 해하고 무엇보다도 이 시대에 상하여 놓은 시력은 이제 와서 큰 뉘우침을 그에게 준다. 그러나 물론 당시의 구보는 그러한 것을 깨달을 턱 없다. 몸이 좀더 약하여지고 또 제법 심한 신경쇠약에조차 걸리고 한 것을 그는 도리어 그러면 그럴수록에 좀더 우수한 작가일 수 있는 자격이나 획득한 듯싶게 기뻐하였다.

한 해 전 봄부터 구보의 얼골에 나기 시작한 여드름은 이 해 가을 서늘한 바람에도 가시지 않고 좀더 흥성하게 나고 그것들을 구보는 독서 여가에 짜느라고 볼일 못 본다 …….

열아홉 살 적—춘자양

이 해 봄에 술과 담배를 안 구보는 가을에 이르러 마침내 '카페'라는 장소에 발을 들여 놓기 시작하였다. 악우惡友 두 명과 술값은 번차례로 물기로 정하고 부지런히 욱정旭町 S헌軒에를 드나들었다.

나는 쉽사리 빠걸— 춘자라는 방기芳紀 19세의 여성과 친했다. 그는 악우들의 의견에 의하면 코가 좀 큰 게 흠이라고들 하지만 나는 그것에는 반대였다. 그것은 궐녀가 특히 나에게만 심대한 호의를 가지고 있는 거에 말미암은 그들의 투기에서 나온 것일게다. 나는 분명히 그를 미인이라 생각하였다.

이미 자기 자신 일개의 청년이라 생각하고 있는 구보는 득의한 '문학담'을 수 차 시험하야 여인을 황홀케 하여 주었고 모某 고녀高女를 삼년에서 중도 퇴학하였다는 여인이,

"영국 국가를 헐 줄 아세요?"

하고 물었을 때 동반한 악우들이 가곡에 능치 못한 것을 기화로 구보는 궐녀와 의기상합하야 '꼳 세이쁘 아와 그레이셔쓰 킹'을 고창高唱하고 한 가지 감격 속에 잠겼다.

그러나 그로서 얼마 안 되어 구보보다 일 년이 장長한 악우 제1호가 대체 그러한 놀라운 지식을 어데서 얻었든 것인지 카페 여급들도 그 본질에 있어 매춘부와 동일한 것으로 물론 그것은 구보의 애인 '춘자'양도 그러하야 만약 궐녀에게 '의향'이 있는 것이라면 구보는 약간의 금원金圓으로 용이하게 청춘을 향락할 수 있을 것이라는 뜻의 말을 전하였다.

구보는 우울하였다. 청순한 그의 '사랑'이 이와 같이 두어 마디 말로 더럽혀질 줄을 그는 과연 몰랐든 것이다. 그는 악우에게 그러한 언사로 여인麗人의 순정을 모독하지 말라고 질타하였다. 그러나 그는 구보를 비

웃고

"아아니 그럼 군君은 춘자가 무어 처녀인 줄 알구 있는 모양인가?
……"

한마디하고는 하하 대소大笑다. 구보는 그지없는 모욕을 느꼈으나 역시
악우의 말을 시인하지 않는 수 없었다. 그는 마침내 이 끝없는 애수를
수 편의 연애시에 담어 놓고 다시는 S헌軒에 발그림자도 안했다. 그리
고 혼자 무던히나 슬퍼하였다. 그러나 그러한 감정은 퍽 '문학적'이라고
느끼고 구보는 또 한편으로 자기가 작가로서 귀중한 한 개의 체험을 얻
을 수 있었음을 기뻐하였다.

『조광』 1937년 10월

춘향전 탐독은 이미 취학 이전

　춘향전, 심청전류의 구소설을 탐독하기는 취학 이전이거니와, 정말
문학서류와 친하기는 '부속보통학교' 3, 4학년 때이었던가 싶다. 내가
산 최초의 문학 서적이 신조사판新潮社版『叛逆者の母』둘째 것 역시 같
은 사 판의『モオパッサン 選集』(모파상선집)이었다고 기억한다.

　나의 숙부와 양백화梁白華 선생과는 잘 아시는 사이였다. 양 선생은
이 문학소년-?-에 흥미를 느끼시고, 때때로 명하여 글을 짓게 하시었
다. 나는 또 나대로 알거나 모르거나 톨스토이, 투르게네프, 셰익스피
어, 바이런, 괴테, 하이네, 위고 …… 하고, 소설이고, 시고, 함부루 구
하여 함부루 읽었다.

　집에 다달이『개벽開闢』지와『청춘靑春』지가 왔다. 나는 그것들을 주
워 읽었다. 그러자『조선문단』이 발간되었다. 나는 내 자신 이것을 매월
구하여 가지고는, 춘원春園 선생의「혈서」,「B군을 생각하고」, 상섭想涉
선생의「전화」, 빙허憑虛 선생의「B사감과 러브레터」, 동인東仁 선생의
「감자」등을 흥분과 감격 속에 두 번씩, 세 번씩 거듭 읽었다. 그러나 가

장 크나큰 감동을 느끼며 애독하였던 것은 그러한 소설들보다도 오히려 동지同誌에 연재된 춘원 선생의 시 「묵상록」이었다.

나는 가만히 「묵상록 예찬」이라는 일문一文을 초하였다. 양 선생이 그 것을 읽으시고 당시 화동 꼭대기에 있던 동아일보사에 보내시어 마침 내 2회에 나누어 발표됨에 이르렀다. 다만 표제는 양 선생의 의견대로 '-예찬'을 '-을 읽고'로 고치었다. 아마 대정大正 15년의 일인 듯싶거니 와, 어떻든 이것이 나로서 최초로 활자화된 글이다.

내가 춘원 선생의 문을 두드린 것은 아마 소화 2년인가, 3년 경의 일 이었던가 싶다. 두 번짼가 세 번째 찾아뵈었을 때, 나는 두어 편의 소설 과 백여 편의 서정시를 댁에 두고 왔다. 그중 수 편의 시와 한 편의 소설 이 동아일보 지상에 발표되었다. 이 소설이 이를테면 나의 처녀작이다. 항우項羽를 주인공으로 한 4백자 40매 전후의 것으로 표제는 「해하垓下 의 일야一夜」. 물론 시원치 못한 것이나 그나마, 당시에 발표된 나의 다 른 글과 함께 스크랩하여 두었던 것이 분실되어, 과연 어떠한 정도의 것 이었던지 지금은 알 길조차 없다.

노산鷺山 이은상李殷相씨와 알기도 그 전후의 일인 듯싶다. 당시 이씨 는 『신생新生』지를 편집하고 있었다. 나는 그가 청하는 대로 수필, 시, 소설 등을 함부로 제공하였다. 다만 소설은 한 편뿐으로, 그것이 바로 이번 『단편집』에 수록된 「수염」이다. 이 밖에 한시漢詩 역譯도 시험하였 었고, 톨스토이 민화를 영역으로부터 중역도 하였다. 그 대부분이 역시 『신생』지를 통하여 발표되었다.

번역 말이 나왔으니 말이지, 나는 당시 영문학을 공부하고 싶다 생각 하고 있던 터였다. 그래 「사흘 굶은 봄달」, 「옆집 색시」, 「5월의 훈풍」,

「피로」 등 일군의 작품을 제작하는 한편으로, 몇 편의 소설을 번역하여 보았었다. 맨스필드의 「차 한잔」, 헤밍웨이의 「도살자」, 오오푸라아티의 「봄의 파종」, 「조세핀」―이상 네 편으로, 나는 이것들을 '몽보夢甫'라는 이름으로 동아일보에 발표하였다. 뒤에 편석촌片石村과 알자, 그는 '몽보'가 바로 '박태원'임을 모르고, 그 역문譯文의 유려함을 찬탄하여 마지않았다. 나는 자못 득의로웠으나 이제나그제나 입이 험하기로 유명한 지용이,

"뭐 중역이겠지."

하고, 한마디로 물리친 것에는 오직 속으로 은근히 분개하였을 뿐이나, 혹 오역이 있을지는 모르나, 나로서는 내 힘껏 역을 하노라고 한 것이었다. 더구나 당시 참고하고 싶다 생각하였어도, 달리 역본이 있음을 듣지 못한 터이다.

그러나 이나마도 지난 옛일이다. 쥐꼬리라 배웠던 영어도 이제는 중학 2, 3년의 실력이나마 있을지…… 이제부터 정작 문단이라고 나와 가지고 지내온 이야기가 한창 가경佳境으로 들어갈 판인데 공교롭게도 제약된 매수가 다하였다. 다른 날 다른 기회로라도 밀밖에 없는 노릇이다.

『문장』 1940년 2월

내 예술에 대한 항변

내 예술에 대한 항변 – 작품과 비평가의 책임

　경오년 10월 『신생』지에 발표된 졸작 「수염」이 내게 있어서는 이를
테면 처녀작이다. 이래 칠팔 년간 나는 수삼십 편의 작품을 제작하여
왔고 그 중의 몇몇 작품은 월평月評에 올라 더러 시비是非가 되었든 듯
싶다.

　어느 경우에 있어서는 작가로서 그대로 잠자코 있을 수 없는 따위의
평언을 들은 일조차 있으나 나는 그러한 것에 대하여서도 일즉이 단 한
번이라 붓을 들어 항변을 하여 본다든 그런 일이 없었다. 그러나 그렇다
고 하여 그들 비평가들의 나의 작품에 대한 재단을 그 모두가 지극히 옳
은 것이라 하여 스스로 마음에 용납한 것은 무론 아니다. 나는–매우 부
끄러운 말이기는 하지만 무슨 일에든 좀 게으르고 또 끈기가 없는 사람
인 것 같다. 어떠한 일을 대하여서든 시초에는 그 열이 가히 볼 만한 자
가 있어도 그것이 결코 오래 가는 일 없이 얼마 지나지 못하여 식어버리
고 만다. 이것은 유감된 기질로 이 결핍으로 하야 나는 얼마나 실생활에
있어 적지않은 손실을 받고 있는지 스스로 헤아릴 길이 없는 것이나, 타
고난 것이니 어찌한다는 도리가 없다.

무책임한 비평가의 부당한 논평에 대하여서 나는 그 게으름에도 불구하고 쉽사리 흥분하고야 만다. 흥분하고서도 마음에 있는 것을 경솔하게 입 밖에 내지 않을 만큼, 나는 영민하지도 능하지도 못하다. 그래 지극히 불쾌하고 또 우울한 가운데서 나는 나의 불평을 아무에게든 토로하지 않으면 안 된다. 나의 호소를 들은 이는 또 들은 이대로, 이것은 이러고 있을 것이 아니라 그러한 부당하고 또 무책임한 비평에 대하여 마땅히 항변을 시험하여야만 할 것으로 그것은 작가로서의 당연한 권리이기조차 하다고 일러준다. 물론 그러한 통고가 설혹 없었다 하더라도 나는 역시 나대로 한마디 항의가 없을 수 없다고 스스로 생각하였던 터이다.

그래 나는 얼마를 책상 앞에 앉어 두뇌가 그다지 명석하지 못한 듯싶은 該 평론가를 대체 어떻게 하면 일거에 물리칠 것인가 면밀하게 궁리하여 본다. 그러나 나는 이 앞에서도 말하였거니와 결코 끈기 있는 사람이 아니다. 그래 정작 붓을 들어 반박을 꾀할 수 있기 전에 나는 대개는 이미 이 우울한 사무에 대하여 정열과 흥미를 아울러 망실하고 흥미도 정열도 가질 수 없는 일에 물론 나는 종사한다는 수가 없다.

마침내 나는 이렇게 생각한다.

나의 작품이 참말 내 자신 생각하고 있는 바와같이 그렇게 값있는 것이라 하면 '제까짓' 비평가류가 아모러한 논란을 캐이든 간에, 결국 아는 이는 알 것이 아니냐?-

그러한 것에 대하야 일일이 항변을 한다는 것도 정히 구찮은 노릇이다. 그보다는 차라리 완전히 묵살하여 버리는 것이 현명한 일이나 아닐까?—

더구나, 그러한 데다 부질없이 정력과 시간을 소비하여 버리느니, 오히려 그 시간과 정력을 가져, 좀더 값있는, 좀더 무게 나가는 작품을 제작하는 것이 얼마나 의의 있는 일인지 알 수 없지 않으냐?―

이것은 물론, 내 자신의 끈기없고 또 게으른 일면을 스스로 합리화하려는 데서 나온 생각이나 역시 코올(?) 또 떳떳한 것이라 아니할 수 없다. 그래 그렇게 방침을 세운 뒤로 나는 더러 묵과하기 어려운 혹평을 받는 일이 있어도 이미 전과 같이 흥분하지 않고 따라서 신세가 얼마쯤이나 편안하여졌는지 모른다.

이번에 편집선생이 모처럼 비평가에 대한 항변의 기회를 내게 주셨을 때도 그러한 까닭에 나는 역시 잠자코 있을까 하고 생각하였다. 이미 지난 일을 이제 이르러 다시 들추어낸다는 것도 승거운 일이요 그보다도 위선 문제를 삼을래야 삼기도 어렵게 대체 나는 언제 누구에게 어떠한 말을 들었든 것인가 기억이 매우 희미하여 진 까닭이다.

그러나 언제까지든 잠자코 있는 것만이 재주가 될 것도 없을 게다. 나는 이 기회에 하고 싶은 말을 몇 마디 하기로 작정이다.

이렇게 방침을 고쳐 세우고 생각하여 보니 위선 머리에 떠오르는 것은 계유년 10월 『조선문단』 지에 발표되었든 졸작 「오월의 훈풍」에 대한 시비이다.

계유년이면 아직도 프로문학 이론이 득세하고 있든 시절이라 나의 작품류가 만에 일이라도 호평을 받으리라고는 물론 제법 낙천가인 작자로서도 기대는 안 하였다. 아니나 다를까 그 달의 월평을 시험한 이기영 유진오 두 분 선생이 논조를 맞추어 이 작품이 저열하고 경박한 것이라 논단하였다.

이 두 분의 위대한-(이것을 물론 반어라 하는 것이다)-선배는 내 작품 속의 다음과 같은 구절이 참기 어렵게 불쾌하였든 모양이다.

"철수는 양말을 두 켤레 사서 그것을 아모렇게나 양복주머니에 처넣고 화신상회를 나왔다.

그러나 그곳을 나와서 집으로밖에는 어디라 갈 곳을 가지지 못한 철수였다. 양말을 살 것이 오늘의 사무였었고, 그 사무는 이미 끝났다.

그는 백화점 앞에가 서서 물끄러미 종로 네거리를 오고가는 사람들을 바라보고 있었다."

어째 이러한 무위한 청년을 그려놓았느냐 하는 것에 이분들의 분개는 있었든 듯싶으나, 내가 내 작품 속에 무기력한 룸펜 인테리를 취급하는 것은 이분들이 그들의 작품 속에 '투사'라는 '주의자'를 취급하는 것과 동등한 권한에서 나온 것으로 다만 이곳에서 우리가 명심하여 둘 것은 이 「오월의 훈풍」이 나의 이제까지 제작한 작품 속에서 결코 우수한 것이 아님에도 불구하고 이 '철수'라는 인물이 그분들의 어느 '주의자'나 '투사'보다도 훨씬 책임감을 가지고 있었다는 한 가지 사실이다.

무기력한 룸펜 인테리를 주인공으로 삼었대서 홀대(?)를 받은 작품은 이 밖에도 또 있다. 같은 계유년 2월에 『신가정』지에 발표되었든 「옆집 색시」가 그 중의 하나로 이것에 대하여서는 백철 선생이 역시 작자로서 수긍하기 어려운 말을 늘어놓았든 듯싶으나 이 「옆집 색시」든 또 「오월의 훈풍」이든 소위 '역작'이라든 '대작'이라든 하는 것이 아니오, 엷은 애수를 주조로 한 소편小篇이었으므로, 그분들의 망령된 논평을 오즉 가만한 쓴웃음으로 지내쳐버린다는 수도 있었든 것이나 그 이듬해 10월 『중앙』지에 발표한, 남의 앞에 내어놓아 과히 부끄럽다고는 생각되지 않는 작 「딱한 사람들」은 작자 자신, 당시에 있어 제법 정력을 기울여 제작한 것으로 지금에 있어서도, 이 품品인만치 당시에 그것을 일개 태작으로 물리쳐버린 박영희 선생의 '망평妄評'에는 처음에 아연하였고 다음에 분개하였고 그리고 마침내 옥석을 분간하지 못하는 평가評家 선생을 위하여 차탄嗟嘆함을 마지않었다. 이 고명하신 노평론가에게 작품에 대한 비평안도 감상안도 없다고 분명히 내가 알 수 있었든 것은 정히 이

때였다.

「거리」(병자년 『신인문학』 신년호)에서도 나는 그와 비슷한 경험을 하였다. 이것은 「딱한 사람들」보다도 작자 자신, 좀더 자신을 가질 수 있는 작품이었든 까닭에 세평에 대하여 결코 무관심일 수 없었다. 그러나 이태준 형이 호의를 가진 단평短評을 시험한 이외에는 옳게 알아보는 이가 역시 없는 듯싶어, 이를 월평에 들어 말한 이종수李鍾洙 선생도 백철 선생도 태작으로까지 대우하지는 않았어도 그분들이 드물게 대하는 '가작佳作'으로는 생각되지 못하였든 모양이다. 이선생은 쎈텐스가 긴 것이 희한하였든지 몇십몇자 몇십몇행의 기다란 쎈텐스 운운하시고 그러한 것에 감탄하시느라 여가가 없었든 모양이요, 백선생은 -(매우 유감이나 선생의 평문을 좌우座右에 준비 못하여 지금 그것을 다시 검토하여 볼 도리가 없으나)-여하튼 분망하신 중에 촌가를 얻어 작품을 보시고 또 평하시고 그러느라 그랬든지 나의 「거리」가 아닌 「거리」를 용하게도 바루 논의하여 놓셨다.

그러나 나는 이러한 류이나마 논평을 받어보기보다는 완전히 묵살을 당한 작품을 오히려 좀더 많이 가지고 있다.

「소설가 구보씨의 일일」이 그러하다. 「애욕」이 그러하다. 「전말」이 그러하다. 「비량悲凉」과 「악마」가 그러하다. 「악마」와 같은 작품은, 임병淋病과 임란성 결막염을 취급한 것으로, 다른 모든 것을 제외하고라도, 이러한 방면에 새로운 제재를 구하여 보았다는 한 가지만으로도, 작자의 노력과 공부는 마땅히 문제되어야 옳을 것임에도 불구하고 내가 듣고 또 본 한도에 있어서는 한 사람도 이 작품에 의견을 말한 이가 없었다.

그렇기로 말하면 「구보씨의 일일」도 일반이다. 이것은 「딱한 사람들」과 전후하여 갑술년 8월에 제작된 것으로 그 제재는 잠시 논외에 두고라도 문체, 형식 같은 것에 있어서만도 가히 조선문학에 새로운 경지를 개척하였다 할 것이건만 역시 누구라도 한 사람, 이를 들어 말하는 이가 없었다.

이 일반 독자에게는 좀 난해한 것인지도 모를 작품은, 나의 다른 작품들보다도 훨씬 더 독자의 흥미라는 것을 무시하고 제작되었든 것인 까닭에 회수로 30회, 일수로는 40여 일을 『조선중앙일보』 지상에 연재되는 동안 편집국 안에서도 매우 논란이 되었든 듯싶어, 만약 이태준 형의 지지가 없었드면 나는 이 작품을 완성할 수 없었을지도 모른다.

이곳에서 내가 한 가지 괴이하게 생각하여 마지않는 것은 일반 저열한 독자는 애초에 문제가 안 되지만, 순수한 예술작품을 ○○ 이해하는 듯이 자처하는 ○○ 제선생들이 기실 대부분은 ○○이 그 무엇임을 알지 못할 뿐 아니라 알려고 노력하기조차 않았다는 한가지 사실이다.

남의 작품을 잘 읽지 않기로는 위선 나같은 사람이 으뜸이 되겠지만, 무릇 평가評家로 행세하고 때때로는 문예시평쯤 시험하려는 이는 작가들의 노력과 정진에 대하여 꾸준히 유의하는 바가 있어야 마땅할 것이다. 한때한때의 필요에 의하여서 남의 작품을 한두 편 그것도 정독할 성의가 없이 충충히 뒤적거려 보았을 뿐으로 함부루 당치 않은 논단을 나리는 것은 심히 옳지 않은 일이다.

경망된 수삼 평가들의 명명으로 나와 같은 사람은 기교파라는 레테르가 붙어 있는 모양이나 평가들은 혹 그들의 부실한 기억력을 위하여 간편하게 분류하여 놀 필요상 그러하여도 용허되는 수가 있을지도 모른다. 그러나 같은 작가들 중에 거개는 한참 당년에 프로 작가라고 자칭하든 이들이지만 말에 궁하면 반드시 나와 같은 사람을 문장만 아느니 형식만 찾느니 기교만 중히 여기느니 하고 그것만 내세우는 데는 너무나 어이가 없어 말도 하고 싶지 않다.

대체 군들은 그러한 말을 할 때 스스로 마음에 부끄러워하는 바가 없느냐? 작가로서 문장이 졸렬하고 형식이 미비하고 기교가 치졸한 것보다 더 큰 비극이―아니 희극이 어데 또 있을 것이냐? "그러나 내용이?―" 대체 군들의 작품에 무슨 취할 만한 내용이 있다고 자부하는 것이냐?

설사 백보를 양讓하야 참말 볼 만한 것이 있다면 그러면 군들은 차라리 소재도매상이라도 개업하는 것이 상책이리라. 소설은 제재만 가지고 결코 예술 작품일 수 없는 것이니까……

하도 오래 잠자코 있다가 붓을 드니 이것은 혹은 안할 말까지 하였는지 모른다. 그러나 사실을 사실대로 말한 것이라 구태여 물을 필요도 없을 것이다. 나는 다시 이러한 잡문에 시간을 허비하는 일 없이 창작에만 정진할 방침이다. 나의 예술에 대한 정신과 태도는 오직 나의 작품을 통하여서 독자에게 전달될 것이다.

이 글이 얼마간 말썽을 부릴는지도 모르나 그것은 나의 흥미할 바이 아니다. '말썽'을 무서워하지는 않으나 좀 시끄러웁다 생각할 뿐이다.― 이상.

『조선일보』1937년 10월 21일~23일

궁항매문기窮巷賣文記

기타

조선 문단의 부진이란, 흔히 듣는 말이요, 또 그것은 사실임에는 틀림없다.

그러나 사람들이, 그것을 오로지 조선 작가의 무능, 혹은 태만에 말미암은 것같이 생각하려 들 때, 그것은 얼핏 그런 듯하면서도 실상은 크게 옳지 않다.

그야 조선 작가의 창작활동이 지극히 활발하지 못한 것임에는 틀림없다. 그러나 오즉 그 한 개의 사실을 가져 곧 그대로 조선 작가를 무능하다 또는 태만하다 그렇게 쉽사리 말해 버릴 수는 없을 것이다.

위선, 우리는 조선 작가의 생활이라는 것을 생각하여 보지 않으면 안 된다.

그러나 우리가 이렇게 말하였을 뿐으로 약간이라도 문단 사정에 통한이라면 그는 반드시 쓰디쓴 웃음을 웃고 그리고 가장 민망하게

"조선 작가의 생활? 조선 작가에게도 제법 생활이라는 것이 있나? 홍!"

이렇게 한탄할 것이다.

과연 딱하게도 조선 작가는 생활을 가지고 있지 못하다.

가령—

한 사람의 1개월간의 생활비를 최소한도 ××원이라 하자.

(그야 우리는 현실에서 그 이하의 가령 ××원으로 혹은 ×원으로 최악의 경우에는 ×, ×원으로 근근히 노명露命을 이어가는 허다한 예를 보고 있다. 그러나 그것은 결코 가르쳐 생활이라 이를 수 없다. ……)

그러면 조선 작가는? 그의 생활비는?

그는, 외국 작가 모양으로, 가령 독서를 할 수 없드라도 좋다. 여행을 할 수 없드라도 좋다. 사교를 못하여도 연애를 못하여도 모두 좋다고 하여 두자. 그러나 그도 역시 사람인 이상에는 어떻게 생명만이라도 유지하여 가야 할 것이므로 그의 1개월간의 생활비는 다른 모든 사람의 예에 의하야 역시 최소한도 이 ×원을 계상計上하지 않으면 안 될 것이다.

그러나 조선 작가는 그의 최소한도의 생활비를 어데서 어떻게 구하나?

(이 경우에 우리는 제 자신 작가 생활을 하여 가기에 족한 자력을 가졌다거나 유복한 부형 혹은 아내를 가진 작가를 제외하기로 한다.

그들은 수효로 보드라도 겨우 2, 3명에 불과할 것이다.)

조선 작가에게는 작가인 까닭에 다행히 글 쓰는 재조才操가 있었고 또 작가인 까닭에 불행히 그 밖에 다른 재조가 없었다. 그리고 또 다행히 혹은 불행히 이 구차한 조선에서도 실로 그 구차함에도 불구하고 그의 글을 '돈을 내어' 사주었으므로 그는 어떻게 글을 써서 생활하여 갈 방도를 세우지 않으면 안 되었다.

그러나 대체 어떠한 방도를?

독자 중에 가장 낙천적인 이는 혹은 말할지도 모른다.

"××원의 생활비를 위하여서는 조선 작가는 오직 ××원어치 원고를 쓰면 그만일 것이다."
라고.

가히 지당한 말씀이다. 그리고 그것으로 조선 작가의 생활 문제는 쉽사리 해결된 듯싶다.

그러나 우리는 이 기회에 ××원어치의 원고란 대체 얼마나한 분량의 것인가나 알아 보기로 하자.

조선에 있어서 이른바 원고료라는 것은 '24자 10행' 원고지 한 매에 대하여 ××이나 ×××, 그밖에 더 안 되는 것이 통례이다.

(하하 대체 언제부터 내가 이렇게 궁상을 떨게 되었는지 제 자신이 알수 없는 노릇이요 더구나 안면도 없는 독자들에게 이러한 말을 하는 것이 결코 본의가 아니나 ……)

까닭에 다달이 ××원을 구하기 위하여서 조선 작가는 적어도 다달이 2백 40, 50매의 원고를 쓰지 않으면 안 된다.

상업

이른바 '예술가'라는 것을 한 개의 '직업'으로 혹은 '지위'로 대접하여 주는 것은, 나의 기억으로는 오직 도서관이 있을 뿐이다. 열람권, 직업란에는 '기자 급 예술가'라 인쇄되어 있는 곳이 있어 확실히 '무직'과 사이에 명료한 구별을 갖는다.

그러나 우리가 한번 집을 떠나 어느 지방의 여관에 투숙한다 하자. 우리는 그 여관의 '숙박부'에, 우리는 '씨명' '원적' '현주現住'와 함께, 당연히 우리의 '직업'을 기입하지 않으면 안 되는 운명에 봉착한다. 그러나 우리는 결코, 우리가 '예술가' 혹은 '작가' 또는 '시인' 이외의 아모 것도 아니라는 단지 고만한 이유를 가져 '시인'이라 또는 '작가'라 혹은 '예술가'라 기입하여서는 안 된다.

물론 내 자신에 있어서는 그러한 경험을 갖지 않는다. 다만 한 번, 꼭 한 번, 나는 '소설가'다 행세하고자 한 일이 있다.

그러나 그 '때'와, 그 '곳'을 이곳에서 밝혀야 할 아모런 까닭도 나는 발견하지 못한다. 다만, 언젠가 내가 어느 곳으로 여행하였을 때의 일이라고만 독자는 알라.

그곳에서 나는 어리석게도, 혹은 대담하게도, (물론 나로서는 일상 다반사이었으나, 여관 주인으로 보면 분명히 그러하였을 것이다.) 숙박부 직업란에다 '소설가'라고 해서로 기입하였다.

그러나 유식하고 경험 있는 여관 주인은, 가장 민망하게 내 얼골을 본 다음에, 다행히 내가 손에 잡고 있었던 것이 연필이라 알자 그는 방으로 들어가 책상 서랍에서 한 개의 낡은 '고무'를 찾어내었다. 그리고 그는 나의 직업을 장부 우에서 말살하여 버리고 부디 처세함에 있어 좀더 신중하기를 간곡히 내게 충고하였다.

내가 생각 끝에 그곳에 '무직'이라 역시 정확한 해서로 기입하였을 때 그는 황망히 또 한번 고무를 사용하고 아모 것이든지 좋으니 직업을 정말 직업을 가령 '상업' 하면 '상업'이라든지 그러하게 기입하여 주면 좋겠노라고 거의 애원하였다.

나는 그의 간청을 물리치기 어려워 내 자신 어데서 무엇을 경영하고 있는지 알지도 못하는 것을 아모렇게나 '상업'이라 이번에는 특히 초서로 썼던 것이다.

그러나 나는 물론 그러한 것에서 '우울'을 맛보지 않아도 좋도록 감정이 둔하지도 신경이 굵지도 않다. 나는 그곳에서 무한한 굴욕을 느끼지 않으면 안 되었든 까닭에 그 뒤에 이무영李無影과 만났을 때 나는 상세히 그 이야기를 하고 이후에는 단연코 그러한 경우에 있어 '소설가' 혹은 '작가' 또는 '예술가'로 행세할 작정이라고 참말 결심하였노라고 말하였다.

그러나 그는 역시 외롭게 웃고 그 자신이 어느 기회에 '저술가'라고 행세하려 하였을 때 그는 미지의 인사의 심방을 받지 않으면 안 되었고 그리고 그의 여행 일정표는 드디어 변경되지 않으면 안 되었든 예를 들어 나의 생각이 얼마나 꾀 없는 것인가를 친절히 일러주었다.
나는 조선의 작가가 무슨 까닭에 그의 직업에 충실하고 또 정직할 때 그러한 불유쾌한 대우를 받지 않으면 안 되는 것인가를 도저히 해득하지 못한다.

그러나 우리는 배워 알고 있다. 의식이 넉넉하여야 예절을 안다는 말씀을—항산恒産이 없으면 항심恒心이 없다는 말씀을!
혹은 '그들'이 이 성현의 말씀을 체득하고 있는 까닭에.
조선 작가들은 의식이 넉넉하지 못하다. 더구나 항산恒産이란 있을 턱이 없다. 그러니까 예절이란 알 턱이 없고 더구나 항심이란 있을 턱이 없고……
그래 '그들'은 조선의 작가들을 일반 선량한 백성들과 구별하러 드는 것인지도 모른다.

그러나 그러한 것은 어떻든 나는 나의 여행이 까닭없이 불유쾌하여지기를 바라지 않음으로 아직은 도처의 숙박부 속에서 내 자신이 알 수 없는 '상업'에 종사하지 않으면 안 될 것이다.

『조선일보』 1935년 1월 18일~19일

표현 · 묘사 · 기교－창작여록

1. 한 개의 콤마

 '한글맞춤법통일안' 부록, 문장 부호에 관한 대문에, 콤마에 대하여,
—정지停止하는 자리를 나타낼 적에 그 말 다음에 쓴다.

예 (1) 정성이 지극하면, 하늘이 느끼신다.

  (2) 달은 밝고, 기러기는 운다.

이렇게 씌어 있는데, 이것은 이미 한 개의 상식으로, 우리가 이곳에서
새삼스러이 들어 말할 것이 못 되나, 여기서는 콤마의 특수한 용처를 생
각하여 보기로 하고—,

가령,

"어디 가니?"

라는 한마디 말은, 보통, 두 가지 내용을 가지고 있는 것으로,

하나는—향하여 가는 곳이 '어디'인가는, 알아도 좋고, 몰라도 좋다.
다만 '가나' '안 가나' 하는 한 개의 사실을 확실히 알고자 하여, 묻는
경우.

또 하나는—이미 '간다'는 사실을 알고 있다. 그러나 대체 '어디'를

(무엇하러) 가는 것인가?—그것을 알고자 하여, 묻는 경우.

까닭에, 얼핏 보아 같은 "어디 가니?"라도,

전자에 대하여서는,

"네, 어디 좀 갑니다."

혹은,

"아―니요, 아모 데 안 갑니다."

하고, "―가니" 하는 물음을 간단히 긍정, 혹은 부정하면 그만이요, 그 긍정하는 경우에 있어서도, 특히 '어데'라고 가는 곳을 명시하지 않아도 좋으나,

후자에 대하여서는,

"정거장에 갑니다."

혹은,

"공책 사러 갑니다."

하고, 반드시 자기의 가는 곳을, 또는 자기의 볼 일을 알려주어야 마땅할 것이다.

그러나 같은 한마디 말, "어디 가니?"에서 우리는 어떻게 그 두 개 내용을 가리어 낼 수 있을까?

'말'에 있어서, 그것은 지극히 용이한 일이다. 우리는 그 어조로 그것이 어떠한 내용의 "어디 가니?"인가를 알아낼 수 있다.

그러나, '글'에 있어서는?

나는, 아직까지, 그 두 경우를 구별하여 표현한 '글'을 보지 못하였다. 언제든, 같은 "어디 가니?"이었다. 그리고 또 그러한 것은 극히 적은 문제로, 아무렇든 좋은 것같이 생각될지도 모른다. 그러나, 이것이, 만약 할 수 있는 일이라면, 표현에 있어, 우리는 가능한 한도까지의 정확을 기하여야 될 것이다. 그리고 또 이 문제는, 우리가 연구하여 결코

어려운 것이 아니다.

'말'에 있어, 그 내용의 분기점이 이미 그 '어조'에 있으매, 우리는 그 것을 '글'로 표현함에 있어, 모름지기 그 '어조'를 방불케 할 방도를 취 하여야 할 것이다.

이 "어디 가니?"의 경우에 있어서, 그것은 한 개의 콤마다.

후자는,

"어디 가니."

혹은, 좀더 효과적으로 '어디'와 '가니'를 붙여서,

"어디가니."

그리고, 의문 부호는 반드시 붙이지 말기로 하고,

전자는,

"어디, 가니?"

하고, '어디' 다음에 콤마를 찍고, 또 반드시 의문 부호를 붙이면, 표현 은, 보다 더 정확하다 볼 수 있다.

그러나 물론, 이것은 이 경우에만 한한 것이 아니요, 또, 콤마나 의문 부호만이 어느 경우에 있어서는 그러한 소임을 맡는 것은 아니다.

왼갖 문장 부호의 효과적 사용은, 사실의 표현, 묘사를 좀더 정확하 게, 좀더 완전하게 하여 놓을 것이다. 그리고 이러한 시험은, 작품 중에서 도, 특히 회화에 있어 중대한 의의를 갖는다.

우리는 문자를 사랑하는 것과 똑같은 열의를 가져 문장 부호를 애끼자.

2. 된소리

'어조語調의 표현'이라는 것에 관하여 좀더 이야기를 하기로 하고-,

가령,

"없소."

하면, '없소'는 언제든 '없소'라고만 쓸 것이 아니라, 경우에 따라서는,

"없쏘."

혹은,

"없쏘!"

라 하여야만 말하는 이의 어조와, 또 그의 감정을 표현할 수 있을 것이요,

"학무국장이……"

는, 때로,

"학무국짱이……"

"그럽띠다."

는 필요에 응하여

"그럽띠다,"

혹은,

"그럽띠다!"

대개 이러하게 '된소리'를 이용하는 것도 이른바 '어조의 표현'의 한 방법일 수 있다.

그러나,

"……없다니까……"

와 같은 것은,

"……없따닛까……"

라고라도 한다 하더라도,

가령,

"……실타니까(싫다니까)……"

이러한 따위는 어찌하나?

이 경우에 있어서는, 강하게 발음시키고 싶은 '타' ㅅ자 바로 우에다 콤마를 찍어,

"실, 타닛까……"

이렇게라도 한다면, 말하는 이의 '불쾌', '반항', '혐오', …… 그러한 종류의 감정이 제법 느껴진다.

3. 여인의 회화

'우리말'에 대하야 별로 관심을 갖지 않는 이들 중에는, '여성의 말' 혹은, 여성적의 말이 '우리말'에는 전연 없는거나같이 잘못 생각하는 이가 있다.

그야 수량으로 보아 빈약한 것임에는 틀림없으나, 결코 아주 없는 것은 아니다.

가령,

"하였세요."

"그랬세요."

하면, 그것은 양성 공통의 것이나,

"하였서요."

"그랬서요."

하면, 이것은 분명한 '여성의 말' '여성적의 말'인 것이다.

"웨?"

하고 말할 경우에,

"왜?"

하고 발음을 적으면 역시 여성의 말티를, 우리는 그곳에서 느낀다.

그러나, 그렇다고,

"웨 그래요?"

할 것을, 곧

"왜 그래요?"

이렇게 말하게 하여서는 안 된다. 이것은 이 경우에 있어서는, 한 개의 사투리에 지나지 않는 까닭이다.

그야 사투리말고, 여인이 그렇게 발음하는 경우가 있기는 있다. 그러나 그때에는 본래의 "웨 그래요?"에가 짜증과 같은 협박의 감정이 가입된 것인 줄을 알아야 한다.

"웨 그래요?"와 "왜 그래요?"—

우리가 표현에 있어, 보담 더 정확하고 싶다면, 이 두 말의 차이란 결코 적은 것이 아닐 것이다.

이 밖에도

"응"

또는,

"응?"

이러한 따위.

그야 물론, 여인들만이 홀로 쓴다는 것은 아니지만, 남자들의 것에서 보다는, 아무래도 그들의 회화에서 흔히 듣는 말이다.

그렇기로 말하면,

"흥!"

하고 코웃음치는 것도, 여자들에게서 많이 보는 현상이다.

원래가 '코웃음'이란, 대부분이 '빈정거림'과 같은 저열한 감정에서 나오는 것이요 또 이 저열한 감정이란 여성들이 풍부히 가지고 있는 바이다.

까닭에,

"웨 안 그랬겠소?"

따위의 빈정거리는 말은 그대로 '여성의 말'일 수 있다.

매우 불충분하다. 그러나 하여튼 우에 들어 말한 것으로, 우리는, '우리말'에도 '여성의 말'이 있다는 것과, 그러나 그것이 무엇보다도 수량에 있어 퍽이나 빈약하다는 것은 알았다. 사실, 창작의 실제에 있어서, 우리들의 고심은, 제법, '여인의 회화'를 어떻게 특색 있게 하나, 함에 있다.

여기서 우리는 또다시 '어조의 표현'이라는 것을 생각 아니할 수 없다.

우리가 귀로 들어 이를 느끼는 것은, 남자들의 말이 직선적인 것에 비겨, 여자들의 말이 곡선적이라는 것이다. 그것을 어떻게 표현하여 보기로 하면,—

가령,

안에서, ○○방에나 부엌에 있는 하인을 부르는 경우에,

"아버–엄" "어머–엄"

하는 것은, 단순히,

"아범" "어멈"

을 길게 늘여 불렀을 뿐으로, 직선적인 것이나,

"아버–엄" "어머–엄"

하면, 이것은 분명히 억양이 있는 말로 여인의 경우에는, 이렇게 표현하여야만 마땅한 듯싶다.

이와 같은 예로

"아–니", "으–응"

같은 것을,

"아아니", "으–ㅇ응"

으로,

"애–", "그래–"

같은 것을

"애애", "그래애"

와 같이,

"이거보-"

따위는,

"이거보-오"

이렇게 시험을 하기로 하면 제법 효과적일 것이다.

또,

"갔섰서"

"갔섰서?"

"그랬서"

"그랬서?"

따위의, 이른바 '반말' 따위의 것도 '여인의 회화' 흔한 것인데,

그것들을, 경우에 따라,

"갔섰서어"

"갔섰서어?"

"그랬서어"

"그랬서어?"

이와같이 하면, 그 어조는 한층더 뚜렷함이 있을 것이다.

그러나 구경, 이러한 것에 대한 연구는 제2, 제3의 문제요, 우리가 참말 '여인의 대화'를 취급함에 있어 능숙하려면, 무엇보다도 근본적으로, 여인들을, 여인들의 심리를, 여인들의 심정의 기미를, 속깊이 파헤치고 들어가 확실히 얻은 자가 없으면 안 될 것이다. 단지 여인의 것뿐이 아니라, 무릇, 왼갖 회화의 묘체는, 그곳에서만 체득할 수 있는 것으로, 이에 이르러 우리는 표현이 기술을 끊임없이 연마하는 것과 함께, 언제든 인생연구를 게을리하여서는 안 될 것을 새삼스러이 느끼지 않을 수 없다.

4. 문체에 관하여

언어에 있어서든,

문장에 있어서든,

우리는, 다만,내용을 통하여 어느 일정한 의미를 전할뿐에 그쳐서는 안 된다. 반드시 그와 함께, 그 음향으로, 어느 막연한 암시를 독자에게 주문을 하여야만 한다.

내용으로는 이지적으로,

음향으로는 감각적으로,

동시에, 언어는, 문장은, 독자의 감상 우에 충분한 효과를 갖지 않아서는 안 된다.

그때에 비로소 언어는, 문장은, 한 개의 문체를- 즉, '스타일'을 가졌다 할 수 있다.

문예 감상이란, (늘 하는 말이지만) 구경, 문장의 감상이다.

까닭에, 만약, 어느 작품의 문장으로서, 오직 그 내용에 있어 전체적 관념을 표현할 뿐이요, 그 음향으로 그 의미 이외의 분위기를 빚어내는 것이 못 된다면 우리는 결코 그 작품에 흥미를 가질 수는 없다.

언어의 내용과 음향이라는 것-.

가령,

"沸騰"-

하면, 沸騰을, 시인 지용은 결코,

"비등"

이라고 읽지 않는다. '비등'이라는 것이 '沸騰'의 바른 음인 줄 알면서도, 그는, 반드시,

"불등"

이러하게 발음한다.

258

'불등'이라 읽든, '비등'이라 말하든, 그 표현하고 있는 내용에 있어서는 어디까지든 같은 '沸騰'인 것이나, 그 빚어내는 분위기, 우리에게 주는 암시, 그러한 것에는 서로, 제법 큰 차이가 있음을, 소리내어 한두 번 발음하여 볼 따름으로, 우리는 용이히 알 수 있을 것이다.

그리고, 이 '沸騰'의 경우에 있어서는, 역시 '불등'이라고 발음을 하여야만, '沸騰'의 내용에 맞는, 격렬한 한 개의 분위기를 빚어내일 수 있다.

또 좀 다른 예를 들자면―

가령,

'아이스크림'과 '아이쓰쿠리'

원래로 말하자면, '아이쓰꾸리'란 '아이스크림'의 그릇된 발음으로, 이 두 개의 말은 전혀 똑같은 한 개의 내용을 가지고 있는 것임에 틀림없다. 그러나 그 음향은, 제각기 다른 물건을 암시하고 있는 듯싶게나 들린다.

'아이스크림'

하면, 우리의 연상은, 이를테면 끽다점의 탁자 위로 달리나,

'아이쓰꾸리'

하면, 여름날, 한길 우에, 동전 한닢 들고 모여드는 어린이들이 눈앞에 떠오른다.

이리하여,

'아이스크림'은 신사 숙녀가 취할 것,

'아이쓰꾸리'는 애들이나 노동자가 먹을 것, 마치 그러한 것 같은 느낌조차 그것은 우리에게 준다.

이렇게 되면, 그 음향은 이미 어느 한 개의 분위기를 빚어내일 뿐이

아니다. 한걸음 더 나아가 내용까지를 간섭하려든다.

이번에는 또 다른 방면에―,
가령,
'위트'와 '기지'
'유머'와 '해학'
하면, 이것은 의미로서는 구별이 없어도, 스타일로 말하자면, 서로 차이가 있다. 그리고 이 기회에 우리가 알아야 할 것은, 그 차이가 단 그 음향으로부터만 나는 것이 아니라, 실로 그 제각각의 자체字體, 자형字型이 우리의 시각에 주는, 결코 가벼웁게 볼 수 없는 영향으로부터도 오는 것이라는 사실이다.
그러나
결국, 언어의 선택이란, 문체 성립에 있어 극히 초보적 문제에 지나지 않는다.
그보다도 그 선택된 어구를 어떻게 효과적으로 배열하여, 가장 함축 있는 문장을 이룰 수 있나 하는 것이 가장 큰 문제일 것이다.
그것은, 그러나, 문장에 대하여 아직 공부가 작은 나의, 지금 이 자리에서 능히 논할 수 있는 것이 아니다.

5. 여류작가

조선문단은 한 사람의 여류작가도 가지고 있지 않다.―이렇게 말하면, 혹 분노할 이가 있을지도 모르나,
가령,
'최정희'―하면 '최정희', '백신애'―하면 '백신애'. 아무튼 좋다. 여하튼 조선의 '여류작가'들은, 이제까지 '여류작가다운' 한걸음 더 나가서

'여류작가가 아니고는 못 쓸' 그러한 한 편의 작품도 발표하지 않았다.

박화성씨는 현 문단에 있어, 가장 활약하는 작가의 한 명이다. 그러나 그의 모든 작품은, 그 작가가 여성됨을 주장하는 아모 것도 가지고 있지 않다. 우리가 작가 박화성씨에게 느끼는 가장 큰 불만은 여기 있다.

이 점에 있어, 나는 감히, 조선 문단이 한 명의 여류작가도 가지고 있지 않다.—그렇게 말하는 것이다.

우리는 이제 외국작가의 작품에서 여류작가다운 표현, '여류작가가 아니고는 못할 묘사'—, 그러한 것을 구경하기로 한다.

영국의 걸출한 여류작가 '캐서린 맨스필드 여사'의 「차 한잔」 속에—,

'로즈머리 펠'은 천하일색이랄 만큼 그렇게 어여쁘지는 못하였습니다. 아니, 비록 당신이 그리 말하고 싶다드라도 그것은 어려울 것입니다. 그러면, 그저 좀 예쁠까? 네. 그야 눈이니, 코니, 입이니, 하고 조각조각이 낸다면야……. 그러나, 아모리 기로서니 사람을 조각조각이 내도록이나 잔인하여서야 쓰겠습니까? 이여튼, 그는 젊고, 총명하고, 아조, 더할 나위 없이 '모던'이고 의복치장이 대단하고, ……중략…… 그들은 부자였습니다. 그저 웬만큼 산다는 것이야 텁텁하고 칠칠한 것이 아무개의 할아버지니 할머니니 하는 것 같은 느낌을 주는 것이지만, 그들은 그런 것이 아니라 정말 부자였습니다. ……중략…… 로즈머리는 기-다란 장갑을 끼었습니다. 이러한 것을 상고하여 볼 때에는 그는 언제든 장갑을 벗는 것이었습니다. 그는 그것이 마음에 들었습니다. 그는 그것이 귀여워 어쩔 줄을 몰랐습니다. 그는 그것을 사지 않을 수 없었습니다. 그리고 그 크림빛 나는 상자를 이리저리 돌리며, 뚜껑을 열었다 닫았다 하는 중에도, 그는 파란 벨벳을 배경으로 하고 있는 자기의 손이 얼마나 고혹적의 것인가 하고 생각하지 않을 수 없었습니다 ……중략……
(몽보 역)

6. 총명하다는 것

표현—

묘사—

기교—

를 물론하고, '신선한, 그리고 또 예민한 감각'이란, 언제든 필요한 것이다.

신선하다는 것.

예민하다는 것.

이것들은 오직 이것만으로 이미 가치가 있다.

'신선한, 그리고 또 예민한 감각'은, 또, 반드시 '기지'와 '해학'을 이해한다.

현대문학의 가장 현저한 특징의 하나는, 아마 그것들이 매우 넉넉하게 이 '기지'와 '해학'을 그 속에 담고 있다는 것일 게다.

사실, 현대의 작품은, 이러한 것들을 갖는 일 없이, 결코, 현대의 우수한 독자들에게 '유열愉悅과 만족'을 주지는 못한다.

까닭에—

'감각'이 낡고, 무디고, '기지'가 없고, 그리고 또 '해학'을 아지 못한다면—, 쉽게 말하여, 총명하지 못하다면, 그는 이미 현대의 작가일 수 없다.

총명은—,

우리가 누구나 탐내어 마지않는, 한 개의 걸출한 '소질'이다. 그러나, 그리려고 하여, 결코, 우리가 꾀하여 얻을 수 없는, 그러한 종류의 것은 아니다.

새로운 지식과 또 체험—, 그러한 것들을 통하여, 만약, 우리가 항상 그것을 뜻하고만 있다면, 우리는 틀림없이 하루하루 '총명'에 가까이 이를 것이다.

7. 『박물지초博物誌抄』

「홍복紅蔔」의 작자 '쭈-ㄹ 루나르'*

그의 표현은 소박하고, 단적이면서도, 무척이나 기교적이다.

그의 『박물지초』는 나의 가장 애독하는 것의 하나로, 이제 그 속에서 한둘 표본을 고르기로 하면—

배암
너무 길었다.

개미
한 마리 한 마리가 3자와 흡사하다. 그것두 많기두 하이!
3 3 3 3 3 3 3 3 3 3 3 3 3 3 3
아 아 한이 없구나.
(岸田國士씨 역에 의함)

'루나르'는 1864년에 나서, 1910년에 죽었다. 그러나 이곳에서 그가 호흡한 공기는 결코 과거에 속한 것이 아니다.

8. 어느 두 개의 기교

외국, 어느 작가의 것이었든가, 그의 작품에서 이러한 시험을 본 일이 있다. 한 6, 7년 전의 일일—.

---

*쭈-ㄹ 루나르 : 쥘 르나르.

전신주 우에 올라앉어 일하고 있는 전신 공부(工夫)와 그 앞에 서 있는 사람과 사이의 대화를, 하나는 보통으로, 또하나는 거꾸로

가령—,

"참, 성진이 봤소?"

"봤는데요 … 응"

이렇게 활자를 배열하여 놓음으로써, 작자는, 우에서 아래로 나려오는 말과, 아래서 위로 올라가는 말 사이에, 명확한 구별을, 그대로, 독자의 시각 우에 갖게 하였다.

또 하나—.

어느 음악회에서, (혹은 음악회가 아니었을지도 모르나) 한 사나이가 그의 연모하는 여자에게 자기와의 결혼을 요구한다.

그것에 대한 여자의 대답은,

"할 수 없습니다."

그러한 종류의 것이었다.

(그러나, 이렇게만 말하면, 그곳에는, 물론, 아무런 신기新奇도 없다.)

문제는—,

바로 그 순간에, 이제까지 요란스러이 연주하고 있던 오케스트라가 뚝 그치고, 그 까닭으로 하여, 여자의 거절하는 말은, 필요 이상으로, 퍽이나 크게 들렸다는 것에 있다.

작자는, "할 수 없습니다."를 인쇄함에, 특히 큰 활자를 요구하였다.

이러한 예는 들라면, 얼마든지 있겠으나, 번거로움을 피하여 이만 두기로 하고—,

하여튼, 우리는 이곳에서 현대작가의 '기지'를 본다. 그리고 그것은 저리도 우리를 불쾌하게 만들지는 않는다.

그러나 여기서 우리가 생각하여야 할 것은, 이러한 기지가, 기교가, 그

것뿐으로, 오직 그것뿐으로 한 작품의 생명이어서는 안 된다는 것이다.

　그야 물론, 그런 것만으로, 오직 그런 것만으로, 능히 한 개의 작품을 이룰 수야 있다. 그러나 그것은 이른바 '독자의 심금을 울리는' 그러한 종류의 작품일 수는 없다.

　그것을 우리는 알어야 한다.

9. 도테

　이 기회에, 우리는, 우리가 배우기에 족한 기교를 과거의 명작에서 하나 골라 보기로 한다.

　알퐁스 도테(1840~1897년)의 「사포」 속의 주인공인 젊은이가, 정부 情婦를 두 팔에 안고 충계를 올라가는 대문을 보면-,

　　…………

　제1층은 한숨에 올러가 버렸다. 통통한 두 팔이 목을 안아 감기는 감촉이란 아모 것과도 비길 수 없게스리 좋았다.

　제2층은, 물론, 훨씬 길었다. 계집의 몸이 추욱 늘어진 까닭에, 훨씬 짐이 무거워졌다. 처음에는 다만 근지러운 것이 일종 쾌감을 주었든, 동제 팔찌가 차츰차츰 살에 박히기 시작하였다.

　제3층에서는, 그는 마치 피아노 운반부와같이 헐떡거렸다. 숨이 가빴다. 계집은 꿈꾸는 듯이 눈을 가늘게 뜨고 "아이 좋아라, …… 아이 좋아……" 하고 중얼거렸다. 한걸음 올라가 마지막 2, 3단이, 그에게는 엄청나게나 높은 사다리와같이 생각되었다. 양녘의 벽이며, 난간이며, 좁은 창이며, 모든 것이 한없이 기인 나선형으로 보였다. 그가 안고 있는 것은, 이미 계집이 아니었다. 숨이 막히도록 엄청나게나 무거운, 그냥 무슨 물건이었다. 일종의 분노조차, 이제는, 느끼며, 산산조각에 나라고, 아모렇게나, 그곳에 내어던지고만 싶어 못 견디었다.

……(하략)……

　　(武林無想庵씨 역에 의함)

　　이것이 「사포-」 1편의 발단이요, 동시에 그 작품 전편의 요약이다.

　　정부라는 것에 대한 감정.

　　사랑의 계단.

　　그러한 것을 용하게도 비유한 구절로, 이것은 이미 너무나 유명하거니와, 이제 다시 되풀이 읽어보매, 그 흥취―가히 무한한 자가 있음을 느낀다.

10. 단편의 결말

　　한 개의 작품을 대체 어디서 그칠까-하는 것은 매우 중대한 문제다.

　　창작에 미숙한 이는 언제든 여기서 실패한다. 또 상당한 훈련을 쌓은이라 할지라도, 이것만은 제법 문제가 아닐 수 없다.

　　이것은 장편에 있어서보다도 특히 단편에 있어 그러하다.

　　단편소설이란, 원래가 예술적 세련이 없이는 애초부터 성립되지 못하는 것이라, 그 종결이 비기교적일진대, 그 작품은 대개 실패작이 아닐 수 없다. 물론, 이것은 결말의 문제에만 그치는 것이 아니다. '기교'라는 것은 단편소설 제작에 있어 지극히 중요한 문제요, 또 따라서 모든 탁월한 단편작가들은, 동시에, 그렇게도 우수한 기교가이었다…….

　　이 '종결'의 중요성을 고려하여, 안출된 한 수법으로, 작품의 결말에 한 개의 '경이'를 담아 놓는 것이 있다.

　　그 작품 내용의―이야기 줄거리의―가장 중요한 부분을 될 수 있는 한도로 최후까지 보류하여 두었다가, 결말에서 비로소 공개하는 수법—. 모파상의 「목걸이」와 같은 것은 가히 이 수법을 사용한 대표적 작품일 것이다.

너무나 유명한 이 작품의 경우를 새삼스러이 이곳에서 들어 말할 것도 없겠으나, 이제 간단히 이야기하자면—,

문부성 소관에게 시집갈 수밖에 없었던 한 미인이 있었다. 그는 매우 허영심이 풍부한 여인이었으나, 물론 그곳에는 그의 허영심을 만족시킬 만한 의상도 보석도 없었다. 그것이 늘 한이 되어, 후회며, 절망이며, 고민으로, 그는 날을 보냈다.

그러자 어느 날 남편은 대신저大臣邸에서 열리는 야회夜會의 초대장을 얻어가지고 돌아왔다. 그러나 입고 갈 만한 좋은 옷이 없다고 안해는 울고짜고 한다. 가까스로 옷을 장만하여 주니까, 이번에는 또 패물이 없다고 뾰죽 한다. 그러나 마침내 한 꾀를 내어 그가 아는 여자에게 가서 금강석 '목걸이'를 빌렸다.

그 목걸이를 야회에서 분실한 것이 그들의 불행의 시초다. 경시청에다 거출居出을 하는 둥, 편당 광고를 내는 둥, 별 방법을 다 강구하였으나, 분실물은 돌아오지 않았다. 하는 수 없이 그들은 내올 수 있는 빚은 모다 내어 잃어버린 것과 똑같은 목걸이를 3만 6천 프랑에 구했다. 그래 목걸이만은 감쪽같이 돌려보냈으나, 그 막대한 부채를 갚기 위하야 그들은 왼갖 고생살이를 하지 않으면 안 되었다.

10년이 지나 부채만은 겨우 갚았다. 그러나 그 10년 동안에 안해는 너무나 늙었다. 살결은 거칠 대로 거칠고, 머리는 아모렇게나 흐트러지고, 손은 시뻘건 것이 그렇게도 모양없었다. 까닭에, 그가 어느 날, 거리에서, 전일 목걸이를 빌렸던 부인을 만나, 아는 체를 하였어도 전이나 한가지로 젊고, 또 아름다운 그 부인은, 그를 쉽게 알아보지 못하였다.

그는 그곳에서 비로소 자기가 그 목걸이를 분실하였다는 것과, 그와 똑같은 것을 구하기 위하여, 막대한 부채를 짊어지지 않으면 안 되었다는 것과, 또 그 부채를 청산하기 위하여 10년이나 고생한 이야기를 한다.

이야기를 듣고 난 부인은 가장 미안한 표정을 하고 원래 자기의 목걸이는 겨우 500프랑밖에 안 되는 모조품이었었다고 말한다.

이 결말—

"저런 가엾을 데가 있나. 내 목걸이가 그게 가짜라우. 500프랑밖에 안 되는걸!"

이 한 구절은 실로 그러한 종류의 수법의 가히 대표적의 것이라 하겠다.

그러나 물론 이것은 모파상의 작품에서만 볼 수 있는 것이 아니다. 단지 수법만 가지고 말하자면, 미국의 오-헨리와 같은 작가가 더 문제되어야 마땅할 것이다.

사실, 오-헨리의 작품은 어느 것이나 거의 다 한 개의 '경이'를, 그 결말에 가지고 있다. 「현자의 선물」이나, 「이십 년 후」나, 「사기」나, 또는 「자동차 대어놓고」나…….

그러나 이 수법은 그렇게도 기교적이요, 동시에 효과적인 반면에 적지 않은 위험을 가지고 있다.

그것을 우리는 알아야 한다.

이 수법은 특히 청년작가의 호상에 맞는 까닭에 오직 이 한 개의 기교를 위하여 예술작품으로서 기교 이상으로 존중하여야 마땅할 것들을 희생하지 않으면 안 되는 위험—그러한 위험을 왕왕히 초래한다.

우선 모파상의 「목걸이」부터가 맹랑이한 결함을 가지고 있다, 볼 수 있다.

결말의 한 구절—그 경탄하기에 족한 한 개의 기교로 말미암아 여주인공의 십 년간의 '고생살이'는—그 미덕은 아무 보람도 없는 것이 되고 말았다.

이 점을 우리는 생각하여야 한다. 창작에 있어 우리는 자유로웁게 또 솜씨 있게 '기교'를 구사해야지 '기교'의 지배를 우리가 받아서는 안 된다.

그러나 역시 그 수법은 그렇게도 물리치기 어려운 매력을 가지고 있다.

11. 심경소설

즉 심경소설이라는 것 사소설이라는 것 또는 신변소설이라는 것……그러한 것을 무조건하고 배척하려는 사람이 있다. 그러나 우리는 그러한 사람과 결코 의견을 한가지 할 수 없다.

한 작가가 소재에 궁한 나머지 자기의 사소설에서 취재하여 제작한 중에 극히 저열한 작품이 간혹 발견되는 것은 사실이다. 그러나 그것을 가져, 곧, 심경소설, 사소설이 값어치 없는 것같이 생각하려 하는 것은 일종의 맹단일 뿐이다.

그것은 오직 그것이 저열한 작품인 까닭에 저열할 뿐이지, 결코 작가의 사생활을 취급한 까닭에 저열한 것이 아님으로써이다.

이른바 본격소설이라는 것에 있어서도, 그 사상이야 말할 것도 없거니와, 그 인물들의 심리 해부로부터 사건의 지엽 부분에 이르기까지, 무릇, 작자 자신이, 작자 자신의 실생활이, 관여하지 않는 것은 드물 것이다.

그야 물론, 본격소설은, 심경소설이나 그러한 것에 비하야 훨씬 큰 세계를 가지고 있다. 그 취재 범위의 광범함, 내용의 다중성, 그러한 것에 있어 도저히 사소설류의 따라 미칠 바이 아니다.

그러나 이른바 신변소설이라는 것은 그 세계야 좁은 것임은 틀림없으나, 그 대신에 그곳에는 '깊이'라는 것이 있는 것이 아닌가?

어떠한 걸출한 작가에게 있어서라도 그가 참말 자신을 가져 쓸 수 있는 것은 구경, 평소에 자기가 익히 보고, 익히 듣고, 또 익히 느끼고 한, 그러한 세계에 한할 것이다.

특히, 한 작가가, 창작에 있어서의 '심리해부'의 수련을 위하여서는, 가히 심경소설 제작을 꾀함보다 더 나은 자 없을 것이다.

혹 어떠한 이들은, 사소설이란 그렇게도 용이히 제작되는 거나같이 생각하려 드는 경향이 있으나, 그것은 얼핏 그러한 듯하면서도, 크게 옳지 않다. 자기의 일을, 자기가 관여한 일을 쓰기란, 결코 그렇게 용이한 것이 아니다.

가령,

우수한 암면 묘사를 보여주는 작품이, 작가가, 우리 문단에는 거의 없다. 특히 '마굴磨窟'이나, 그러한 방면에서 취재하야 성공한, 한 개의 작품이라도 있음을, 우리는 아직 모른다.

이것은, 혹은, 조선 작가가 품행 방정한 까닭인지도, 또는 군자라 이러한 방면에 흥미를 아니 갖는 까닭인지도, 우리는 알 수 없다. 그러나 다만 한 가지만은 단언할 수 있다.

즉, 아모러한 작가라도, 왕왕히 자기의 명예라는 것을, 또는 가정의 평화라는 것을, 돌보지 않으면 안 되는 것이라고—.

사실, 한 작가가 진리를 굽히지 않기 위하야, 자기 자신의 그리 아름다웁지 않은 '발가숭이'를 그대로 내놀 수 있다면, 그는 그 태도에 있어서만이라도, 이미 한 개의 훌륭한 작가인 것이다. 사소설 제작은 그러한 의미에 있어서도, 작가에게 유의의有意義하다.

그러나, 그러한 '득실'이야 어떻든 우리 문단에는, 좀더 우수한 심경 소설이 나와도 좋을 듯싶게 생각된다.

12. 인명人名에 대하야

자기 작품의 '이름을 정함에 있어 고심 안 하는 작가'란 없을 것이다.

그야 물론 그 사람과 또 그 경우에 따라 정도의 차이라는 것은 있을 것이나 한 작품의 '이름'이란 그 작품의 내용의 일부분인 까닭에 전연 이것을 등한시하는 것과 같은 작가를 우리는 상상도 할 수 없다.

그러나 이것은 다만 작품 표제에만 한하는 것이 아니다.

우리가 작중인물을 명명하는 경우에 있어서도 역시 적지않은 고심이 그곳에 필요하다뿐만 아니라 다른 이들은 어떠한지 알 길 없으나 적어도 나에게 있어서만은 그 고심이 작품 표제의 경우에 있어서보다도 분명히 크다.

그러면서도 나는 나의 옅은 경험에 있어 일찍이 자기 작품 중의 인물 명에 만족한 일이 없다.

오노레 · 드 · 발자크는(아마 발자크이었든가 한다) 작중인물의 '이름'을 위하여 오직 그 한 개의 '이름'을 위하여 파리 시중을 간판을 상고 하며 헤매돌았다 한다.

나는 물론, 아즉까지 남의 집 문패를 조사하며 다닌 경험은 갖지 않았 다. 그러나, 인명록 회원록, 그러한 종류에서, 마음에 드는 '이름'을 구 하려 한 일은 있다.

인명에 있어, 우리가 존중하는 것은, 그 '자체字體'나, '자의字義'보다도, 오히려 그 '자음字音'이라 하겠다.

그것이 만약 가능한 일이라면, 우리는 오직 그 인명의 발음을 통하여, 그 인물을, 그 인물의 성격을, 교양을, 취미까지를, 방불케 하고 싶다. 그리고 또 '자체'와 '자의'를 가져 ─자음과 자체로는 감각적으로, 자의로는 이지적으로,─

우리가 「문체에 관하야」 한 말은, 여기에도 그대로 적용된다, 그러나 그것은, 오직, 입에 내어 말하기가 용이할 뿐이요, 이 방면에 관한 논란은, 원체가 어렵고, 또 내 자신 역시 아모런 별 준비가 없으므로, 이를 다른 기회로 밀기로 하고, 여기서는 인명과 조사助詞의 관계─, 그리고 그것이 우리에게 주는 감각적 영향, 그것만을 생각하여 보기로 한다.

왼갖 이름은, 이름 '아랫자'에 받침이 있는 것과, 또 없는 것과, 이렇게 두 가지로 나눌 수 있다.

이제 실재의 인명을 들어 말하자면,

가령, 이광수와 염상섭.

(이러한 경우에, 두 분 선생의 존칭을 함부로 인용하는 죄를, 우리의 조그만 연구를 위하야 용서하여 주십시오)

이 두 이름에 각각 조사를 붙여, 비교하여 보면,

이광수씨의─ "이광수가, 이광수는, 이광수의, 이광수와, 이광수를" 과 같은 것에 대하야,

염상섭씨에게는─ "염상섭이, 염상섭은, 염상섭의, 염상섭과, 염상섭을,

과 같은 경우와 함께,

"염상섭이가, 염상섭이는, 염상섭이의, 염상섭이와, 염상섭이를"

과 같은 또한 경우가 있을 것이다.

이것은, 분명히, 염상섭씨가 '섭'자와 같은 '받침'이 있는 글자를, 이름 아랫자에 가지고 있는 까닭으로하여, 받지 않으면 안 되는 손실이다.

이광수-.

하면, 그것으로 족하다. 아모러한 기벽을 가진 이라도, 결코,

"이광수이-."

하고 부르는 수는 없다. 그러나 염상섭씨의 경우에 있어서는

"염상섭-."

하는 것과 동시에, 만약 그 사람이 언어에 대하야, 무신경하고, 또 씨에 대하야, 경의를 상실하고 있다면, 그의 이름은

"염상섭이-."

이렇게 불리워질 위험이 있다. 이름 밑에 '이'와 같은 것이 붙으면, 물론 그것은 매우 경박하게 우리 귀에 울린다. 뿐만 아니라, 이름 밑에 '이'가 붙는 경우에는, 필연한 형세로, 그 성이 생략되는 경향이 있다.

즉,

"상섭이-."

이러하게.

까닭에, 나는 내 작품에 있어 무릇 내가 호의를 가질 수 있는 인물에게는, 언제든 그 '아랫자'에 받침이 없는 이름을 사용하기로 한다.

13. 이중노출

우리가 작품제작에 있어, 새로운 수법을 시험하여 보는 것은, 언제든 필요한 일이요, 또 의의 있는 일이다.

여기서 우리는 영화 수법의 효과적 응용이라는 것에 관하야, 생각하여 보기로 한다.

이 새로운 예술, 영화는, 그 역사가 지극히 새로운 것임에도 불구하고, 짧은 시일에 그렇게도 비상한 진보를 우리에게 보였다. 그와 함께, 그것은 우리가 배울 제법 많은 물건을-, 특히 그 수법, 그 기교에 있어, 가지고 있다.

나는 그 중에서도 특히 '오후 뻬렙'*의 수법에 흥미를 느낀다. 그리고 나는 실제로 나의 작품에 있어, 그것을 시험하여 보았다. 그러나 물론 그것은 나만이 생각할 수 있었던 것은 아니었을 게다. 최근에, 『율리시즈』를 읽고 제임스 조이스도 그 같은 시험을 한 것을 알았다.

워낙이 과문인지라, 이 밖에 또 다른 예를 아지 못하거니와, 그래도 하여튼, 이 '이중노출'의 수법은 문예가들에게 적지않은 흥미를 주는 것임에 틀림없을 것이다.

이제 실제의 예를 들기로 하고-,

(『율리시즈』에서라도 인용하였으면 좋겠으나, 그것은 그다지 적당한 예라고 생각되지 않고, 또 그 효과에 있어, 나로서는 그다지 자신을 가질 수 없는 까닭에, 이곳에서, 나는, 그것이 무치한 짓인 줄은 아나, 다만 편의상, 나의 작품 『구보씨의 일일』에서 이 첫 시험을 끌어 말하기로 한다)

―소설가 구보는, 그의 벗, 다료 주인과 같이 대창옥으로 설렁탕을 먹으러 간다. 그는 그 조금 전부터, 동경에서 일찍이 자기와 교섭이 있었던 한 여성을 생각하고 있었던 것이다. 그 여성을 구보가 알게 된 것은, 그가 다방에다 잊어버리고 간 한 권의 대학 노트를 통하여서다. 그

─────────────

*오후 뻬렙 : 오버 랩.

노트 틈에는 그 여성에게 온 엽서가 끼어 있었다.

그것으로 구보는 미완의 여성의 하숙과 또 씨명氏名을 알고, 드디어 찾아가 보았던 것이다.

그 대문을 인용하면—,

다료茶寮에서 나와, 벗과 대창옥으로 향하며, 구보는 문득 대학 노트 틈에 끼여 있었든 한 장의 엽서를 생각하여 본다. 물론 처음에 그는 망살거렸었다. 그러나 여자의 숙소까지를 알 수 있었으면서도, 그 한 기회에서 몸을 피할 수는 없었다. 그는 위선 젊었고, 또 그것은 흥미있는 일이었다. 소설가다운 왼갖 망상을 즐기며, 이튿날 아침, 구보는 이내 여자를 찾았다. 우입구 시래정牛込區 矢來町. 그의 주인집은 신조사新潮社 근처에 있었다. 인품 좋은 주인 여편네가 나왔다 들어간 뒤, 현관에 나온 노트 주인은 분명히…… 그들이 걸어가고 있는 쪽에서 미인이 왔다. 그들을 보고 빙그레 웃고, 그리고 지났다. 벗의 다료 옆, 카페 여급.

–중략–

–대창옥에서, 구보는 벗과 마조 앉어, 설렁탕을 먹으며, 역시 지난날의 그 여자 생각을 한다. 그날 구보는 그 여자와 택씨를 타고, 무장야관武藏野館으로 향하였든 것이다.

그들이 무장야관에서 자동차를 나렸을 때, 그러나, 구보는 잠시 그곳에 우뚝 서 있을 수밖에 없었다. 그것은 뒤에서 나리는 여자를 기다리기 위하여서가 아니다. 그의 앞에 외국부인이 빙그레 웃으며 서 있었든 까닭이다. 구보의 영어교수는 남녀를 번갈어보고, 새로이 의미심장한 웃음을 웃고, 오늘 행복을 비오, 그리고 제 길을 걸었다. 그것에는, 혹은 삼십 독신녀의, 젊은 남녀에게 대한 빈정거림이 있었는지도 모른다. 구보는, 소년과같이, 이마와 콧잔등이에 무수한 땀방울을 깨달었다. 그래 구보는 바지추머니에서 수건을 끄내여 그것을 씻지 않으면 안 되었다. 여름 저녁에 먹은 한 그릇의 설렁탕은 그렇게

도 더웠다. −하략−

　현재와 과거의 교섭, 현실과 환상의 교착, 그러한 것을 우리 기교적으로, 또 효과적으로 표현함에, 이 수법은 분명히 필요하다.
　또 이밖에 것에 관하여서는 다른 기회로 밀고, 이번은 이것만으로 끄치기로 한다.

　　　　　　　　　　　『조선중앙일보』 1934년 12월 17일~31일

옹노만어擁爐漫語

1. 작가와 건강

글을 짓는데 가히 없지 못할 자는 무엇보다도 창작적 정열이다. 또 이 창작적 정열을 왕성케 하기 위하여 가히 없지 못할 자는 무엇보다도 어느 정도의 건강이다.-이는 개천용지개(芥川龍之介아쿠타가와 류노스케)가 한 말이다. 그렇다면 근래 나의 작가로서의 정열이 결코 왕성하다 할 수 없는 것은 분명히 나의 건강 상태에 이상이 있기 때문이라고밖에 할 수 없다. 따는 나의 위궤양도 이미 4, 5년의 역사를 갖는다.

작가로서 건강이 필요하다면 혹은 나만치 그것이 절실하게 요구되는 이도 드물 것이다. 비록 펜을 잡고 원고지를 향하는 것은 그야 역시 실내에서지만 그곳에 이르기까지에 나는 얼마든지 분주하게 거리를 헤매 돌지 않으면 안 된다.

『남훈조南薰造』라든가 하는 화가는 당당히 일가를 이룬 이건만 간단히 2, 3개의 임금(林檎)를 그리는 경우에도 꼭 실물을 눈앞에 놓고 보아야만 화필을 잡을 수 있다든가-이것은 언젠가 죽은 이상李箱이 들려준 말이지만 나 역시 그 버릇이 있어 이것은 분명히 구찮은 노릇이라고밖에는 할 도리가 없는 것이다.

가만히 생각하여 보면 작가로서의 나의 '상상력'이라는 것은 다른 이들에게 비하야 확실히 빈약한 것인 듯싶다. 내가 한때 '모데로노로지오'-고현학考現學이라는 것에 열중하였든 것도 이를테면 자신의 이 '결함'을 얼마쯤이라도 보충할 수 있을까 하여서에 지나지 않는 일이다.

나의 작품 속에 나와도 좋음직한 인물이 살고 있는 동리를 가령 나는 내 마음대로 머릿속에 그려보고 그리고 이를 표현함에 있어 나는 결코 능한 자가 아니다. 나는 그럴 법한 골목을 구하여 거리를 위선 헤매지 않으면 안 된다.

가령 어느 전차 정류소에서 나려 바른편 고무신 가가 옆 골목으로 들어가 국수집 앞에서 다시 왼편으로 꼬부라지면 우물 옆에 마침 술집이 있는데 그 집서부터 바루 넷째집-파랑대문 한 집이니까 찾기는 쉽다든지 그러한 것을 면밀하게 조사하여 일일이 나의 대학노트에다 기입하지 않으면 안 된다.

그러나 결국은 그뿐이다. 나는 내가 노력한 분수의 십분 일도 작품제작의 실제에 있어 활용하지는 못하였다. 가위 노이무공勞而無功이나 곧 그것을 그대로 작품에 써보지 못하였댈 그뿐이지 역시 은연중에 얻은 바가 결코 적다고는 못할 것 같다. 있는 집 아이끼리면 혹

"너 닭고기가 맛나냐? 쇠고기가 맛나냐?"

라든지 그러할 경우에 충신동 근처의 어느 빈한한 집 어린이들이

"너 된장이 맛나냐? 고추장이 맛나냐?"

"나는 고추장. 너는?"

이러한 문답을 하는 것에서 마침 그 앞을 지나다 이것을 들은 한 작가가 아모 것도 얻은 것이 없다고는 할 수 없을 것이 아니랴.

뒷골목 전당포에서 나오는 중학생의 표정에서도 밤 늦게 집으로 돌아가는 직공들의 회화에서도 우리는 때로 뜻하지 않았든 인생의 일면을 발견하는 수가 있다.

'남훈조'씨의 임금은 그의 서생을 시켜서라도 과실 가가에서 용이히 구하여 올 수 있겠지만 이것은 역시 작가 자신이 부지런히 거리를 헤매 돌지 않으면 안 되는 것이다.

수히 내가 간수하려는 장편 속의 젊은 주인공은 7월 하순경에 철원 부근까지 도보 여행을 하기로 예정이다. 나는 내 자신 그보다 앞서서 경원가도를 답사하여야만 옳을 게다.

2. 나의 일기

일기란 끈기 있게 오래 계속 하여야 귀하고 서신이란 때에 늦지 않게 써내야만 긴하다고—누가 그렇게 말한 것을 들은 법하다. 옳은 말이다. 서신이나 일기나 무어 문학작품이 아닌 이상 그 내용이나 표현이나에 예술적 가치라든 그러한 것이 논의될 턱이 없다.

내가 일기라는 것을 처음으로 시작한 것은 아모래도 보통학교 3년쩍 부터인가 한다. 그때의 나는 지금의 나보다 얼마쯤은 끈기라는 것이 있었든 듯싶다. 그야 역시 가다가다 며칠씩 거르는 일이 있기는 있었다. 그래도 어떻게 이래저래 한 3년이나 계속하였든 것 같다.

그러나 중학 2년이 되여서부터가 문제다. 어느 때, 그러지 않아도 가뜩이나 '센척'하려드는 구보 소년을 보고, 사람이 좋은 영어교사가,

"태원인 단어에 매우 재주가 있어."

어떻게 그러한 무책임한 말을 불쑥 한 것이 이르테면 탈이다. 그 말에

적지아니 느낀 바가 있었든 구보는,

"이것은 이럴 것이 아니다."

그처럼이나 자타가 공인하는 영어의 실력을 발휘하기 위하여 위선 그날까지 순한문으로 하여오든 일기를 단연 영어로 기술하기로 결심하여 버렸다.

그렇게 작정한 뒤부터 일기를 초하기 위하여 좀더 많은 시간과 노력이 필요하여 버렸다.

"몇시 기상 몇시 등교 방과후 정구 몇시 귀가 입욕 석반 후 본정행 신청년 몇월호를 삼……."

일기는 간략한 것이 좋으리라 하여 전혀 이러한 류의 '씸풀센텐쓰'를 애용하기로 방침을 정하였든 것이나 그래도 때때로는 화영사전和英辭典이라든 그러한 것을 뒤적어리지 않으면 안 되었고 그렇게까지 하여도 사건이라는 것이 워낙이 복잡하여 작문이 용이하지 않은 경우에는 편의상 더러 사실을 '개혁'하기조차 하였다.

그러나 물론 그것은 내 자신의 마음에도 유쾌한 일일 수는 없었으므로 한 달포나 그밖에 더 지나지 못하여 이내 일기를 횡서橫書하기를 단념하고 아주 그 김에 일 년의 절반도 ○ 사용하지 않은 그 일기장을 나는 그대로 책상서랍 속 깊이 간수하여 버리고 말았다.

그러나 문제는 오히려 그 이듬해에 가서 좀더 커졌다 하겠다. 수삼 편의 잡문류와 서정소곡을 어떻게 어떻게 신문지상에 발표할 수 있었든 그 최후의 구보라 대체 남이야 알어주거나 말거나 이미 일개 문인으로서의 교기驕氣와 자부심이 대단한 것이 있어 무릇 내 손으로 된 것이면 단간묵斷簡墨일지라도 필연코 후세에 남을 것같이 착오하고 가령 하목수석(夏木漱石나쓰메 소세키) 전집 중에 『日記及斷片』의 일 권이 있듯이 나

도 내 자신, 후년에 당연히 가질 전집 중에 역시 그러한 한 권을 준비하
려 착수하였다.

구보전집 편집위원들은 응당 매우 수고로움이 적을 것이다. 나는 한
권의 대학 노우트를 사다가 그 겉장에다 아주 '日記及斷片'이라 쓰고 날
마다 매우 바빴다.

반드시 남이 읽을 것을 예기하고 씌여진 중학 4년생의 '일기'에는 진
실보다 허위가 물론 많았고 가령 어느 때 호병胡餠을 한 개 사 먹는 일이
있드라도

"구보 선생이 연소하셨을 때 홋떡을 좋아하섰다드군요."

후세에 능히 한 개의 일화逸話일 수 있도록 모든 점을 고려하여 인상
깊게 기술할 것을 잊지 않았다.

그것은 아마 일 년 이상이나 '꾸준히' 계속되였든 것 같다. 그러나 뒤
에 다시 한번 뒤적어려 그토록이나한 불순한 치기와 자기 기만에 스스
로 혐오를 면치 못한 나는 마침내 나의 전집 중의 『日記及斷片』의 일
권을 영구히 불살러버리고 말았다.

이래 8, 9년간- 나는 일기라 할 일기를 쓰지 않았다.

3. 점정點睛과 사족蛇足

내 한편의 작품을 제작할 때마다 마음은 항상 '화룡점정'의 고사를 신
비로웁게 생각한다.

장승요張僧繇란 이가 금릉金陵 안락사安樂寺에 있어 양용兩龍을 그리되
정睛을 점點하지 아니하고 매양每樣 이르기를 점點하면 곧 날러가리라
하니 사람이 망탄妄誕이라 하거늘 인하여 그 하나를 점한대 수유須臾에
뇌전雷電이 벽을 파하고 일 룡이 하늘로 올라갔다……

이는 곧 경주 황룡사에 전하는 화성畵聖 솔거率居의 벽화 이야기와 함

께 그 그림그리는 재수가 입신하였음을 말하는 전설이거니와 바랄 수 있다면 우리의 짓는 글도 또한 솔거의 솔나무같이 그 뜻과 정이 함께 핍진한 것이 있어 읽는 이의 심금을 참말 흔들어 울리우고 싶다.

그러나 이를테면 우리는 용을 그리되 정睛까지 점點하려 그만큼 욕심이 크지 않아도 좋을 듯싶다. 다만 배암을 그릴 때 발을 더하지나 말기를 항상 꾀하는 것이 분수에 맞지나 않을까.

성성猩猩이 달은 짐승을 해치려 할 때, 반드시 뒷발로 버티고 몸을 일으켜 앞발을 번쩍 드는 것은 제 몸을 더욱이나 크게 보여 그 적을 위협하려 함이라 하거니와, 우리 젊은 문인들에게서도 이 경향은 쉽게 찾어볼 수 있을 것 같다.

이는 아즉 그 배운 바가 익지 못하고 아는 것이 적은 탓이라 하겠으나, 그러하기에 도리혀 아는 것이 많은 듯싶게 꾸미려하여 끝끝내는 깨닫지 못하고 배암에다 다리까지를 더하게 되는 것이 아닌가.

구태여 그 예를 다른 데서 구하려 힘쓸 것 없이 나의 이 글이 곧 그러한 것의 가장 적절한 예일 것이나 항상 말이 많고 글이 수다스러웁다 남도 일으고 나도 눈치 채건만 아즉도 그것을 고치지 못하는 것은 곧 나의 재수가 그에 미치지 못하는 것이라고 할밖엔 없다.

요샛사람의 글이라고 물론 번다繁多하다는 것은 아니나 옛사람의 글을 볼 때 그 간략한 품에는 배울 것이 적지않다.

내가 근래 다시 동주열국지東周列國誌며 금고기관류今古奇觀類를 뒤적거리는 것도 소설 공부를 전혀 위함이거니와 되는 대로 한 대문을 골라 다음과 같은 글에서도 우리는 적지아니 배우는 바가 있을 것이 아니냐.

우인虞人 백리해百里奚는 세상을 건지는 재주를 품었으면서도 밝은 인군을 만나지 못하여 그 큰 뜻을 펴지 못한다.

우공虞公이 나라를 잃으매 그는 벼슬을 버리고 나라를 떠났다. 막역莫逆의 벗 건숙蹇叔이 송나라 명록촌鳴鹿村에 있음을 아는 그는, 이제는 그곳이라도 찾어가 볼밖에 도리가 없었다.

그러나 그가 그곳에 이르기 전에 초나라 완성宛城 따에서 야인에게 세작細作의 혐의를 받어 묶인다. 다음에 인용하는 것이 바루 그 뒤의 일절이다.

그는 그들에게 발명하였다.
"나는 우나라 사람이요. 나라이 망하야 이곳에 이른 것이요."
마을 사람이 그에게 물었다.
"무슨 재주를 가지셨소?"
백리해는 외로히 웃고 대답하였다.
"내 소를 잘 치오."
사람들은 그 묶은 것을 풀러주고 다음날부터 소를 먹이게 하였다.
(……………………)

우리들더러 쓰라고 한다면 적어도 이 사건을 서술함에 수 배의 지폭紙幅을 요하였을 것이다. 그리고 결과에 있어 무수한 연자衍字 연문衍文을 객쩍게 지여내는 것에 불과할 것이다.

4. 여인의 행복

내 일직이 「향수」라는 조그만 작품을 발표한 일이 있다. 그것은 그달 월평에서 누구한테선가 좋지 않은 듯싶게 말을 들은 법하나 내가 이곳에서 이 이야기를 끄내는 것은 그러나 그것에 대하여 작자로서의 불만이라든 그러한 것을 말하기 위하여서가 아니다.

현재 동경에서 응당 평범한─그러니까 이를테면 행복스러운─살림살이를 하고 있을 줄만 알았든 「향수」의 여주인공과 나는 뜻하지 않은 때 뜻하지 않은 곳에서 만난 것이 하도 신기하고 놀라워 다시금 생각에 잠길 뿐이다.

동경에서 그림을 공부하고 있든 한 젊은 학생과, 동경 명월관의 한 기생과는 서로 사랑하는 사이였으나, 젊은이는 마침내 어지러운 한때의 꿈을 깨트리고 혼자 서울로 돌아와 버린다.

그로서 한 4, 5년이나 시일이 경과된 뒤, 젊은이는 서울 어느 청루에서 몸을 팔고 있는 옛날 애인의 친한 동무를 발견한다. 그리고 그의 입에서 자기의 옛날 정인이 현재 동경 '오오이마찌'라든지 그러한 곳에서 양복점을 경영하고 있는 사나이의 안해가 되어 그 사이에 귀여운 아들 하나까지 나어 매우 평화로운 살림을 하고 있다는 말을 듣는다.

젊은이는 그의 행복을 진정으로 빌며, 문득, 헛되이 잃어진 자기청춘에 대한 구할 길 없는 향수를 느낀다…….

마치 영화상설관 프로그램에라도 수록되어 있는 그다지 비통치 않은 영화의 경개梗槪인 느낌이 없지 않으나 이것이 이를테면 「향수」의 대강 이야기 줄거리다.

그 젊은이가 청루에서 옛 정인의 소식을 얻어들을 수 있었든 때부터 다시 4, 5년의 시일이 경과되었다. 그러니까 바루 요지막 일이다.

그 젊은이는 벗과 더불어 어깨를 서로 끼고 술을 구하여 거리를 헤매다가 마지막으로 들른 한 집에서 뜻하지 않고 문제의 '양복점 주인의 내실'을 그 안에 발견하고 위선 놀라고 다음에 차탄함을 마지않었다.

그의 30평생에 있어서는 일즉이 그만치 놀랍고 또 뜻밖인 일이 없었든 것이다. 양복점 주인은 어찌 되었느냐 물었으나 그는 오즉 웃을 뿐이다. 같이 살림을 하고 아들까지 있다는 그 소문의 진부眞否를 물었으나 그는 역시 웃을 뿐으로 '동경'으로부터 화제를 갈려고만 애쓴다.

남자는 새삼스러이 여자를 관찰하여 보았다. 그는 그 사이 너무나 변하였다. 저고리에 자주끝동을 달어 입고 긴 치마에 흰고무신에 머리를 얌전히 쪽졌든 당시 18세의 어린 기동妓童이었든 그가 머리를 틀고 굽 높은 구두를 신고 치마에 저고리에 새로운 여인의 티를 보이려니 이미 취안醉眼이 몽롱하였든 그로서 얼른 옛 정인을 알어보지 못하였드라도 그것은 결코 괴이한 일이 아닐 께다.

물론 변한 것은 단지 그의 차림차림만이 아니다. 그는 그 당시에 비겨 얼마쯤 살이 빠진 여인의 양볼이며 좀더 달리 빛나는 두 눈이며 그리고 그의 말솜씨 또 몸 갖는 것에도 자기가 그와 떨어진 뒤에 여인의 몸 우에 해마다 생겨난 '연륜'이라는 것을 절실히 보고 느끼지 않으면 안 되였다.

그러나 그가 가장 괴이하게 생각하였든 것은 아모리 관찰하여도 그가 현재 불행하지는 않다는 한가지 사실이다. 적어도 여인은 여인 자신 자기가 불행하다고 느끼지는 않는 듯싶었다.

옳다.— 그는 아직도 젊었고, 어여뻤고 또 편신의 기라綺羅가 능히 그의 무지까지를 엄폐掩蔽할 수 있는 한 여인은 충분히 행복일 수 있을 것이 아니냐.

5. 다작多作의 변

제법 재질이 있는 작가로서도, 이른바 가작이라든지 걸작이라든지 그러한 평가를 받을 수 있는 작품은, 그리 쉽사리 써질 수 있는 것이 아니다. 흔히는, 수많은 범작凡作을 계속 제작하는 중에 어째 가다 몇 편의 수일秀逸한 자를 얻는 것에 불과하다.

이 경우에 있어 어째 가다 얻을 수 있는 몇 편의 작품—(이, 어째 가다는 일 년에 한 번일지, 십 년에 두 번일지, 무론毋論 기약할 수 있는 것이 아니다.)—만을 참말 자기의 작품이로라고 세상에 발표하고 수많은 범작은 모다 이를 휴지로 없이할 수 있는 작가가 있다면, 그는 응당 축복 받은 예술가라 할밖에 없다. 그리고 또 어쩌면 반드시 그리하여야만 옳은 일일지 모른다.

평가評家들은 작가들의 작품을 논평함에 있어 그 작가가 비교적 다작하는 사람인 경우에 범작을 그렇게 여러 편 제작하는 정력을 가지고 어찌하여 한 편의 역작을 꾀하지 않느냐고—그렇게 흔히 말하는 경향을 갖는다. 얼른 들어 그것은 옳은 말인 듯싶어도 역시 어데까지든 한 개 이상론으로 창작의 실제에 있어서는 그대로는 통용이 되지 않는다.

매일 한 편씩의 작품을 제작하는 작가가 그 열두 편을 제작할 수 있는 시간과 정력을 그대로 모아 한 편의 작품을 얻을 때 후자는 전자보다 필연코 열두 갑절의—반드시 열두 갑절이 아니라도 좋다. 다만 두 갑절에 지나지 않는다 하드라도—그러한 값어치를 가진 작품이리라 생각하려 드는 것은 대부분의 경우에 결코 옳은 것이 아니다.

누구나 범용凡庸한 작품만을 쓰고 싶어 쓰는 것이 아니요, 또 걸작이란 모다 작자의 의도 하나만으로 쉽사리 이루어지는 것이 아니다. 그야 작자 자신 대단한 야심을 가지고 제작에 착수하여 마츰내 일세를 경동驚動시키는 작품을 얻는 그러한 경우도 있기는 하다. 그러나 그것은 과연 그가 도저히 걸작일 수 없을 온갖 작품 제작을 삼가고 그리하야 여란 곳으로 헛되이 방산放散되어 버릴 정력을 오즉 그 한 작품에만 경주할 수 있었던 결과일까—.

한 개의 작품이 그 제작되는 여정에 있어 작자가 오즉 전력을 경도하기만 하면 능히 걸출한 것일 수 있는 운명을 가지고 있을 때 동시에 제작되는 다른 작품으로 하여 그 공부와 정력이 분산되어 마침내는 아까웁게도 한 개 평범한 작품이 되어 버린다든 그러한 경우는 물론 있을 수 있다.

그러나 그러한 희귀한 묘상妙想이 머리에 떠오르기만을 기다리기로 하여 일체의 창작 활동을 삼간다는 것은 오즉 부질없는 일이요, 또 그렇게 마음을 고요히 갖는다고 아모러한 영감이고 작가를 찾아오는 것이 아니다.

아니 도리어 그리 걸출하지 못한 작품 제작이나마 몸을 수고로이 하여 끊임없는 노력이 있어야만 때로 뛰어난 작품을 얻을 수 있는 것이다.

가령 이곳에 다달이 태작駄作만을 내어놓밖에 재주가 없는 작가가 있다면 그는 도저히 열두 편의 태작을 한 편의 걸작과 바꾸어 얻을 수는 없는 노릇이라 생각하는 것이 마땅하다. 그가 어느 때 의외로도 신품神品을 발표하는 일이 있다면 그것은 값없는 작품을 쓴 일이 없었기 때문이 아니다. 도리어 실로 그러한 일이 많았기 때문이리라.

『조선일보』1938년 1월 26일

일 작가의 진정서

-병竝 자작自作「빈교행貧交行」예고-

현대에 대한 작가의 매력

편집 선생은 '작가로서 현대에 대해 느끼는 매혹—창작상—'이란 제목을 걸고 생生에게 글을 청하셨습니다. 그러나 불행히도 생生은 현대에 대하야 별 매혹이라 할 매혹을 느끼고는 있지 않습니다. 뿐만 아니라, 생은 어느 의미에 있어서는 한 개의 염세주의자이기조차 합니다.

"생활 제1. 예술 제2"는 생의 신조이라, 생은 생활을 위하여서도 예술을 위하여서도 생이 목금目今 처하여 있는 현대에 대하여, 아모런 매혹이든 느낄 수 있어야 마땅할 것이겠습니다. 그러나 생은 대체 어떠한 곳에서 현대가 생을 위하여 이미 오래 전에 준비하고 있을 '매혹'을 느껴야 할 것이겠습니까.

물가는 턱없이 등귀騰貴하야 궁조대窮措大의 검소한 살림살이조차 위협하야 마지않으며, 출판물의 편집자는 한미寒微한 작가 앞에 마치 제왕과 같이 임하야 무지무능한 작가군—오합지졸들을 혹사하기에만 급급하여 정신적으로 또 물질적으로 그 박해가 이처럼 심할 때에 작가는 대체 무슨 수로 '매혹'이라든 그러한 것을 구하여 볼 수 있겠습니까.

생은 대체 편집 선생이 어떠한 취의趣意로 이러한 제목을 걸어 놓으신 것인지 혹은 생 등을 우롱하시는 것이나 아닐까—아연하기 반상半晌이 었으나 그의 흉회胸懷야 과연 어떠한 것이든간에 이 명령에는 응유應唯할 도리가 없다 생각하고 있었던 것이 편집 선생은 어데까지든 '제왕'이서 재삼再三 독촉이 심히 급한 자 있으므로 도저히 이에 거역할 재주 없어 이내 붓을 들어 위선 '앙탈'이나 하여 보는 것입니다.

의지가 박약하고 생활력이 왕성하지 못한 생과 같은 자도 역시 모처럼 이만큼 길러내신 부모의 은공과 미더웁지 못한 생이나마 믿고 지내려는 처자를 생각하고서는 스스로 몸을 이 시대에서 피한다는 방책도 서지 않아 별 매혹은 느끼지 않는 대로 그래도 하다 못 해 약간의 '흥미'라도 가져 보려고는 하는 것입니다.

흥미를?—과연 약간의 흥미라도 현대에 가져 보지 않고 어찌 생과 같은 상태에 있는 자로 능히 그나마 생활을 영위하여 가며, 또 한편 작품을 제작할 수 있을 것이겠습니까.

그러면 대체 어떠한 곳에 어떠한 흥미를 생은 느끼고 있는 것인가? 편집 선생은 '이미 현대에 대해 아모런 매혹도 느끼고 있지 않은' 생에게, 그러면 허는 수 없으니 그나마 물어보자 하실 듯합니다.

그것은 물론 늘 같을 수는 없습니다. 가장 간략하게 말하자면 이제까지 생이 현대에 느껴 온 흥미는, 생의 이제까지의 작품에 시원치는 않으나마 나타났었고 이제부터의 흥미는 생의 이제부터의 흥미에 조곰은 시원하게 나타날 것입니다. 언제나 전부터 계획중의 작품을 제작하게 될지 그것은 스스로 예측할 수 없는 것이나 하여튼 생은 이 시대에 있어서의 사람들의 생활과 그들의 인정이라든 의리라든 그러한 것을 '이 작품'에서 좀 소상하게 생각하여 보려합니다. 표제는 두보杜甫의 시를 그대로

「빈교행貧交行」
　제1편 번수작운복수우飜手作雲覆手雨
　제2편 분분경박하수수紛紛輕薄何須數
　제3편 군불견관포빈시교君不見管鮑貧時交
　제4편 비도금인엽여토此道今人葉如土

　대체 어떠한 작품이 생겨날 것인지 그것은 내 자신 알 수 없는 노릇이
나 하여튼 생의 '흥미'가 그대로 편집 선생과 독자 제위의 '흥미'일 수
있어 제작이 완결될 때에 그에 대한 반향도 컸으면 생으로서는 이만한
기쁨이 없겠습니다.

　물으신 취의에는 어긋났을지 모르오나 이 기회에 하고 싶은 말을 몇
마디 합니다. 더구나 말미에 언제 제작될지 알 수도 없는 자작을 예고
선전하는 등 당치 않은 짓을 하야 송구스럽기 짝이 없으나 이 한 가지
일을 보드라도 생은 스스로 생각하고 있는 바와는 달러 혹은 일 개의
'낙천가'일지도 모릅니다. 만약 그렇다면 좀더 '수양'하야 참말 매혹을
현대에 대하여 느껴 보도록 꾀하겠습니다.

『조선일보』1938년 8월

백일만필百日漫筆
-시 소품 묵상-

1

백일만필百日漫筆은 지난 3개월 간의 나의 시 소품 등과 시작 여가의 편상(片想)을 모도아 논 것이다. 다행히 독자 제현諸賢의 애독을 빌 수 있다 하면 필자로서 다시없는 기쁨일까 한다.

정사여록靜思餘錄

우리는 항상 자연 앞에 머리를 숙이는 것과 같이 예술 앞에 머리를 숙인다.

'라파엘'의 〈마돈나〉 앞에 경건한 기원을 드리지 않는 자 어디 있으며 '호머'의 시구에 머리를 숙이지 않는 자 어디 있으리요. 이 예술이 우리 인생으로서 만들 수 있는 가장 크고 거룩한 작품인 소이이다.

거듭 말하며는 누가 나를 뉴욕으로 다리고 가 마천루라고 떠드는 55층 울워스 빌딩 앞에 세워 놓았다고 하드라도 나는 그 웅대함에 놀랄른지는 모르지만 그 앞에 머리를 숙이는 일은 없으리라. 그러나 일상 보는 서천(西天)을 물들이는 '놀'과 무명 시인의 작품 앞에 나는 때때로 머리를 숙이는 것이다.

어머니 뱃속에서 나올 때 우리가 빨가숭이인 이상 우리는 항상 허식의 옷을 벗어 버리고 빨가숭이가 되지 않으면 안 된다. '항상'이라는 것이 어려우면 죽을 때까지 오직 한 번일지라도 빨간 몸둥이를 태양 아래 내어 놓는 것이 좋지 않을까.

나는 언제든 한번 큰 병에 걸리고 싶다. 한 3개월 가량 입원하여야만 전쾌(全快)될 만한 이것은 내가 병원 독특의 일종의 공포를 함유하고 있는 고적을 맛보고 싶은 까닭이다.

◇

나는 항상 사람들이—특히 문학청년들이—문학과 문단을 혼동하는데 놀라지 않을 수가 없다. 문학 청년의 할 일이란 오직 꾸준히 문학을 연구하여 나가는 것이다. 적어도 이 과정이 끝날 때까지는 '문단' 두 자를 염두에 넣어서는 안 된다. 이것이 마땅한 것이다. 그것을 그들은 반대로 자기네가 하로라도 빨리 문단 사람이 되고 싶다, 하로라도 자기네 작품이 문단 사람의 시인하는 바 있으면 하는 마음으로 작품 발전에만 동분서주하며 단 하로라도 진실한 태도로 연구함이 없으니 본말의 전도도 분수가 있지 않은가 한다. 이에 이르러 그들은 문학 지망이라 하면서 문단 지망이며 문학 연구라 하면서 기실은 문단 연구인 것이다. 웃기에는 너무나 슬픈 현상이다.

현금現今 조선 문단의 침체도 태반은 이에 근원하고 있는 줄 믿는다. 나는 아—모 가치도 무게도 없는 작품이 장식하고 있는 현금의 우리 문단을 조금도 염두에 두지 않고 건전한 문학 연구를 전공하는 독실한 사람이 나오기를 충심으로 바라는 바이다.

2

사람이 사람에게 사람 대우를 받는다는 것은 아모렇지도 않은 일 같
으며 기실은 제법 어려운 일이다. 인군人君이 신하에게 군주의 대우를
받고 있으나 기실 한 사람으로서의 대우를 받고 있는지 아닌지는 알 수
없는 일이다. 적절한 예를 들면 국지관(菊池寬기쿠치 간)의 『충직경행장기
忠直卿行狀記』가 바로 이것이다. 충직경忠直卿 이 한 사람—오직 한 사람
—으로서의 대우를 받고 싶음으로 말미암아 얼마만한 일을 그는 하였
든가. 그는 사람으로서 이상의 대우를 받고 있었다. (혹은 엄밀히 말하
면은 이하의 대우라고도 하겠지만……) 그러나 마침내 그는 한 사람으
로서의 대우를 받지 못하였든 것이다.

나는 벗들이 나를 사람으로 대접하지 않고 한 벗으로만 대접하는 것
이나 아닐까 하고 혼자 의아하며 스스로 승거웁게 웃는 것이다. 무에니
무에니 하여도 몸을 마칠 때까지 사람에게 한결같이 사람 대우를 받는
것보다 더 큰 기쁨은 없을까 한다.

자기의 나이를 헤어보는 것보다 더 외로운 일은 없다. 이것은 무의식
중에 자기 나이를 헤어본 사람은 누구든지 대번에 수긍할 수 있는 사실
이다. 나는 자리 속에서 책상머리에서 들에서 길거리에서 저도 모르게
제 나이를 헤어보고 더없는 외로움을 깨달은 일이 몇 번인지 모른다.

우울은 사람의 마음을 상한다. 사상을 병적으로 하여 버린다. 우리는
언제든 우울하여서는 안 된다.

아모 표정도 없는 얼골로
하인이 장작을 패이고 나간 뒤
남몰래 섣부른 도끼를 잡아 보도다.
우울한 이 내 몸에 비겨 그가 너무나 부러웠으므로

이것은 지난날 내가 부르던 노래의 하나이다.

우리는 자리 속에 들어가서 베를렌의 시구를 외이려 하는 것보다는 넓은 벌판으로 뛰어나가 찬공기를 마실 필요가 있다. 광선이 불충분한 실내에서 창작에 전심하는 것보다는 오히려 바닷가 모래 위에 주저앉어 명상에 잠기는 게 좋을까 한다.

생생한 대를 칼로 쪼개면 소위 파죽지세破竹之勢로 갈라진다. 쪼개는 사람이나 옆에서 보고 있는 사람이나 다같이 산뜻한 아지 못할 쾌감을 느낀다. 나는 이러한 마음을 가지고 한평생을 지내고 싶다고 생각한다.

자연에 대하야 인생은 너무나 적다. 역사상에 이름을 남긴 모든 영웅이며 천재들 그들이 하여 놓은 위대한 공이라는 것을 생각할 때 대자연에 비하야 그것이 얼마나 적은가를 나는 절실히 깨닫는다.

◇

사람들은 누구나 '미'를 찾는다. 그러나 여러 가지 사정으로 인하여 혼자서 미를 찾지 못하는 사람이 많다. 예술가는 친절히도 그들을 위하여 '미의 탐구자'가 된 것이나, 그러나 이 '미'라는 데는 가장 건전한 생명이 상반하여야만 된다는 것을 잊어서는 안 된다. 애련哀憐을 해解하는 마음은 하날이 예술가에게 준 특성이니 이 마음 없이 시구를 논하며 운율韻律을 가릴 수 없는 것이다.

3

이발을 하고 난 다음에 이발사는 향수를 머리에다 뿌려 준다. 가끔 향수 바를 것을 잊어버리고 일어날려면 이발사가 눌러 앉히고 발라 준다. 바라지도 않는 향수를 처덕처덕 발라 주는 것이 마ー치 가난한 더벅머리 총각을 관례冠禮나 시켜 주는 것 같은 태도로 하는 것 같아서 불쾌하기 짝이 없다…고 언젠가 일기 한 모퉁이에 써 놓은 일이 있다.

나는 때때로…… '우리에게 기억이라는 것이 없어진다면'……하고 공상을 한다.

첫째 친구이니 면식 없는 사람이니 하는 구별부터가 없어질 터이니까 유쾌하다. 어제 사귀든 사람은 오늘에는 누구나 다 같은 아무 면식도 없는 사람이다. 오늘 친하게 이야기하든 사람도 내일이면은 서로 전(前)일을 잊어버린다. 은혜니 원수이니 하는 것도 그 순간이 지나면 아모것도 남음이 없으며 첫째 어제니 그저께니 하는 말도 사전에서 없어질 것이다. 그것이 우리에게 어떠한 이익을 주느냐 하는 것은 기실 나는 모른다. 그러나 나는 어떻든 그렇게 된다 하면……하는 것이 유쾌하다. 왜 유쾌한지 그 이유도 역시 모른다. 어떻든 나도 알지 못할 이야기다.

4. 역시풍류譯詩風流

자야춘가子夜春歌
곽진郭振

맥두양류지陌頭楊柳枝
기피춘풍취己被春風吹
첩심정격절妾心正隔絶
군회나득지君懷那得知

언덕 우에 실버들엔
봄바람이 붑니다요
애끊나니 이내 가삼
님의 마음 어이알리

필자 왈, 이 역譯은 그리 좋다고는 생각하지 않는다.

말씀이 매우 괴로운 역이나 내버리기 아까워 이에 거두어 놓은 것이다. 뒷날에 여유가 있으며는 수정하여 놓을 것을 말하여 둔다.

변하곡汴河曲
이익李益

변수동류무한춘汴水東流無限春
수가궁궐기성진隋家宮闕己成塵
행인막상장제망行人莫上長堤望
풍기양화수살인風起楊花愁殺人

변수汴水는 동으로 흘러 봄은 예나 다름없어도
수隋나라 궁궐은 한줌의 몬지ㄹ세
나그네야 언덕에 올라 바라보지 마소라
바람일어 양화楊花날면 수심愁心만 애끊나니……

　　필자 왈, 풍기양화수살인風起楊花愁殺人의 구는 바람이 불면 버들개아지가 어지러이 날르는 실경實景에 수가隋家가 양楊씨이였든 것을 취하여 이렇게 이름이니, 이를 우리말로 옮기려 함에 심히 곤란을 느낀다. 이에 부득이 양화楊花 두 자를 그대로 써서 원 시의 나타내는 뜻을 구차히도 표현하였음은 천식천재淺識淺才인 필자의 고통의 흔적이다. 다행히 독자의 가르치심이 있으면… 한다

실제失題
정지상鄭知常

우헐장제초색다雨歇長堤草色多
송군남포동연가送君南浦動戀歌
대동강수하시진大洞江水河時盡
별루년년첨록파別淚年年添錄波

비개인 강언덕엔 잔디도 새롭구려
남포도 그댄가니 이내설움 끝없어라

대동강 흐르는물 마를 날이나 있을건가
해마다 이별눈물 강물만 보태누나

이 「실제失題」는 당시선唐詩選이나 삼체시三體詩에 있는 바는 아니지만 전에 역譯하여 두었든 것이기로 여기에 거두어 놓았다.

『조선일보』 1926년 11월 24일~27일

창작으로 본 조선문단

시문잡감 詩文雜感

   내가 항상 읽고 싶어하는 시문은 진眞과 열熱의 아—모 허식도 없는 인생—생활—의 기록이라는 것이다. 우리는 진실이라는 놈 앞에 저도 모르게 옷깃을 바로 하며 열과 성 앞에 끝없는 그리움과 밋버움을 깨닫는다. 나는 나로 하여금 저도 모르게 옷깃을 고치게 하며 끝없는 그리움과 미뻐움을 깨닫게 하는 시문을 읽고 싶다고 말하는 것이다. 나는 많은 '바람'을 가지고 이러한 시문을 대하랴 우리 문단에 임하였다. 그러나 그 결과는 오즉 나의 눈썹을 찡그리게 하고 부질없은 한숨을 내쉬게 하였을 뿐이다. 근래 수 년 간에 우리 문단에 발아한 소위 프로레타리아 문학에도 상당한 경의와 기대를 가지고 주목하여 왔으나 이에서도 나는 만족한 무엇을 얻지 못하였다. 구태여 말하면 서해曙海의 「탈출기脫出記」가 오직 있을 따름이라는 것밖에는 …….

   —우리는 언제까지든 배부른 소리만 하고 있을 수는 없는 것이다.

   —우리는 언제까지든 사랑만 속살거리고 있을 수는 없는 것이다.

   '그 시대와 그 나라의 의사醫師'로서 자임하고 있는 우리 모든 문사와 시인들은 이렇게 부르짖어 우리들을 일깨워 주었다. 그러나 "그러면

……" 하고 이 문제를 해결하여 놓은 것을 본 일이 없다.

　— 우리는 언제까지든 이렇게 떠들고만 있을 수는 없는 것이다, 하고 말하게 될 지경이란 참으로 한심스러운 일이면서도 고소를 금할 수 없는 이야기다. 나는 문인 제씨에게 "이 한 시문 감상자는 많은 기대와 촉망을 제씨에게 가지고 있다. 그리고 많은 기다림으로 제씨가 작품을 발표할 때마다 이에 대한다. 그러나 늘 실망할 수밖에 없다."고 말할 수밖에 없는 내 자신을 스스로 슬퍼한다.

　이것은 일본 시인이나 삼석승오랑(三石勝五郎미쓰이시 가쓰고로) 같은 사람은 내가 가장 사랑하는 시인으로 그의 작품은 확실히 내가 바라는 그것에 틀림없다.

　나는 요사이 게을러 빠져서 아무것도 읽은 것이란 없으나 수삼 개월 전에 읽은 바 톨스토이의 「이반 못난이 이야기」와 크로포토킨의 「청년에게 호소하노라」와 같은 것은 나의 바라는 글이라는 데 아무런 의아도 품을 바이 없다. 특히 「청년에게 호소하노라」(大杉榮 譯의 팜플렛)은 동경에 있는 나의 미뻐운 벗이 보내 주어 읽은 바로 나로서는 매우 감명 깊은 책이다. 좀 외람한 말인지는 모르겠으나 제씨가 창작에 대하기 전에 이 두 책을 재독 삼독한다 하며는 필연다대必然多大한 패익稗益이 이에 있으리라고 믿는다.

　국지관(菊池寬기쿠치 칸)인지 누가 『문예춘추』지 상에서 "옛날 문단은 들어가기가 어려웁고 진취되기는 쉬우며, 지금 문단은 들어가기는 쉬웁고 이에 반하야 늘 침체한다……"고 한 것을 본 일이 있다. 우리에게는 옛날 문단이니 지금의 문단이니 하는 복잡한 역사를 가지고 있는 문단은 없지만서도 여하간 이 말은 우리에게도 적용된다. 즉 우리 문단은 다

사다망으로 문사, 시인이 우후죽순으로 배출하나 기실은 한 외로운 문단의 침체만을 이루고 있는 것이다. 이에 문단인의 노력과 신인의 출현은 기어코 필요하다. 나는 우리 문단에 진眞과 열熱의 시문을 얻기 위하여 진과 열의 사람을 구하길 마지 않는다. 진과 열의 사람은 우리의 참된 벗이며 그의 작품은 쌀과 한가지로 우리에겐 없지 못할 양식인 까닭에.

우리는 우리가 가지고 있는 보배로운 노래 ─ 민화民話를 잊은 지가 오래였다. 그 가치에 대하여 근래에 이르러 새삼스러이 운운하는 것은,
"인제야 겨오⋯⋯" 하고 웃으면서도 역시 충심으로 기뻐하지 않을 수 없다.

지금 우리 시인들이 우리에게 보여 주는 민요들은 대체로 그다지 감복할 만한 것은 못 되나 요한, 안서, 소월 등 제씨의 작作에는 간주키 어려운 것들이 적지 않다는 것을 말하여 둔다. 우리는 시를 논하기 전에 한시와 시조의 간결과 정취를 배워둘 필요가 있다. 우리 문단을 값 있고 무게 있게 함에는 오직 작가들의 노력과 연구로만 되는 것이 아니라 이에는 독자의 끊임없는 격려와 후원이 절대로 필요하다는 것을 말하여 둔다.

『조선문단』 1927년 1월

어느 문학소녀에게

S씨—

주신 글월과 시고詩稿를 들고 이리로—봄빛 새로운 청량리로 나왔습니다.

그 동안 두 번이나 찾아오셨더라는 것을 공교로웁게 두 번 다 밖에 나가고 없어서 그 먼 길을 허행하시게 하야 미안합니다. 이번 토요일에는 반드시 집에 있겠습니다. 말씀하신 시간에 기다리겠습니다.

참 인사가 늦었습니다마는 졸업하시며 입학하시며 하시느라 얼마나 바쁘셨습니까? 또 얼마나 기쁘십니까? 이 봄에 많은 행복을 차지하십시오. 그 동안 뵈옵지 못하야 모르고 있었습니다마는 참 전보다 키가 한 치 닷 푼 자라셨을 것을 생각하고 지금 혼자 빙그레 웃었습니다.

이러한 말이 내 입에서 나오는 것도 역시 '봄 탓'인가 합니다.

바로 지금 보내 주신 시편을 되 다시 읽어 보았습니다. 그리고 「떠난 뒤」나 「바닷가에서」나 다 좋다고 생각하였습니다. S씨는 센티멘탈리즘에서 벗어나오지 못하는 자신을 마음 괴로웁게 생각하고 계신 모양이나 나는 그것에 대하여 의견을 달리하고 있다는 것을 이 기회에 말씀합니다.

만약 S씨 '작품'에 '명랑'이라든 '희열'이라든 또는 '희망'이라든 하는 그러한 적극적 방면의 것이 결핍되었다고 그것을 배양하시기에 노력하시겠다면 그것은 옳은 일이요 또 마땅한 일일 것이라 생각합니다.

그러나 '우울' '애수' '번뇌'와 같은 것을 억지로 없애 버리려는 것에는 결코 찬성할 수 없습니다.

우리는 '개성'을 좀더 존중하여도 좋을 줄 압니다. 센티멘탈리즘은 결코 모멸로 대할 종류의 것이 아니라고 생각합니다. 우리는 우리의 감정을 결코 가장하여서는 못씁니다. 보는 이에 따라 혹은 의견에 상위가 있을지는 모르지만 「바닷가에서」의 맨 끝절,

오늘도 비에 젖어 눈물에 젖어
남몰래 바닷가를 헤매돕니다.

와 같은 것을 나는 좋다고 생각합니다.

뜻밖에 길어졌습니다마는 하여튼 좀더 대담하게 좀더 힘 있게 '열정을 열정대로' 노래 부르십시요. 심각한 얼굴을 하고 사색에 잠기기에는 이 봄이 아깝지 않습니까?

어디선지 빨래하는 소리가 들려옵니다.

나 앉은 잔디밭에 풀냄새는 어찌 이리도 향기로운지요 …….

『신가정』 1933년 4월

『묵상록』을 읽고

묵상록은 독자가 아는 바와 같이 『조선문단』 제2호부터 제6호까지에 실린 춘원春園의 시총詩叢이다. 이미 1년이나 지난 터이라 혹은 독자의 뇌리에서 묵상록 석자나마도 떠나버렸는지도 모르겠으나 나는 참된 노래가 그냥 스러져 버리는 게 참을 수 없게 아까운 까닭에 이제 졸렬한 붓을 든 것이다.

나는 소설가의 시에 대하야 많은 흥미를 가지고 있다. 그것은 내가 소설가의 시를 그들의 여기餘技로 생각하고 있는 일반 시문 감상자들에게 대한 한 적은 반항도 아모것도 아니다. 진실로 그것은 내가 때때로 소설가의 시에서 시를 본령으로 삼고 있는 시인의 시보다도 진 · 미 · 열眞美熱(이것은 참된 노래의 삼요소라 할 수 있겠지)을 갖춘 아름다운 속살거림과 침통한 부르짖음을 들을 수 있는 까닭이다. 그러나 이상은 일본이나 기타 외국작가에 대하여서다. 조선엔 아즉도 그러한 작가를 못 보았다. 그러던 차에 나는 한 해 전 『조선문단』에서 「묵상록」을 발견하였다. 발견한 때에 기쁨은 이루 말할 길이 없었다. 나는 춘원에게 많은 감사를 올렸다. 확실히 소설가의 춘원은 그 일면 참된 시인이다.

　물론 그야 시인의 그것만큼 기교도 없고 미구美句도 모른다. 인정의 기미에 저촉되는 미묘한 감정을 표현하려 함에도 춘원은 비교적 조잡한 (어떠한 것은 비시적 구라고까지 할 만한) 구를 썼다. 그러나 그러함에도 불구하고 묵직한 무엇을 우리에게 주는 것은 확실히 그의 시가 참된 것인 까닭일 것이다. 아즉 읽어보지 못한 이들을 위하여 수 편을 초록하여 나의 감상을 적으려 한다.

사감舍監

　기숙사의 모든 방에 불들은 꺼지었다.
　공부에 피곤한 아희들은 니불 속에서
　아직도 산술문제를 생각하고 있다
　더러는 벌서 잠이 들었다.

　나는 사감의 등불을 들고
　발소리 안 나게 모든 방을 돌아야 한다
　혹 방문이 열리지나 아니하였나
　니불을 차던지지나 않았나
　귀여운 아들들아 딸들아!
　꿈이라도 평안하게 잘들 자거라
　과부와 같은 너희 조선이
　너희들밖에 무엇을 바라랴 아희들아

　나는 새벽종을 친다 아희들아
　애처러운 너의들의 단잠을 깨오거니와
　닐어나거라 닐어나 하로의 힘을 또 기루자

과부와 같은 조선이 너희를 부르나니

아아! 얼마나 유치한 표현이냐. 그리고 얼마나 열과 성의가 똑똑 떨어지는 참된 노래이냐.

제2연에서 우리도 춘원의 마음속의 사감의 눈물겨운 비애의 속삭임을 엿들을 수가 있다. 제3연에 꿈이라도 평안하게 잘들 자거라와 같은 것은 춘원은 태연히 붓을 들어 썼을른지도 모르지만 사감은 응당 끝없는 한숨을 지었을 것이다.

너무나 단순하다. 이 단순한 것이 춘원의 시의 생명이며 일반 소설가의 시(참된 시만)의 생명이다. 그는 도도한 물결의 섬세한 곡선을 모른다. 바위에 부딪치며 배를 뒤엎고 하는 굵은 곡선의 웅장한 풍랑만이 그의 시의 전생명이다.

이것이 좋은 것이다.

벗(J선생을 생각하고)

벗은 먼곳에 있다
오천리나 되는 먼곳에
가난하고 병든 몸이
애타는 뜻을 품고
얼마나 괴로워하나
나는 고개를 들어
책상머리에 놓인 그의 사진을 본다
여윈 얼골과
끝없는 나라 사랑에 끝없는 수심에
잡힌 니마의 주름을 보고 운다

날이 치워지는구나
두터운 옷이 없는 줄을 아는 나는
북한의 찬바람을 보고 우노라
많은 벗아 내 눈물이 무엇하리
부질없는 줄 알건마는 하염없이도 우노라

입산하는 벗을 보소
그대들은
산으로 가는고나!
시끄러운 세상을 버리고 깊이 깊이
산으로 가는고나! 산으로 가는고나!
산중에 새벽종 울 때

부흥새 황혼에 슬피 울 때에
그대인들 날 그려 어찌하리
낸들 어찌하리만
가라! 산ㅅ길이 저물리! 어서 가소
산에서 편지 왔네
(외롭다) 하였네
벗아 외롭기야 산이나 들이나 다르랴
솜옷 보내니 닙으라! 날 본듯이 닙으소

대체로 춘원의 노래에는 꾸밈없는 솔직한 부르짖음 외에 감상적 애운
哀韻이 떠돈다. 이 두 노래도 시로서의 가치는 그다지 높다고 할 수는 없
다. 그러나 그의 뜨거운 우정에 누가 감격하지 않을 수 있을까.
　전자前者의 말련末聯에
　"많은 벗아 내 눈물이 무엇하리

부질없는 줄 알건마는 하염없이도 우노라"
같은 것은 평범한 말로 미묘히 감정을 표현하였다고 할 수 있다. 후자의
말련도 전자와 똑같은 리듬의 똑같은 정열의 별후別後의 벗을 생각하는
마음을 잘 표현하였다고 할 수 있는 것이다.

이것은 나의 생각이지만 「입산하는 벗을 보내고서」의 제1연 말행 "산
중에 새벽종 올 때에"는 제2연의 제1행이 될 것인가 한다.

선 물

어린 학생이
곁으로 오더니
부끄러운 듯이 경례를 하고
살그머니 무엇을 손에 쥐여준다

나는 집에 돌아와
그것을 끌렀다
조희로 싸고 싸고 또 싼 뭉텅이
속에서 나온다–수학려행ㅅ길에서 줏어온 조고마한 수정 백인 돌이

춘원은 광물선생이 아니었을 게지. 그 광물선생이 아닌 춘원에게 수
줍어 하며 종이에 싸고 또 싸서 선물 수정 백인 돌을 갖다 준 어린 학생
의 마음을 엿보자. 그 선물은 그 어린 학생이 귀엽고 귀여워 어쩔 줄을
몰랐을 터의 돌멩이였을 것이다.

그 기쁨을 나누려 선생에게 갖다주는 그 마음!

그나마도 부끄러워 조희에 뭉치고 또 뭉친 그 마음!

우리는 이 적은 노래를 읽을 때 또 그 마음을 생각할 때 아지못할 기

쁨과 미쁘움을 느낀다. 이것이 나의 춘원의 노래를 사랑하는 그것에 틀림없는 것이다.

더구나 제1연은 시인에게도 못지않은 표현이다.

노 래

나는 노래를 부르네
끝없는 슬픈 노래를 부르네
천지가 모도 고요한
한밤ㅅ중에 내 홀로 깨어 있어
목을 놓아 끝없는 노래를 부르네

노래는 떠 흩어지네
흐르는 바람ㅅ결을 타고 흩어지네
새는 항아리에 물을 채오랴고
길어다 붓고 또 길어다 붓는
녀인 모양으로 나는 노래를 부르네
나는 귀를 기울이네
한 노래가 끝날 때마다 귀를 기울이네
산에서나 들에서나 어느 바다에서나
행여나 회답이 오나 하고 귀를 기울이네
그리고는 또 끝없는 내노래를 부르네

우리는 이 노래에서 외로움과 쓸쓸함을 절실히 맛보았다. 듣는 사람도 없건만 천지가 모두 깊은 잠에 떨어져 있는 한밤중에 홀로 끝없는 슬픈 노래를 부르는 춘원을 생각하여 보자. 그는 아모 보람도 없는 줄 알면서도 행여나? 하는 안타까운 생각으로 마치 새는 항아리에 물을 채우려고 길어다 붓고 또 길어다 붓는 여인과도 같은 열성을 가지고 노래를 부른다. 그러나 산에서도 들에서도 바다에서도 아모런 반향이 없다.

그가 너무나 일찍 깨인 까닭이다.—그러나 달이 가고 해가 거듭할 동안에는 무슨 회답이든 오겠지. 춘원씨! 그때까지 끊임없이 '무엇인지는 모르나 끝없는 슬픈 노래를 부르시기를.'

의의인

"친구여! 그대의 팔에 왠 허물인고."

"이것은 쇠사슬 자국—의를 위하야 옥에 매였을 때의 쇠사슬 자국."

"친구여 얼마나 아팠을꼬—아이 애닯어라."

"그것은 아푸기는 아푸더라만 불의를 보고 참기보다도 수월할러라 팔목의 허물이 나아갈사록 불의의 아픔이 더욱 재오치니 친구여 나는 또 쇠사슬에 매이러 가노라."

"아아 거룩한 벗이여 나도 함께 내몸에도 의의인을 마치어지이다"

『조선문단』 제3호를 보신 분은 춘원의 에세이 의기론義氣論을 읽으셨을 줄 믿는다. 여기서 산문과 시를 비교하여 보자. 비록 그 의기론과 이 의의인 사이에 취의에 많은 차이점이 있다고는 하지만도 어느 것이 춘원의 의에 대한 의견(?)을 잘 표현하였는지를 현명한 독자는 용이히 판단할 줄 믿는다. 다섯 엽頁 반으로도 다하지 못한 의기론을 의의인은 다만 열 줄에 뜻을 다하였다. 불의중에 의의인 예찬에서 시가송詩歌頌으로 탈선한 것은 독자는 해용하여 주기를…….

그러나 이 말은 이 장에서 할 말이 아니고 후일에도 기회가 있을 것이니 그때로 미루고 그만두기로 한다.

더구나 의의인을 회화체로 하야 그 효과를 더 내이게 한 것은 확실히 춘원의 능란한 시재라 할 수 있다.

『조선문단』제6호의 묵상록에는 산문시 8편과 시 수 편이 있다.
그 중에 짧은 것 몇 개만 초록하려 한다.

군함

삼전척三田尺 앞바다에는 군함이 십여 척이 떠 있고 그 중에 기함인 듯한 배에서는 경기구가 떠 있다. 궁도 앞바다에도 그러하다. 아마 해군 연습인가 보다.

이런 것이 있어야 백성들이 젠 체하고 산다고 유치한 듯하지마는 아직은 진리다. 나는 부끄러웠다.

생신生新

횡빈橫濱! 대진재의 상처가 참혹도 하다. 그러나 그 생채기가 내야 산다. 생명만 있으면 살은 암만이라도 나오는 것이다.

조선열차

부산을 떠나는 급행열차에는 2, 3등을 통털어도 6, 7인밖에 없었다. 하도 적기로 헤어보았다.

대구를 지나더니 열세 사람이 되었다. 여기가 어디인가 과연 조선인가.

동경

동경 정거장서 나려서 놀란 것은 전차와 자동차가 무섭게 많아진 것이다. 뚜뚜 우루루 하는 사이로 사람들이 말없이 다니는 것은 비참한 광경이다.

지진통에 무너진 신전교神田橋, philadelpia. 무슨 회사가 설계하고 공사하는 중이라고 써붙이었다.

이상 4편은 소품 같은 점도 없지 않지만은 역시 호적의 산문시라는 것이 마땅할 것이다. 위선 「군함」부터 보자.

우리는 이 시를 읽고 나서 아모런 부자연도 느끼지 않는다. 나는 부끄러웠다 하는 것도 조곰도 과장 같게는 생각되지 않는다. 뿐만 아니라 우리들도 춘원과 같이 무엇에 대하여선지는 모르면서도 얼골이 두꺼워짐을 느낀다.

아마 "해군 연습인가 보다."란 아무것도 아니면서도 가장 인상 깊은 구절이다. 그리고 "이런 것이 있어야"부터 "아즉은 진리다."까지는 이 얼마나한 풍자이냐.

「생신」은 느낌 있는 글이다. 그러나 표현으로는 무슨 별로 주목할 만한 것은 없다.

「조선열차」를 읽고 난 우리가 첫째로 깨달은 것은 의지가지 없는 고독이 우리를 둘둘 말아버렸다는 것이다. 이 열차는 부산을 떠나는……이어야만 될 것이다.

"하도 적기로 헤어보았다."를 읽으면 우리 가슴은 뜨끔 한다. "여기가 어디인가. 과연 조선인가." 얼마나 힘없는 부르짖음이냐. 애닯기도 하고녀.

「동경」에서 우리는 물질만이 조장하는 20세기 문명에 대한 춘원의 흥미 있는 풍자를 엿볼 수가 있다.

"뚜뚜 우루루 하는 사이로…… 비참한 광경이다."같은 것은 통절한 묘사다.

그러나 다음 구절은 감복할 수 없다.

춘원은 지진통에 무너진 신전교神田橋가 다시 설계되어 가지고 공사를 급히 하고 있다는 것으로 문명이니 개화이니 하고 떠들기만 하면서 물질의 가식만이 때와 함께 성해가며 정신은 도리어 부패하여 가는 것을 암시하려 하였다. 그러나 이 암시는 그 요要를 득得하지 못하다고밖에 말할 수 없다.

왜? 그것은 우리가 아모 생각 없이 이 구절을 읽을 때 장마때 떠내려
간 다리를 다시 놓는 광경밖에 눈에 떠오르지 아니하니까.

이 외에 이 호에는 시가 4편 있다.

그러나 나는 그 중의 제일 나종 것 한 편만 들려 한다. 이것은 무엇보
다도 나의 우둔한 머리와 붓대 든 손이 피로하였음이다.

조선을 버리자

조선을 버리자
내 힘으론 못 구할 것을
아? 차라리 버리고 갈가
못한다!
네 힘껏 해보렴음
죽기까지는 네 의무인 것을
그러나 여보
이 백성을 어이한단 말요?
헷것만 좇는 것을
갈가나 갈가
조선이 안 뵈는 곳에 가서
울고 넛고 세상을 마츨가나.

제 힘으로 못 구할 조선이여던 차라리 내어버리자고 하다가 다시 맘
을 돌려 죽기까지는 네 의무이니 네 힘껏 해보려문 하고 그리다가도 헷
것만 좇는 이 백성들을 어쩔 길 없어 다시 조선을 내어버리고 말까 하는
춘원의 마음속의 번민은 단지 그에게만 있는 가슴의 고통은 아니다. 조
선사람으로도 누구나 다 가져야만 하는 번민이다(그러나 과연 우리 사람

들이 다 이 번민을 가지고 있는지 아닌지는 나로서는 보증할 수 없다).

　이상 나는 묵상록의 가작佳作만 골라내고 잘못된 것은 하나도 말하지 않은 줄 기억한다. 이것은 묵상록에 이렇다! 저렇다! 하고 특별히 지목하여 말할 악시惡詩도 없거니와 가작佳作에 대하여서는 익었거나 설었거나 몇 마디 감상을 적을 수 있으나 춘원의 다른 시에 대하여서는 내 자신 시가詩歌에 대한 감상안의 레벨이 낮은 터이라 개소개소個所箇所의 감안感眼 못할 구절이 눈에 띄어도 무책임한 말을 함부로 할 수가 없는 까닭이다.
　나는 춘원이 『제2의 묵상록』을 발표하기를 마음 속으로 은근히 고대하며 불건전한 붓을 놓는다.

1926년 7월 30일 야夜

「동아일보」 1926년 8월 21일, 24일

초하창작평初夏創作評

1

읽은 순서대로—

'김영팔金永八'의 「대학생」—조선문예 창간호에 실린 전일막全一幕의 '희극'이다.

—출연하는 인물은 주인공 '대학생' 한 사람이다. 실제에 있어서는 관중 다수도 필요하겠지만…….

작자는 대학생을 통하여 어느 정도까지의 현대 고등교육을 받은 자들의—(대분은 작자 자신이 가지고 있는 것일 것이나)–현사회에 대한 또는 자기자신에 대한 불만, 번민, 고통, 초조…… 이러한 소회를 대중에게 알리려 하였다. 그리고 그것은 어느 정도까지 성공하였다 할 수 있다. 그것은 결코 이 작이 걸출한 것이라는 까닭이 아니고 본 극중에 나오는 대학생이 가공적 인물이 아니라 우리가 거리로 산보하며는 반드시 1, 2명은 만날 수 있는—그러한 우리가 그의 사상과 감정(?)에 공명할 수 있는 실재의 인물인 까닭이다. 특히 드러나는 결점도 없는 까닭에 비록 극적의 활약미가 없기는 하지마는 문인극文人劇 같은 데 상연하면 재미있으리라고 생각한다.

다만 작자는 대학생에게 소회만 품게 하였을 따름으로 한발 더 나아가 그러면 우리는 어떻게 할 것인가를 알으켜 주지 않았다. 그것에 대하여 무슨 암시가 있었드라면 더 좋았을 것이다. 그러나 그것이 없다고 이 작품이 병신이 되는 것은 아니다. 이대로도 좋은 것이다.

끝으로 평자評者가 근래에 재미있게 읽은 작품 중의 하나이라는 것과 중간까지 읽어 오는 동안에 언뜻 「크로포토킨의 청년에게 호소하노라」를 연상하였다는 것을 작자에게 알리운다.

이종명李鐘鳴의 「조고만 희열」―『조선문예』 창간호―단편이다.

하인 춘보는 춥고 쌀쌀한 섣달 대목에 자기에게는 아무 이해 관계가 없는 주인 아지阿只의 병으로 말미암아 손 하나 녹일 사이도 없이 이틀 동안을 밤낮을 가리지 않고 의사의 집으로 새아씨댁으로 작은댁으로 심부름 다니었다. 그리고 또 연하여 의사를 청하러 갔다가 약을 가지고 돌아왔다. 오는 도중에서 그는 빙판에 넘어져 약병을 깻박을 쳤다. 그러나 공교롭게 약물만 쏟아지고 병은 무사하였다. 이로 말미암아 그는 이대로 돌아간다 하며는 성미 까다로운 주인에게 야단을 만날 것을 두려워하고 언뜻 묘계를 생각하고 (약간의 복수심도 도와) 그대로 실행하였다. 즉 그는 약 대신에 XX을 넣어다 주었다. 그러나 예상하였던 결과는 아주 틀리고 도리어 주인 아지는 전쾌全快되어 설날에는 예년에 없이 풍성풍성하고 기쁘게 왼 집안이(물론 춘보 식구도) 호화스러웁게 지냈다는 것이 이 작품의 내용이다.

경개만 읽고도 아니 표제만 보고도 어느 정도까지 상상할 수 있는 것 같이 이 작품은 '환'한 분위기 속에서 양조釀造된 것이다. 문장도 세련된 것이다. 작자의 유머러스한 취의趣意에 평자는 호의를 가지고 있다. 그러나 만약 주인공 춘보 아범의 주인 내외 내지 일반 유산계급에 대한 울분의 심경을 묘사하지 말고(따라서, 그들에 대한 조그만 복수심으로 약 대신에 'XX'을 갖다 먹였다고 하지 말고) 더 좀 짧게 긴축시켰드라며는 더 좋은 것이 되지나 않았을까 하고 생각한다. 하여튼 약병을 쏟아 쳐 엎은 때에 주인의 분노를 연상하는 구절은 확실히 부자연한 것이다. 그러한 때에 우리가 취하는 행동은 병원으로 다시 가서 제약하여 오는 것이 그중 보통일 것이다. 고로 평자 왈―

그다지 추운 날 병원까지 도로 갔다 오는 것이 귀찮아 이 생각 저 생각 끝에 문득 XX을 생각하고 그대로 실행하였다 하며는 그리고 실행 후에 춘보 아범이 참을 수 없는 불안을 느끼며 심리묘사가 있었다 할 것 같으며는 좋았다라는 말이다. 동인同人의 작품으로는 이외에 전의 『신민新民』 소재 「노름꾼」을 읽었을 따름으로 동 작품에 대하여는 일찍이 촌평을 한 일이 있거니와 하여튼 그의 재필才筆인 것을 평자는 의심치 않는다.

끝으로― 동 작품을 못 보신 분은 'XX'가 무엇인지 몰라 궁금히 여기시겠기 동 작품의 일 절을 인용하기로 한다.

―전략…… 연상되는 것은 'XX'이었다. 그렇다, 아까 병에 담기었던 약물은 오줌빛과 같이 누르스름하였었다…… 하략―

2

'송영(宋影)'의 「정의와 칸바사(캔버스)」―『조선문예』 창간호―전 일막의 희곡이다.

작자는 이 작품에서 진재 직후震災의 동경의 조선 노자勞者의 바라크 생활과 실행은 없이 입만 발달된 사업가(조선인 유학생)의 얼마나 허위에 차고 무기력한가를 알려주는 동시에, 그들―유산계급―의 연애의 유희화와 노자들의 비참하나마 '거룩'한 생활을 표백하려 하였다.

그러나 그것은 너무나 애처로움게도 실패로 돌아갔다. 작자는 이렇게 하지 말고 단 일부분(전기前記 열거한 내용의)만이라도 보여주었드면 오히려 좋았을 것이다. 너무나 추상적이다. 해석키 어려울까 보아 말하거니와—

　　가령 말하자면 작중에 정옥貞玉이가 류流에게 대하여 "글쎄 지금 현재도 가령 50인이 있다고 하죠. 그러나 이 대답하는 동안에 도로꼬나 높은 비계[架]에서 떨어져 죽는 사람이 있으면 어떡해요."라고 말하는 구절만 하여도 그러하다. 그러한 것은 물론 비참한 사실에는 틀림없지마는 그러한 대사—적당한 말이 없기에 이 용언을 쓰기로 한다.(이하 동)—를 통하여서는 관중은 실감을 동반치 않는 감탄사 한마디로 대하고 말 것이다. 이러한 것을 천 번이나 늘어놓는다 하드라도 소용없는 것이다. 무대 위에 두 사람이 있어 한 사람이 비참한 소리로 다른 사람에게 "그저께도 도로꼬에 치어 죽은 사람이 30명이요 어저께 비계[架]에서 떨어져 죽은 사람이 3백 명이오. 그리고 이것 보시오, 오늘 ××광산의 ××수굉竪坑이 무너지어 죽은 사람은 실로 3천 명이오!" 등등…… 하고 있는 것보다는 두 사람이 앉아 이야기하고 있을 때에 굉연轟然한 음향이 들리며 조금 있다 얼굴이 새파랗게 질린 사나이가 뛰어들어와 지금 모모某某 다이나마이트를 잘못 취급하여 흔적도 없이 죽어 버렸다든지, 이렇게 하는 것이 훨씬 극적 효과가 많을 것이다. 모두가 어수선하고 소란한 가운데에 사건은 끝에 이르러 긴급한 회의가 있다고 그들-노동자들-을 회관으로 인도한다. 긴급한 회의란 무엇이냐- 이것을 설명하기는 고사하고 암시조차 없이(모두 웃고 손뼉놀이 그리고 악쓰는 가운데에 막은 내려진다), 끝을 내어 놓았다. 이것에 의하여 만약 작자가 노동자의 단결력 그리고 혹은 금일의 문제에 대하여 우리의 취할 바를 암시하기를 기도하였다 하며는 너무나 우愚요, 열劣이다. 이러한 작품을 열

심히 읽고 그리고 이렇게 장황하게 소용없는 말을 늘어놓지 않으면 안 된다니 참으로 평자란 가엾은 자이다. 가가呵呵

'송영'의 「꼽추 이야기」―『조선문예』 제2호―(「정의와 칸바스」의 작자의 소설이라는 호기심에 끌려 다른 것은 제쳐놓고 읽었던 것이다. 그리고 역시 실망하였다는 것만을 우선 말하여 둔다.)

지금 쉰다섯이나 되었다는 꼽추 '박철지 영감'의 꼽추가 된 내력 담이다.

3

그는 원래는 "키가 후리후리하고 기운이 소 같은 세찬 사나이"였다. 그는 12년 동안 고무공업회사에서 일을 하여 '십장'이 되었다. 그 회사 창립 15주년 기념일에 그는 15년간 근로하였다고 표창을 당하였다. 그때에 그는 자기 장래에 공중누각을 건설한다. 그것은 사장과 같은 지위와 명예와 재력을 획득하여서 잘 좀 지내자는 생각이다. 그날 밤 산회散會한 후에 그는 높은 천정에 걸린 비켓줄을 끌르려 올라갔다가 고만 떨어진다. 그리하여 그가 2개월 후에 꼽추가 되어 공장 안으로 나타났을 때에는 그곳에서 여직공으로 일하고 있는 처와 여식을 발견하고 며칠 뒤에는 이 공장에 월급 10원짜리 꼽추 하인이 새로 생기었다는 것이 이 소설의 골자이다.

―읽고 나자 '알맹이'에 비하여 이야기가 너무나 장황하다는 것을 우선 깨달았다. 박첨지 영감은 그만두드라도 사장이라든 '홍권'의 성격이 몹시도 불분명하다. 더구나 홍권이를 다른 직공 중에서 일부러 끌어낼 필요가 어데 있나. 그런 것은 둘째치고 우리는 도저히―작자가 그다지도 정성스리 사건을 서술하여 독자의 동정을 끌려고 한 꼽추영감에게 대하여 일 편―片의 동정을 할 수 없다는 것이 문제다.

이러한 인물-안가安價의 입지전 중 인물의 숭배자인 주인공이 만약 순조로 나아가 과연 그가 몽상하던 소위 성공자- 그가 평소에 부러워하던 사장 영감-같이 되었다 할 것 같으며는 우리는 오직 우리 사회의 해충 하나를 더 영접할 수밖에 없었을 것이다.

이러한 습작 범위를 나가지 못하는 작품을 아무 반성도 고찰도 없이 발표한다는 것은 작자 자신은 물론 우리 문단의 치욕이라 아니할 수 없다.

4

'김탄실金彈實'의 「모르는 사람같이」『문예공론』 창간호 소재의 연재물과 삭제당한 것을 빼고 (방인근方仁根의 작품은 또한 희곡인 까닭에) 유일한 단편 아니 '콩트'이다.

'콩트'란 간판에 이끌리어 『문예공론』 창간호에서는 그중 먼저 읽어 보았다.

이러한 아무짝에도 소용없는 작품의 내용을 써놓을 필요는 조금도 없다.

다만 평자는 이러한 말을 부가하기로 한다. '탄실'에게 '콩트'란 어떠한 것인지 아르켜 줄 필요가 있다. 그는 아마도 단편소설급에 도저히 들 자격이 없는 저열한 소설(?)의 류―아무짝에 소용도 없는―를 '콩트'이라고 생각하고 있는 모양이다. 가가

하여튼 조선의 몇 안 되는 여류 문사의 하나인 작자는 좀 자중할 필요가 있다. 만약 작자가 아무 고려함이 없이 이러한 종류의 것을 두 번 다시 보여준다 하며는 평자는 아주 '모르는 사람같이' 작자를 대할 것이다.

방인근의 「돋아나는 싹」―『문예공론』 창간호-전 2막의 희곡이다.

―평자는 우선 이러한 말을 하려 한다.

작자는 방인근이요, 작품이 극인 것을 보자 평자는 문득 동 작자가 전일 발표한 「촌극삼편寸劇三篇」을 생각하고 고소를 금치 못하였던 것이나 그 고소는 읽고 나자 미소로 변하였다.

무대는 제1막에서는 농촌 부농가의 집 후원이오, 제2막에서는 경성 어느 유치원이다. 시대는 현대요 제1막 제2막 사이에는 4년이라는 세월의 간격이 있다.

제1막=

부농 최생원은 상당한 전지田地를 가지고 남부럽지 않게 살아가나 '쌍놈'이라는 것 하나로 말미암아 똑같은 사람으로서 천대를 받는 것이 분하여 자기 딸 옥희(17세)를 양반―그러나 빈한하다―의 아들 상룡 (14세)에게로 시집을 보내려 한다. 옥희는 자기가 양반이란 대가로 팔려 가는 것을 애닯히 여겨 부모에게 재삼 간청한다. 그러나 완고한 부모는 듣지 않는다. 옥희는 사死를 결심하고 집을 나선다.

제2막=

경성 어느 유치원 실내이다. 그날은 입원식이라 생도와 부형이 모두 모여 있다. 보모 최선생 마선생이 이야기를 하며 원감과 원장이 오기를 기다리고 있을 때 원감이 씨근거리고 들어와서 원장이 기생 첩을 얻고 또한 이후 이때까지 대어 오던 2백 원의 자금을 대어 주지 않기로 결심 하였다는 말을 하고 오늘부터 유치원 문을 닫게 되었다고 선고한다. 그 때 최선생이 그러면 모두들 월급들을 받지 않고 하기로 제의한다. 그중 에 마선생만 불찬성이고 3인은 악수를 한다. 그때에 시골 노인 부처가 유치원 구경을 온다. 그리고 최선생과 서로 보고 마주 붙들고 기뻐한다. 최선생은 물론 최옥희요, 노인 부처는 그의 양친이다. 그들은 재회를 기 뻐하고 최생원이 자금을 대기로 하여 해피앤드로 막이 내린다.

자미있는 이야기다. 평범한 사건에는 틀림없으나 우리는 반드시 특수한 사건만 작품의 제재로 취급하라는 법은 없다. 독자 중에는 천박한 것이니 무엇이니 하고 돌보지 않는 이가 있기도 쉽다. 그러나 우리는 어데서 어데까지 심각미深刻味만 찾을 필요는 없는 것이다.

약간의 과장은 있으나 대사도 무난하고 극도 순조로웁게 진전되었다. 물론 뛰어나는 작품은 못 되나 그리 흠 없는 작품이다.

경성여자보육학교에서라도 상연한다 하며는 흥미 있는 일이다.

이것은 작자에게만 이르는 말이어니와 그것은 불란서어 이태리어를 알고 있는 유치원 보모는 '시대'가 현대라는 본극 중에는 아마도 그 존재가 중요한 문제이라는 것이다.

5

이외에 『조선문예』 제2호에는 「빌딩과 여명」(유진오), 「행진곡」(이효석) 몇 『신민』 5월호 소재 「복사나무박이집」(이경손) 등의 작품이 남았으나 아직 할애하여 두기로 한다. 그것은 결코 그들의 작품을 무시하여서가 아니다.

병상에 누운 몸이라 이제까지의 격렬한 독서와 집필로 말미암아 이러한 예는 실상 이제까지 평자에게 없었던 것이다.─ 심신이 피곤할 대로 피곤하여져서 이 이상 더 계속할 수 없으므로서이다.

다행히 혐의 말기를 바란다. 만매漫罵에 가까운 개소個所도 없지 않았으나 그것은 결코 만매漫罵가 아니라 만평漫評의 소치이니 작자와 독자는 아울러 양해가 있기를 바란다.

작품 내용 소개가 너무나 장황하다고 할른지도 모르나 이것은 작품을 못 본 독자를 위하여 한 바이니 그것도 양해를 바란다. 이제부터 정신을 가다듬고 붓대를 쓰다듬어 시평을 시작하려 한다.

시평詩評을 하기 전에 우선 한가지 말하여 둔다. 그것은 평자가 시평이라 떠들어대며 시조에 관하여는 말도 안하는 것이다. 그것은 물론 평자의 천식淺識의 소치로 참괴하기 짝이 없으나 어쩔 수 없는 일이다.

◇

우선『문예공론』창간호부터 시작하려 한다.

「소견삼편」김안서

평자는 우선 읽고 나자 안서의 시취詩趣가 10년여 일일이―마치 진리의 만고불변하듯이 변치 않음을 깨닫고 고소를 금치 못하였다.그리고 안서의 시인으로서의 '소견'이 여차히 비시적의 것임에 놀랐다. 이런 시의 평을 하는 것이 결코 평자의 '소견'거리가 되지 못할 것을 아는 평자는 여러 말 않고 자유감상에 맡긴다. 그 중에 「트럼프」한 편은 안서가 서조팔십(西條八十사이조 야소)의 애독자 내지 사숙자私淑者 혹은 번역자인 것을 명백히 표백하고 있다. 어쩌면 「봄마다 강 언덕엔」이라든지 「그대의 맘은 알 길 없고」라든지의 2편도 면밀히 조사하여 보면 생전춘월(生田春月이쿠타 슌게츠)이나 야구우정(野口雨情노구치 우죠) 등의 시집 속에 발견할 수 있는지도 모른다.―라고 이것은 평자의 사추邪推이다.

「꿈에 노초路草를 뵈옵고」「한식寒食」―월탄月灘

월탄의 시를 오래간만에 발견하여 기쁘다.

「꿈에 노초를 뵈옵고」는 노초의 묘비명에 틀림없다. 제3연에,

　선구자 선구자

　오―우리 이 땅의 선구자 당신의 청춘도 이 나라에 바쳤고 당신의 사랑도 이 백성 위하여 헌신처럼 버리시었소.

를 보고 우리는 노초의 거룩하고 고마운 정신과 생애에 깊은 감명을 갖

게 된다. 곱고 아름다웁고 보드러운 작자의 시상과 리듬은 언제든 평자의 애송하는 바이다.

「한식」— 이것도 좋다. 이러한 종류의 시는 잘못 취급하면 안가安價의 센티멘탈리즘으로 되어 버리기 쉬운 것이다. 내가 이 시를 좋아하는 것은 결코 제1연의, 보드러운 리듬이 아니라 제2연의

> 양복 호복에 왜복도 조타
> 네살 네뼈를 잇지만 마소

이다 그러나 이것도 결코 "양복 호복에 왜복도 조타"의 구절이 아니라 만약 그 다음 구절의 "네살 네뼈를 잇지만 마소"라는 구절이 없었다 하면 평자는 결코 '한식'을 기꺼이 맞아 "들로 산으로 몰켜" 갈 마음이 없었을 것이다.

「적은 노래」 리장희
「적은 노래」 「봉선화」 「눈나리는 날」—삼편三篇이 다 적은 노래에 틀림없다. 전 이편前二篇은 아무 혐도 없는 소곡小曲이다—라는 것은 일면으로 아무 취할 점도 없다는 것을 적어도 여기에서만은 의미한다. 작자의 시는 대개 이러한 것들인가 보다. 최종,

> 「눈나리는 날」
> 아이와 바둑이는 눈을 맞으며 뜰에서
> 눈과 함께 노닐고 있네

독자에게—아니 작자 자신에게 삼가 묻고자 한다.—시인이란 '눈나

리는 날'에는 시적 아취를 잊어버리는 사람의 명칭이오?

「조선의 맥박」 양주동
「조선의 맥박」「이리와 같이」「탄식歎息」—3편이 모두 작자의 조선을
사랑하는 마음에서 나오는 시이다.
「조선의 맥박」 중,

　제4연
　무럭무럭 자라나는 갓난아이의 귀여운 두볼
　젖달라 외오치는 그들의 우렁찬 울음
　적으나마 힘찬 무엇을 잡으려는 그들의 손아귀
　해죽해죽 웃는 입술 깃븜에 넘치는 또렷한 눈동자-
　아아 조선의 대동맥 조선의 폐는 아기야 너에게만 있도다.

　혹은 작자의 생각하는 바와 같이 조선의 대동맥 조선의 폐는 우리 아
기에게만 있는 것인지도 모른다. 그러나 만약 그것이 사실이라면 너무
나 애닯지 않은가.
　무애無涯여! 우리 같이, 우리에게도 미약하나마 조선의 동맥이 있고
병들었으나마 조선의 폐가 있는 이상 같이 같이 일합시다-
　작자의 시상도 좋거니와 시적 폐량肺量도 크다.
　「이리와 같이」—평자는 3편 중에 이것을 그 중 좋아한다. 그것은 이
작품에 포함되어 있는 작자의 경건한 마음에 경의를 표하며 정돈된 시
체詩體와 순한 '리듬'을 애호하여서이다.
　「탄식」-그 중 떨어진다. 그것은 표현이 전혀 설명으로 되어 버린 까
닭에 평자는 이것을 아까워하는 바이다.

제3연
탄식한들 무엇하리
반발에 닐어나 혼자비는말
그나마 젊은이나랏사람의
붉은필랑은 마르게 마시옵소서

　이것은 평자로 하여금 두어 번이 나와 외우게 한 구이다.
　이외에 신진 시단란에는 13인의 소위 신진 시인의 작품이 실리어 있
다. 그 중에도 가히 간파할 수 없는 가십佳什이 있을 것을 평자는 믿고
있으며, 또한 그것에 대하여도 일일이 우평愚評을 초하는 것이 마땅할
줄 아나 아직은 그만둔다.
　그것은 평자가 병상에 신음하는 몸이라 일일이 신진들의 작품까지 들
추어 볼 힘이 없는 것도 한 이유어니와 그에는 이외에 평자가 의식적으
로 소위 조선문단의 권위 총집필로 되었다는 문예공론의 신진 시단이
란, 별다른 취급을 받는 시인과 및 작품의 존재를 부정하는 까닭도 있
다. 평자는 감히 동지同誌 창간호에 실린 신진시인 전부를 소위 대가열
에 편입하라는 것이 아니다. 다만 작품 본위로—이것은 언제든지 잡지
편집 당사자의 머리를 괴롭히는 문제이다. 혹은 거의 불가능한 일일지
도 모른다. 까닭에 평자는 가급적이라는 주해를 붙어—하여 주었으면
어떨까—하는 말이다.

　다음은 『조선문예』 창간호 및 제2호 소재의 시인 전부를 평하고자
한다.

6

—읽은 순서대로

「나를 부르는 소리 있어 가로되」 김여수金麗水

읽고 나자 평자는 그 용만冗漫함에 먼저 하품하였다. 작자의 시는 언제 보아도 산만한 감이 있다. 훨씬 긴축시킬 필요가 있다. 뒤를 이어 흘러 나오는 상想을 그대로 늘어놓는 감이 있다. 더욱이 이 작作에 춘하추동을 순서 있게 나열하여 놓은 작자의 치기에 평자는 고소를 금치 못했다.

「암야의 등대」 적구赤駒

'리듬'이 몹시도 격하다. 시상도 격하다. 나는 시작을 하여 가는 동안에 종시일관하여 작자가 가지고 있었을 그 감격을 충심으로 존경한다. 그러나 이러한 류의 시가 십상팔구로 받지 않을 수 없는 운명으로 시체가 정돈되지 못하고 역시 용만에 빠진 것은 작자를 위하여 유감으로 생각한다.

「연춘곡」 김대준金大駿

'1' '2' 2편으로 되었다.—

'1'이 '2'보다 낫다. 하여튼 2편이다. 고운 노래이다. 더구나 몹시도 보드러운 선율 속에 민요적 제재를 취한 것을 좋게 여긴다. 그러나 세련되지 못한 감이 없지 않다. 작자는 더 아름다운 말구를 선택할 필요나 있지 않았을까.

'2'의 최종연 제2행에

이 강산엔 생기 있는 풀들이 뾰족뾰족 돋아날 것이외다.—생기 있는 풀인 까닭에 '뾰족뾰족'인지는 몰라도 '뾰족뾰족'이란 거치러운 음향이

「연춘곡」의 귀엽고 보드러운 기분을 많이 상하는 듯싶다.

「열도熱濤」– 이러한 난해의 시를 병자病者의 평자는 구태여 그 표백하는 바의 의미를 고구하랴 하지 않는다. 감히 평자는 이 시를 경원하려한다.

「봄이 오는구나」 임화

이 시를 평자는 경원으로 대접하려 한다. 오자誤字와 오식誤植과 문법이 가장 틀린 조선문朝鮮文의—혹은 이렇게 말하는 평자의 문법 지식이 틀린 것인지는 모르지만—대표가 될 만하다. 시라는 것보다는 오히려 산문이라는 것이 적당할까 한다. 이 작품에는 산문시라고도 대접할 수 없을 만치 그만치 비시적 요소만을 구비하고 있다. 우선 그 주의가 무엇인지 혹은 어데가 있는지를 알 수 없음이 평자의 고통이다.

「새거리로」 엄흥섭嚴興燮

『조선문예』 창간호에 실린 시편 중 그중 좋은 노래이다.

"보아라 오늘도 거리에서

우리들을 부르지 않느냐"—여수麗水의 시 중에도 이와 같은 구절이 있다. 그러나 그 나타낸바 효과는 결코 같은 것이 아니다. 더구나 최종연은 더욱이 좋다.

"그만 가자! 어서 뛰어 나오너라……"—이 한 소리로 작자의 '누나'는 모든 일을 제치고 '오빠'를 따라 많은 동무가 그들을 그다지도 부르고 있는 거리로 뛰어나갈 것을 평자는 의심하지 않는다.—이상 창간호

7

「기차는 북으로 북으로」 김창술金昌述

작자의 시는 일찍이 「홍수후洪水後」 등을 통하여 평자가 사랑하던 시인이다. 그러나 이번 시에는 적이 실망치 않을 수 없다.

그 리듬 그 호흡―이런 것들은 예나 다름없으나 착상이 전후 모순되었음을 아까이 여기는 것이다. 작자도 이러한 기운氣韻으로 기초하였건만 중간부터 갑자기 변하여 최후에 이르러는 자신도 부지중에 이 길 떠남을 몹시도 '장쾌'한 것으로 만들어 버렸다.―라고 이것은 물론 평자의 추측이다. 따라서 독자로 하여금 이 시의 내용을 어떻게 해석하여야 좋을지 갈피를 못 찾게 한다. 더욱이 제4연,

> 침묵沈默…… 침묵만이 흐르는 이 순간이여
> 잊지 말아라! 벗아!

는 어떠한 편에 붙을 것인지 모른다. 그 '순간'이 몹시도 소조蕭條한 것이냐 또는 몹시도 장쾌한 것이냐―라는 말이다.

「생의 찬미」 요한

전그편이다. 모두 민요적 색채가 농후한 것뿐이다.

「기일其一」― 이 시편에서 특히 주의하여 볼 것은 "비아, 비아, 비아, 병아리"라든지 "닭, 닭, 닭, 암닭"과 같은 것은 작가가 기도한 음악적 효과를 유감없이 나타내었다고 할 수 있을 것이다.

다만 "밤이 가고 아침이 왔다―"의 구절은 어떻게 고칠 수나 없었을까? 연격連格을 상하여 놓은 감이 있다.

「기이其二」―2편 중 가장 민요다운 시이다.

"니나니 나니나"라든지 "새는 노래하고 하늘은 맑다 태양은 장천 웃

고 있다"를 세 번이나 거듭한 것이 읽는 자로 하여금 조금도 번거롭게 하지 않을 뿐 아니라 도리어 곱고 순한 효과를 보이고 있다. 그러나 순민요純民謠로 볼 때에는 미완성의 혐의를 받지 않을 수 없는 것이다.

「기삼其三」–요한의 「생의 찬미」 삼편 중 가히 백미가 될 것이다. 이것이야 말로 진정 「생의 찬미」의 틀림없다.

종시일관하여—그는 잠자코 '그리하겠소'……

얼마나 침통한 태도요 말이냐 평자는 이 시편 중에서 가장 미뼈웁고 가장 믿음성 많은 친구를 발견하였다.

「곡자사哭子詞」 상화尙火

상화尙火가 상화相和이라는 것을 알고 평자는 일부러 두 번 읽어 보았다. 그것은 이 시가 옛날 상화相和의 것과는 아주 그 경향이라든 취의가 달랐던 까닭에 이 「곡자사」 일 편은 확실히 실패작이다. 작자의 소회를 이, 삼 행의 산문으로 술하였다면 도리어 효과가 있었을지도 모른다. 그만치 이 작자 자신의 산만한 생각은 결코 이러한 형식—시詩—을 이루지 못하는 것이다.

감방의 차디찬 마룻장 위에 앉아 자식을 생각하고 있는 작자의 심정에 우리는 극히 냉정한 일 편의 동정만을 가질 것에 지나지 못하는 것이다.

「동방의 처녀」 김해강金海剛

평자는 우선 무리한 리듬과 순조롭지 못한 호흡의 고통을 느끼었다. 그리고 다음에 평자는 작자가 처음서부터 끝까지 일연 일연을 4행으로 정돈하려 한 '억지'에 쓰디쓴 웃음을 웃었다. 더 좀 자유롭게 더 좀 순하게 우리는 호흡할 필요가 있다. 그것은 둘째치고라도 더 좀 표현(내지 묘사)를 간결히 할 수 없었을까 예를들면 '○'의 제3행 끝에 "얼마나 슬

피 울었사오리까" 같은 것은 "얼마나 슬펐사오리까"라고만 하여도 효과
는 동일한 것이다. 몹시도 평이 지엽에만 흐르는 감이 없지 않으나 '8'
의 "아아 젊은 오빠들은……"과 같은 것은 '모든 이 땅의 젊은이'를 자
기의 애인으로 부르는 동방의 처녀의 모순된 호칭일 것이다.

「5월의 음향」 김대준金大駿

목차에 의하면 김대준과 김해강은 동인인 듯싶다. 이 시 「5월의 음
향」은 「동방의 처녀」보다 떨어지는 작품인 것을 먼저 말한다. 구태여 두
시를 비교할 필요는 없겠으나 전자는 비록 산만하다고는 할지라도 취의
를 알 수 있음에 비하여, 후자는 과연 그 주견主見이 나변那邊에 재在한
것을 알 수 없다.

이것은 혹은 평자와 작자 사이에 시취詩趣라든 착상취재着想取材의 방
면(?)의 큰 차이가 있는 까닭으로서인지도 모른다. 하여튼 좋은 작품이
라 인정할 수 없는 것이 유감이다.

「저기압을 뚫고」 구전拘電

이 시에는 많은 말이 소용)없을 줄 안다. 전체가 애애매매曖曖昧昧한
까닭으로 평자는 이 시에 대하여 아무런 감흥도 가질 수 없다.

개념이 시를 잃을 수 없는 것쯤은 작자도 잘 알고 있을 터이지— 가가
呵呵

「사등선객四等船客」 박세영朴世永

×××라든지 ×× 또는 ××××라고 작자가 명백한 표현을 취할 수
없었다는 것은 평자가 독자와 한가지 유감으로 생각하는 바이다. 더구
나 최종연 중의 1행을 삭제받지 않을 수 없었다는 것은 작자를 위하여

애석한 일이다.

그러나 이 시는 결코 좋은 시는 못 된다. 그것은 퇴고의 여지가 너무나 많음으로서이다. 예를 들면 제7연이라든지 제11연 같은 것은 모름지기 생략할 것이다. 그러한 것을 쓰지 않드라도 사등선객의 가장 비참하고 굴욕 받는 묘사가 박진하면 거드름 피는 부르조아지의 질탕한 생활상태는 연상의 법칙에 의하여 가장 자연스럽게 눈앞에 떠오를 것이다.

또 한가지 평자의 마음에 걸리는 것은 "H는 노동자의 동무, 언제든지 앞잡이었다"라는 구절이다. 사소한 일이나 '동무'는 마땅히 제하고 'H'를 노동자 군상에 넣어야 할 것이다.

이걸로 문외한의 초하창작평을 마치기로 한다. 평자들은 일반으로 평끝에 '망평다사妄評多謝'라는 '인사'를 부치는 경향이 있다. 그것은 비록 겸사에서 나온 고귀한 말에 틀림없을 것이나 가장 불온당한 말인 줄로 믿는다.

평자는 불초나마 문단과 자못 문단인을 위하여 최선의 노력으로 이 평을 초하였다. 모든 것을 주관적으로 보는 평자에게 있어서 이 고稿는 결코 '망평'이 아닌 것을 믿는다.

그러나 평은 망평이 아니지만 본문 뒤에 이렇게 잔소리를 늘어놓은 것은 확실히 평자의 망언에 틀림없다. 이것이 평자가 망언다사妄言多謝라고 독자에게 인사하고 그치는 소이이다.

1929년 12월 16, 18, 19일

현대 소비에트 프로레 문학의 최고봉

- 아 파데이에프*의 소설 『괴멸壞滅』

　『괴멸』은 리베딘스키의 『일주일』과 함께 현대 노농 러시아 프롤레타리아 소설의 최고봉을 이루고 있는 것으로 우리는 '프롤레타리아·리얼리즘의 혁혁한 성과'를 여기서 찾을 수 있다.

　공산주의자(레번슨)를 대장으로 추천하고 있는 탄갱부와 농민으로 조직된 '파르티잔'의 일 부대가 당위원회로서 "······여하한 곤란과 싸와가면서라도 달성하지 않으면 안 될 가장 중요한 당면의 임무는 비록 적기는 하다 하더라도 강고하고 규율 있는 전투 단위를 보지하여 가지고 타일他日 그 주변에······"라는 지령을 받은 뒤에 일본군과 반혁명군의 포위 속에서 계급을 위하여 생명을 도(賭)하고 악전고투를 계속하다가 끝끝내 우세의 반혁명군을 당할 길 없어 그들의 영웅적 투쟁이 '괴멸'의 종국을 맞이할 수밖에 없이 되는 파르티잔의 혁명적 활동의 한 개 기록이

---

*파데이에프 : 파제예프, 러시아의 소설가.

이『괴멸』이다.

그러나 그들의 '괴멸'은 단순한 '괴멸'이 아니다. 작자는 생잔生殘한 19인—지도자 레번슨과 18인의 부하가 비분悲憤의 열루熱淚 속에 삼림을 떠날 때 다음과 같이 결말을 하여놓았다.

"레번슨은 말없이 아즉도 눈물에 젖어 있는 눈을 들어 이 넓은 하늘과 이 빵을 약속하는 대지와 그 모든 멀리 있는 사람들—얼마 안 있어 말없이 자기의 뒤를 따라오고 있는 이 열여덟 사람들과 같이 자기네들의 친근한 사람으로 하여 놓지 않으면 안 될 그 모든 멀리 있는 사람들을 보았다. 그러고 그는 눈물을 거두었다. 그는 어떻게 하여서든지 살아 있어 자기의 의무를 다하지 않으면 안 되었던 것이었다."

이 작품에는 주인공이라 할 자가 없다. 만약 대장 레번슨이 지도자라는 점으로 주인공의 지위를 주장한다 가정하면 대원의 한 사람 한 사람이 탄갱부요 혹은 농민이라는 점을 들어 똑같은 지위를 요구할 수 있는 그러한 존재들인 것이다.

작자는 위선 개인 개인의 대원이며 대장을 묘사하고 그 다음에 그 개인의 혼연한 융합체로서의 파르티잔의 부대를 우리에게 보여준다. 취급된 인물은 전부가 많은 결점이며 약점을 가지고 있는 우리 주위에서 흔히 찾을 수 있는 그런 존재다. 그 하나하나에게 제각각의 과거와 성정을 배치하여 주어 피도 살도 다 있는 '산 개성'을 묘출하여 놓은 작자가 무슨 이렇다 할 혁명적 선동적 언사로 우리를 '아지'하려 하지 않았음에도 불구하고 우리가 그렇게도 깊은 감명을 받고 침통한 흥분을 느끼지 않을 수 없게 되는 것은 도시 '파데이에프'의 영필靈筆의 소산일 것이다.

예술작품으로 얼마든지 높게 평가하여도 좋은 이 작품은 단순한 흥미

점으로도 결코 일반 통속소설에 지지 않는 것이라 믿는다.

파르티잔은 일즉이 지배계급의 데마고그(악선전)로 말미암아 일반에게 단순한 약탈 살인을 위주한 집단같이 오해되어 왔으나 진정 파르티잔이라는 것이 "확호確乎한 목적의식을 가지고 있는 노동자와 농민의 혁명적 부대"라는 것을 우리는 『괴멸』 1편을 통하여 확실히 깨달을 수 있다.

『괴멸』은 1927년에 발표된 것으로 제작에 1925~1926의 2개년을 요하였다. 나는 오즉 이 작품 1편을 읽었을 따름으로 작자에 대한 지식이 없다. 다만 2, 3의 참고서류에서 얻은 바를 종합하여 보면

아·파데이에프는 일즉이 시베리아西伯利亞 광야에서 갱부 노릇을 하였고 혁명 발발과 함께 파르티잔 단체에 가입하여 투쟁하여 온 당원으로 『괴멸』 발표 전에 2편의 소설이 있고 현재 '와프'(W.A.P 전연방프롤레타리아작가동맹) 지도자의 1인이다. 『괴멸』의 영역英譯은 환선丸善에 있다. (A.FADEYEV.19) 가격은 2원 25전인 줄로 기억한다. 전기사戰旗社 판 70전

세계 프로레타리아혁명 소설집 제1편

『괴멸』 아·파데이에프 작 / 장원유인(藏原惟人쿠라하라 코레히도) 역

『동아일보』 1931년 4월 20일

프롤레타리아 문학의 최초의 연燕

- 리베딘스키 작 소설 『일주일』

1922년에 리베딘스키의 『일주일』이 발표되자 부하린은 프로레 문학의 여사如斯한 광휘 있는 달성을 쌍수로 맞이하여 『프라우다』 지상에서 이 중편소설을 불러 "새로운 프로레 문학의 최초의 연"*이라 하였다 한다.

소비에트 동맹의 프로레 문학을 알고자 함에 우리는 이 소설로부터 출발하는 것이 좋을 것이다. 전 주에 필자가 소개한 파데이에프의 『괴멸』은 만약 독자로서 위대한 소비에트 · 프로레 문학의 발전과정을 순서를 좇아 알고자 하는 의도가 있다 하면 이 『일주일』을 읽고 다음으로 『시멘트』(이것은 다음에 소개하고자 한다)를 경유한 다음에 시작할 것을 권한다.

작자는 소설가라기보다는 오히려 시인이다. 따라서 『일주일』은 아름

---

* 최초의 연燕 : 여기서 연燕은 축하하는 자리로 연연宴과 같은 뜻이다.

다운 한 편의 서사시이다. 그러나 이 작품의 진가는 아름다운 서사시의 요소 이외에서 비로소 찾을 수 있는 것이다.

500기미基米의 지선支線으로써 비로소 노국露國의 다른 지방과 연락되는 원격한 농촌 시가지의 연기장演技場에서 개회된 노국 공산당 지부 회에서의 경제평의회 의장의 그 지방의 경제적 정태에 관한 보고로 이 소설은 시작된다.

삼림다운 삼림을 갖지 못하고 철도 간선에서는 멀리 떨어져 있는 이 지방은 지난해의 흉작과 강제 조세로 민가에 무엇 하나 남아 있지 않아 만약 종자의 조달이 여의치 못하면 기근을 면치 못할 위기에 있다. 그 종자를 조달할 철도는 연료의 결핍으로 운전 불가능에 있다. 그 연료를 구하려면 적위군赤緯軍을 총출동시키어 200기미 이상 떨어져 있는 "하下 이에란스크" 지방까지 갈 수밖에 없다. 그러나 그것은 일주일이나 그러한 시일 내에는 할 수 없는 노릇이다…….

결국 요약하면 연료 문제이다. 이 연료 문제의 해결을 위한 토요 노동 ―오! 아무에게도 착취당하지 않는, 그리고 오직 자기네들을 위하여서 하는 노동의 존귀함이여!―과 적위군의 부재를 기회 삼아 일어난 백군白軍의 폭동 위원회 수뇌부의 잔인포학을 극한 피살…….

그러나 때마침 돌아온 적군赤軍으로 하여 백군의 시가 점령은 1일로 끝맺는다. 언제 그러한 시가전이 있었느냐 하리만치 정적에 돌아간 동리에 최초 연료 문제가 토의된 지부회 개회일로서 1주일 만에 당회黨會가 열린다. 이 당회에서 지도자를 폭도에게 빼앗긴 분한과 이제부터는 회會의 중책이 자기들의 쌍견雙肩에 달려 있다고 긴장하는 데서 깨닫는 감격으로 젊은 투사들은 다시금 정신을 가다듬고 새로이 맹서를 짓는다.

이리하여 인터내셔널의 노래는 힘있게 합창되고 집회가 의사 일정에 관하여 일어난 여러 가지 질문으로 들어갔을 때 '코르니티'(새로이 의장으로 선거된 젊은 투사—필자 주)는 아주 익숙한 뱃사공같이 속력 느린 전마선傳馬船을 곡절 심한 얕은 내를 따라 키를 잡아 끌어가듯이 확실하게 냉정하게 사려 있게 의사를 진행시켜갔다.

이 작품에는 적지 않은 인물이 등장한다. 그들은 우리가 그 시대에 상상할 수 있는 인물들의 전부이다. 리베딘스키의 가장 리얼리스틱한 필치는 이 인물들을 참으로 유감없이 묘사하여 놓았다. 그들은 작품에서 탈출하여 나와 우리 목전의 현실에서 종횡으로 약동한다.

이 작품은 이미 소개한 『괴멸』이나 한가지로 주인공을 갖지 않았다. 공산주의의 무리, 적군과 백군, 노동자 농민, 부르조아 그리고 특히 이 시대의 여성을 대표할 만한 세 타입의 세 여성…… 이 인물들이 모두 이 작품의 중한 소임을 연출하고 있는 것이다.

역자에 대하여서는 『괴멸』의 장원(藏原쿠라하라)씨 모양으로 백퍼센트의 신뢰를 가질 수는 없다. 그러나 그 서문에 쓰여 있는 역필譯筆을 든 동기라던 태도를 보아 그가 원작을 왜곡하지 않았음에 어느 정도까지의 신임을 들 수 있을 것이다. 다른 역본譯本도 있는 모양이나 구경하지 못하였다.

(『일주일』, 라베딘스키-저, 지곡신삼랑(池谷信三郎이케야 신잔부로) 역, 개조문고改造文庫(제2부 93편), 정가 20전錢)

『동아일보』1931년 4월 27일

글라드꼬프* 작作 소설 『세멘트』

    어디까지 정확한 그 표현, 비길 데 없이 웅대한 그 규모…… 이러한 것으로서, 1926년에 발표된 글라드꼬프의 『세멘트』는, 프롤레타리아 장편소설 시대의 선두에 서는 한 개 기념비적 작품인 것으로, 현대 소비에트 프로레 문학의 경이이다.

    우리는 3년간의 시민전쟁과 기근으로 말미암아 노동자들에게서 버림을 받은 "더할 나위 없이 황폐하여 버린 세멘트 공장"을 본다. 영구히 활동을 정지하여 버린 듯싶은 녹슬은 기계. 매연의 자취를 감춘 지 이미 오래인 연돌煙突. 파괴당한 철비鐵扉와 창窓과……. 그 앞에 크레이브— 그는 공장 노동자로서, 3년간을 포연 탄우彈雨 속에서 지내고 지금 돌아온 길이다—가 격분 속에 서 있다. 그는 그곳을 떠나 사랑하는 처자가 기다리고 있을 '사랑의 보금자리'를 찾아간다. 그러나 혁명은 부인을 전통적 노예의 철쇄鐵鎖에서 해방하여 놓았다. 그의 아내 다씨아는 이러한

---

*글라드꼬프 : 글라트코흐, 러시아의 소설가.

부인들 중의 하나이었다. 그는 부인 당원이 되어 중요한 부서에 있어 당무를 처리하고, 그들의 애녀愛女는 육아원에 있었다…….

그러나 주인공 크레이브도 언제까지든 혁명 전의 직공으로만 있지는 않았다. 그는 온갖 장애와 싸워가며 황폐한 공장의 부흥을 위하여, 신문화 건설을 위하여, 그의 '힘'과 '열'을 바친다. 그러나 그것은 혁명적 영웅 행위가 아니라, 그의 공장 부흥에 대한 누를 길 없는 '열'이 모든 노동자를 단결시키어 일사불란의 통제하에 이루는 '착실한 실행'인 것이다.

일찍이 국민전國民戰의 전선에서 대승리를 획득한 그들은 이제 다시 프롤레타리아트 독재 아래 경제 전선에 있어서의 승리를 획득하려고 하는 것이다. 전 경제조직은 그들의 수중에 있었다. 그러나 그들의 앞에는 무기로써 하려 하지 않고, 자본주의 경제조직의 왼갖 미와 유혹으로써 그들을 협위脅威하는 은폐한 적이 있었고 그들의 내부에 있어서도 반동분자며 파괴적 요소가 있었다. 그들은 이것들과 또 관료주의적 냉담과 싸워가지 않으면 안 되었다.

끝끝내 일어나고 만 태업—반동혁명.

이것의 대책으로는 오즉 그곳에 직장세포의 숙청을 위한 당黨 정리가 있을 뿐이었다.

레닌의 표어에는—멘셰비키를 구제驅除하라! 하였다. 그들은 당 정리에 있어서 불순분자를 눈곱만한 타협도, 용허도 없이 구제하여 버린다. 제명除名— 제명— 제명.

이리하여 '언제든 앞으로' 의 '미래에의 추진' 은 그 일보를 내놓는다.

발동기는 굉음을 발하고, 충전한 전선은 웅웅거리며 케이블선의 차륜車輪과

조통吊筒은 노래하고 있다. 그리고 회전 용광로의 거대한 탱크는 비로소 소리치며 회전을 시작하고 그리고 그 연돌로부터는 회색 매연의 구름이 뭉게뭉게 나왔다……."

이 밖에 여기에는 애욕의 고투가 있고 코사크 대 적위군의 산악전이 있고 주의主義를 달리하는 형과 아우의 싸움이 있고 후회하고 고국으로 돌아온 망명객들에게 대한 그들의 접대가 있다.

더욱이 일찍이 자기를 파멸의 길에 집어넣으려 한 구적仇敵 크라이스트 기사技師에게 대한 감정으로 청산하여 버리고 그를 이끌어들여 공장 부흥사업의, 유력한 조력자를 삼은 크레이브의 태도라든 아즉까지도 남자 마음속에 뿌리를 박고 있는 가장제적 봉건적 관념에 대한 다씨아의 여성으로서의 반항 같은 것—모두 호好 문장이다.

이 작품은 10월 혁명의 제4회 기념일을 맞이하는 것으로 끝을 막는다.

역자는 십항언(辻恒彦쓰지 쓰네히코)이나 사실상의 역자가 외산묘삼랑(外山卯三郎도야마 우사부로)이라는 사람인 것이 권말에 씌어 있다. 그것은 어떻든 간에 역문이 그리 감복할 수 없는 사실에 대하여는 원작자에게 대하여, 그리고 우리들 간접독자에게 있어서 매우 유감된 일이다.

아구진서방阿久津書房 판, 세계사회주의문학총서, 『세멘트』, 글라 드꼬프 작, 십항언辻恒彦 역, 46판 444엽頁, 1원 80전.

『동아일보』 1931년 7월 6일

편자의 고심과 간행자의 의기

- 『언문조선 구전민요집』

김소운金素雲편, 동경 제일서방판第一書房版 『언문조선 구전민요집』이 발간되었다. 7백 엽頁의 웅대한 이 책자를 손에 들고 필자는 감개무량한 자이었다.

10년 전, 조선에 간장을 파는 곳이 없었다. 까닭에 조선 유람을 마치고 난 어느 외인外人의 입에서 "조선에는 간장이 없느냐?" 하는 진문珍問이 나왔어도 그것은 당연하였다. 안내자는 "조선에는 이 음식의 조미료를 집집에서 저마다 담가먹는 것이 보편된 풍습이다." 하고 설명하였다. 조선이 한 군데의 간장 가가를 가지고 있지 않더라도 그것은 결코 민족의 치욕일 수 없다.

그러나 그가 "조선에 노래가 있느냐, 조선 민족은 노래를 아느냐?" 하고 또 한 개의 질문을 발하였을 때 그에게 제시할 한 권의 민요집도 가지지 못한 그 가엾은 안내자가 어떠한 얼굴로 어떻게 응대하였었는지를 우리는 모른다…….

조선엔들 노래가 없으랴? 조선 민족이라고 노래를 모르겠느냐? 아니 특수한 정서에 있는 조선인 까닭에 그곳에 조선의 노래가 있는 것이요 남다른 환경 속에 생활하여 온 조선 민족인 까닭에 우리는 우리들의 노래를 사랑하는 것이 아니냐?

다른 민족에게 있어서의 민요의 지위는 말하자면 간장과 같다. 그것은 그들 생활의 조미료이다. 그러나 조선 민족에게 있어서는 그것이 생활의 조미료 이상의 것이다. 그것은 우리들에게 '밥' 그것이었고, '반찬' 그것이었다. 조선 민족은 조선민요를 먹고 살아왔다.

그러나 우리는 그것을 돌볼 줄은 몰랐다. 비록 시대의 추이 환경의 변천이 민족성의 특질까지 범하지 못한다 하나 오직 입에서 입으로 전할 따름으로 누구 하나 거두려 하지 않은 조선의 민요는 하나, 또 하나 산일되어 버리고, 외래문화를 섭취하기에 정신을 팔린 우리는 우리들 자신을 연구하고 성찰할 마음의 여유를 잃고 신장新裝에 매魅하여 구각舊殼을 탈하기에 급한 우리는 우리들의 전통의 정신까지를 망각하려 한다.—이것은 결코 10년 전의 조선 유람객의 질문에 곤감하였던 안내자의 비애, 그러한 것의 비比가 아닌 것이다.

그러나 우리는 이제 다시 두 번 곤감하지 않는다. 김소운 군의 10년간의 고심과 노력의 위대한 성과를 조선 민족 전체의 자랑으로 삼을 날이 드디어 온 것이다.

김군이 조선 민요 수집을 기도한 것은 그가 18세 때 동경東京에 있어서의 일이다. 조선에서의 생활의 불안정이 그로 하여금 고향을 버리고 현해탄을 건너가게 하였던 것이다.

동경 역두에 낭중囊中에 겨우 6전의 동화銅貨를 지니고 내리었던 김군 — 따라서 생활에 대하여 아무런 자신도 가질 수 없었던 김군— 자기 한 몸의 생활 개척을 위하여 모든 간난을 싸워가지 않으면 안 되었던 김군— 이 불우한 조선의 소년이 그러한 곤경 속에 있어서 아무도 돌볼 줄을 몰랐던 조선민요 수집의 위대하고도 극난한 사업을 단신 기도하였다는 사실 앞에 우리는 오직 눈물과 감격과 경탄을 가질 뿐이다.

이래 10년간 그는 자기 자신 주림과 헐벗음과 싸워가면서도 빈약한 전낭錢囊을 털어 그것으로 과실과 술을 준비하여 '대정정(大井町)' '사굴蛇窟' 등 동경 빈민구곽貧民區廓에 조선 노동자를 우중雨中에 심방하며 또는 차중에서 우연히 발견한 동포에게 향리의 민요를 들려주기를 청하는 등 무릇 그가 봉착한 왼갖 기회를 이용하여 그는 일의전심一意專心 조선 민요 채집에 몰두하였다. 이리하여 그는 위선 일역본『조선민요집』을 시장에 내어놓았다.

뒤에 그는 경성으로 돌아와 매일신보사 학예부의 기자가 되고 그리고 그는 절호한 기회를 포착하여 조선 전도의 민요를 독자에게서 모집할 수가 있었다.

이리하여 전후前後 10년의 시일을 가지고 김군은 순수한 조선의 민요 3천 백여 편을 채집할 수 있었다. 그러나 그것을 출판하려 함에 이르러 예상 외의 고난이 그의 앞에 가로놓였다. 그와 출판 계약을 하였던 경성의 모 노서포老書鋪는 경제적 파탄에 쓰러지고 이자 달린 사비를 지출하겠다는 어느 개인은 최후의 순간에 발길을 돌리고 또 동배 지우들에게는 해該 서적 출판이 불가능한 기도라고 조소받아 김군은 드디어 조선의 출판을 단념하고 밀감 상자에 초고를 넣어들고 다시 동경으로 가지 않으면 안 되었다.

그러나 동경에서 언문서적 출판은 거의 절망에 가까운 자가 있었다. 교섭하여 볼 만한 왼갖 서포를 차례로 교섭하여 차례로 거절을 당하고 일야 모 선배를 방문한 밤과 같은 때에는 호우 속을 '대삼(大森오모리)' 자기 사숙까지 돌아와 쪼르르 비에 젖은 외투를 벗도 않고 전등불 꺼진

방속에 그대로 쓰러져 절망의 한숨조차 토하였노라—하고 김군은 필자에게 술회한다.

그러나 이 조선 민족의 공동시집이 드디어 암운暗雲을 배배排하고 광명에 욕浴할 때가 왔다. 김군의 그 의기를 장壯한 자라 감복한 제일서방 주主 장곡천기지길(長谷川己之吉하세가와 미노키치)씨가 일자반구一字半句의 일본 문자를 가加하지 않은 이 순수한 조선서적을 위하여 비할 데 없는 희생을 지불한 까닭이다.

언문『조선구전민요집』의 편자 김소운 군을 우리는 민족의 자랑 민족의 보배로 삼으려니와 그와 아울러 그것을 ○○○으로 출세出世시켜준 장곡천씨의—양서출판을 위하여서는 아무런 희생도 돌보지 않는—그 장한 태도와 의기 우에 조선민족의 감격은 영구)히 있을 것이다.

국판 700엽頁 9포인트 3단

천금天金 진홍眞紅 크로스 표지表紙

한정판 500부

정가 5원

【추기追記】 김군이 4년 전에 일역본『조선민요집』을 발간하였다 함은 본문에서 말하였거니와 금년 정월에 암파문고판『조선민요선朝鮮民謠選』(40전)을 또 시장에 내어놓았고 이어서 동 문고판으로『조선민요선』『조선부요선朝鮮婦謠選』을 출판하려 현재 김군이 그의 향리 진해에서 역필譯筆을 다듬고 있다는 것을 기회에 말하여 둔다.

『동아일보』 1933년 2월 28일

문예시평

– 소설을 위하야 · 평론가에게 · 9월창작평

1. 소설을 위하야

김기림씨는 「문단시평」(『신동아』 9월호 소재) 속에서 특히 '수필을 위하야' 말하고 있다.

"한 편 수필은 조반 전에 잠깐 두어 줄 쓰는 것처럼 생각하는 것과 같은 잘못은 없다."

하고 그는 말하고 이어서,

"수필이야말로 소설의 뒤에 올 시대의 총아가 될 문학적 형식이 아닌가 하고……."

생각하였다. 그러나 김씨는 그렇게 생각할 따름으로 만족하지 못하였다.

"향기 높은 유머의 보석과 같이 빛나는 위트와 대리석같이 찬 이성과, 아름다운 논리와 문명과 인생에 대한 찌르는 듯한 아이러니와 파라독스와 그러한 것들이 짜내는 수필의 독특한 맛은 이 시대의 문학의 미지의 처녀지가 아닐까 한다."

하고 가장 김씨다운 말을 한다.

나는 여기에 이르러 이「수필을 위하야」라는 '수필'이 역시 "조반 전에(혹은 석반 후에) 잠깐 두어 줄 쓴 것처럼 생각하는 것과 같은 잘못"을 범한다.

그러나 나는 여기서 김씨의 의견을 축조적逐條的으로 논란할 열의를 가지고 있지 못한다. 『조선일보』 혁신호에서 조용만씨가,

"우리들은 잡문수필류를 배척하는 자가 아니다. 잡문과 수필이 문학의 일 형식으로 장구한 역사와 독특의 경지를 갖고 있는 것을 모르는 자가 아니다. 오직 우리가 생각할 바는 건전한 시대에 있어서 그것은 문학의 한 작은 방류이었지 결코 문학의 주류가 아니었다는 것이다. 문인들은 두뇌의 피로를 쉬기 위하야 쓰고 독자들은 딱딱한 글을 저작咀嚼한 뒤에 디저트로 읽는 것이니 수필류는 대개 이 같은 가벼운 청량제로서 문학 사상의 여천餘喘을 보전하야 온 것이다."
라고 한 말에 나 역시 같은 의견임을 김씨에게 말한다.

우리가 '위하야' 논의할 것은 현재에 있어서 결코 수필이 아니라 소설이다. 값 없는 수필잡문류의 발호와 (근년에 신문 잡지에 발표되는 수필 잡문의 99%까지는 값없는 것들임에 틀림없다) 소설의 학대가 금일과같이 우심한 자는 없을 것이다. 매일 명색으로 진열하여 놓는 것이 수 편에 불과하고 그것들조차 대개 4, 5페이지에 지나지 않는 '콩트'류라는 것은 조선 문단에서만 볼 수 있는 괴현상이다. 작가가 전 역량을 발휘하려도 지나치게 심한 매수의 제한은 편편片片한 소품밖에 발표할 기회를 갖지 못한다. 현명한 두뇌와 과단果斷한 기성氣性이 결핍된 조선의 잡지 편집자들의 아량은 오륙십 매 내지 백 매까지의 당당한 작품을 끊지 않고 한 번에 발표할 만큼 심원하지 못하다.

설혹 우매한 독자들이 저열한 잡문류에 심취 경도한다손 치드라도 그러한 저급 독자군의 호상好尙에 영합하는 것이 저널리스트로서 책策의

득得한 자는 아닐 것이다.

조선 동아 양 신문이 10면이 되어 학예면이 확장되고 그동안 휴간중이던 『문학타임스』가 『조선문학』이라 개제改題하야 수히 속간되리라는 이제에 있어서 금춘의 조용만씨의 입으로 제기되었던 소설 옹호 문제를 다시 한번 들어 신문잡지 편집자들의 일고를 촉하는 것도 무의미한 일이 아닐 것이다.

2. 평론가에게

이헌구씨의 「평론계의 부진과 그 당위」(『동아일보』 학예란 소재)를 읽었다. 평론가다운 평론가를 넉넉히 가지지 못한 조선문단에 있어 나는 우리가 신뢰할 수 있는 평론가의 한 사람으로 이헌구씨를 늘 주목하여 왔거니와 이번의 그의 평론은 역시 우리의 기대를 어긋내지 않았다. 나는 이 평론이 1933년도 조선 문단에 반다시 기억되리라고 믿는다.

조선문단의 평론의 부진이란 금일에 시始한 배 아니다. 그러나 그 부진한 도가 금일보다 우심한 때는 없었다. 염상섭, 김기진, 박영희, 양주동 등 제씨의 평론을 구경할 수 없는 현재 평론단에 있어서 평론다운 평론을 보여주는 이로 이헌구, 유진오, 양씨 이외의 이름을 모른다. 아는 이가 있다면 교시를 빌고 싶다. 어떠한 후안무치한 사람이 현재 조선 문단의 이른바 평론가들 중에서 하모하모를 지칭하야 내게 응대할 만용을 가졌을 것이냐?

나는 감히 '이른바 평론가'라 말한다. '이른바'라는 문구는 확실히 불온한 것임에 틀림없다. 그러나 나는 그것을 구태여 물르려 들지 않는다. 그들의 평론이 '이른바 평론'인 까닭이다.

신문 잡지에 발표되는 '이른바 평론'은 수효에 있어서 거의 소설 희곡 등의 그것과 비견될 것이다. 뿐만 아니라 신문의 학예부 기자는 실로 왕왕히 '이른바 평론'의 표제를 위하야 귀중한 지면의 삼단을 제공하기조차 한다. 이것은 조선에 있어서 대가의 연재소설로서도 일즉이 받어 보지 못한 대우다.

그러나 이 '이른바 평론'들은 조선문단에 무엇을 기여하여 왔는가? 이 물음에 '무엇' '무엇'을 열거하는 이가 있다면 나는 이후부터 그이를 신용하기로 한다. 일즉이 김동인씨가 작품에 대해 비평가의 지위를 활동사진에 있어서의 변사의 그것과 같다고 말하였을 때에 나는 그가 스스로 지어내인 기발한 문구를 농하기에 바뻐 자기의 인식 부족을 깨닫지 못하고 있는 것이나 아닌가 하고 생각하였다. 그러나 근년에 이르러 나는 우리들의 '이른바 평론'들에게서 그의 경구가 진리됨을 알었다.

3. 9월창작평

읽은 차례로-

「아담의 후예」(『신동아』)-이태준씨 작

무릇 문예의 전부는 그 묘사에 있다고 할 것이다. 묘사가 졸렬한 작품은 어떠한 사람의 손으로 어떠한 소재가 취급되었다 하드라도 그것을 문예라고 할 수는 없을 것이다. 이와 반대로 묘사가 능숙한 작품에서 우리는 '진眞'과 '미美'와 따라서 '희열'까지를 찾는다.

이태준씨는 그의 절묘한 필치와 신선한 문체로써 이미 문단에 정평 있는 작가이다. 여기서 새삼스러이 들추어 말할 필요를 느끼지 않거니와 이 「아담의 후예」를 읽고서 그 감이 한층 더 절실한 자가 있다.

본래는 "그리 곤궁하지는 않아 글자도 배워서 이름자는 적는 터이며 의식도 삼베중이에 조밥이나마 굶고 헐벗지는 않고 살았다."는 안영감이

"남과같이 아들자식을 두지 못해서 딸 하나 있는 것을 데릴사위를 들였드니 그것도 자기 팔자소관인지 딸이 사위를 따르지 않고 달아났다."

"달아난 지 메칠 뒤에 청진 쪽으로 가서 술장사를 해서 돈을 모아가지고 아버지를 모시러 나오겠다는 편지가 한 번 있었으나 그후 삼사 년이 지나도록" 딸에게서 다시는 아모 소식이 없다. 무의무탁한 안영감은 "거리서라도 딸을 찾아 청진까지 가보려"고 나섰으나 "원산까지 와서는 벌써 두 여름이 되는 동안 그저 떠나보는 일이 없이 혹시 딸이 이 배에나 저 배에나 돌아오지나 않을까 하고 망망한 바다에 뱃소리만 기다리고" 살았다.

「아담의 후예」는 이러한 내력을 가진 안영감의 원산에서의 생활을 그려놓은 작품이다. 시대는 작자가 알기로도 "차가 겨우 영흥까지밖에 못통할 때" "그 이북사람들이 모다 수로로 다니는 수밖에 없었"을 때.

읽고 나자 작자에게 머리를 숙였다. 그의 용의주도한 면밀한 묘사는 한구석 빈틈없이 안영감의 성격과 생활을 우리 앞에 풀어내놓았다.

작자의 '총명함' '예민함'이 도처에 섬광을 발하야 무조건으로 고개가 수그러지게 한다.

안영감이 창고 앞에 늘어 앉은 떡장사 우동장사 도야지고기장사 할멈들에게 얻어먹는 장면은 안영감과 그들의 교섭을,

"어떤 때 장사 마누라들이 먹을 것을 주어놓고 저이끼린 동정하는 말로 '불쌍한 늙은이'라거니 '늙어서 고생하긴 젊어서 죽는 이만 못하다'거니 지껄이면 안영감은 화가 버럭 치밀어 가만히 놓을 그릇도 땡그렁 소리가 나게 내어던졌다."

"안영감은 다시는 안 볼 것처럼 들이내뺀다. 그리다도 배가 고파 어찌할 수 없을 때엔 어느 제숫댁들이나 찾아오듯 다시 그 할멈들의 함지 앞으로 어슬렁어슬렁 나타났고 또 할멈들도 '저놈의 첨지 공을 모르는 첨지 빌어먹어 싼 첨지' 하고 욕을 하다가도 마수거리만 아니면 우동 그릇, 인절밋개를 김칫국 해서 먹이군 했다."

의 정도로 결코 스스로 만족할 수 없도록 작자의 필봉은 묘사욕 기교욕에 불탄다.

"그 중에도 떡장사 할멈은 몇 해 전에 소장사를 나가 죽은 자기 영감을 생각을 하고 늘 고맙게 굴었고, 또 도야지고기장사 할멈은 아들에게서 온 편지 피봉을 내어보이고 안영감이 자기 아들 이름과 사는 데를 알아 맞히니까 글을 아는 사람이라 하여 가끔 도야지족과 순댓점으로 우대하였다."

하고 작자는 덧붙이어 말하고야 만다. 그러나 물론 이 작품에 있어서 이 구절을 유무의 우열은 아모라도 딱 잘라 말할 수는 없을 것이다.

무릇 문예가는 총명하여야 할 것이다. 우둔하여서는 안 된다. 그러나 총명이라는 것이 인생에 있어서 언제든 필요한 것은 아니다. 도리어 지나친 총명은 왕왕히 우리의 생활에서 여유를 빼앗는다. 그러한 느낌을 우리는 이 작품에서도 받는다.

"무슨 광고가 돌면 그것도 다리가 아프도록 좇아다녀 보고 싸움이 나면 싸움 구경, 불이 나면 불 구경"

으로 족한 것을 작자의 총명은 기어이 다음에다,

"누가 오래 있다고 찾을 사람도 없고 내 집이나 내 사람이 있는 곳이 아니니 불이 난들 싸움이 난들 무서울 것이 없이 그저 구경거리였다."

하고 그러한 천박한 설명구를 첨부하여 놓는다. 인생 관찰에 있어서 이러한 천박한 태도를 우리는 늘 경계하여야 할 것이다. 이 구절은 안영감의 성격을 나타냄에 결코 필요한 것이 아니요, 전연 사족적의 것으로 작자의 인격적 소양의 부족을 보여주는 이외의 아모 것도 아니다.

그러나 그렇게 말한다고 나는,

"뭇사람이 먹든 턱찌꺼기나마 남의 집 음식이니까 맛이 있지" 하는 생각이 좀처럼 그를 비관하게는 하지 않았다.

하는 구절까지를 책하려 하는 것은 아니다. 이것은 걸인의 심리를 나타낸 것으로 그것을 불필요하다고 비난할 이유를 우리는 갖지 않는다. 다만 구경을 구경대로 두지 못하고 그곳에 천박한 해명을 시험하려는 그 태도를 우리는 취하지 않는다는 것이다.

또 하나 작자에게 일고를 빌고 싶은 것은,

"어떤 때는 혹시 뉘집 부엌에서 고깃국물이나 얻어마시고 나서면서는 흐릿하게나마 '딸에게 얹혀 살면 이런 부잣집처럼 고깃국이야 먹여줄라구…….'"
의 일절이다.

아버지의 심리란 이러한 것이 아닐 것이다. 그야 물론 세상에는 별별 아버지가 다 많아 그 중에는 그러한 생각을 갖는 사람도 있기야 있을 게다. 그러나 안영감은 자기 딸이

"혹시 이 배에나 저 배에나 돌아오지나 않을까" 하야 "뚜 소리가 날 때마다 그 숨찬 턱을 덜걱거리며 부두로 달음질" 쳤으며, "뒤에서 남의 등 너머로도 상륙하는 사람이 여자인 때는 흐린 눈을 돌아가지 않는 때까지 눈을 주어 살펴보"았으며 그나 그뿐인가 철로길에서 주운 것들 중에서 "제일 이쁘게 생긴 차주전자 하나와 사기 뚜껑이 달린 정종병 하나는 늘 꽁무니에 차고 다니"면서 장사 할멈들이 "그건 뭘 할라고" 하고 물으면 씩 웃으며 "딸 줄라고" 하고 대답하는 그런 아버지다. 혹시 그 일절이 안영감의 자조에서 나온 말이나 아닐까 하고도 생각하여 보았으나 "그러한 생각이 좀처럼 그를 비관하게는 하지 않았다." 하고 작자가 설명하는 것을 보면 이 일절은 분명히 작자의 부주의다.

그러나 이것들은 다 조고마한 흠이다. 그리고 그 조고마한 흠말고 우리는 흠다운 흠을 찾어낼 수는 없다.

안영감이 낚시질이 하도 하고 싶어 "그때 이 크지 않은 욕망을 이루

354

어보려는 것이 그만 어떤 일본 사람 가가 앞에서 낚싯대 도적으로 붙들린 것"이라든지 그 우연 기회에 "원산서 자선가로 유명한 B서양부인"을 끌어내어 그로 하여금 안영감을 데리고 가게 한 것이라든지 모다 조고만 부자연함도 없다.

더욱이 안영감이 "B부인집 과수원 옆에 임시로 지어 놓은 단칸 함석집" 안에서 그보다 먼저 들어 있는 해수병쟁이와 청맹과니 두 늙은이와 같이 생활하여 가는 장면의 묘사와 같은 것은 결코 범수凡手의 기급企及할 바이 아니다.

그러나 이것은 세소위世所謂 심각미를 가진 작품은 아니다. 장사 마누라들같이 "불쌍한 늙은이"거니 "늙어서 고생하긴 젊어서 죽는 이만 못하다"거니 하는 그러한 동정을 우리는 안영감에게 가질 수는 없다. 위선 작자 자신부터가 안영감에 대하야 흥미와 호기 이외의 감정을 가지고 있지 않었다.

그러한 태도는 흔히 작품을 경박한 것으로 만들어 놓기가 쉬웁다. 피차간 좀더 인생을 깊게 관찰할 공부를 하여야 할 것이다. 그러나 그러한 불만한 점을 가지고 있으면서도 역시 이 「아담의 후예」는 9월 창작 중의 가작(佳作)이다.

「기차」(『신동아』)- 김안서씨 작

잡지 『신청년新靑年』에 (특히 횡구정사橫溝正史씨가 편집을 담당하고 있을 때에) 매월 많은 수효의 '콩트'가 실렸었다. 그것들은 대개가 카미, 빳률러, 베르나르, 피쉐 형제와 같은 이들의 '넌센스'이었다. 김안서씨의 이 「기차」라는 콩트는 그러한 종류의 것이다.

북행열차 제321호와 남행열차 제123호는 반대방향에서 같은 궤도의 같은 길을 흥분이 되어 오고갔다. "전광같이 옆을 슬치고 살짝 지내가는 그 순간 뜨거운 증기가 그들의 얼골에 확 뿌려질 때마다 그들의 몸과 맘은 너무나 참을 수 없는 뜨거운 감동에 부지중 몸부림을 부르르 떨지 아니할 수가 없었다." 어느 날 신문에서 두 열차가 서로 충돌이 되어 양방 차체는 아조 완전히 부서졌다는 보도가 나타났다. 기사들과 전문가들이 여러 번이나 실지조사를 거듭하였으나 암만해도 충돌될 만한 원인을 발견치 못하였다. 그도 그럴 것이다.

"왜 그런고 하니 아직까지 아모도 이 거대한 기관차들의 '그윽한 심사'에 대하야 연구해 본 분이 없기 때문이외다."
라는 것이다.

넌센스는 넌센스가 생명이다. 기관차들의 '그윽한 심사'를 취급한 이 작품은 그 의미에 있어서 아모 흠잡을 곳을 가지고 있지 않다. 까닭에 우리가 문제 삼을 것은 그 내용에 있지 않고 형식에 있다. 그 문장에 있다.

김안서씨는 "이외다" "하외다"식 문체의 애용가다. 그는 그의 수필이나 잡문이나 평론이나 어느 것을 물론하고 이러한 문체를 애용한다. 그러나 소설류에까지 "이외다, 하외다"는 좀 고려할 문제가 아닐까 한다. 더구나 이번 것은 콩트다. 최단형식의 것이다. 그러한 문체를 채용하였다는 것은 다년간 문장에 고심을 거듭하여 왔을 김씨로 하여서는 가장 김씨답지 않은 일이라 할 것이다.

전편을 통하야 느끼는 것은 무엇보다도 먼저 그 지극히 용만(冗漫)한 문장이다. 객쩍은 문구가 도처에 산재한다. 양에 있어서 삼분 일로 긴축시키면 좋았을 것이다.

그야 어떻든 나는 이러한 내용의 것을 이러한 형식으로 발표하는 이 시인의 그 '그윽한 심사'를 도모지 이해할 수가 없다.

「전향轉向」(『신동아』)−함대훈씨 작

외국어에 감능堪能한 이는 흔히 창작을 못한다. 그것은 문예가적 소질을 풍부히 가지고 있는 경우에라도 그렇다. 왜 그런고 하니 원래가 세계적 문호들의 걸작품을 직접 원문을 통하야 다독하였는지라 미처 흔히는 일종의 "기오쿠레(氣おくれ−주눅)"를 느끼는 까닭이다.

함대훈씨는 전에도 수삼 편 소설을 발표하였다는데 구경할 기회를 얻지 못하였었다. 이번 월평의 붓을 들기에 미처 적지아니 큰 기대를 가지고 이 작품을 대하였다. 그러나 내가 받은 것은 실망 이외에 아모 것도 없었다. 생각건댄 이「전향」의 작자는 용감하게도 '기오쿠레' 같은 것을 가지고 있지 않았으나 불행하게도 문예가적 소질을 결하고 있었다.

독자는 나에게 성급하게「전향」의 예술작품으로서의 비평을 요구하려고 하는 것일까? 나는 그 요구를 들어줄 수는 없다. 작자 자신부터 그러한 것을 희망하고 있지는 않을 것이니까―.

「전향」은 어떠한 의미에 있어서든 결코 한 개의 소설일 수 없다.

「순이와, 나와―」

이 작품을 읽기 전에 나는 같은 잡지에 실려 있는 작자의「소설표제」라는 잡문을 읽었다.

그곳에서 작자는 소설을 쓰기에 미처 "먼저 제목을 결정하지 않고는 무슨 까닭인지 붓을 들 수가 없다."는 것과 또 "먼저 구상이 완성된 뒤에야―가령 말하면 어느 부분에 세세한 대화라든지 자연묘사 같은 것을 몇 번이나 머리 속에서 반복하야 완전한 자신이 생기기 전에는 도저히 붓을 들지 못한다."는 것을 말하고 있다. 이것을 읽고 나는 일종 '만족'에 가까운 느낌을 느끼었다―라는 것은 다름이 아니라 내 자신이 역시 그러한 관습을 가지고 있음으로서이다.

그러나 이 작품은 '완전한 자신'을 가진 뒤에 작자가 비로소 붓을 든 것이라고는 생각되지 않는다.

주인공의 안해가 "금년에 다섯 살 된 순이"를 남겨 놓고 죽는 데서부터 시작하야 순이가 아버지 없는 사이에 서랍에서 아버지의 돈지갑을 끄내어 군것질을 하는 것을 보고 젊은 아버지가 "죽어도 좋아, 이런 것은 죽어도 좋아!" 하고 부르짖으면서 순이를 때리는 것으로 종말을 지우기까지 흠잡을 곳이 한두 군데가 아니다.

그 자자레한 흠절은 모다 작자의 불용의에서 생겨난 것이다. 몇 군데 예를 들어 말하자면 주인공이 그의 백모로부터 마땅한 신부가 있으니 재취를 하지 않겠느냐는 의논을 받았을 때 그곳에 당연히 취급되어야 할 주인공의 순이에게 대한 애정이 전연 망각되어 있다. 재취 문제에 있어서 주인공은 "마땅한 상대자만 발견하게 되면 또 결혼을 하게 될른지도 모른다. 하지만 그렇지 않다면 결혼을 급히 굴 필요는 없다—는 것과 같은 자유스러운 생각을 가지고" 있을 뿐에 지나지 않는다. 애아愛兒 순이에 대한 관심은 조끔도 나타나지 않았다. 순이를 위하야 주인공이 재취하기를 주저하는 것이라거나 또는 신중히 고려하는 것이라거나 하여야 비로소 인정의 자연함을 묘출하였다 할 것이다.

'어멈' 문제에 있어서도 역시 그러하다.

"……이 어멈이란 것이 여간 아둔한 위인이 아니었다. 정직하고 고지식한 것만은 좋으나 그외에는 모든 것이—음식솜씨나 집안 치우는 것이나 어린앨 보아주는 것이나 모든 것이 몹시 헐개빠지고 눈치 없었다. 언제인가는 순이를 잃어버려서 야단이 났다가 여섯 시간 만에 파출소에서 찾아온 일이 있었다. 또 어느 때는 대낮에 대문도 지치지 않고 순이를 업고 나간 사이에 도적이 들어와서 아직 제 월부도 마치지 못한 축음기를 집어간 일도 있었다."

우리는 이 구절을 읽고는 어미 없는 자식 순이의 아부지로서의 주인 공의 심정에 일종 혐오조차 느낀다. 음식 솜씨와 아이 보아주는 것을 같은 어투로 말하는 것이나 또는 순이 잃어버린 것과 축음기 도적 맞은 사건을 평등시하는 서술에는 아연하지 않을 수가 없다. 순이에게 대한 주인공의 애정을 우리는 어디 가서 찾나.

"이러한 모든 일을 생각하면 회사에 있으면서도 일상 마음이 뇌이지 않았다. 또 순이를 잃어버리지나 않았나? 무슨 일을 지꺼리지나 않았나?하고 걱정이 될만치 신경이 예민하여졌다."
하고 주인공은 말하나 순이를 위하여서는 주인공은 이러한 우둔한 어멈을 내여보내도 좋았다. 만약 주인공의 마음이 약하다거나 다른 여러 가지 사정이 있어 해고를 시킬 수가 없는 경우라면 그것에 대한 상세한 설명이 있어야 할 것이다. 그야 주인공도 백모와의 대화 속에 백모가 어멈을 가르쳐 그거 어디 쓰겠느냐고 하는 말에 대하야,

"글쎄 저도 모르는 것은 아니지만 별안간 내보내기도 불쌍하고 …… 사람만은 진국이에요."
하고 한마디 말이 있으나 이것으로는 물론 부족하기 짝이 없다.

이러한 주인공이 종말에 이르러 순이가 자기 없는 사이에 서랍에서 돈지갑을 끄내어 군것질을 한 것을 알고 한껏 흥분하야 매질을 하드라도 우리는 그곳에 아모런 감동도 가질 수는 없다.

"나의 눈으로는 어느 사이엔가 눈물이 흘러나리고 있었다. 안해가 운명할 적에도 내어보지 못하든 눈물이—

죽어라! 죽어! 울기는— 울기는—

나는 또다시 순이를 때리며 속으로

—아아! 이것은 나를 보고 하는 소리로구나! 하고 생각했다."
와 같은 것도 작자의 기도企圖에 반하야 독자에게 아모 실감도 주지 않

는 공허한 것으로 그쳤다.

대체로 이 작품은 실패작이다. 그러나 우리는 이 작품을 가지고 작자의 소설가적 기술을 논의하여서는 안 된다. 작자의 재질과 역량은 과거에 있어서 적지아니 가작佳作을 발표하여 왔다. 나는 이무영씨가 언젠가 말한 바와 같이 역시 이 작가에게는 노력이 결핍된 것이나 아닌가 하고 생각한다.

작자의 정진을 바란다.

「홍수」(『신동아』)-차일로씨 작

의 작품을 읽어 가며 위선 느낀 것은 문체와 용어에 있어서 고 최서해를 방불케 하는 자가 있다는 것이다. 그러나 이 작가는 서해보다도 좀더 젊고 또 새로웠다.

「홍수」는 한 개의 우수한 농민소설이다. 좋은 의미로도 나쁜 의미로도 농민소설이라 할 만한 것을 가져본 일이 드문 문단에 있어서 이것은 허술하게 볼 수 없는 수확이다.

"허! 그놈의 비가 열흘만 앞당겨 왔섰드면!"
"체! 어떻게 하늘의 일을 그렇게 사람의 맘대로 할 수 있는 겐가"
"암- 이렇게만 오는 것도 다행이네."
"그러나 그만 인제 왔으면 허겠는데."
그들은 하늘을 치어다보고 서로 걱정을 했다.
"맞바람이 그렇게 불고!"
"까딱하다 아마 큰물 지제!"
성순이는 삿갓을 다시 숙여 쓰고 저편으로 가면서 이런 경구를 한마디 던졌다. 비는 뒤이어 자꾸만 나리었다.

이러한 식의 표현이 결코 새롭다는 것은 아니나 가위 적처적용이라 할 수 있는 것으로 그 얼마나 인상적이요 동시에 효과적인가?

이 작가는 소위 문단적 경력이라 할 만한 것을 가지고 있지 않다. 그러함에도 불구하고 그의 작가적 태도에는 여유와 침착이 보인다. 끝끝내는 무서운 홍수에까지 이르는 장림長霖 속에 젊은 농민의 애정 문제를 유연한 붓대로 취급하고 그리고 어느 정도까지 성공한 것은 결코 범수의 기급할 바이 아니다.

주인공 성순이의 안해가 비 오는 속에서 모 심는 구절

"……엷은 삼베옷이 살 우에 착 감기어 붙어 그리 정제된 열아홉 살 소부小婦의 고운 육체가 원형 그대로 아낌없이 드러났다. 쏟아지는 폭우 속에도 어느 틈엔(가) 그 어린 안해의 몸 우에 …… 그 숨어 있는…… 일즉이 그가 발견하지 못했든 새로운 미를 발견했다."

와 같은 것도 결코 악취미에 흐르지 않았다.

그러나 우리는 후반 그 중에도 '5' 이후에 있어서 흠절을 찾아내지 않을 수 없다.

"성순이는 어려서부터 이 마을에 살았었다. 그러나 그는 일즉이 부모를 잃었었다……."

하고 성순이의 내력을 알려주는 대문은 전연 작자의 불용의를 말하는 것이다. 그것은 모름지기 그 이전에 독자들에게 알려주어야만 할 것이다. 사세가 위급한 때에 이르러서 황황히 보충적 설명을 삽입하는 것은 문세(文勢)를 꺾을 뿐 아니라 역시 작품 전체에 불미한 영향을 주는 것이라 기억하라.

또 성순이가,

"아니, 가마 있게. 나는 조금 뒤에 감세!" 하고 다시 집으로 들어와 방 안에가 주저앉어 우는 구절도 역시 부자연하다. 작자가 좀더 그 점을 꺼려하여 주었드면—하고 애석하여 마지않는다.

이밖에 들어 말할 것은 군데군데 발견되는 용어의 부주의와 (내가 인용한 구절에 있어서 "그리 정제된 열아홉 살 소부의 고운 육체가" 운운의 '그리'와 같은 것은 그 일례다) 또

"그는 그만 그 방 가운데 픽인치 거의 소리가 날 듯이 움있다."라든가

"성순이 몸이 찍구로 한번 얼른 하드니 그의 몸은 내굴는 저편 물 우에서 다시 히뜻함을 보았을 뿐이다."라든가 이러한 부주의한 문장 치졸한 문장일 것이다.

그러나 흠절을 지적하면서도 나는 이것이 가작임을 부인하지 않는다. 작자의 한층 더한 노력을 빈다.

「채전(菜田)」(『신가정』)-강경애씨 작

위선 문장의 치졸함이 눈에 띈다. 누구든 한 개의 소설가이기 전에 한 개의 문장가이어야 한다. 아모튼 이 말에 이의를 가질 수는 없을 것이다. 문장에 대한 수련을 쌓는 일 없이 한 개의 작품을 공표한다는 것은 근본적으로 잘못이다.-하고 나는 「채전」의 작자에게 그러한 의미의 조언을 진설하고 싶다.

강경애씨는 나로서는 처음 대하는 분인데 그래서 그렇든지 그의 문장에도 처음 대하는 문구가 적지 않다.

"그는 표로로 눈이 감기다가 푸루룽 하는 바람소리에" 운운

이라든지,

"어느덧 졸음이 홀랑 달아나 버리고"

라든지,

"박- 것는 성냥소리에"

라든지,

"밥이 우구구 끓어날 때에야"

라든지 일일이 들어 말하자면 한이 없을 게다.

새로운 표현의 연구는 누구에게 있어서든 그리고 어느 때에 있어서든 필요한 것이다. 그러나 남이 쓴 일이 없었다는 그 점에 있어서만 새로워서는 안 된다. 새로운 것과 동시에 참된 것이어야 할 것이다. 그곳에 비로소 새로운 것의 가치는 있을 것이다. 작자는 그러한 문구의 발명에 얼마나한 흥취를 느꼈는지 모르지만 그것은 독자에게 통용되지 않는다.

작자는 이 작품 속에서 소녀 '수방'이를 그리려 하였다. 이야기는 수방이가 잠결에 부모의 공론을 듣는 데서 시작된다. 그들의 공로는 "실과도 돈값어치가 못 되고 채마니 무어 변변"하지도 못하니 일꾼을 줄이자는 것이다.

수방이는 꾁수馘首할 것이 '맹서방'일까 '추서방'일까 하고 혼자서 마음을 졸인다. 맹서방하고 같이서 밭일을 하면서 몇 번인가 주저한 끝에 수방이는 기회를 타가지고 끝끝내 맹서방에게 부모의 음모(?)를 귀뜸하야 준다.

"다음날 때 맹서방은 수방의 아부인 왕서방과 마주 앉고 이러한 조건을 제출하였다.

1. 어떠한 일이 있드라도 우리들을 겨울까지 내보내지 말 일.

2. 우리들의 옷을 한 벌씩 해줄 일.

이 두 조건을 듣지 않으면 그들은 오날로 나가겠다는 것이다. 왕서방은 눈이 둥글하였다.

그러나 그는 그 요구를 들어주지 않을 수 없었다."

이것으로 끄친다면 비록 짜도 달도 않은 흥미없는 것이라고는 하드라도 오히려 한 개의 이야기일 것이다. 그러나 작자는 그 뒤에다

"며칠 후에 수방이는 소문 없이 죽고 말았다. 그의 머리에는 여전히

핀이 반짝였다.─(필자 주 머리에 꽂힌 핀은 맹서방이 사다준 것이다)"
의 일절을 부가하여 놓았다. 우리는 여기서 아연하지 않을 수 없었다.
어째 그는 소문도 없이 죽었는가? 다시 되풀이 읽어보아도 '죽음'에 대
한 요만한 암시도 얻을 수 없었다. 작자는 독자에게 무책임하여서는 못
쓴다. 수방이가 죽어야만 할 필연성이 어디 있었는가?

아직은 이만큼 말하여두고 나는 작자의 뒷날의 활약에 기대를 갖기로
한다.

「도항노동자」(『카톨닉청년』)─이동구씨 작

근래 '카톨릭시즘'이 성히 선전되어 평단에 수삼 차 논란도 되었고
『카톨닉청년』이라는 월간 잡지까지 생겨 이미 호를 거듭하기 4차이다.
그러나 그들이 주장하는 바에 일찍이 귀를 기울이지 않은 나는 이 기회
에 비판을 나릴 자격을 결여하고 있다. 그것을 나는 다음 기회로 밀고
여기서는 소위 그들의 카톨릭문학의 한 표본으로서의 이동구씨의 「도항
노동자」를 보아가기로 한다.

그러나 정직하게 말하자면 이것은 특히 소설만을 평하기를 목적한 나
의 「구월창작평」 속에 취급될 물건이 아니다. 무엇보다도 이것은 결코
한 편의 소설이 아닌 까닭. 그야 표현의 교졸 여하를 막론하고 여기서
는 이렇든 저렇든 일관한 이야기가 있다. 그러나 일관한 이야기만으로
소설일 수는 없다. 우리는 그러한 것을 매일 매일 신문의 3면기사에서
얼마든지 발견할 수 있다. 그리고 그것들이 결코 소설일 수 없다는 것은
새삼스러이 들추어 말하는 것이 어리석다.

도항노동자라는 호개好個의 소재를 가지고서도 이씨에게는 그것을 요
리할 힘이 없었다. 이것은 다만 그에게 문예가로서의 표현력, 묘사력에
결여 내지 부족만을 의미하는 것이 아니다. 그에게는 사물에 대한 관찰

부터가 천박하다.

이씨가 이 작품 중에서 취급한 인물은 대부분에 있어서 실제성을 상실하고 있다. 도항노동자를 정면으로 취급하려 하였음에도 불구하고 한 사람의 도항노동자도 묘사되지 않았다. 이씨가 우리에게 보여주는 것은 그가 마음대로 날조한 인형들에 지나지 않는다.

나는 처음에 도항노동자와 카톨릭시즘의 교섭은 어떠한 곳에 있는고 —하고 혼자 의평疑評함을 마지않었으나 후반에 이르러 딴은!—하고 고개를 끄덕이었다. '신부'니 '성사표'니 '영혼'이니 '주일'이니 '미사'니 하는 그러한 문구를 발견할 수 있었든 까닭이다.

'성당'은 '히가시나리구'에서 진짜로 한 시간은 걸린다.
나종에 알었지만 '가와구씨' 성당이라 한다. 일본 교우들이 그다지 많음에도 놀래었지만 서양 신부의 일본말 하는 것도 이상하였다.
미사 끝에 김억의 여동생 소개로 인사를 하였다. 성사표를 들었다.
"후후, 죠센노신자데스까 요꾸 이노리나사이"—우렁찬 소리로 내 어깨를 탁탁 친다. 한 달 동안이나 오치 않은 부끄러움이 어깨 울리는 대로 얼골을 붉힌다.

단지 이러한 구절이 있다고 그들은 이것을 가르쳐 카톨릭문학입네 하는 것일까? 만약 그렇다면 퍽이나 어처구니 없는 수작이다. 장래에 있어서 카톨릭문학이 어떠한 진전을 가질까?—그것은 물론 한 입으로 경솔히 말할 문제는 아니다. 그러나 「도항노동자」와 같은 것이 한 편의 '소설'로 『카톨닉청년』지에 발표되는 현재에 있어서는 적어도 그것은 족히 더불어 논할 것이 못 된다.

「총각과 맹꽁이」(『신여성』)-김유정씨 작

　김유정씨는 전에『제1선』3월호에 작품을 발표한 일이 있었다는데 나로서는 이번에 처음 대하는 작가다. 처음 대하는 몇몇 분에게 실망 이외에 아모것도 느끼지 못하였든 나는 마지막으로 평하려는 이분에게서만은 흥미를 느끼고 싶다고 하였다. 그러나 읽고 나서 나는 놀랐다. 내가 이「총각과 맹꽁이」에서 받은 느낌은 분명히 흥미 이상의 것이었든 까닭이다. 그것은 일종의 '경이'이기조차 하였다.

　그 간결한 수법이며 적확한 묘사는 이 작가에 범수凡手 아님을 표백한다.

　"호미는 튕겨지며 쨍 소리를 때때로 내인다. 곳곳이 백인 돌이다. 예사 밭이면 한 번 찍어 넘길 걸 세네 번 안 하면 흙이 일지 않는다. 콧등에서 턱에서 땀은 물흐르듯 떨어지며 호밋자루를 적시고 또 흙에 스민다."

　"그들은 문문하였다. 조밭고랑에 쭉 늘어백여서 머리를 숙이고 기어갈 뿐이다. 마치 두더지처럼—입을 벌리면 땀 한방울이 더 흐를 것을 염려함이다."

와 같은 것은 그 일례다.

　허식과 기교가 없는 소박한 농민들의 언어동작과 심리를 묘출함에도 이 작가는 현 문단에 누구에게도 뒤떨어지지 않을 만치 능숙하다.

　닭장문을 열고 닭을 잡아내는 장면,

　"닭의 장문을 조심해 열었다. 손을 집어넣어 손에 닿는 대로 허구리께를 슬슬 긁어주었다. 팔아서 등걸잠뱅이 해입는다는 닭이었다. 한손이 재빠르게 목대기를 흠켜잡자 다른 손이 날개쭉지를 훌킬랴 할제 고만 빗났다. 한 놈이 풍기니까 뭇놈이 푸드득하며 대구 골골거린다."

와 같은 것은 원숙한 일 편의 활화活畵다.

　다만 주인공 덕만이가 계집에게 인사를 하는 구절은 전연 부자연한 것으로 전편의 격조를 깨트리는 것이라 할 것이다. 그렇기로 말하면 위선 '덕만이'라는 인물과 묘사부터가 불충분한 점이 적지 않지만…….

그러나 이것은 역시 한 개의 '거의 완성된' 작품이다. 군데군데 좀 노골적인 문구가 눈썹을 찡그리게 하기도 하나 하여튼 전편에 횡일하는 야미野味는 그것들이 좀더 도왔다고 할 것이다. 그리고 "그러나 맹꽁이는 여전히 소리를 끌어올린다. 골창에서 가장 비웃는 듯이 음충맞게 '맹-' 던지면 '꽁-' 하고 간드러지게 받어넘긴다."
라는 결미는 그리 신기한 것은 아니나 이 작품에 있어서는 가장 적당한 것이라 할 것이다.

우리는 앞으로 이 신인 중의 신인 김유정씨를 주목하기로 하자

이상 연재물만을 빼어놓고는 9월 잡지에 발표된 소설은 거의 전부를 보아온 셈이다. 이 밖에 희곡으로 이무영씨의 「아버지와 아들」이 있으나 그것은 그 방면의 전문가의 평이 따로 있을 것이겠으므로 나는 외람한 짓을 하지 않으려 한다.

　　망평다사妄評多謝

『매일신보』 1933년 9월 20일~10월 1일

3월 창작평

1. 문예 감상은 문장의 감상 – 먼저 평자로서의 태도를 밝힘

3월 창작평을 시작하겠습니다.

처음에 편집 선생의 말씀이 있었을 때 어찌하면 좋을까 하고 생각하였던 나입니다. 무엇보다도 다른 분의 작품을 평할 자격이 내게 있다고는 내 자신 생각되지 않았고 더구나 이 달 동안 발표된 작품 전부를 읽는다는 것이 다른 이들이야 어떻든 내게 있어서만은 여간 큰 일이 아니라고 깨달은 까닭입니다

그러나 돌이켜 생각하여 보면 그 '자격'은 편집 선생이 이미 부여하여 주셨고 또 이러한 일이라도 있기 전에는 다른 분들의 작품을 모조리 읽어볼 기회란 좀처럼 있을 듯도 싶지 않았으므로 외람히 평필評筆을 잡아보기로 한 것입니다.

이제까지의 전문가 제씨諸氏의 월평류는 거의 모두가 '형식'이나 '문장' 같은 것에보다도 '내용'이나 '이데올로기'에 대한 논란에 그 중점이 두어졌다고 생각합니다. 그 중에도 심한 이는 형식이나 문장 그러한

것은 애당초에 논외에 두고 그저 '내용' 그저 '이데올로기'만을 가지고 뜻 모를 말들을 늘어놓았습니다.

그런 류에 대하여 독자는 필자와 더불어 끝없는 불만을 가지고서 그것은 예술이라는 것을 모르는 이만이 대담하게도 가질 수 있는 태도에 틀림없습니다.

만약 내용만이 이데올로기만이 문제의 전부가 될 것이요 그리고 그것이 정당하다면 작가들은 그토록까지 문장도文章道에 고심하지 않아도 좋을 것입니다. 발자크, 졸라의 노작勞作 역작은 얼마나 무의미한 존재일까요. 그것들은 수십 행의 '경개梗概'만으로 족하였던 것이 아닙니까.

'무엇'이 쓰여 있나 하는 것에 흥미를 느끼려는 것은 저급한 독자의 마음입니다. 그들에게는 비교적 상세한 '경개'만으로 족할 것입니다.

그러나 진보된 독자는 결코 그것으로 만족하지 않습니다. 그들은 '무엇'을과 함께—혹은 보다도— '어떻게' 썼나 하는 것에 감상욕의 대상을 구하려 하는 것입니다. '이야기'만이 흥미의 중심이 되어 있는 통속 탐정소설을 애독하는 저급의 독자들이 같은 탐정소설이라도 지극히 그 품위가 높은 「마리로제 사건」이나 「모르그가의 살인」 같은 것의 명작된 소이를 모르는 것은 이치의 당연한 자라 하겠습니다.

문예 감상이란 구경 문장의 감상입니다. 발자크나 졸라의 노력도 결코 무의미한 것이 아니었습니다.

작가들은 얼마든지 문장도에 정진하여야 하겠습니다.

매우 불충분합니다. 그러나 하여튼 이상 말한 것으로 독자는 이제부터 시작하려는 나의 창작평의 태도가 어떠한 것이리라는 것을 짐작하셨으리라 믿습니다.

종래에 있었던 대부분의 '이데올로기'나 '내용' 중심의 월평을 예기豫

期하셨던 분에게는 실망을 드릴밖에 없지만은 나는 나의 믿는 바를 쫓아 힘써 이 달에 작품을 발표하신 분들의 '솜씨'를 보아가기로 합니다.

『중앙中央』『신동아新東亞』『우리들』『월간매신月刊每申』『신가정新家庭』『형상形象』

이상 여섯 잡지에서 연재물을 제외하면 희곡 3편 단편 7편이 남습니다. 그 중에서 희곡은 내가 모르므로 말 안 하기로 하고 이상에 열거한 일곱 개의 단편소설만을 평하기로 합니다.

「봄이 오기 전」	팔봉八峰
「꽃 피였던 섬」	석북진石北鎭
「약혼전후」	최독견崔獨鵑
「실직과 강아지」	조벽암趙碧巖
「남의(南醫)」	이향파李向破
「새우젓」	박미강朴嵋岡
「담판」	김대형金大荊

2. 일인칭이었어야 할 소설 – 팔봉작 「봄이 오기 전」

(1) ……유치장 안에서 작자는 주인공을 우리에게 소개하여 준다. '형우'라는 사나이. 35세.

(2) ……"그것은 지난 삼월이었다" 보석 받아 병원에서 폐병을 치료하고 있던 그는 앞으로 남아 있는 3년의 지리한 형기를 생각하고 자유를 구하여 "해외에 있는 동지 두어 사람과 비밀히 연락하는 일방 청진淸津에서 장사하고 있는 그의 친구 정鄭의 주선으로 아무도 모르게 청진으로 갔던 것이다". 그곳에서 '형우'는 두 동지와 그 이튿날 조반 전에는 "마우재 땅"에 상륙할 예정으로 발동선을 탔으나 중도에서 파선, 날이 밝기를 기다려 그들은 웅기雄基로

찾아들어 목선 한 척을 세 얻는다. 그들이 다시 출발 준비에 분망할 때 그곳 구장의 밀고로 그들은 잡혀갔다. 그리고 닷새만에 "형우의 일행 세 사람은 경성으로 압송되었던 것이다."

(3) …… '이야기'는 다시 유치장으로 돌아와 며칠 후 세 사람은 유치장 뜰로 나온다. 그들을 형무소로 데리고 갈 자동차가 그곳에 있었다. "길거리에는 봄기운이 가득하여 보였다" "담 곁에 우뚝 서 있는 두 개의 포플러 나무의 잎새"에도 그리고 그 담 밑에 파란 잔디풀에도 봄은 확실히 느끼어졌다 "'오오 봄이로구나!' 그는 부지중 이같이 입속으로 부르짖었다."

유치장과 주의자와 그의 동지가 있어도 이것은 이른바 이데올로기 소설이 아닙니다. 따라서 이데올로기 소설류에서 흔히 보는 '부자연함' '무리함' …… 그러한 것들을 이 작품의 '이야기'는 가지고 있지 않습니다.

그러나 그러함에도 불구하고 이 작품은 우리에게 별반 감격을 주지 못하였습니다. 나는 그 까닭을 억양이 결여된 문장에 찾아봅니다. 전편을 통하여 늘 한결같은 저조低調의 문세文勢는 내용의 감격성을 살릴 길이 없이 종말을 지었습니다.

"그것은 20여 일 전에 그가 호올로 병원에서 도망하던 때에 보지 못하던 또는 15, 6일 전에 이곳으로 끄을리어 들어올 때도 보지 못하던 파릇파릇한 풀포기였다.

오오 봄이로구나!

그는 부지중 이같이 입속으로 부르짖었다."

라는 결구는 본래 그 자신 적지 않은 감격을 가지고 있는 것입니다. 그러나 이제까지—유치장 안에서도 병원 탈출에서도 발동선 속에서도 그리고 자유를 또다시 잃는 웅기에서도—독자의 감정을 지배할 수 없었던 작자는 이 '극히 효과적이어야 할' 결구에서도 우리의 감격을 살 수가 없었습니다.

"……복도를 거치른 구두발이 저벅저벅 밟고 지나갈 때마다 이번에는 나를 좀 불러내 갔으면……하고 자기가 있는 방문 앞에 와서 쇠고리를 벗기고서 문을 열어주기를 고대하였다"

이것은 (1) 속의 일절이지만 주인공의 초조한 심정을 서술함에 작자의 붓끝은 극히 미온적이었습니다. '불러내 갔으면……'은 원망顧望일 따름이지 고대苦待와는 적지 아니 거리가 있다고 봅니다. "자기가 있는 방문 앞에 와서" "쇠고리를 벗기고서" "문을 열어주기를"…… 고대하는 그러한 '미지근'한 고대는 독자들에게 아무런 감흥도 일으켜주지 않습니다.

다음에 눈에 뜨인 이 작자의 '불용의不用意한' 일 절을 골라보겠습니다. 유치장 안에서 이야기들을 하고 있기 때문에

"……양복 입은 친구가 이렇게 전라도 친구의 말끝을 달고 있을 때 별안간

이노마! 무스마리 하누냐!

고함소리가 그들의 머리 우에 벽력같이 떨어졌다. 이거야말로 의외의 일이었다."

그러한 것은 의외의 일일 수 없습니다.

또 하나—

"그는 마룻장 우에 놓았던 종이뭉치에서 코 푸는 종이를 집어가지고 목구멍 속에서 튀어나온 것을 새빨간 핏덩어리가 섞이어 나왔다"

아무리 '에'와 '의'의 구별조차 변변히들 못하고 있는 상태의 조선에서의 일이라 하더라도 문필에 종사하는 이의 글 속에 이러한 것이 있어

서 좋겠습니까. 나는 선배의 글 속에서 이것을 지적해내게 되는 것을 유감으로 생각하며 이것이 전혀 언어도단인 '오식誤植의 악희惡戱'이기를 빕니다.

끝으로 작자에게 왜 이러한 내용의 것을 '일인칭소설'의 형식으로 하시지 않았나 묻고 싶습니다. 이 작품의 '이야기'는 '일인칭'의 형식에 적합하고 '일인칭'의 형식은 이 작품의 '이야기'를 위하여 준비된 것이 아닙니까.

3. 지방어와 표준어의 문제 - 석북진 작 「꽃 피었던 섬」

몰락하여가는 삼백여 호 어촌 'S섬'의 이야기. '재수在洙'와 '금네'의 애련哀戀이 취급되어 있습니다. 『신동아』지에 발표된 신인상 일등 당선작.

읽어가면서 위선 느낀 것은 문장에 참으로 풍부하게 지방어가 섞이어 있는 것입니다. 그야 물론 우리는 작품에 지방어를 전연 거부하는 자가 아닙니다. 그러나 그것은 지방색을 나타내기 위하여 효과적으로 쓰여 있는 경우만의 일입니다. 나는 이후로 작자가 그러한 경우 이외에는 반드시 표준어를 사용하여 주시기를 빕니다. 부질없이 문장의 미를 손상하는 것은 누구보다도 작자 자신에게 있어서 본의가 아닐 것이니까. 다음에 내가 느낀 것은 이 작자가, 구성 묘사, 표현…… 그러한 것에 어느 정도까지의 역량을 보여주고 있다는 것입니다.

출범의 정경으로부터 시작하여 해가 "서녘 물결 우로 떨어진" 때까지 어선들을 배웅하여 주고 난 작자의 붓끝이 즉시 돌쳐서서 섬에 남아있는 노인 아녀자들의 해사海事 이야기를 통하여 그들의 신산한 생활고를 우리에게 알려주는 것이라든지 젊은 어부 '재수'의 애인 '금네'로 하여금 지난날을 추억케 하여 S섬의 몰락과정을 보여주는 것이라든지……

실로 '첫솜씨'라고 할 수 없습니다.

더욱이 파선으로 인한 어민들이 비운을 '금네네' '재수네' 집의 몰락, 선주의 야반도망 등을 통하여 보고하고

"억지팔자가 좋아 두 눈이 명청해 쌀독 밑 낱알을 긁는 수밖에 없었다."

이렇게 서술한 다음 '장章'을 갈아

"우리는 여기에서 더 슬픈 소식 한 가지를 들어보자."

하고 말을 꺼내는 따위는 평범한 듯하나 기실 그 필치의 '여유'와 '침착'을 보여주는 것으로 결코 소홀히 대접할 것이 아니라 생각합니다.

이렇게 어느 정도까지의 노련한 품을 보여주고 있는 이 작자도 그 문장에 있어서는 역시 첫솜씨라고 할 수밖에 없도록 세련되어 있지 않습니다.

"어항 속에 고기가 핍진되어 가는 산소를 호흡하려고 악을 쓰듯이"

와 같은 전후의 문장과 조화되지 않는 문구라든지

"이월 동풍에 다 파먹은 김치독같이"

따위의 진부한 형용구는 그만두더라도 '금네'가 섬을 떠나기 전날 밤 최후의 밀회를 하는 장면의

"……그의 몸은 하염없는 감상으로 흘렀다."

라든지 '금네'가 섬을 떠난 뒤의 '재수'의 심경의

"그러나 죽음의 무덤 같은 이 섬에 박히기에는 한시가 바빴다."

라든지 그밖에

"황폐한 절간의 뜰과 같이 황량하였다."

의 '황폐'와 '황량'의 중복

"커다란 태산……"

의 불필요한 형용사 '커다란'—태산泰山은 이미 그러한 형용사를 필요하다 하지 않습니다—과 같은 것은 이제도 문장에 대한 많은 수련이 이

작자에게 필요함을 표명하는 것이라 하겠습니다.

더욱 두 젊은이의 밀회 시의 회화 「꽃 피었던 섬」과 한가지로 "어린 시절 장식하던 아리따운 꿈도 속절없이 사라지는 듯싶지만 어디 갔다더라도 장한 얼굴로 이 섬을 찾아봅시다"

라든지

"재수씨 저는 아름다운 그 꿈을 품은 채 죽어버리려고 아무리 애를 써도 저는 약한 계집이었어요"

라든지…… 마치 신파 연극을 구경하는 듯한 느낌을 줍니다.

밀회의 이야기가 났으니 말이지 금네나 재수나 어촌의 처녀 총각다웁지 않게 '세련된 감정'의 소유자라는 것이 나에게도 퍽이나 기이한 느낌을 줍니다. 마땅히 '소박'하게 '와일드'하게 묘사하여야만 할 것이 아니었을까.

"재수는 금네를 녹일 듯이 처음이며 마지막인 뜨거운 키스를 주었다." 와 같은 것은 부질없이 해변의 야경 이별의 정서를 깨뜨려 놓을 뿐입니다.

이 밖에도 할말이 남았으나 너무 길어지므로 그만 줄입니다. 이렇든 저렇든 석씨는 우리가 뒷날에 기대를 가질 수 있는 작가요 「꽃 피었던 섬」은 빈약한 3월 창작 중에서는 그 우수한 부류에 드는 것임을 말하여 둡니다.

4. 통제를 잃은 재필才筆의 난보亂步 – 독견 작 「약혼전후」

『월간매신』은 매일신보의 부록잡지로 따로 시장에 나오는 것이 아니므로 해당該 신문의 독자 이외에는 이 작품을 읽을 기회가 별로 없겠으나 위선 양으로만 하여도 너무나 빈약한 3월이니 이 기회에 나는 이 유머 소설을 읽어보기로 합니다.

유머 소설에 대하여도 내 자신이 일찍부터 관심을 가져왔고 또 몇 번 시험도 하여 보았습니다. 그리고 그때마다 그것이 예상 외로 요리하기에 힘드는 것이라는 것을 느끼고 느끼고 하였습니다.

유머 소설 제작에 있어서 우리의 고심은 내용에보다도 그 문장에 있다 할 것입니다. 유머러스한 내용에 유머러스한 문장이 필요하다는 것은 새삼스리 말하지 않아도 좋을 것이나 그 이른바 '유머러스한' 문장이라는 것이 여간한 물건이 아닙니다.

골계미가 있는 사실이란 얼마든지 있을 수 있고 얼마든지 만들어낼 수 있을 것입니다. 우리가 관찰안만 게을리하지 않는다면 우리의 주위에서 그것들을 손쉬웁게 발견할 수 있을 것입니다. 그러나 그것을 문장을 통하여 독자 앞에 재현시킨다는 것은 좀처럼 일이 아닙니다.

(이것은 오직 유머 소설에만 한하여 말할 것이 아니겠으나) 특히 유머 소설에 있어서는 용어 문체 등의 '신선'이 절대로 필요합니다. '기교'라는 것이 그만큼이나 큰 소임을 하는 것도 역시 이 종류의 작품에서입니다. 문장에 상당한 수련을 하고 또 특히 그 방면에 소질이 있는 이가 아니고는 꾀하더라도 지극히 어려운 일일 것입니다.

우리가 어느 유머 소설을 읽는다고 합시다. 우리는 작자가 무엇을 말하려 하였나 하는 것은 압니다. 그리고 또 생각하여 보면 그러한 일은 우스운 일임에 틀림없습니다. 그러나 그러면서도 웃음이 (미소든 고소苦笑든 홍소哄笑든) 자연스러웁게 나오지를 않습니다. 그 원인에 대부분은 작품의 문장에 있는 것입니다.

이제 최독견씨의 「약혼전후」를 읽어보면 이것은 유머 소설로 성공을 하였다고도 못하였다고도 할 수 없습니다. 그저 대체로 무난하다고나 할까.

창작에 뜻을 두고 있으면서도 오즉 타고난 게으름으로 하여 다른 분들의 작품을 많이 읽지 못하는 나는, 이 작자의 것으로는 초기에 『신민新民』지에 실리었던 두어 편의 단편을 읽은 기억이 어렴풋이 있을 뿐이요 또 이 작품에 대하여 세평이 어떠한지도 모릅니다. 그러나 내가 이 「약혼전후」만을 읽고난 뒤의 감상은 이 작가가 재필才筆이라는 것과 또 이 작품이 별반 노력 없이 된 것이라는 것입니다.

재필은 그것을 통제 없이 둘 때에 실로 왕왕히 묘사며 서술을 산만하게 하여 놓습니다. 이 작품에 있어서도 작자는 좀 '요설饒舌'이었다 생각합니다.

"머리—그의 머리는 오뉴월 복달임에도 값싸고 시원한 맥고모자의 혜택을 입어본 적이 없이……"
로부터 "난간 이마" "엷은 눈썹" "작은 눈" "메기를 연상케 하는 입" "주걱턱" "복귀" 그리고 "코" 다음에 또 "북악 같은 어깨" "행랑어멈의 그것 같은 위대한 궁둥이"…… 이러한 것들에 이르기까지 주인공의 인물묘사에 실로 105자 43행을 소비하였습니다. 그리고 그러함에도 불구하고 그것들은 단순히 인물묘사를 위한 인물묘사이었으므로 독자에게 주는 인상이 극히 희박하였다고 봅니다.

그러한 예를 이곳에 일일이 열거하는 번잡을 피하거니와 「약혼전후」의 작자는 재필에 너무 신뢰를 두지 말고 노력이 있어야 하겠습니다.

"문장이 간략" "문장이 간략" 이 말은 「약혼전후」의 작자에게보다도 내 자신에게 주고 싶다 생각합니다.

5. 무시된 어감, 어신경語神經 – 조벽암 작 「실직과 강아지」

졸고 제2회 팔봉 작 「봄이 오기 전」을 논한 중에 최하단 제20행으로부터 제34행에 이르는 '오문誤文 지적'의 일절은 필자의 속단으로 작자에게 적지 아니 미안한 점이 있기로 이곳에서 취소하려 합니다.

그곳에 인용하였던 의미 불통의 일 절은 그 책임이 '팔봉'께 있지 않고 교정자에게 있다고 생각합니다. 편집 선생과 독자 제현의 관용을 빌어 이곳에 다시 한 번 그 원문을 인용하여 보겠습니다.

"그는 마룻장 우에 놓았던 종이 뭉치에서 코푸는 종이를 집어가지고 목구멍 속에서 튀어나온 것을 새빨간 핏덩어리가 섞이어 나왔다"

이 글 속의 "튀어나온 것을"과 "새빨간"과 사이에 탈락된 글자가 있음에 틀림없다고 믿습니다. 그것이 어떠한 자字인가는 알 수 없으나 가령 '받았다'의 3자를 보충하여 보면 의미가 통합니다.(이 의견을 시示하여 주신 이는 김소운金素雲씨입니다.) 조선의 출판물에 있어 이런 일은 결코 드문 것이 아니요 또 내 자신에게도 그 경험은 적지아니 있습니다. 그럼에도 불구하고 이번에 그것을 살피지 못한 것은 오로지 나의 경솔의 소치라 생각합니다.

이 기회에 팔봉께 삼가 사과의 뜻을 표하고자 합니다.

조벽암씨의 작품을 읽어가며 나는 몇 번인가 '언어의 선택'이라는 것 '어감'이라는 것 그리고 '언어의 신경'이라는 것…… 그런 것들을 생각하여 보았습니다.

나와 같은 연소배年少輩가 그러한 것까지를 생각하여 보는 것은 도리어 외람한 짓일지도 모르나 어떻든 한 개에 소설 학도로서 이 열의만을 가지고 간단하게나마 생각하는 바를 말하여 보겠습니다.

가령 '아름다운'과 '아리따운'과 '어여쁜'과 '예쁜'과…… 그리고 '여성'과 '여인'과 '여자'와 '계집'과…… 이렇게 늘어놓았을 따름으로 독자는 이것들이 저마다의 '어감'과 저마다의 '신경'을 가지고 있다는 것을 깨달으시리라 믿습니다.

이제 네 개의 형용사와 네 개의 명사로 도합 열여섯 명의 미녀를 구하여 봅니다.

'아름다운 여성' '아리따운 여인' '어여쁜 여자' '예쁜 계집' '아름다운 계집' '아리따운 여자' '어여쁜 여인' '예쁜 여성'……(이하 략略)

이것들의 세세한 설명은 이곳에서는 불필요하리라 믿습니다. 따로 기회를 보아 이 종류의 조고마한 연구를 발표하려니와 독자는 몸소 이 우에 들어 말한 것들의 그 하나하나의 '어감'이며 '신경'을 음미하여 보소서. 혹은 가르쳐 이러한 것은 지엽의 문제라 할런지도 모릅니다. 그러나 작품이 문장의 형식을 갖추어 비로소 되고 문장의 기본은 개개의 용어에 있음을 알 때에 우리는 좀더 이 문제에 신경을 날카로웁게 하여도 좋을 줄 압니다. 더욱이 창작에 뜻 둔 이로서 이 방면의 것은 거의 완전히 무시하고 있는 듯싶은 느낌이 있는 조선에서의 일입니다.

「실직과 강아지」를 논할 곳에서 이러한 말을 하여 조벽암씨는 불쾌하게 여기실지도 모르나 이것은 이 작자에게만 하는 말이 아닙니다. 창작에 뜻을 두신 분이면 그 모든 분에게, 그리고 물론 내 자신에게도 하고 싶은 말입니다.

이 작자의 작품으로는 『조선문학』 신년호 게재였던가의 「수심고獸心苦」(미정未定)와 이번 것을 읽었을 뿐이나 두 번 다 실망을 느꼈습니다. 문장뿐이 아니라 그 구성 수법에 있어서 감복할 아무 것도 발견하지 못하였습니다. 이러한 말을 하여서는 어떠할지 모르나 이 작자는 '창작의 어려움'이라는 것을 알고 계시지 않은 듯싶습니다.

들으면 이 작자는 펜을 잡으면 밤을 새워서까지라도 한 편을 완성한다 합니다. 그 정력, 그 건필에는 경의를 표하고 싶으나 그러한 창작태도가 작자에서 정돈과 퇴고의 여유를 안 주는 것이나 아닐까.

뒷날에 기대를 갖기로 하고 이번 작품에는 이 이상 말하지 않으려 합니다.

6. 인생관, 소설관의 애매曖昧 - 「남의南醫」 외 두 작품

잡지 『우리들』에 실린 「남의」의 작자 이향파李向破씨는 나로서는 처음 대하는 분입니다. 『우리들』 2월호 「편집후기」를 보면, ―「남의」는 한참 읽는 사람으로 무엇을 생각하는 것이며…… 하고, 이러한 말이 있으나, 그것은 순연한 편집자의 의례적 내지 영업적 문투文套일 것이요, 또 작자 자신도 그러한 겸사(?)를 예기豫期하지는 않았을 것입니다. 내가 이 작품을 읽고 느낀 것은 호의와 또 좋은 의미로서의 흥미이었습니다.

작자는 이 작품에서 농촌을 스케치하였습니다. 스케치?―네 스케치입니다. 그 점이 이 작품 형식의 장점인 동시에 단점일 것이나 하여튼 농촌을 모르고 있는 나는 작자의 주관의 간섭을 그다지 받지는 않은 농촌의 점경 에피소드 등에 적지아니 흥미를 느낄 수 있었습니다. 그러나 그 반면으로 작품의 역점을 아무 곳에서도 찾아낼 수 없었던 것은 유감이었습니다. 그야 물론 그러한 형식의 작품도 있을 수 있습니다. 그러나 이 작품에 있어서는 작자가 의식하고 그러한 형식을 취한 것이 아닌 듯싶습니다.

문장은 이른바 '명문名文'도 또는 특색 있는 것도 아닙니다마는 작자가 고의로 형용사 등을 나열하여 독자의 눈을 현황炫煌케 하지 않은 것이 십분 다행합니다.

이 기회에 말하고 싶은 것은 농업국이라 일컫는 조선에 있어서 농민 소설을 시험하여 보는 문인이 극히 드물다는 것입니다. 나와 같이 모르면 그만이거니와 알고도 안하시는 분에게는 힘써 권하여 보고 싶습니다. 만약 「남의」의 작자도 그 방면에 자신이 있다면 이후 야심적 제재로 농촌을 그려주시기 바랍니다.

「남의」를 '농촌의 스케치'로 대우하려는 것은 나의 호의로서의 일이거니와 하여튼 다른 기회에 작자가 그의 재능과 역량을 보여주기를 기대하기로 하고 이 작품만으로 작자를 저울질하여보는 것은 삼가 피하려합니다.

박미강朴媚岡씨의 콩트 「새우젓」을 읽었습니다. 『신동아』지에 발표된 일등 입상 작품입니다.

"사직공원 옆을 나리는 시냇가에서 아침부터 빨래를 하던 필운어멈"이 저녁때에야 빨래광주리를 이고 집으로 돌아옵니다. 종일 젖을 안 먹인 어린것에게 젖 빨리려 하였으나 아이는 이미 죽은 뒤였습니다.

"귀! 코! 입! 배!를 살펴보던 의사는 유리관으로 관장을 하고 그 유리관에서 새우젓 세 마리를 핀셋으로 집어냈다.

필운에게 주었던 점심반찬이었다.

"나 하나 먹고 애기 하나 먹으며 놀았지! 배불러서 잘 자지!" 잠자는 필운이가 의사의 손에서 새우젓을 보며 일어나 말했다"

이러한 사실은 (세상이란 넓으니까) 의외로 있을지도 모릅니다. 그러나 사실은 그대로 소설일 수 없습니다. "난 지 이레 된 어린애"를 집에 둔 채 왼종일을 태연하게 빨래를 하는 어머니라는 것도 우습고 또 매우 냉정한 인물들인 듯싶은 주인집 사람들이 자기네 아이 먹이다 남은 우유라도 혹시 먹여주었을지 모른다고 주인공으로 하여금 스스로 위안케 한 작자의 인생 관찰안도 유치하기 짝이 없습니다.

나는 작자에게 인생에 대한 공부를 게을리 말 것을 충고하는 것과 함께 콩트라는 형식이 이러한 내용에는 부적당한 것이라는 것을 말하여

드리고자 합니다.

　이상으로 3월 창작평을 마칩니다. 처음에 잡지의 목차를 뒤적거렸을
따름으로 7편의 작품을 골라 『형상』에 실린 김대형金大荊씨의 「담판」도
평하려 하였으나 급기야 읽어보니 그것은 소설이 아니었습니다. 그리고
동시에 소설 이외의 아무것도 아니었습니다. 그것을 소설로 알고 발표
하는 작자나 또 편집자에게 아연함을 마지않습니다.
　이번 기회에 우리 창작단을 둘러보니 한산하기 짝이 없습니다. 3월호
잡지를 모조리 털어서 6편의 단편―. 그나마 이렇다 하고 추장推奬할 작
품이 없음에야……
　우리들은 더 좀 공부하고, 더 좀 노력하여야 하겠습니다.
　　―망평다사忘評多謝―

『조선중앙일보』 1934년 3월 26일~3월 31일

이태준 단편집 『달밤』을 읽고

이태준씨의 단편선집 『달밤』을 읽었다. 읽고 이제 이 청탁도 받지 않은 글을 초하는 것은 오로지 거기서 내가 맛본 감격에 말미암은 것이다.

내가 이태준씨의 이름을 처음으로 안 것은 10여 년전 석왕사에서이다. 그곳에서 사귄 휘문고보생은, 나를 '문학소년'이라 알자, 그가 가졌든 『휘문(揮文)』지를 내게 보이고 그곳에 시와 수필을 실은 이태준씨를 매일 칭찬하였다. 나는 내 자신 그의 글을 읽고, 그리고 그를 재사(才士)로써 칭찬하였다.

그 뒤 얼마 지나, 이 작가의 「오몽녀(五夢女)」가 모 지상에 발표되었다. 「오몽녀」는 이 작가의 작품으로써는 혹은 최고 수준의 것은 아닐지도 모른다. 그러나 당시 문단의 모든 작가들이 무한한 경이를 가지고 이 작가의 출현을 맞이하였던 것은 속일 수 없는 사실이다. 한 시골 여자의 무절제한 성생활을 우리에게 보여준 그 확실하고 또 대담한 솜씨는 그의 세련된 문장과 더불어 이 작가로 하여금 쉽사리 우리 문단에 그 자신의 지위를 획득하게 하였다.

그러나 어인 까닭인지 오몽녀는 이번 창작집에는 기록되어 있지 않다. 혹은 너무나 대담한 성생활의 묘사가 이 온건한 작가의 호상에 적適하지 않았는지도 모른다. 그러나 그런 것은 하여튼 당시「오몽녀」일 편을 읽었을 따름으로 나는 내마음대로 이태준씨를 매우 '재치 있는' 그리고 또 '장래 있는' 작가라고 정하여 버렸다. 이 생각은 뒤에「누이」를 읽고「산월이」를 읽고「아담의 후예」를 읽고 하는 동안에 거의 결정적의 것이 되었다.

그러나 그의 20편의 작품을 칭찬하고 난 이제 생각하여 보면 그것은 결코 작가 이태준씨에게 대한 정당하고 또 정확한 인식은 아니었다. 이 작가는 이미 '재주 있는' '장래 있는' 작가만으로 끄치는 것이 아니다.

예술로서 마땅히 가져야 할 천품과 교양이 이 작가에게 있는 것은 물론이어니와 그 밖에 작가로서의 예민하고 또 적확한 관찰력, 파악력을 그는 갖추고 있다. 그러나 그것만이라면, 나는 그다지 놀라지 않는다. 또 그것은 놀라기에 족한 사실이 못될 게다. 허나 나는 이번 기회에 이 작가가 무한한 포용력까지를—(이것은 결코 군소작가들에게서는 구할 수 없는 것임에 틀림없다)—갖추고 있다는 것을 알았다.

그는 벌써 암연히 일가를 이룬—그 자신의 독특한 예술경을 가진, 가히 존경을 받어 마땅한 작가다.

'문인상경자고이연文人相輕自古而然'*이란 가히 지언至言인 듯싶어 일찍부터 이 작가의 작품에 주목은 하여 왔으면서도 내가 고개 숙여 그에게 배울 것이 있으리라고까지는 생각하지 않었든 것이 이번에 그의 단편집을 정독하고 나서는 제풀에 숙여지는 머리를 내 자신 아모렇게도 할 수 없었다. 나는 이미 이 작가 앞에서 오만할 수 없다.

---

*문인상경자고이연 : 글쓰는 이가 서로를 존중하지 않는 것은 옛부터 그런 것이다.

이제 감격의 나머지 붓을 잡어 이 글을 초하나 초하면서도 남을 칭찬한다는 것이 얼마나 힘드는 일인가를 새삼스러이 느낀다. 더욱이 얼마를 정독하든 지나치게 칭찬하였다고는 할 수 없을 이 작가, 이 작품집에 있어서 더욱 그러하다.

미인을 그대로 미인으로 대접하지 않는 것은 현대 작가에게 있어서의 일반적 경향일 것이다. 그들은 그들의 작품 속에서 말한다. "……그는 미인은 아니었다. 그러나 어딘지 모르게……" 하고.

이 식으로 하자면 나도 이 『달밤』을 그대로 양서로 추천하지 않아야 혹은 마땅할지 모른다. 그러나 그것은 꾀하여도 부질없는 일이었다. 내용말고, 그 장정, 인쇄에 이르기까지, 이렇다 할 결점을 발견할 수는 없었다.

나는 내 자신의 작가적 양심을 가져, 이 주옥 같은 단편집을, 독자에게 추천한다. 이 책이 단 한 권이라도 더 팔리기를 바람은, 저자나 서점을 위하여서가 아니라, 진실로 우리의 문학애호가를 위함으로써이다.

나는 이 졸문에 있어서 그의 작품을 개별적으로 평하려고도 하였으나 이내 그만두기로 하였다. 그것은 내가 고만한 노력을 아낌보다 만인의 애독을 받어 마땅한 이 서책을 혹은 내가 독점한 것 같은 혐의나 있지 않을까 하여서다.

양서 추천은 비록 천만 금을 소비하드라도 그 뜻을 다하지 못할 게다. 나는 차라리 이곳서 붓을 놓기로 한다.

『달밤』의 내용은 「불우선생」 이하 총 이십 편이다. 272엽頁 정가 80전 발행소 경성부 견지동 32.

『조선일보』1934년 7월 26일~27일

주로 창작에서 본 1934년의 조선 문단

1

이 글을 써 달라고 처음에 편집 선생의 청탁이 있었을 때 나는 선뜻 응낙하지 않았다. 위선 나는 한 개의 작가요, 결코 평론가가 아닌 까닭에 이 소임은 내게 가장 부적한 것이라 생각되었고 또 남의 작품을 읽지 않기 나와 같은 자 드물어 금년도에 발표된 작품 중 내가 읽은 것이라고는 겨우 수삼 편에 지나지 않는지라 이제 새로이 그 많은 수량의 작품을 단시일 사이에 독파하기란 내게 있어서는 거의 불가능에 가까운 일이었고 그보다도 근일 내 신변의 쇄사瑣事는 결코 마음 고요히 다른 분들의 작품을 정독할 심적 여유를 내게 주지 않았다. 그러한 경우에 있어서 편집 선생은 언제든지 무자비한 듯싶어 나의 정당한 의사 표시는 완전히 무시되고 드디어 이 글은 최악의 온갖 조건을 갖추고 있는 내 손에 초(草)함을 받게 되었다. 이것은 이 해에 활약한 작가들을 위하야 또 충실한 독자들을 위하야 슬퍼하기에 족한 일로 그 책임을 오로지 무자비한 편집 선생에게 묻는 것은 결코 지나치게 교활한 일이 아닐 게다.

내가 이 글을 초하기에 이른 경위는 이만하여 두고 이제 독자와 더불어 1934년도 조선 문단을 회고하여 보기로 하자.

2

위선 우리가 문제 삼지 않으면 안 될 것은 평론계의 부진이다. 박영희 朴英熙씨, 김기림金起林씨, 정래동丁來東씨, 김환태金煥泰씨 등의 수삼 씨 의 문예평론류가 있기는 하였으나, 별로 경청하기에 족한 내용을 갖지 못하였다. 그야 물론, 조선 문단에 있어서 문예평론류의, 그 무내용, 그 무가치한 것은 이 해에 비롯함이 아니다. 그러나 수삼 년 전까지도 그 양에 있어서만은 가히 놀라운 자가 있었다. 그것이 금년도에는 빈약하 기 짝이 없다. 혹은 이 현상을 가히 슬퍼할 것이라 보는 이가 있을지도 모른다. 그러나 나는 오히려 이것을 '딱하게 기쁜 현상'이라 말하고 싶 다. '무내용한 것' '무가치한 것'의 '많음'은 오히려 '적음'만 같지 못하 다. 만약, 조선의 '이른바' 평론가들로서, 금년도에 이르러 새삼스러이 이것을 깨닫고, 그리고 그들의 요설을 삼간 것이라 하면 (물론 그렇다고 보기는 지극히 어려운 것이나) 이제 장래將來할 수삼 년 간 그들은 혹은 침묵을 완전한 침묵을 지키고, 그리고 그 뒤에 그들이 입을 열 때 그것 은 혹은 우리 작가들을 조곰이라도 계발할 수 있는 종류의 말일지도 모 른다. 내가 '딱하게 기쁜 현상'이라는 기경奇警한 문구를 사용한 것은 오 로지 이 경우를 가르친 것임에 틀림없다.

무릇 조선의 예술 각 부문에 있어, 가장 진보된 자는 문학으로, 그 중 의 몇 편의 소설, 몇 편의 시는 이미 세계 수준에까지 이르렀다, 나는 본 다. 비록 왼갖 가장 불리한 조건 아래 조선 작가의 창작 활동이란, 극히 활발치 못한 것임에는 틀림없으나 그래도 가장 재능 있는 가장 장래 있 는 탁월한 청년 작가를 나는 서슴지 않고 4, 5명 열거할 자신을 갖는다. 그러나 그것은 오즉 4, 5명에 그칠 뿐 나머지 대다수의 작가들은 그들의 전도前途 아즉도 요원한 자가 있다. 특히 삼류 사류 작가들의 창작에 있어서의 그 수법 그 문장은 도리어 읽는 자의 얼굴을 뜨거웁게 하는 최대한도까지의 치졸함을 갖는다. 조선의 '이른바' 평론가들의 두뇌는 이러한 종류의 작품을 이해하기에 족할 것이다.

일즉이 내가 거의 신용하기에 족하다 생각한 박영희씨는 금년도에 발표한 씨의 수삼 편의 문예시평에서 완전히 평론가로서의 무능을 스스로 폭로하였고 또 유진오俞鎭午씨는 장혁주張赫宙씨 추천에 있어서 엄정한 평론가의 정신을 모독하였다. 나는 이 두 분이 평론의 붓을 꺾고 순연한 학자로서 그들의 연구에 몰두하기를 희망한다. '자기를 앎의 밝음'이 만약 그들에게 있다면 그들은 내 말을 그르다 안할 것이다.

3

'이른바 평론가'들의 노여움을 사는 것은 그만한 정도로 그치고 다음은 우리들의 창작단을 보아가기로 하자.

일즉이 조선 문단을 가르켜 '문단文壇'이 아니라 '작문단作文壇'이라 갈파한 것은 이태준李泰俊씨어니와 그것은 가히 명언으로 이제 금년도에 발표된 작품을 읽어 보아 그 느낌이 또한 새로운 자가 있다.

문장에 대하야 무관심하기 조선 사람만한 자 없을 것이요 문장에 대한 수련을 게을리 하기 조선 작가만한 자 또한 없을 것이다. 이것에는 주견 없는 어린 작가들에게도 허물이 있거니와 그들의 작품을 평함에 있어 1에도 '내용' 2에도 '내용' 하고 전혀 그 문장 그 표현에 대한 논평은 할 줄 몰랐든 '이른바' 평론가들에게 더욱이 그 죄의 큰 자가 있을 것이다.

제 자신 '에'와 '의'를 구별 못하는 그들에게 남의 작품의 문장을 논란할 능력이 없음은 용혹무괴한 일이겠으나 도대체 그들의 '이른바' 내용이라는 것은 무엇이냐. 한 개의 우수한 내용이 오즉 그것만으로 한 개의 예술 작품일 수 있느냐― 이것에 관하여는 일즉이 어느 기회에 내가 말한 일이 있으므로 이곳에서 그것을 되풀이하는 번거로움을 피하거니와 이것만을 가져 나를 형식주의자라 간주하고자 하는 대담한 이에게 나는 말하고 싶다.

'내용'이니 '형식'이니, '수법'이니 '문장'이니 하고 왼갖 것을 논할 수 있는 것은 오즉 참말로 우수한 작가, 평론가에게만 용허되는 일이요, 중등학교 2년생 정도의 졸렬한 문장을 가져 사상을 표현하는 재조밖에 없는 자들의 감히 참여할 배 아니다.

이 작가는 조선의 평론가들을 매우 모욕하는 버릇이 있는 듯싶어 어느 틈엔가 이야기가 옆길로 들어갔지만 원래는 무슨 이야기를 하려고 하였든 것이냐 하면―조선작가들의 문장에 대한, 표현에 대한 수련이 부족하다는 것인데 그것을 일일이 예를 들어 말하자면 누가 그 누구에게까지 미치게 될지 모른다. 독자들은 친히 신변에 놓인 아모 잡지나 펴들고 2류 이하의 조선 작가의 작품을 읽으라.

이제 그것은 그만하여 두고 금년도 조선 창작단의 수확을 보기로 하자. 내가 구할 수 있었든 잡지―(『중앙』 1월호~11월호, 『신동아』, 『신가정』 각 1월호~8월호)―에서 내가 읽은 정도의 작품명을 다음에 열거하면―

이태준씨, 「어머니」(『중앙』 신년호), 「점경點景」(『중앙』 9월호), 「박물장사 늙은이」(『신가정』 2, 3, 4, 6, 7월호)

이무영李無影씨, 「오심(午心)」(『중앙』 7월호), 「노래를 잊은 사람」(『중앙』 11월호), 「B녀女의 소묘素描」(『신동아』 6월호), 「아저씨와 그 여인」(『신가정』 3, 4월호)

이기영李箕永씨, 「가을」(『중앙』 신년호), 「B씨의 치부술」(『중앙』 9월호)

이석훈李石薰씨, 「추醜」(『중앙』2, 3월호), 「그 여자의 지옥」(『중앙』11월호)

채만식蔡萬植씨, 「영웅 모집募集」(『중앙』8월호), 「인테리와 빈대떡」(『신동아』4월호), 「레디 메이드 인생」(『신동아』5, 6, 7월호)

엄흥섭嚴興燮씨, 「유모」(『중앙』3, 4월호)

한인택韓仁澤씨, 「구부러진 평행선」(『신동아』8월호), 「월급날」(『신가정』5월호)

송영宋影씨, 「오마니」(『중앙』6월호)

조벽암趙碧岩씨, 「결혼 전후」(『신가정』신년호) 「풍차」(『신가정』6월호)

팔봉八峰씨, 「봄이 오기 전」(『신가정』3월호)

박화성朴花城씨, 「찾은 몸 잃은 몸」(『신가정』7월호)

편석촌片石村씨, 「어떤 인생」(『신동아』2월호)

강경애姜敬愛씨, 「소곰」(『신가정』5, 6, 7, 8월호)

이 밖에 『삼천리』 『신여성』 『신인문학』 『형상』 『우리들』에도 창작이 발표되었으니 총망중悤忙中에 구하여 보지 못하고 본의는 아니나마 이곳에서는 이상에 열거한 작가와 작품만을 논하여 보기로 한다.

무엇보다도 나는 편석촌의 「어떤 인생」을 먼저 읽었다. 이 시인의 소설로서의 처녀작은 무척이나 나의 호기심을 끌었던 까닭이다.

이 작품은 내게 적어도 실망을 주지 않았다. 위선 한 개의 정돈된 작품으로 결코 시인의 여기餘技의 산물인 거나같이 핸디캡을 부付하야 논할 것이 아니다. 그 구성에보다도 오히려 작자의 노력과 고심은 그 표현에 있었다고 하겠다. 이 작자의 수필이 산문이라느니보다는 오히려 시였든 거와같이 이것도 소설이라느니보다는 오히려 한 편의 서사시다함이 옳을지도 모른다. 그 성공 여부는 하여튼 이 새로운 시험은 문제 삼아도 좋다고 생각한다. 다만 문장이 너무나 시적인 까닭에 왕왕히 묘사의 적확성이 손상당하는 것은 역시 중대한 결점으로 지적받지 않으면 안 될 것이다. 전편에 흐르는 '애수'—이것은 혹은 이러한 형식의 작품에는, 언제든 담겨질 감정일지도 모른다. 나는 이 작가의 제2작에 기대를 갖기로 한다.

이무영씨가 금년도에 발표한 작품은 아마 10편 전후일 것이다. 내가 읽을 수 있는 것만 하여도 5편. 씨의 정력에는 놀라운 것이 있다.

씨의 작품의 주인공들은 거의 다 작자 자신이나, 혹은 분신으로 『신동아』 지상에서 박영희씨가 말한 것과 같이 그의 작품은 일종 '빈궁소설貧窮小說'이라고 할 수 있는 부류에 속한다. 그의 작품에서 실로 왕왕히 볼 수 있는 룸펜 인테리의 센티멘탈리즘—예를 들면,

"……나에게 생을 거부하는 이 사회에 대하야 나는 당연히 도전을 한다. 미약하지만 이것은 나의 선전포고다! 오늘부터 나의 부모는 나에게 밥을 주기를 거부했다. 부모에게 도전도 된다! ××에서 육십 원에 오라는 것도 나는 거부했다. 이것도 나로서의— 도전이다!"

그리고 이 '창백한 얼굴'의 부주인공이 취하는 길은 직업소개소에서 던져준 '일공 육십 전'짜리 토사土砂 운반의 노동이다.

씨의 작품을 읽으며 느끼는 것은 그의 어語가 상당히 풍부한 것과 그 문장이 능숙한 점이다. 그러나 그의 문장에는 이를테면 이렇다 할 매력이 없다. 그것은 혹은 씨의 문장이 누구의 문장보다도 '산문적'인 까닭일까. 그러나 산문적이라는 것은 '산문적 매력'을 거부하지는 않는다. 조급히 단정을 내려서는 안 될 것이나 이것은 혹은 그의 문장이 너무나 대중성을 띄우고 있는 까닭일지도 모른다. '기품'이라는 것, '향기'라는 것이 그의 문장에는 확실히 결여되어 있는 듯싶다.

이 '솜씨 있는' 작가는 어떠한 제재를 요리하든 결코 실패하지 않는다. 그러나 그 대신 뛰어나게 우수한 작품을 이 작가에게 기대하기는 어

려울 것 같다. 어째 그러한 느낌을 주는 작가다. 또 말하고 싶은 것은 잘
못 사용되는 어구의 문제, 예를 들면,

"…… 삼십오 원의 박봉으로 그날그날을 끄려가는 자기의 경제 생활과
연옥의 자개장과를 비유하는 ……"(「아저씨와 그 여인」 중의 일절)

이것은 결코 '비유'가 아니라 '비교'이어야 할 것이다. 혹은 「우심牛
心」에서 주인공인 '소'를 '나'라고 1인칭으로 하였다, '그'라고 3인칭으
로 하였다 하는 따위의 부주의. 이것은 자기 작품에 충실한 작가가 결코
범하여서는 안 될 점이다.

이기영李箕永씨는 카프 진영 내에 있어 우리가 승인할 수 있는 오직
한 명의 작가다. 그는 항상 농촌을 제재로 하여 어느 정도까지의 성공을
본다.

그의 창작 태도에는 여유가 있고 그의 문장에는 노련한 품品이 보인
다. 다만 그에게는 아름다웁지 못한 버릇이 있다. 그것은 그가 그의 작
품 속에서 실로 왕왕히 사회 기구를, 경제 이론을 독자들에게 생경하게
강의하려 드는 점이다. 이것은 어느 의미로서든, 진정한 소설가의 태도
일 수 없다. 그러나 하여튼 농민 소설의 작가로 씨의 존재는 역시 가벼
웁게 볼 수는 없을 것이다.

엄흥섭씨의 작품으로는 이번 「유모」를 읽은 것이 처음이다. 이 밖에
또 조선문학엔가 「절록絶綠」이라는 작품이 있었다는데 그것은 구할 수
없어 못 읽었다.

「유모」에 관하여 박영희씨는 그의 역작이라고 말하였는데 만약 그
말이 믿을 수 있는 것이라면 이 작가도 이제부터 작품다운 작품을 쓰게
되리라는 생각이 든다. 그의 문장은 그저 평범한 것으로 특히 들어 말
할 것이 못 된다. 문세文勢에 억양이 없는 것이 그 중 큰 흠이라고나 할
까. 대화가 대부분 그리 서투른 솜씨는 아니나 역시 전체로 보아 세련

된 것이라고는 할 수 없다. 아주 이 기회에 말하거니와 희곡에 있어서는 물론 소설에 있어서도 대화란 지극히 중요한 것으로 한마디 말로 그 말한 자의 성격, 교양, 취미 등이 표현될 수 있고 또 표현되어야 하는 것이므로 작가는 그에 대한 연구를 결코 게을리하여서는 안 된다. 우리 문단에서 대화에 자신을 가져도 좋은 작가는 아마 3, 4인에 불과할 게다. 그렇지 못한 이가 즐겨 무미건조한 대화를 가장 풍부하게 작품에 취급하는 것은 꾀없는 짓이다. 그러나 이것은 특히 엄흥섭씨에게만 주는 말은 아니다. 「유모」속의 대화의 일부 '의사' 대 '고리대금업자'의 이야기는 그 내용에 있어 그 표현에 있어 지극히 유치한 것이요, 그 밖에 몇 군데 전후 모순된 서술이 있으나 그래도 대체로 보아 무난한 작이라 하겠다.

채만식씨의 작품은 오히려 그 초기의 것이 나었든 것같이 생각된다. 이 해에 발표된 작품 가령 「레디―메이드 인생」과 같은 것에서는 오즉 권태와 피로를 느낄 뿐이다. 묘사란 거의 없고 대부분이 설명인데다 그 설명이 또한 아모 신기성神奇性이 없는 것이 딱하다.

나는 이 작자에게서 진정한 예술작품을 기대하기를 단념하기로 한다.

팔봉 작 「봄이 오기 전」은 지극히 평범한 작품이다. 일즉이 내가 평한 일이 있으므로 그것을 이곳에서 되풀이하지 않는다. 한 번 읽고 한 번 평하였으면 그만인 그러한 작품이다.

강경애姜敬愛씨의 것은 작년도에 「채전菜田」인가 하는 작품을 읽어 보고 이번 「소곰」이 두 번째인데 이번 작품이 전것보다 낫다. 잡지를 다 구할 수 없어 전부를 읽지는 못하였으나 위선 나는 그 창작 태도의 진지한 것을 취한다. 그러나 그 수법 그 문장에 있어서는 아직도 많은 수련이 필요하다. 더욱이 어느 구절에 있어 문법상의 오류를 지적하게 되는 것은 슬픈 현상이다. 아직 장래를 보기로 한다.

최정희씨의 작품을 읽기는 이번이 처음이다. 읽어가면서 느낀 것은 제법 '유난스러운' 구변이다. 서술에 있어서 군데군데 능숙한 솜씨를 발견할 수 있는 것은 사실이다. 그러나 끄트머리에 가서 미례가 죽는 장면은 너무나 엉뚱하다. 결말을 짓기에 작자는 너무나 조급하지 않았을까. 아직은 이만해 두고 이 작자의 다른 작품을 보아 또 말하기로 한다.

이태준李泰俊씨의 「박물장사 늙은이」와 「점경點景」에 대하여는 별로 이렇다 말할 것을 갖지 않는다. 아직 고개를 숙였을 따름이라고나 할까 내가 가장 경복敬服하는 작가의 하나인 씨에 대하여서는 뒷날 기회를 보아 그의 전 작품을 논하기로 한다.

박화성씨의 「홍수 전후」가 읽고 싶었다. 삼남 수재로 호외號外가 한참 돌고 난 뒤에 발표된 작품이다. 그것에 대한 호기심도 있었거니와 씨가 역량 있는 작가임을 알고 있는 나는 이 기회에 씨의 근작을 정독하여 좀 더 씨를 알고 싶었든 까닭이다. 그러나 역시 총망중에 잡지를 못 구하여 그것을 다른 기회로 밀지 아니치 못하게 된 것은 내 자신 섭섭한 일이다. 작자와 독자는 그것을 양해하라.

이 밖에 이석훈씨, 조벽암趙碧岩씨, 한인택씨, 송영씨 등의 작품을 읽었으나 그것은 이곳에서 논하지 않기로 한다. 이것은 그러나 나의 게으름으로서가 아니다. 뒷 작품을 기다리며 논하는 것이 그들에게 대하여 친절한 것같이 생각된 까닭이다.

4

내가 읽을 수 있었던 한도 내에서 문제 삼은 몇 명의 작가, 몇 편의 작품에서 미루어 독자들은 제각기 금년도에 주로 활약한 작가와 및 기억되어 마땅할 작품을 짐작하였을 것이다. 이곳에서 유감으로 생각하는 것은 『삼천리』에 김동인씨, 염상섭廉尚燮씨 이 두 분의 단편이 참으로 오래간만에 발표되었는데 그것을 읽지 못하여 이 두 선배의 근황을 알 수 없는 일이다. 조선 문학의 건전한 발전을 위하여 앞으로도 끊임없이 창작 활동이 있기를 나는 희망하여 마지않는다.

그러나 그들의 활약은 활약대로 역시 조선 문단은 이미 완전히 몇몇 청년 작가들에게 지배받고 있다. 그들이 참말로 전 역량을 발휘할 수 있는 때 조선 문학은 찬연히 빛날 것이다. 그러나 아즉같아서는 참말 걸작을 바라기는 어려울지도 모른다. 조선 작가에게서 빈궁을 분리할 수 있기 전에는―. 사실 작가가 독서를 못하고 여행을 못하고 사교를 못하고 연애를 못할 때 걸출한 작품은 나오기 힘든다.

5

금년도 조선 문단을 돌아보아 든든하게 생각한 것은 순문학의 승리라는 것이다. 아무도 이것을 부인하지는 못할 것이다. 이 길에서만 조선의 문학은 건실한 성육成育을 이룰 것이다. 조선의 작가는 장래에 대하여 비관할 필요도 낙관할 까닭도 없다. 오즉 꾸준한 노력과 공부, 그것만이 있을 뿐이다.

생각하여 보면 하고 싶은 말이 아즉도 많다. 그러나 허락 받은 지수紙數가 이미 다하였다. 미비한 대로 아즉 이만하여 둔다.

『중앙』 1934년 12월

문예시감

− 신춘작품을 중심으로 작가, 작품 개관

1

조선의 작가들이 외국의 작가들에게 미치지 못하는 점은 무엇일까?

그러한 것을 생각하여 보기로 합니다.

혹, 그 천품天稟에 있어서일까? 또는 기량 같은 데 있어설까?

그러나 그러한 것에 있어 조선의 작가들은 너무 겸손하지 않아도 좋을 듯합니다.

그러면?—

그것은 역시 그들의 지식 교양 그러한 데 있어서가 아닐까 생각합니다.

과연 그러한 것일 듯 싶습니다.

우리가 우리 작가의 글을 읽을 때, 실로 빈번하게 느끼지 않으면 안되는 것은, 그 글을 쓴 이의 지식이나 또는 교양의 궁핍이라는 것입니다.

조선의 작가들은—, 물론 누구보다도 먼저 내가—, 그 지식에 있어 가난하고 그 교양에 있어 낮습니다.

조선의 작가들이, 위선, 얼마나 무식한가?

일찍이, 나는, 어느 자칭 평론가의 글 속에서,

"…손을 갈아, 품품을 갈아…"라는 해괴한 한 구절을 발견하고, 의아함을 마지않다가, 급기야 그것이,

"……手な換へ品な換へ……"의 직역-?-임을 눈치 채고 아연함을 마지않았던 일이 있습니다.

그뿐이겠습니까? 어느 청년 작가는 그의 글 속에서 '유모러틱'이란 문자를 사용하였고 또 누구도 최근에 그것을 본뜸이었던지 '유모어틱'이란 말을 썼는데, 이것은 아무래도 '유머러스'라고 하여야만 옳고, 또 온당하지나 않을까?

그러나 그들이 혹은 그러한 것쯤은 물론 알고 있으면서도 특히 '유머러틱'한 혹은 '유모어틱'한 분위기를 빚어내기 위하여, 짐짓 그랬던 것인지도 모르니, 이곳에서는 여러 말 말기로 한다더라도, 몇몇 작가들의 작품에서, 왕왕히, 실로 왕왕히 발견되는 '모텔'이라는 문자는, 아마 '모델'을 이름인 듯한데, 대체 그 별난 발음이 어디로서부터 말미암아 온 것인지 알 길이 없으니 딱합니다.

그러나 이러한 예는 들자면 한이 없을 것이요, 또 그러한 이들은, 우리 문단에 있어서, 거의 들어 말할 것이 못 되는 존재이므로 그만두기로 합니다.

예를 구태여 다른 이들에게 구하지 않더라도, 위선 내 자신에게 있어서도, 과거에 얼마나한 무지 무식을 폭로하여 왔는지, 그야 위인이 원래 대담하지 못한지라, 자신이 없는 문자는 반드시 이를 자전에 묻고, 또 그래도 알 수 없는 경우에는 애초부터 그러한 문구는 사용을 안 하는, 지극히 소극적인 방침을 취하여 오기는 왔으면서도, 그래도 역시 때때로 어림도 없는 수작을 하여, 뒤에 이를 알고, 혼자 얼굴을 붉히고, 붉히고 합니다.

위선 이번에 이 글을 초함에 있어서도, 얼마나한 무식이 폭로될지, 또 이미 폭로되었는지, 그러한 것을 생각하면, 이 글을 더 이어 쓸 용기조차 나지 않으나, 그러한 것에 관하여서는, 뒤에라도 읽으시는 분들의 가르치심을 받기로 하고, 여기서는 좀 대담하여 보고자 합니다.

2

앞에 예거例擧한

"…손을 갈아, 품을 갈아…"와 같은 자는, 좀 극단의 것이요 또 그 글 쓴이가 문단적으로 결코 문제될 사람이 아니므로, 그다지 비관하지는 않아도 좋을지 모르나, 그러한 것은 그대로 두고라도, 하여튼—

조선에서 문필에 종사하는 이로서, 붓을 들어 자기 사상을 표현코자 함에 있어, 다소라도 '말의 궁핍'을 느끼지 않는 이는 없을 것입니다.

그러나 여기에서 이르는 '말의 궁핍'이란, 우리 조선말의 가난함을 의미하는 것이 아니라—(혹은, 보다도)—우리들 작가 개인의 어휘의 빈약을 말하는 것입니다.

참말이지 우리 작가들은 물론 그야 그, 정도의 차이라는 것은 있겠지만—다같이 항상 말에 궁한 것입니다. 내 개인의 경우에 있어서만 해도, 글 쓸 때마다 그것을 느끼지 않으면 안 되고, 또 글을 읽을 때마다 그것을 한恨하지 않으면 안 됩니다. 특히 방언을 모르는 곳에 나의 가장 큰 고통은 있는 것이라 하겠습니다.

다른 이의 작품을 읽어 가는 중에, 때때로 낯설은 구절에 봉착하는 일이 있어도, 그것을 오즉 내 눈에 서투르다고 하여, 곧 그릇된 글이라 단정하지 못하는 것이 내 자신 퍽이나 딱합니다.

그것이 참말 '글이 될 수 없는 글'인지, 또는, 어느 지방의 방언인지, 혹은 훌륭한 표준어로 경성 태생인 내가 반드시 알고 있지 않으면 안 되는 그러한 종류의 것인지, 그러한 것을 쉽사리 분간하지 못하는 곳에, 나의 슬픔이라면 슬픔, 갑갑함이라면 갑갑함, 그러한 것이 있는 것입니다.

대개 그러한 경우에는 그러한 것을 능히 아는 이에게 물어 배우는 수밖에 위선 별 도리가 없겠으나, 그러나, 누구나 다 자기 주위에 그러한 이를 항상 가지고 있는 수는 없을 것이요, 또 오즉 몇 마디의 말을 우리가 늘 염두에 두고 있을 수도 없는 일이라, 그래 이야기가 한 번 여기 미치면, 우리는 아무래도 권위 있는 한글 사전이라는 것에 생각이 가지 아니할 수 없는 것입니다.

그러나 우리는 이제까지에 있어, 권위 '있는' '없는'이 문제가 아니요, 위선 한 개의 "한글사전"이라는 물건을 가져본 일이 없지만, 들으면, 우리들이 서슴지 않고 존경할 수 있는 분들의 지극한 정성과 또 노력으로 하여, 수히 가장 믿음직한 우리말의 옥편이 나오리라 하니, 이것은 오직 어휘에 궁한 한 작가만의 기쁨이 아닐 것입니다.

그러나 한 개의 자전만으로도 해결할 수 없는 문제가 있으니,

가령—

'백일해百日咳'는, 어느 경우에든 '백일해'로 좋을 듯한 것을, 무식한 여인네가 주인공이라 해서 그랬던지,

'백일기침'이라 하고, 또,

'계모繼母'면 '계모'요, '서모庶母'면 '서모'인 것을, 어떻게 말하는 것인지,

'의모'

라고 하고,

또 '고급편전지高級便箋紙'라는 것은 마땅히 '고급편전지'라 쓰고 또 읽고 하여야 할 것을,

'고급편센지'

하는 따위는, 그 글쓴이의 무지, 무식이나, 또는 어휘의 빈궁 같은 것은 이미 문제일 수 없고 오직 그들이 얼마나 몰상식한가를 표현하고 있는 이외에 아무 것도 아니라 생각합니다.

3
이제 신춘에 발표된 작품들을 읽어가면서 이야기를 계속하기로 합니다. 나는 위선 「김강사와 T교수」(현민玄民 作, 『신동아新東亞』 소재)를 읽어봅니다.

이 작품은 다음과 같은 구절로 시작되었습니다.

"문학사 김만필金萬弼은 동경제국대학 독일문학과를 우수한 성적으로 졸업한 수재이며 학생시대는 한때 '문화비판회'의 한 멤버로 적지 않은 단련의 경력을 가졌으며 또 학교를 졸업한 후에는 일 년 반 동안이나 실업자의 쓰라린 고통을 맛보아 왔지만 아직도 '도련님' 또는 '책상물림'의 티가 뚝뚝 듣는 그러한 지식 청년이었다."

작자의 유연한 태도는 결코 비난할 것이 아니겠으나, 우리는 역시 이러한 '낡은 형식'의 서두에 찬동할 수는 없습니다.

예를 구태여 한 시대 전 외국작가의 작품에서 끌어올 것도 없이 이러한 종류의 서술은 항상 독자의 인상을 희박하게 하여 주기 쉬운 흠점欠點이 있는 것입니다.

"……한 지식 청년이었다"의 '한 지식 청년' 우에 너무나 많은 주해가 부가되었고 그것을 또 독자들은 한숨에 읽지 않으면 안 되는 까닭에 그러한 폐단이 생기는 것입니다.

또 좀 눈에 띈 것을 말하자면, 가령—

"……학생들은 둘씩 셋씩 떼를 지어 웃고 떠들고 하면서 희희낙락하게 교문을 들어오고 있었다"

작자는 왜 희희낙락과 같은 그러한 낡은 문자에 흥미를 갖는지 알 수 없습니다. 이 경우에 있어 좀더 감각이 새로운 문자를 생각해 내는 것은 결코 힘드는 일이 아니요, 또 '들어가고 있었다'와 같은, 이를테면 신식 문예와의 조화만을 보아서라도 어떻게를 생각을 하였어야만 했을 것이 아닙니까?

이왕 '조화'라는 말이 나왔으니 말이지, 그렇기로 말하자면 가령—

"우리 학교에 이왕에 오신 일이 있던가요. 아마 처음이죠"

"네 처음입니다."

"어때요. 누추한 곳이라서"

"천만에요. 정말 훌륭합니다."

김만필은 교장실 창에 반쯤 걷어 놓은 호화스런 커튼으로 눈을 옮기며 대답하였다. 커튼은 정말 훌륭하였다.…"

와 같이, 작자가 간혹 조그만 기교를 농弄하면 그것이 역시 작품 전체의 이른바 격조를 깨뜨려 놓는 것입니다.

또 이 작자도 말에는 퍽이나 궁하였던 듯 싶어,

"김강사는 할 말이 업서 '얼굴'을 삐뚜러뜨린 웃음으로 대답하고……"와 같은 서투른 글이 눈에 띄나 그러한 따위는 그만두고라도, 대체,

"사실을 말하면 김강사는 과거에 문화비판회원이었던 것이 선생으로서는 '정갱이의 흠집' 인데다가……"의, 이른바 '정갱이의 흠집'이란 무엇입니까?

주인공 김강사도 결코 능하게 묘파되지는 못하였거니와, 특히 부주인공 T교수에 이르러서는, 그 정체를 알 길 없습니다. 그의, 김강사에게 대하여 갖는 바 태도, 농하는 바 휼계譎計, 그러한 것을 독자들이 적확하게 알아내기에는 작자가 제공하는 재료가 미비한 것이었고, 결말의,

"그때 이웃방으로 통하는 문이 열리며 언제나 일반으로 봄 물결이 늠실늠실하듯 온 얼굴에 벙글벙글 미소를 띄운 T교수가 응접실로 들어왔다" 하는, T교수의 불의의 출현도 당돌하고 부자연한 것이었습니다.

이 경우에, 그 소재만은 얼마쯤 흥미 있는 것이었다—따위의 말을 듣는 것은 작자로서도 결코 본의가 아닐 것입니다.

나는 이 작품을 읽고 나서, 꼭 끄집어내어 말할 수는 없으니 이것은 결코 '소설가'의 작품은 아니었다—하는 느낌을 받았습니다. 그것을 덧붙이어 말하여 둡니다.

4

다음은,

「모자(母子)」(강경애姜敬愛씨 작, 『개벽開闢』 소재)

나는 이 작품을 읽고, 위선 놀라고, 다음에 한숨지었습니다. 만약 이것이 한 개 이름 없는 이의 손으로 된 것이었다면 나는 물론 이곳에서 그것을 문제 삼고 싶다 생각하지 않겠지만, 강씨는 작년 이래로 가장 활동하는 이의 한 분입니다. 우리는 강씨와 또 그의 작품에 대하여 이야기하지 않으면 안 될 것입니다.

전회에 들어 말한 '백일기침'이니 '의모'니 하는 것은 실로 이 「모자」 속에서 발견된 것이나, 그러한 따위의 한두 개 단자單字를 문제 삼기보다도, 여기서는 강씨의 너무나 치졸한 문자를 보아가기로 하고,

가령

"그나마 그는 의모는 말할 것 없지만 아버지만 쳐다보고 그대로 딸자식이니 몇 해는 그만두고라도 몇 달은 보아주려니보다도 송호의 백일기침이 낫기까지는 있게 되려니 하였다가 그 역시 딴 남인 애희네보다도 못하지 않음을 그는 눈물겨웁게 생각하였다"

아마 이 글을 읽고, 대번에 그 문의文意를 알아내실 분은 없을 것입니다. 강씨는 그렇게도 자세하게 이야기하려 하였음에도 불구하고, 치졸한 문장은 읽는 이의 머리를 혼란시키어, 결국 우리가 아는 것은 무엇인지 "그는 눈물겨웁게 생각하였다"는 한 가지뿐입니다.

방점은 물론 내가 달아놓았습니다마는, 이제 그 방점 단 곳만 읽어가자면,

"……없지만……그만두고라도……보다도……하였다가……못하지 않음을……생각하였다"

대체 어쩌자고 글이 서투른 분이 이렇게 복잡한 센텐스를 지으려 하는지 모를 일입니다. 그것이 곧 글이 서투른 바로 그 까닭이겠으나, 나는 물론 이 경우에 있어, 중등학교 작문교사가 아니므로 이 졸렬한, 너무나 졸렬한 문장에 대하여서는 더 말하지 않기로 하고—

대체로, 강씨의, 인생에 대한—하고 말하면 문제가 커지니 한 개의 사물이면 사물이라 하고—그 사물에 대한 관찰은 퍽 유치하고, 또 그에게는 상식 같은 것이 결여되어 있는 듯싶습니다.

가령—

시형媤兄의 집에서까지 내쫓김을 받고 거리로 나온 '승호의 어머니'가 소위 '백일기침'으로 신음하는 승호를 업은 채 인가를 떠나 산으로 달려가는 대목은 흔히 이르는 부자연이라는 것을 지나친 부자연입니다.

그것은 도저히 있을 수 없는 일입니다. 그것이 혹, 제 어린 자식을 미처 생각할 여유도 없게스리, 참말 미쳐서, 또는 반미치광이가 되어서, 산으로 간다든가, 또는 너무나 냉혹한 사회 인심에 그만 악이 나서, 그 모진 마음으로, 에-라 죽어나 버리자, 그래 산으로라도 간다든가 하는 것이면, 어떻게 좀 눌러 보는 수도 있겠지만, 이것은 그런 것이 아니요,

"산! 남편은 필시 어느 산인지는 모르나 산으로 갔을 것만은 틀림이

없었고, 그래서 죽는 때까지도 산에서 산으로 옮아다니다가 ×에게 붙들려 있을 것이라 하였다. 그는 눈을 들었다. 눈송이에 묻히어 잘 보이지 않는 저 산 꿈같이 아득히 보이는 저 산 자기네 모자는 남편의 뒤를 따라 저 산으로 갈 곳밖에 없는 듯하였다."

그래 어린 자식을 둘러업은 채 어머니로 하여금 산으로 향하게 하나, 우리는 언제든 아무리 자기의 작품속의 인물이라 하더라도, 그들의 행동을, 또 심리 상태를 그저 우리 개인의 의사로써 좌우할 수 없다는 것을 알고 있어야 할 것입니다.

나는 강씨가 위선 창작에 대한 기초 공부를 하여 주었으면 얼마나 좋을까 하고 생각합니다.

5

엄흥섭씨도 이즈음에 이르러는 그 창작활동이 양에 있어서만은 가히 놀라운 자가 있어 신춘에도 『개벽』과 『신동아』에 각 1편의 창작을 발표하였습니다. 우리는 편의상 그 두 작품을 같이 읽어보기로 합니다.

「악희惡戱」(『개벽』)

「순정純情」(『신동아』)

엄씨의 작품에서 우리가 항상 느끼는 것은, 무엇보다도 그 표현, 그 묘사가 퍽이나 산만하다는 것입니다. 이번 두 작품에서 우리는 그것을 좀더 절실히 느낍니다.

그러나 '산만'이라 하여도 '간결'이라는 것과 비겨 하는 말이 아니라, 이 경우에 있어서는 그의 작품에 너무나─(혹은 완전히)─불필요한 부분이 많이 있음을 가리킴입니다.

두 편이 모두 일인칭소설로 특히 「악희」는,

"세상에 많은 젊은 친구들이여! 나는 지금 그대들에게 내가 그대들보다 이삼십 년 먼저 낫生기 때문에 받고 있는 서러운 이야기나 하나 해보겠네."

하고 시작되는 작품입니다. 그야 '이야기가 산만하든', '불필요한 부분이 많든', 만약 엄씨가 좀 능변이기라도 하고, 그 내용이 좀 흥미 있는 것이기라도 하다면, 작품의 그 가치는 어떠한 것이든 간에, 하여튼 독자들에게 권태쯤은 주지 않을 수도 있을 것이나, 그것이 그러하지 못하여, 가령—

「악희」에 있어서, 노인의 이른바 "이삼십 년 먼저 낫기 때문에 받고 있는 서러운 이야기"라는 것이 무엇인가 하면, 결국, 그에게는 딸이 하나 있었고, 자기는 그 배우자로 한 선량한 청년을 구하였고, 그래 그들에게 서로 사랑할 기회를 주려고 노력하였고, 남자는 여자에게 마음이 있는 모양이었고, 그러나 여자는 그렇지 않아 달리 애인을 구하였고, 그것을 안 자기는 딸의 소행이 한없이 괘씸하였고, 그리고 남자는 방랑생활을 떠났고–하는 그러한 이야기에 지나지 않는 것으로, 그것을 국판으로 18엽頁—그러니까 원고지(400자체)로는 40여 매나 될 것입니다—에 긍亘하여 피로하기 짝이 없는 잔소리를 늘어놓았습니다. 이것은 읽는 우리들보다도 먼저 이 작품을 지은 엄씨부터가 피로하였어야 옳고. 또 이 작품에서 아무런 흥미도 느끼지 않았어야 옳을 것입니다. 그럼에도 불구하고 이 작품이 활자로 되어 나온 것을 보면, 엄씨는 분명히 한 개의 작가로서 아직 그 기초가 서지 못한 이라 하겠습니다.

이 작품에 대한 이야기가 좀 불충분할 것 같으니 몇 마디 더 하기로 합니다.

위선, 이 작품에 나오는 인물은, 대부분 우리에게 실재감을 주지 않습니다. 엄씨의 붓은 오즉 불필요한 설화만에 전력을 다하였고, 인물은 한 사람도 묘사되지 않았습니다.

그뿐 아니라, (앞에서도 잠깐 이야기하였지만) 이 노인의 이야기의, 대체 어느 대목이 그토록이나 절통한 것인지 알 수 없는 것이 딱합니다.

우리가 아는 범위 내에서 말하자면, 노인의 딸 '보경'이에게는 그렇게까지 서러운 이야기의 소인素因이 될 행실은 없었던 것 같습니다.

노인은 보경이가 "어떤 사나이와 나란히 서서 소나무 사잇길을 걸어 절로 향하는" 것을 보았다 이야기하여 줄 뿐이요 또 실연자 격인 '민식'이가 "서울을 떠나면서" 노인에게 준 편지에도, "나는 차라리 보지 않는 것만 같지 못한 보경양의 좀 자미없는 행동을 볼 수 있었습니다" 하였을 그 뿐입니다. 그만 것으로, 방랑생활을 시작하느니 무어니 하는 '민식'이란 사나이도 우습고, 그런 것을 가지고, 혼자 섧다 하면서,

"세상에 많은 젊은 친구들이여! 그대들이 이십 년 후 혹은 삼십 년 후엔 오늘의 내가 밟는 이 고민의 길을 밟지 말아주게. …중략… 아! 과도기에 태어난 나의 설움을 철없는 계집아이 보경이 년의 늙은 애비로서의 나의 설움을 그대들 젊은 친구들은 아는가? 모르는가?"
하고 비장벽悲壯癖을 발휘하나, 우리는 역시 '모른다' 대답하는 수밖에 없습니다. 더구나 중요인물 '보경'이가 그 뒤 어떻게 되었는지 그러한 것에 관하여서 작자는 아무 말이 없습니다.

6

「악희」에 대하여서는 그만큼 하여 두기로 하고, 다음은 「순정」입니다.

그러나 결론부터 말하자면 전회에 우리가 「악희」를 논하던 때의 모든 말이, 이 작품에 거의 그대로 적용될 것입니다.

작중인물들에게 실재성이 없기는 이 작품에 있어서도 마찬가지로, 15년 전, 소녀 시절에 헤어진 채, 만날 길이 없는 남자를 7년이나 두고 찾았다는 여주인공 '방순이'를 우리는 좀 상상하기 어렵습니다. 더구나 그

것이 무슨 연애나 결혼을 목적으로 하는 것이 아니요, 엄씨의 이른바 순정에서 나온 것인 듯싶은 데는, 완연한 딴 세상의 인물이 아닐 수 없습니다.

또 남주인공은, 여자가 현재 여급이 되어 있다는 한 가지로 그를 '방종한 타락한' 여자라 하고 그에게로 가기 쉬운 자기의 마음을 신칙합니다. 물론 그것은 그대로라도 좋을 것입니다. 그러나, 그 뒷날, 밤늦어 여자가 하숙으로 자기를 찾고, 진정?을 토로할 때, 여자를 더럽다 여겨서가 아니라, 실로 "방순의 앞길을 위한 좋은 방법"으로 그에게 대하야 냉정을 가장하고 또 뒤에, "나는 지금 병석에 누웠습니다. …중략… 성일씨 모두를 용서하여 주세요. 나는 성일씨를 뵈옴으로써 다시 살아날 것 같아요!" 하는 편지를 받고도 소위 "때마침 복잡한 사무로 말미암아" 찾아가도 보지 않았던 남자는, 역시 우리의 상식 바깥에 인물이라 아니할 수 없습니다.

더구나, 자기 하숙방에서 여자가 술이 취하여 쓰러져 잠들었을 때, 그에게 이불을 덮어주고 자기는 "저고리 우에 조끼를 주워 입고 그리고는 외투를 입고 장갑 끼고, 쪼그리고 앉아서 웃목의 책상 우에 고개를 쓰러뜨리며 눈을 감았다"는 것은, 가히 분반噴飯할 사실입니다. 이것들은 역시 엄씨의 '비장벽' '과장벽'에서 말미암아 온 것이라 생각합니다.

엄씨의 문장에 관하여서는 어쩌면, 그 내용이나 그러한 것에 관하여서보다도, 좀더 할말이 많을 것입니다. 그러나 그러한 것을 문제 삼자면 한이 없을 터이라 이곳에서는 가장 눈에 띈 것만을 몇 개 골라보기로 합니다.

"나는 다만 함구무언일 뿐이었다."

현민(玄民) 작 「김강사와 T교수」의 경우에도 말하였던 것과 같이 이러한 것은 안 쓰는 것이 좋을 것이요 특히

"그러나 성적 고민을 느끼다 못했음인지 이웃집 홀아비 머슴과 배가 맞게 되었었다."와 같은 것은 마땅히 삼가서 써야만 옳았을 것이 아니겠습니까.

또 그 밖에,

"나는 모든 것을 알 수 있었다는 듯이 한숨을 쉬었다." 라든가,

"나는 재동 골목으로 둘이서 올라가는 그들의 뒤를 노리다가 그까짓 것 내버려두차는 듯이 내 하숙으로 발길을 옮기었다"라든가 자기 자신의 심리를 반서叛叙함에

"……라는 듯이"와 같은 말을 쓰는 것은 우스운 일입니다.

마지막으로, 이것은 좀 문제가 다르지만, 엄씨에게, 작품 속에서 필요 없는 '궁상'을 떠는 것은 역시 삼가는 것이 좋다는 말을 나는 드리고 싶습니다.

가령

"아랫층은 만원이라는 바람에 좀 아까웠으나 위층표를 샀다" 라든가,

"나는 돈을 제대로 내고도 제일 구석치에 그나마도 서서……" 라든가 그러한 따위—.

그야 생활난이라든가, 인간고라든가 하는 것이면 혹 모를 일이지만 이러한 오락장에서의 '궁상'은 누구에게든지 결코 유쾌한 것이 못 되리라고 생각합니다.

7

이 회에서는 「생홀아비」(박영준朴榮濬씨 작, 『개벽』 소재)에 대하여 이야기할 생각이나, 그 전에, 묘사에 있어서의 '산만'이라는 것과, '간결'이라는 것—그 두 가지에 관한 말을 잠깐 하고자 합니다.

누가 한 말이었는지는 잊었으나, 하여튼, 작가의 관찰에는 두 종류가

있어, 하나는 근시안적이며, 또 하나는 원시안적이라 합니다.

전자는 자기가 관찰하고자 하는 사물에 지극히 접근하여 있으므로, 그다지 중요하지 않은 부분에까지 눈이 가서, 자연히 묘사에 있어서도 정세精細를 기하게 되므로 흔히 '산만'하여지고 후자는 그와 반대로 작가와 사물 사이에는 상당한 거리가 있으므로, 작가의 눈에는 몇 개 특히 드러나는 부분만이 띄고, 그래 그 묘사도, 필연적으로 '간결'한 것이 된다.—그렇게 말합니다.

그러나 물론, 2자者의 우열 득실 같은 것은 용이히 단정할 수 없을 것입니다.

다만 우리가 말할 수 있는 것은 특히 단편소설에 있어서는 간결이라는 것이 좀더 귀하지나 않을까 하는 것입니다. 혹은 한 걸음 더 나아가, 반드시 간결을 위주하지 않으면 안 되지 않을까 하는 것입니다.

그렇게 두 가지로 말하고 나서 보니, 역시 뒤에 한 말이라야만 옳을 것 같습니다.

단편소설이란 원래가 그 수단이 무척이나 제약되어 있는 것이므로 그다지 중요하지 않은 부분에까지 묘사나, 서술이 미치면 독자의 주력注力을 혼란시키고, 따라서 그 인상이 희박하여질 위험이 있습니다.

이제 「생홀아비」를 읽어보면 역시 그 점이 절실히 느껴집니다. 강경애씨 엄흥섭씨, 그 두 분과 마찬가지로 박영준씨도, 작품에 있어서의 중요한 부분과 중요치 않은 부분에 대한 분간이 확실치 않았을 듯싶어, 실로 빈번하게 불필요한 서술에는 노력을 아끼지 않으면서도, 도리어 원이야기 줄거리에 대하여서는, 그 붓이 매우 불충분하였습니다.

이렇게 되면, 그것은 이미 '산만'이라는 것과는 성질이 다릅니다. 이른바 '산만'한 문장이라는 것은, 우리가 읽기에 비록 지리하나, 그래도 그곳에, 우리는 작자의 정력적인 묘사력이나마 보고 감탄할 수 있는 것입니다.

나는 수삼 차 이러한 종류의 글을 써왔습니다마는, 그때마다 느끼는 것은, 우리 문단에 있어서 「문예월평」과 같은 글보다 더 불유쾌한 것은 없다는 것입니다. 쓰는 이가 그렇고, 따라서 읽는 이가 또 그러할 것입니다.

원래 우리가 작가들의 작품을 평할 때, 그곳에서는, 좀더 높고 좀더 깊은 문제가 마땅히 논의되지 않으면 안 될 것입니다. 그러나 우리들의 경우에 있어서는 아직 그러하지 못하여, 문장의 졸렬한 부분을 말하여 작자의 주의를 요구하고, 문법상의 오류를 지적하여, 서로 무식을 한탄하고, 사건의 자연치 못함이라거나, 구성의 정돈 못 됨을 일일이 들어 말하지 않으면 안 되는 현상이니 의심스러웁습니다.

박영준씨는 나의 기억으로는 작년에 『신동아』지에 장편소설이 당선된 분인 듯한데, 기회가 있다고 자꾸 발표하는 것만이 결코 득책得策이 아니라, 위선 건실한 기초를 닦아놓은 다음에 창작활동을 하는 것이 보다 더 좋을 줄로 생각합니다. 이후 좋은 작품을 기대하기로 하고 여기서는 「생홀아비」에 대하여 더 말하지 않으려 합니다.

끝으로, 나는 이 분을 앞에 논한 두 분보다도 좀 높게 치고 있다는 것을, 아주 이 기회에 말하여 둡니다.

8

이제 잡지에 발표된 작품에 관하여서는 그만하기로 하고, 다음은 『조선』, 『중앙』, 『동아』 3 신문의 '신춘현상문예' 당선소설을 보아가기로 합니다.

무엇보다도 먼저 말하고 싶은 것은, 당선된 작가들이 참말 의미에 있어서의 '무명작가'들이었다는 것과, 또 그들의 작품이 제법 수준이 높은 것이었다는 것입니다.

수삼 년 전만 하여도, 그러한 '현상문예'류의 응모자 중에는, 혹, 신진 작가 중의 몇 사람이 그 명성名姓을 변개하여 이에 참가하였었던 듯싶으며, 또 왕왕히 그러한 이들의 작품이 당선의 영예를 차지하였었던 듯싶습니다.

그것은 두 가지 의미에 있어 우리들을 불쾌하게, 또 한심하게 하여 주는 것이었습니다.

그 하나는 비록 얼마나 '가난한' 것이든 간에, 여하튼 문단적으로 어떠한 '한 자리'를 점령하고 있어 다소라도 작품발표의 기회를 가지고 있는, 이른바 '신진작가'라는 이로서 오즉 기십 원의 현상금을 위하여, 참말 무명한 이들에게서, 그 작품발표와 문단 진출의 희귀한 기회를 빼앗아 버린다는 것이요,

또 하나는, 이제까지의 우리 무명한 문학청년들이 그 문학에 대한 열의만은 상당한 것이 있었음에도 불구하고, 작품구성 수법 또는 문장수련 등이 유치하고 부족하여, 사실은 그리 대단하지도 못한 '그들'의 작품에도 미치지 못하고, 낙선의 쓰라림을 맛보지 않으면 안 되었다는 것입니다.

그러나 금춘기에는 분명히 그렇지 않아 응모자들도 거의 전부 무명한 이들이었던 모양이요, 그 작품의 수준들도 상당히 높아, 우리는 우리 문단을 위하여 이것을 경하하지 않으면 안 될 것입니다.

건설 도정에 있는 조선문학을 위하여, 한 개의 걸출한 작품보다, 한 사람의 장래 있는 작가를 얻는다는 것이 훨씬 의의 있는 일임에 틀림없습니다.

신진작가가 그 명성을 변하여 당선되었을 때, 우리가 얻은 것은 한 개의 작품이요, 물론 그 작가가 아닙니다.

더구나, 그리하여 얻은 작품이 결코 우수한 것이 아닌 곳에 비애와 적요가 함께 있었던 것입니다.

그러나 이제는 이미 그러하지 않습니다. 우리는, 이번 기회에, 한두 작품은 문제될 수 없이 하여튼 장래 있는, 작가를 두세 명 혹은 그 이상 발견할 수 있었습니다.

이제 그들과, 그들의 작품에 대하여 느끼는 바를 말하기로 하고,

우선, 『조선일보』 당선작 「소낙비」의 작자 김유정金裕貞氏—

이 분은, 내가 일찍부터 아는 이요, 또 이번 이 작품이 그의 처녀작은 아닙니다. 3, 4년 전에, 『제일선第一線』에 발표되었던 「산골나그네」가 그의 첫 솜씨로 된 것이었던 듯싶으나, 그것은 읽을 기회를 얻지 못하였고, 그 뒤에 『신여성新女性』에 발표된 「총각과 맹꽁이」를 매우 흥미 있게 보아, 당시 모 신문지상에서 시험한 문예시평 속에서 그 작품을 자랑하고, 또 이 작가에게 제법 큰 기대를 가지고 있는 뜻을 표명하였었던 것입니다.

그러나, 작품 발표의 기회란 그리 쉽사리 오지 않는 듯싶어 이 분은, 표현하고 싶다 생각하는 '많은 것'을 가지고 있음에도 불구하고 그것을 그대로 마음 속에만 간수하고 있지 않으면 안 되었던 듯싶습니다.

나는 그것을 애석하게 여기고 있었습니다. 그러나 기회는 마침내 이 분에게로 와 이제부터 이 유망한 작가의 활동을 볼 수 있게 되었습니다.

이분의 「소낙비」는 그러나 불행히 읽어보지 못하였고 또 검열관계로 였는지 중단되었으므로 이곳에서는 무엇이라 말할 수 없으나 전에 읽었던 「총각과 맹꽁이」의 1편으로 미루어 이분이 제법 명확한 묘사력을 가지고 있고 아울러 작가적 기술로도 우수한 것이 있음을 나는 여기서 언명할 수 있습니다.

아직은 이만하여 두기로 하고 이분이 이제부터라도 꾸준히 공부하고

또 많은 작품 활동이 있기를 빕니다.

9

이번에는 신년 신문당선작품 중의 하나인 『격랑激浪』(김경운金卿雲씨 작)에 관하여 말하여 보기로 합니다.

그러나 그보다 앞서, 나는 작품 제작에 있어서는 취재, 구상 그러한 것에 대한 이야기를 하고 싶습니다.

우리가 흥미를 가진 인물이나 사건을, 어떠한 형식으로 표현하나 하는 것이, 새삼스러이 말할 필요도 없겠으니 중요한 문제이거니와 그와 함께 그 제재의 어느 부분을 강조하고, 어느 부분을 암시하고, 또 어느 부분을 생략하나 하는, 이를테면 '취사取捨'와 같은 것에 관한 문제도, 결코 소홀히 보아서는 안 될 것입니다.

대개, 노련한 이는 '취할 것'을 능히 취하고, '사할 것'을 능히 사한다 하겠으나, 미숙하기 우리와 같은 자는 결코 그러하지 못하여 어느 경우에 있어서는 '취하여 마땅할 것'을 사하고 '사하여 마땅할 것'을 취하기조차 합니다.

그렇게 심하지 않은 경우에 있어서도 '취할 것'은, 혹, 취하나 '사할 것'을 능히 사하지는 못합니다. 이것이 실로 우리의 작품의, 그 예술적 가치와 또 효과를 매우 멸하게 하는 근원의 태반을 차지하는 것입니다.

이 말은 우리가 앞에 논한 모든 작품에도 그대로 적용될 것이나, 특히 이 회에 이야기할 김경운씨의 작품에, 좀더 강조할 필요가 있는 것입니다.

「격랑」이라는 작품 속에 취사된 이야기는, 그 소재로서는 매우 흥미 있는 것으로, 만약, 작가적 기량이 원숙한 이가 그것을 요리하였다면, 여러 가지 의미에 있어 그 작품의 가치를 높은 것으로 할 수 있었을 것입니다.

그러나 김씨에게는 그것이 어려운 일이었습니다.

작자가 볼 수 있었고, 들을 수 있었든 '모든 것'을, 한꺼번에 우리에게 이야기하여 주려 함에 이 작품의 파탄은 있었던 것입니다.

작자는, 그가 의도하는 작품 효과만을 보아서라도, 그 내용을 좀더 단순화하였어야만 옳았을 것입니다.

새삼스러이 이곳에서 내가 말할 필요도 없겠으나, 단편소설에 있어서는, 작자가 '모든 것'을 보여주고 '모든 것'을 들려주고 할 필요는 없는 것입니다. 아니 도리어 그리하여서는 안 될 것입니다.

자기가 독자들에게 알려주고 싶다 생각하는 '모든 것'을 눈앞에 벌여놓고, 그것을 암만이든 검토하여, 그 중에서 가장 긴요한 '한 가지'를 구하여 낼 수 있을 때, 거기 부수되는 '다른 많은 것'에는 눈을 감아야만 옳을 것입니다. 암만이든 수단을 절약한다 하더라도, 젊은 작가에게 있어서, 너무 지나치게 절약했었다는 법은 없을 것입니다.

'취하는' 공부도 공부려니와 그와 함께 '사하는' 공부도 게을리 마는 것이, 작가에게 있어서 위선 눈앞에 큰일이라 하겠습니다.

나는 이 기회에 있어서는 이 점 하나만을 특히 강조하는 것으로 그치고, 「격랑」에 대하여서는 자세한 이야기를 하지 않을 생각이나, 하여튼, 작가가 가장 열의를 가져 '소설'을 쓰고자 하는 그 의기, 그 태도에는 경의를 표하지 않으면 안 될 것입니다.

나는 이 작가의 앞날에 제법 기대를 갖기로 합니다. 김경운씨는 많이 공부하소서.

10

우리는 마지막으로 본지의 당선소설 김시종金始鍾씨(김동리) 작 「화랑의 후예」를 보기로 합니다.

이분의 이름을 우리가 보는 것은 이번이 처음이요, 따라서, 이 작품은 그의 분명한 처녀작입니다. 그러함에도 불구하고, 작자의 그 '솜씨'는 제법 볼 만한 것이었고, 또 이 작품은 현 조선 문단의 어느 수준에까지 도달한 것이었습니다. 결코 세련되지 못한 붓을 들어, 기회 있는 대로 태작을 남발하는 군소작가가 많은 것에 비겨, 이만치 기술 있는 이가 그동안 침묵을 지켰다가, 정돈된 1편의 작품을 얻어 비로소 등장한 것은, 참말 기쁘고 미뻐우며 동시에 또 놀라울 일입니다.

무명작가가 문단 수준에 도달한 작품을 들고 출현한다는 것은, 원칙으로 보아 당연한 일이요, 또 그리함으로써만, 의의 있는 일일 것입니다. 그러나 이제까지에 있어, 우리의 경우는 그러하지 못하여, 무명작가들에게 우리는 결코 큰 기대를 갖지 못하였고, 또 그들은 우리들에게 만족을 주는 일이 없이, 그들의 작품을 논하는 경우에 우리는 언제든 핸디캡을 부여하지 않으면 안 되었던 것입니다.

그러나 이 「화랑의 후예」의 경우에 있어 우리는 이미 그러한 것을 걱정할 필요가 없게 되었습니다. 이것은 결코 그 작자가 이름 없는 이인 까닭으로 하여 비로소 한 개의 작품됨을 얻는 것이 아니요, 실로 그가 문단적으로 신인인 까닭에 한층 광휘를 더하는 그러한 작품입니다.

이 「화랑의 후예」는, 근래로 내가 읽은 작품 중에서 그중 뛰어나는 것이며, 그 세평細評에 들어, 선자選者의 한 분인 김동인 씨가 「선후감選後感」에서 한 말에 나 역亦 동감임을 말하면 그만일 것입니다.

작자가 그렇게 연소함에도 불구하고, 그 작품 제작에 있어서의 태도가 퍽 침착한 것은 분명히 칭찬하기에 족한 일입니다.

"황진사를 처음 알게 된 것은 지난해 가을이었다.

아침을 먹고, 등산을 할 양으로 신발을 하노라니, 웃방에서 숙부님이 부르셨다……"

그래 그의 숙부와 같이 관상소觀相所에를 가서, 그곳에서 황진사라는 이를 처음 보고, 돌아오는 주인공이,

"해는 오정이 가까웠다. 구름 한 오리 없이 개인 하늘엔 북한산이 멀리 솟아있었다." 하고, 본래의 예정이었던 '등산'을 다시 생각하고, 계획이 어긋난 것을 안타까워하는 것은, 일례에 지나지 않으나, 이를 보아 대수롭지 않은 듯하면서도 기실은, 작가의 '용의주도'함을 보여주는 것이라 하겠습니다.

또 연소 작가에게는, 자기의 감각이라든지 지식이라든지 하는 것을 걸핏하면 자랑하려는 경향이 있어, 자기가 실로 많은 것을 알고 있다는 것이며, 또 퍽 눈치 빠르고 남에게 속지 않고 하는 것을 보여주려고 애씀으로 하여, 마땅히 하지 않아야 좋을 말을 몇 마디씩 하는 폐단이 있건만, 이 작가에게는 (적어도 이 작품에서도) 그것을 발견할 수 없습니다.

가령—,

황진사가 그를 찾아 와서,

"거 소똥 우에 개똥 눈 겐데 아주 명약이죠."

하는 것을, 싫다고 끝가지 거절하다가,

"거 아침밥 자시고 남었거덩 좀……" 하고 애원하는 것을 보고

'흥! 그러면 밥 한 끼 얻어먹으려고 그랬고나'라든지 하는 그러한 말을 결코 하는 일 없이, 즉시

"나는 그를 들어오라 하고 나의 점심밥을 내어주었다."

이러하게 진행하는 것은 매우 능숙한 솜씨라 하겠습니다.

이 작품을 읽으면, 이태준씨의 「불우선생」의 냄새를 맡게 되는데, 그 '냄새'가 결코 불쾌하지 않습니다. 작자가, 이 작품 제작에 있어 사실로 이태준씨의 작품에서 암시를 얻었다 하더라도, 그것을 공중 앞에 고백하여 결코 부끄럽지 않을 만치, 이것은, 이대로 성공한 작품입니다.

이밖에 「저회低徊」(고현철高玄鐵씨 작) 「여심女心」(김영수金永壽씨 작) 기타에 대하여도 말하고 싶으나 너무 길어지므로, 모두 뒷날의 그들의 제2작, 제3작을 보아, 기회 있으면 말하려 합니다.

『조선중앙일보』 1935년 1월 28일~2월 13일

춘원 선생의 근저『애욕의 피안』

　한 예술가를 이해하려 할 때 우리는 그의 작품을 연구하여 보는 수밖에 더 좋은 방도를 갖지 못한다. 우리 문단의 선달先達 춘원 선생의 인생관은 역시 그의 작품에 뚜렷하다. 우리는 근래의 역작『애욕의 피안』을 한번 정독하여 보기로 하자.

　이것은 자기의 추악한 욕망을 이루기 위하여서는 어떠한 희생이라도 사양치 않으려는 '김장로'와 온갖 참된 것 온갖 착한 것 그리고 온갖 아름다운 것을 동경하고 또 희구하여서 마지않는 그의 딸 '혜련'과 — 이 상극하는 두 개 성격이 서로 다투지 않으면 안 된 곳에서 일어난 한 가닥 애닯은 이야기다.

　분방한 정열이 명하는 그대로 처녀성을 아낌없이 '은주'에게 내어주고, 내일부터의 새로운 출발을 속삭인 그 다음 순간에 좀더 강렬한 물욕이 유혹하는 그대로 '김장로'의 품을 그리는 '문임'에게서 우리는 현대의 경박한 어느 일군의 여성의 모양을 보거니와, 방탕한 자제 '김종호'며, 어디까지든 사랑하는 이의 뒤를 따라 꿈을 아끼는 '준상'이며, 모두 우리가 우리 이웃에서도 능히 구하여 볼 수 있는 인물들을, 작자는 그 능숙한 솜씨로 우리 앞에 또렷하게 내어놓았다.

　그러나 작자는 오즉 그들의 심리를 그들의 행동을 충실하게 기록하는 것만으로 만족하지 못한다.

　정의와 또 진리는 그것이 왕왕히 가벼웁게 평가되는 이 어지러운 시대에 있어, 더욱 강렬하게 주장되지 않으면 안 될 것이다. '은주'는 결코 질투로 하여서가 아니라, 실로 두 마음을 가진 계집들에게 대한 경고와 또 은인을 위하는 오즉 그 마음에서 '문임'을 죽였고, '혜련'은 그 비극도 끝끝내 "김장로"의 그릇된 마음을 바로잡지 못한다 깨달았을 때, 그는 주저 않고 그 목숨을 내어 아버지를 간諫하였다.

　일즉부터 주창하여 오는 희생정신은 그의 다른 작품에서도 찾을 수는 있다. 그러나 그것이 『애욕의 피안』에서만치 큰 승리를 얻은 것을 우리는 보지 못하였다.

　'혜련'의 관 앞에 김장로가 가슴을 치고 참회하는 대목은『어둠의 힘』에서 '니키타'가 그의 모든 죄를 고백하는 장면을 방불하여 읽는 자로 하여금 옷깃을 바로잡게 하거니와 천하의 절승 금강산을 무대로 '혜련'과 '강선생' 두 사람의 지고지귀하게 발현되는 정신의 기록은 역시 거장의 영필靈筆이라 사람의 가슴을 때리는 자가 있다.

　그것은 그러나 이 제한된 지면에서 이루 알릴 수 있는 것이 아니다. 독자가 친히 이 책을 볼 때 느끼는 자 많을 줄 믿거니와 하여튼 근래에 드물게 보는 좋은 작품임을 나는 분명히 말하여둔다.

　(이광수 저, 『애욕의 피안』, 정가 1원 50전, 서書 우송료 22전, 조선

일보사 출판부 발행)

『조선일보』1937년 12월 9일

우리는 한갓 부끄럽다―「남생이」 독후감

근래 이르러 문단에 나오기가 차차 어려웁다는 말을 듣는다. 딴은 오륙 년 이전하고만 비교하여 보드라도 문단 수준이라는 것이 그만치 높아졌다 보겠다. 따라서 이제는 좀처럼 하여 가지고 "나로라, 내 작품이로라" 하고 나설 수가 없다. 이것은 조선의 문단을 위하야, 누구나 경하하지 않으면 안 될 일이겠다.

위선爲先 신문사의 신춘 행사의 하나인 '현상문예'를 두고 보자. 오륙 년 전까지만 하여도 그것이 어떤 작가라든 작품에, 그다지 걸출한 자가 없었다. 연말이 가까워 신문지상에 '신춘문예 현상집'의 사고社告라도 나면 "궁한 판에 여기나 응모해서 상금을 타먹을까" 그러한 말을 농담으로나마 하였고, 또 참말 응하지 않으니까 그렇지 하기만 하면 틀림없이 당선될 자신감은 가졌었다. 뿐만 아니라 풍문에 의하면 사실 기성 작가로서 이름을 감추고 이에 응하여 당선된 이가 그때에는 더러 있었던 것도 같다.

그러나 이즘에 와서는 사세가 그때와 매우 다르다. 일반으로 신인이라 할 이들이 실력이 매우 놀라운 자가 있어 재질 있는 기성 작가들도 한때 상금을 탐내었다거나 하는 그러한 불순한 동기에서 창졸지간에 이루어진 작품 따위를 가지고서는 도저히 그들과 힘을 겨루지 못하게 되었다.

김시종씨(김동리) 정비석씨 같은 분이 모두 당당히 문단 수문에 도달한 작품을 가지고 문단에 나왔고 또 지금도 심히 활약중이거니와 작고한 김유정씨도 역시 「소낙비」가 신춘문예에 당선됨으로써 등단하였든 작가로, 그의 문단생활은 약 삼 년에 불과한 것이었으나, 그 작품 활동에는, 질에 있어, 양에 있어, 실로 놀라운 자츰이 있었다.

그리 신통치도 않은 작품을 몇 해고 써오는 중에 문단적으로 약간 나이를 먹었을 뿐인 나와 같은 자는, 그들의 역작을 대할 때마다 은근히 두려움을 마지않으며, 또한 그곳에서 신선한 자극을 받지 않으면 안 된다. 금년의 당선 작품 「남생이」에서도 나는 역시 똑같은 느낌을 받았다. 육칠 회까지를 읽었을 뿐으로 잠깐 여행을 하고 어쩌고 그러느라 나머지를 마저 못 보았으니 「남생이」 전편을 통하여 책임 있는 말은 함부루 할 수 없다. 그러나 그만큼만 읽어도 그 작품의 지위라든지 작가의 역량은 능히 짐작할 수 있다. 그 작품이 발표되기 전에 나는 이미 고선자에게서 좋은 작품이 들어왔노라고 그러한 말을 듣고 이 해에는 또 누가 어떠한 작품을 가져 우리를 부끄럽게 하여 주려나 하고 은근히 두려움을 마지 않았었다. 마침내 발표된 것을 보자 나는 두려워하기보다 먼저 고개를 숙였다. 이러한 이가 이제껏 문단에 나오지 않고 그래 평가平家들은 부질없시 문단이 침묵하였느니 어쨌느니 그랬을 것인가 하고까지 생각하였다.

들으면 현덕씨는 김유정씨 생전에 친교가 있었다 한다. 그리하여 그러한지는 몰라도 이번 「남생이」 하나만 가지고 본다면 그 제재나 문체에 돌아간 김씨의 체취를 느끼지 않는 것은 아니다. 그러나 김씨보다 젊은 현씨의 글이 좀더 신선하고 재치 있는 것은 또한 어찌할 수 없는 노릇이라 할밖에 없다.

생각하여 보면 내가 읽은 범위 안에서는 김유정씨의 「소낙비」보다 김동리씨의 작품이(삼사 년 전에 동아일보에 당선된 작품을 말한다)—나었던 것 같고, 그보다는 정비석씨의 「성황당」이 걸출하였던 것 같은데, 이번 현덕씨의 「남생이」는 정씨의 것보다 좀더 좋은 작품이다. 거듭 말하거니와 조선의 문단을 위하여 경하하여 마지않는 바이다.

『조선일보』 1938년 2월 8일

이광수 단편선

다른 이의 작품을 평한다는 것은 여러 가지 의미로 어려운 일이라 생각한다. 평자(評者)와 작자와의 친소 관계, 작품이 평자의 호상好尙에 맞고 안 맞는 것…… 우선 그러한 것으로만 보더라도 참말 공정한 비평이란 있기 어려운 것이나 아닐까. 대개, 사람된 약점으로서, 그 사이에 약간의 사정私情의 개입이 또한 피하기 어려운 까닭이다.

일반 작품평에 있어, 이미 이러하다. 하물며 대부분이 출판업자의 청탁에 의하여 쓰여지는 '신문평'이란 자가 십중팔구는 일종의 선전문에 유사하고 마는 것도 또한 어찌할 수 없는 일이 아니겠느냐.

그러기에 양심 있는 평자로서 자기가 결코 높이 평가하기 어려운 신간서적의 평을, 직접 그 작자에게나, 또는 출판업자에게서 청탁을 받을 때, 무릇, 그때만치 난처한 경우는 또한 없으리라. 그러나 그렇다고 하여, 그 청탁을 거부하기도 어려운 때, 그는 스스로 생각한다. 무얼, 내가 부득이 몇 마디 칭찬하는 말을 쓰더라도, 읽는 이들이 저간의 사정을 잘 이해하여 줄 것이니까―하고.

사실, 독자들도 이미 이 풍습에는 익은 듯싶어, 신간평에 있어, 걸작이니, 명작이니 하여도, 이건 '신간평'이니까—하고 아주 그렇게 돌려 버리는 경향이 많은 모양이다. 딱한 노릇이지만, 이만큼 '약속'이 있어 놓으면, 평자나 독자나 모두 함께 적지아니 편의가 있다 하겠다.

그러나, 나는 이번에 『이광수 단편선』의 신간평을 박문서관博文書館 출판부로서 청탁받고, 스스로 주저함이 많았다. 마음에 없는 찬사를 쓰는 것의 우울함을 생각하여서가 아니라, 실로, 내가 천만 언을 가져 이를 추장推獎한다드라도 독자가 저 '약속'에 의하여 용이히 나의 말을 믿지 않을 것이 염려였던 까닭이다.

그래도 나는 마침내 이 붓을 들지 않으면 안 되었다. 이 『단편선』 중에는 실로 춘원 선생 일대의 명작 「무명無明」이 수록되어 있는 것이요, 「무명」은 실로 주옥 같은 작품임에도 불구하고, 일부 평가에게 일찍이 부당하게 학대를 받은 일이 있는 까닭이다.

이 작품은 누구나 아는 바와 같이, 작자가 병감病監에 신음하실 때의 기록으로, 그러기에 애초에 제명은 바로 「병감」이었다고 나는 기억한다. 「병감」의 일부분은 작자가 의전병원醫專病院에 입원중에, 당시 주소晝宵로 병상에 모시고 있던 박군의 낭독으로 들은 일이 있거니와, 당시는 그처럼까지 월등히 좋은 작품일 줄은 몰랐다. 그것이 다소의 수정이 있기 전의 초고이었던 관계도 있으려니와, 무릇, 듣고 읽는 것이 또한 서로 다른 까닭이리라.

마침내, 『문장文章』 제1집에 「무명」이란 표제로 발표됨에 미쳐, 나는 한 번 읽고, 이는 실로 춘원 선생의 대표작이라 느꼈고, 두 번 읽고, 우리는 「무명」을 가지고 있는 이상, 외국 문단에 대하여도 구태여 과히 겸손할 필요가 없다고 생각하였다. 우리는, 흔히, 우리의 것을 남의 것과 비겨 볼 때, 지나치게 겸손하는 풍습을 갖는다. 그것은 혹은 동양인으로서의 미덕의 하나일지 모르나, 겸손이 지나쳐 비굴에까지 이르는 것은 스스로 한심스러운 일이 아니겠느냐. 매양 보면 스스로 고급한 독자라 일컫는 이들은, 의레히 조선작가의 것보다는 좀더 외국 작가의 것을 즐겨 읽으며, 심한 자는, 우리네의 작품을 읽지 않음으로써 일종 자랑을 삼으려 하는 모양이나 이것은 옳지 않다. 다른 이의 다른 작품은 과시 모를 일이다. 그러나, 「무명」에 한하여서만은 나는 이를 추장推獎함에 있어 언제든 떳떳하고 또한 자랑스러웁다.

「단편선」에는 이 「무명」말고, 「상근령箱根嶺의 소녀」, 「모르는 여인」, 「떡덩이 영감」 등 세 편의 단편이 수록되어 있거니와, 그 중에도 「상근령의 소녀」에 나는 가장 감동된다. '인정'의 고마움을 예서처럼 절실히 느낀 일이 나는 일찍이 없었다.

「박문」 1938년 8월

조선문학건설회

일― 여성이 '일 여성으로부터'라는 익명으로 내게 일금 칠천오백 원을 보냈다. 꿈같은 이야기지만 사실이니 어쩔 수 없는 노릇이다.

그는 나의 작품을 하나 빼어놓지 않고 애독하여 온 갸륵한 여인인데 특히 최근에 발표된 명 희곡 「칠천오백 원」에는 무한한 감동을 느끼어 잠꼬대로까지 여주인공의 명대사 "어댈 성큼성큼 들어오니? 요 앙큼한 년아, 어서 냉큼 나가거라"를 외쳤노라 한다. 그리고 그는 그 감격을 표현하는 한 방법으로 빈한한 나에게 "실례됨을 무릅쓰고" 금원金圓을 보냈던 것인데 그 금액은 전혀 나의 희곡의 제명에 의거한 것이라 한다.

나는 왜 나의 작품의 표제를 '칠만오천 원'이라 하지 않았던고 하고 뉘우쳤던 것이나 그보다도 오히려 '칠백오십 원'이라 하지 않았든 것을 다행히 여겨야 마땅할 듯싶었으므로 깨끗이 그러한 생각을 물리치기로 하고 나는 덕수궁 안 아동유원지로 가서 유동遊動의자에가 반나절을 혼자 앉어 칠천오백 원의 용처에 대하야 신중히 고려하였다. '조선문학건설회'의 출현이 각 신문에 성盛히 선전된 것은 그로써 사흘 뒤의 일이다.

조선문단의 신진 중견 대중을 총망라하야 그 중 우수한 자 이십오 명이 이 회의 회원되는 영예를 획득하였다.

회 편집국에서는 이 종二種의 월간 잡지 간행의 계획을 세우고 그리고 회원에게 집필을 명하였다. 각 회원은 월급 오십 원의 지급을 받고(결코 오식이 아님) 그리고 물론 그가 집필한 원고의 고료는 따로 계산되었다.

조선문학건설회의 소속 회원은 위선 어느 정도까지의 생활 보장을 얻을 수 있었고 그리고 그들은 건전한 조선문학건설을 위하야 명랑하고 활발한 행진을 할 수 있었다.

그러나 회의 기금은 겨우 칠천오백 원이니 이 의의 있는 계획도 몇 달이나 계속되어 갈는지 그것은 전혀 의문이었다.

××일보사 학예부에서 박영희朴英熙에게 문예시평을 부탁하였다. 그는 조선문학건설회 회원이었으므로 말하였다.

"내 원고가 소용되거든 조선문학건설회 서기국으로 문의하시오."

○○잡지사에서 이태준, 정지용, 김동인, 염상섭, 박화성 이러한 이들에게 기고를 청하였다.

모다들 조선문학건설회의 회원인 그들은 제각기 말하였다.

"조선문학건설회 서기국으로 문의하시오."

그리고 신문사, 잡지사의 교섭을 받은 서기국에서는 그들에게 선언하였다.

"우리 회원의 작품에 대하야는 우리 회 규정의 고료를 지불하여야 하오. 시와 시조는 매 편에 십 원, 평론과 창작과 수필은 400자 원고지 일 매에 ○원, 잡문은 일 매 이 원, 그리고 또 한가지 중요한 규정은 오십칸

자마다 오 원씩을 지불하여야 되는 것이오."

　신문사 잡지사의 기자들은 분연히 돌아가 버렸다. 그리고 이 회의 기금이 칠천오백 원에 불과하다는 것을 알고 있는 그들은 이제 이삼 개월을 못 다 가서 이 회가 유명무실하게 될 것을 믿고 있었다.

　그러나 삼 개월이 못 되어 우리가 참말 위기에 직면하였을 때 유지유발有志有髮 인사들로서 조직된 조선작가옹호회에서 일금 십오만 원야也를.

　미친 소리는 그만하기로 하자. 편집 선생이 청탁한 것은 시원한 공상인데 나는 이 잡문을 초하느라고 더운 데 고생이 극심하다. 그리고 이 잡지에서는 조선문학건설회 규정에 의거하야 이 잡지의 고료를 지불하지는 않을 게다.

『중앙』 1934년 8월 1일

조선문학건설회나 조선작가옹호회를

우리들에게, 조선의 작가들에게 '생활'을 달라!

이제 와서, 새삼스러이 이런 말을 하는 것이, 우스운 일일지도 모른다. 또 아는 이에게나 모르는 이에게나, 궁상을 떤다는 것은 결코 유쾌한 노릇이 아니다. 그러나, 오랜 동안을 두고 참고 또 참았어도, 능히 그 괴로움에 견디어 나지 못할 때, 사람이란, '체면'과 같은 그러한 사치품을 그대로 몸에 붙이고 있을 수는 없는 것이다.

우리에게, 조선의 작가들에게, '생활'을 달라!

그야, 우리도, 조선이라는 곳이, 위선 그의 자체부터가 형용하기 어렵게스리 가난함을 알고 있다. 그러나 조선의 작가들은, 조선이 가난한, 그 분수보다도, 훨씬 더 가난한 것임에 틀림없다.

조선작가는, 그러면, 그렇게도 가난한가?

"그렇다. 그렇게도 가난하다."

그러나 이렇게 말하는 것이 옳지 않을 듯 싶다. 왜 그런고 하니 '가난'이란 그래도 어떻든 한 개의 '생활'일 수 있음으로서이다.

조선 작가의 경우는, 까닭에 결코 가난이 아니다. 애당초에 그들은 '생활'이라는 것을 가지지 못하였다. 지극히 딱한 이야기다. 그러나 사실이니 어쩌는 수 없다.

한 개의 생활을, 오즉 한 개의 생활을 위하여 조선 작가 중의 얼마는, 다른 방면에 직업을 구하였다. 혹은, 회사원으로, 혹은 신문 잡지 기자로, 또 혹은 학교 교원으로. 그래 그들은 어느 정도까지의 생활의 보장을 얻을 수 있었다. 그러나 그의 그 '생활'은, 물론 작가로서의 생활일 수 없고, 또 예술이란, 결코 달리 직업을 가지고서 이루어질 수 있는 것이 아니다.

그래도, 우리는, 그가 굶주림과 헐벗음에서 벗어날 수 있는 것을, 아즉 다행히 여기자. 물론 그러한, 결코 자랑하기에 족하지 못한 지위나마, 저마다, 구하여 얻을 수 있는 것이 아니니까.

뿐만 아니라, 사실에 있어, 그러한 지위나마 얻어갈 수 없었던 작가들은, 자기 자신에 비겨 한없는 '부러움'과, 또 때로는 '새움'조차 가지고, 그들을 우러러본다.

이것은, 결코 우리가 등한히 볼 수 없는, 또 등한히 보아서는 안 될 한 개의 커다란 비극이다.

우리에게, 조선의 작가들에게 '생활'을 달라.!

우리는 이 기회에, 삼가, 뜻 있는 인사의, 반드시 세 번 생각하여 주기를 빈다.

우리들로 하여금, 조선의 작가들로 하여금, '생활의 어려움'의 협위脅威를 받는 일 없이 오즉 광휘 있는 조선문학 건설의 한길로만 나가게 하라 달리게 하라.

크게는 조선문학건설회나 조선작가옹호회나 —(물론 명칭 같은 것은 아무렇든 좋다)— 그러한 기관을 설립하여 전 조선 작가를 '궁핍'에서 구하고 적게는 그의 가장 사랑하는 어느 한 작가에게 물질적 후접後接을 결코 아끼지 말라.

또는 출판의 업을 성히 일으킴으로써 조선 문학의 발달을 꾀하는 것과 함께 조선 작가들에게 얼마간의 경제적 윤택을 주는 등, 우리 사회의 이 방면은 전연 처녀지대라, 뜻 있는 일은 물론 한둘에 그치지 않는다.

우리에게 조선의 작가들에게 '생활'을 달라!

지금의 조선에 있어서 뜻 있는 인사들의 어떠한 뜻있는 사업도 우리에게, 우리 조선 작가에게, '생활'을 주는 것보다 더 뜻있을 수는 없다.

조선 전토숲土의 모든 뜻 있는 이들이여 반드시 세 번 생각하라. 그리고 옳고, 뜻 있고 또 값 있는 일을 함에, 결코 주저하지 말라. 우리들로 하여금 조선의 왼갖 작가들로 하여금 영원히 그대들의 이름을 기억케 하라.

우리는 또 한번 외친다.

"우리에게 조선의 작가들에게 생활을. 위선 생활을 달라!"

『조선중앙일보』 1935년 1월 2일

설문 · 탐방 · 기타

내 자란 서울서 문장도文章道를 닦다가*

가 보고 싶다 생각하는 곳은 한두 군데가 아니나, 아무리 좋은 곳이라 하드라도, 그곳에가 살림을 차리고 살고 싶지는 않으며, 또 일찍이 그러한 것에 대하여 생각하여 본 일이 없습니다.

내가 한 개 가련한 문학소년이었던 시절에, 나는 막연히 전원 생활이라는 것에 가만한 동경을 가졌었으나 그것도 어느 나라, 어느 시골이라 적력的歷히 마음먹었든 것은 아니었든가 봅니다.

또 어린 시절에는, 가령, 서서瑞西** 풍경인 듯싶은 이발소 안의 극채색極彩色한 한 장 사진에도,

'저런 데를 한번 가 봤으면……'

'저런 데 가 살았으면……'

하고, 그러한 생각을 마음 한구석에 갖지 않았든 것도 아닌 듯싶으나 결코 대단치 않은 이제 살림에도 자로 속셈을 쳐 보지 않으면 안 되는 몸

---

* '가서 내가 살고 싶은 곳'이라는 설문의 답.
** 서서 : 스위스.

으로서 잠깐 그러한 생각을 하여 보는 것만 해도 이제는 지극히 부질없는 일로, 역시 서울서 나서 서울서 자란 이 몸은, 그래도 서울서 지내는 밖에는 아무 다른 도리가 없는 듯싶어, 또 그것을 별로 애타게 생각하는 일도 없이, 그대로 이 땅에서 안해를 기르고 또 장차는 자식들을 기르며 저는 저대로 힘 미치는 데까지 문장도文章道를 닦고 싶다 생각합니다.

『조광』 1936년 2월

문인 멘탈 테스트-_{설문}

설문 10조

1. 문학에 뜻을 두기 시작한 것은 몇 살에?

2. 처음으로 사숙私淑한 작가는? 지금 누구?

3. 독서할 수 있는 정도의 외국어는?

4. 문학 이외에 음악, 회화, 극(혹은 영화) 중에서 어느 것을 가장 좋아하나? 혹 기타는?

5. 어떤 성격과 사상을 가진 인물을 창작하고 싶은가?(-창작함을 바라나? 창작가 이외의 분은 이렇게 대답하시오.)

6. '여자는 장난감이다'는 톨스토의 말에 동감하나? 혹은?

7. '많은 여자를 사랑할 수 있으나 한 여자만 결혼할 수 있는 것은 인간의 비애라'는 오스카 와일드의 말에 동감하는가? 혹은 다른 결혼관이?

8. 외국에 가본 곳은? 가보고 싶은 곳은?

9. 문학의 정의를 일 구一句로 쓰면?

10. 가정에 대하여 문단에 대하여 사회에 대하여 희망하고 또한 일생

동안에 이루어보고자 하는 것은? – 부附, 금년에 나이는?

답

1. 중학 1년 때(?) 동호자 수 인과 유치한 회람잡지를 만들었던 것이 지금 기억에 새롭습니다.

2. 하목수석(夏目漱石나쓰메 소세키). 지금은 별로 들어 말할 분이 없습니다.

3. 부끄럽습니다.

4. 음악과 영화.

5. –

6. 두옹杜翁 만큼 나이 먹은 뒤에 말씀하겠습니다.

7. 그 말에 있어서만은 동감. 그러나 결혼관이 그와 전연 같으다는 것은 아닙니다.

8. 이제까지 그중 멀리 가 보았다는 곳이 동으로는 강호江戶, 서북으로는 봉천奉天, 여순旅順 등지. 가 보고 싶은 곳을 어찌 이루 들겠습니까.

9. 역시 한번 뜻을 세웠든 것이니 일생을 두고 정진하여 문학에 있어 대성하고 싶습니다. 지금 나이는 음력으로 따져서 스물여덟입니다.

『白光』1937년 4월

438

허영심 많은 것[*]

이제까지 한 나라의—적게는 한 집안의 전통을 지켜 나려온 것은 언제든 여인이었다. 앞으로도 지켜갈 것은 물론 이들이다. 그 모다들 그르다고 말하지는 않는다. 우리의 조상들이 시작하여 놓은 일로 마땅히 애끼고 지켜야 할 것에 여인들이 열정을 갖는 것에는 모름지기 그 수고로움에 사례하지 않으면 안 될 것이다.

그러나 그들의 정열은 그러한 것에보다도 우리가 마땅히 고치고 버려야 할 것에 오히려 좀더 있는 듯싶다. 믿을 수 없는 말 부질없은 짓—우리가 누구 앞에서든 '미신'이라든 그렇게 짤러 말할 수 있는 것에 참말 여인들은 얼마나한 그들의 열정을 붓고 있는 것이랴. 배우지 못한 부인네들뿐이 결코 아니다. 모든 것을 배우고 또한 이른바 새로운 시대의 여성들에게도 우리는 분명히 이 경향을 본다.

여인에게 있어 의상은 바루 여인 자신의 일부이라고—어느 작가가 말하였다.

---

[*] '여자의 결점'에 대한 답변.

여인의 결점을 들 때 흔히들 그 허영심의 강렬함을 말하여 탄하는 경향이 있으나 남자들에게도 그것이 없는 것은 물론 아니다. 다만 우리가 주의할 것은 의상에 대한 여인들의 정열이다.

과연 그들은 자기의 의상에 대하야 얼마나 마음을 썩혀 생각을 거듭하고 다른 여인의 그것에 대하야 수고로웁게 논란을 하는 것이냐? 그 노력과 시간을 좀더 다른 데 쓰면 인류는 좀더 진화하고 가정은 좀더 평화로울 것이다.

우리가 여인을 관찰할 때 그 이기적인 방면을 간과하여서는 안 된다.

여인의 사랑이 어버이에게서 지아비에게 지아비에게서 다시 자식에게로 옮아가는 것도 분명히 그들의 이기적인 방면을 나타내이는 것이나 그들의 사랑의 대상이 자기 이외에 사랑의 대상을 구한 경우에 이 경향은 더욱 현저하다.

가장 비근한 예로 '시앗'을 본 '본마누라'의 심정을 살피자. 책임과 죄과가 전연 자기 부군에게 있는 것으로 궐녀는 남자의 감언에 속아 그에게 처자가 있는 것도 전연 모르고 그의 사랑을 용납하였다고 분명히 알 수 있는 경우에도 여인의 그지없는 증오는 애매한 희생을 향하야 불꽃을 돋운다.

『조광』 1937년 12월

네 자신을 먼저 알라

- 감리교 총리사 양주삼씨

편집선생의 엄명을 받고

길 가는 이에게 물어, 감리교 총리원으로 우리의 양주삼梁柱三 선생을
만나 뵈오려, 죽첨공립보통학교竹添公立普通學校 옆 골목을 찾아든 것은,
바로 입춘을 어제 지낸 2월 5일 아침 10시—

진창길을 골라 디디느라, 넓지도 못한 골목길을 갈팡질팡하며 나는,
문득, 지금 막 조반을 치르고 나선 내 입에서 딴 때 없이 김치냄새가 유
난스러이 나는 것을 우울하게 느꼈다.

(점잖은 어른을 처음으로 찾아 뵈옵는 경우에, 이것은 예를 잃은 일일
것이다……)

그래, 나는 걸음을 멈추고, 담배에 불을 붙였든 것이나, 두어 간間을
채 못 가서, 대체 총리사總理師는 김치 냄새와, 담배 냄새와 그 어느 것
을 좀더 기룫하실 것인가—하고, 그러한 것에 생각이 미치자, 나는 또
한번 걸음을 멈추지 않으면 안되었든 것이다.

그러나 총리사라면—(이것은 어느 젊은 교인이 나에게 일러준 말이

지만)—감리교에 있어서는, 이를테면, '대통령'이시다. 우선, '덕'이 있는 이라야 비로소 될 수 있는 것이라 나의 입안의 약간의 악취 같은 것을 용납하지 못하도록 협량狹量일 턱이 없다.

나는 용기를 얻어, 드디어 총리원 대문 앞에까지 이르렀다. 그러나, 그곳에서 세 번째 걸음을 멈추지 않으면 안되었든 것은, 그곳이 바로, 지금으로부터 13년 전 내가 아직 일개의 중학생일 때 2, 3 우인과 그 안 코-트에서 정구를 하다가 어느 교인에게 꾸지람을 듣고 드디어 내어쫓긴 일이 있었든 바로 그곳에 틀림없었든 까닭이다.

그래, 지극히 소심한 내가 기둥과 대문을 살피어 다행히 '한인물입閑人勿入'이라는 그러한 패가 붙어 있지 않은 듯싶은 것에 일변 가만한 안도를 느끼며 또 설혹 그러한 패가 걸려 있다드라도 나는 지금 결코 한가한 일로 이곳을 찾은 것은 아니니까-하고 일변 스스로 기운을 돋우었든 것은 암만을 생각하여 보아도 가소로운 일에 틀림이 없다.

그러나 가까스로 찾아든 총리실에

아직 선생은 나와 계시지

않았다. 그래 나는 얼마동안을 그 안 난로 옆에 가 우두커니 선 채, 선생을 기다리는 수밖에 없었다.

그 방안에는 세 분의 청년 신사가 바람벽에 향하여 놓인 책상 앞에 앉아 각기 사무에 바빴다. 그들은 내가 한 신사의 안내로 이 방에 들어왔을 때 잠깐 고개를 들어, 내 얼굴을 쳐다 보았을 그 뿐으로 끝끝내 한마디의 말도 하는 일 없이 오직 그네들의 일에만 충실하였다.

까닭에 내가 들어온 '또어(도어)' 옆벽에 기대어 일각一脚의 주인 없는 의자가 놓여 있어도 그것을 누구 한사람이라 나에게 권하여 주는 이가 없었으므로 나는 선생을 기다리는 사십 여 분간 그대로 그렇게 난로 옆에가 서 있지 않으면 안 되었다.

　실내에는 질서와 정숙이 유지되어 정신수양에 적당하였고 밖에는 안개가 끼어 있음에도 불구하고 유리창에는 언제까지든 창장窓帳이 내린 채로—그래 만약에 그 틈으로 저 아래 죽첨공립보통학교의 헤멀쑥한 건물이 엿보이지 않았다면 나는 어디 깊은 산중에나 들어와 있는 듯싶게 잘못 생각하였을지도 모른다.

　11시 10분 전—나는 드디어, 바로 그 방과 이웃한

'총리사실總理師室'에서 선생과

책상을 격隔하여 앉았다.

　선생은 이를테면 대통령이심에도 불구하고 그 차림차림이 결코 호화로웁지 못하였고 또, 내가 일찍부터 우러러 존경하는 춘원 선생의 모습을, 선생의 온화하신 얼굴에서 느낄 수 있었으므로 그 견로무비堅牢無比한 순목제 의자 위에서도, 나의 몸은 결코 거북하다거나 그렇지는 않았다.

　조광사朝光社의 명령을 받아 선생을 뵈오려 왔습니다고, 우선 내의來意를 전하자, 선생은 문득 생각난 듯이, "참, 지난 겨울에 조광에서 기고를 청하기에 기독에 관한 논문을 초하여 보낸 일이 있는데, 이제토록 잡지에 게재도 안 되고 또 그러면 그런 대로, 아무런 말이 없으니 그 어찌된 일이요" 하고 물으신다.

　그것은 물론 내가 알 바 아니나, 하여튼 일간, 조광사에 들르는 대로 알아보겠습니다. 대답을 하면서도 가뜩이나 소심한 나는 만약에 이러한 대수로웁지 않은 일로 말미암아, 나의 이 '방문기'가 편집 선생의 기대에 어긋나는 것이나 되지 않을까? 그렇더라도 그것은 전혀 편집 선생에게 그 잘못이 있는 것이라고 나는 벌써부터 마음이 조용하지 않았다.

그러나, 지금부터 이래서는 안 되겠다 생각한 나는, 바로 이제 가장 대단한 말씀이나 선생에게 물을 듯싶게 혹은 경우에 따라 지극히 실례되는 말씀, 당돌한 말씀 그러한 것을 여쭈어 볼지도 모르나, 그러한 일이 있더라도 결코 허물하시지 말아주십사- 미리 한 말씀 드렸든 것이나 그 즉시 나는 당황하여 하지 않으면 안 되었다.

그렇게 생각하여서 그런지 그 순간에 선생의 미간에는 약간의 '불안'과 같은 빛이 떠돌고 다음에 선생은 옆방에서 역시 아까나 한가지로 집무에 여념이 없는 신사에게 명하시어 그 사이에 열려 있는 '또어'를 닫으라고 말씀하시는 것이 아닌가-

나는 대체, 어떠한 실례되는 말씀, 당돌한 말씀을 여쭈어 보아야 선생의의 기대에 어긋나지 않을 것인가-, 자못 걱정이었다.

그야 물론 선생을 뵈옵고 꼭 좀 여쭈어 보리라 마음먹은 것이 있기는 있었든 것이다.

대체 천국은 정말 가까워

왔는지 만약 그것이 사실이라면 아무리 바쁘더라도 나는 얼른 회개하여야만 할 것이나 이러한 교활한 불신자도 능히 하나님의 용납하시는 바이 될는지, 나는 그것을 선생에게 배워야만 하겠다.

하지만 그것은 무어 그다지 신통하게 실례되는 말씀도 당돌한 말씀도 못 될뿐더러 더욱이 초면인 선생께 아무러한 나로서도 처음부터 여쭈어볼 말씀이 아니었으므로 나는 내 마음의 여유를 보이기도 할 겸 우선 선생의 연령을 물었다.

선생은 기묘생己卯生으로 그러니까, 올해, 쉰 아홉이시라 한다. 옷은 늘 양복이십니까- 하고 여쭈어 보았드니, "조선옷을 입어본 지도 이미 오래요"하시며 그러나 별로 불편을 느낀다거나 또는 조선옷을 입고 생각한다거나 그러는 일이 없다 하신다.

"음식은 어떻게 하십니까? 늘 댁에서-"

"네- 아침은 집에서 그저 보통 죽하고 계란하고 차-. 저녁은 객이 있어, 같이 나가게 되면 그때, 그때에 따라 다르지만 집에서 먹을 때는 밥- 그리고 점심은 대개 백합원百合園에서……"

그러나 이러한 무미한 문답에는 묻는 나보다도 대답하시는 선생이 먼저 권태를 느끼셨는지도 모른다. 그렇기에 내가 이번에는 또

"선생께서 기독교를 신봉하신 지 올에 몇 해나 됩니까?" 하고 역시 신통하지 않은 말씀을 물었을 때 선생은,

"내가 예수 믿은 것 말씀이요? 그게 벌써 아마 36~7년 될게요" 하고 말씀하신 다음, 즉시 그 뒤를 이어서

'내 생활철학을 말하리다'

그렇게 자진하여 우리에게 '유익'한 말씀을 하셨다. 선생이 이제까지 살아오시며 하루도 잊지 않으셨고, 이제부터 앞으로 살아가시매, 또한 하루라도 잊어서는 안 되리라 생각하시고 계신 잠언이 무릇 셋이 있으니,

첫째- '네 자신을 알아라'

둘째- '하늘은 제 스스로 돕는 자를 돕는다'

셋째- '너의 하고 싶은 바를 남에게도 하여라'

이상과 같다.

선생이 30년 전에 처음으로 읽으신 서적은 실로 『Selfhelf』 『Push-ing to the front』이어니와 그것은 지금에 생각하여도 일독을 권하고 싶다 하신다.

나는 그 말씀을 감명 깊게 들으며, 아주 그 기회에, 선생께

"혹 문학서류는 좋아 안하십니까?" 하고 여쭈어 보았든 것이나, 선생은

"싫어서가 아니라, 여가가 없어서 별로 구경을 못하오" 하신다.

싫어서가 아니라, 여가가 없어 못하시는 것은 오락 방면도 역시 마찬가지여서

"영화는?"

"글쎄, 역시 틈이 없어서……"

"최근에 구경하신 것은 언제이십니까?"

"작년에 한 번 갔었는데! 메리-뭐라는 건데."

"메리·위도웁니까?"

"아니야. 메리 뭐라든가? 하여튼 소리나는 발성영화發聲映畵입디다."

"재작년에는 몇 번이나 가셨습니까?"

"재작년에도 한 번 하구!….."

"그럼 1년에 한번씩만 구경 다니시기로 방침이십니까?"

"뭐, 그런 것도 아니지만, 참 작년에 하나 더 봤오. H. G. 웰즈의 장래將來한 세계-그것도 발성영환데 그 서양사람들도 많이들 구경왔습디다."

내가 그밖에 선생의 '취미'라 할 것을 묻자, 선생은 근년에 서화書畵에 취미를 붙이시어 수집하시기 시작하였으나, 그것도 역시 여가가 없어 여의치 못하심을 한탄하시고,

"참, 또한 3년 전부터 신문에 나는 것들을 하나 빼지 않고 오려두는데……"

"신문에 나는 거라니요?"

"왜 각 신문 신년호에 이름 있는 이들의 서화가 사진으로 나지 않소.

그것 오려서 스크랩한 것이, 그것도 3년이나 모니까, 이래저래 한 다섯 권 됩디다." 그러나

검소한 것은 선생의 취미뿐이

아니었다. 나는 문득, 선생이 하고 계신 '검은 넥타이'가 그 가슴은 어떠한 것이든 간에 우선, 그 색채에 있어, 너무 검소하시기에,

"그러한 것을 선생께서 몸소 선택하시어 사십니까?" 여쭈어 보았더니 넥타이는 물론, 칼라며 와이샤쓰까지도, 모두 댁에서 부인이 손수 가슴을 말르셔서 맨드신 것이라 한다.

"부인께선 올해 연세가?⋯⋯"

"무자생戊子生이니가 갓 쉰이요."

"선생께서 결혼하신 지는 올에 몇 해가 되십니까?"

"그게 대정大正 14년이니까 올에 열세 해가 되나"

"초혼이십니까?"

"초혼은 아니지만 어렸을 적에 아무 것도 모를 적에 장가라 한 번을 든 적은 있지만⋯⋯."

그리고 다음에 강한 어조로,

"뭐 초혼이나 조금도 다름없소." 하고 말씀하시는 것을 보면 선생이 현재의 부인을 지극히나 사랑하고 계심을 능히 어림도 알 수 있다.

"자녀는 몇 분이나 되십니까?"

"자녀는 없소." 대답하실 때 역시 그렇게 생각을 하여서 그러한지 선생의 얼굴에는 순간에, 고적한 빛이 떠돌았다.

"자녀는 없으나 조카를, 내 아우의 아들을 하나 데리고 있소."

"그럼 장래, 가독家督을 상속시키실⋯⋯."

"뭐 우리는 그런 생각 없소. 이를테면 한집에서, 그냥 같이 살고 있다

뿐이지, 양자를 삼았다거나 하는 것도 아니니까…….”

그러나 올해 이미 쉰아홉이신 선생께 슬하에 일점 혈육이 없으시다는 것은 애달픈 일이다. 하지만 이 경우에 선생께 향하여,

“선생은 그 점에 있으시어, 고적을 느끼신다거나 그러시지는 않습니까?”라 들지 그러한 것을 여쭈어 보는 것은 무릇 어리석은 일일 것이요. 또 그와 함께 한 개의 적지않은 죄악일 것이다. 그래 나는 곧 화두를 돌리어

“선생께서는 여행을 자주 하십니까?”

“네─ 1년 중의 삼분의 일은 지방 교회로 다니느라… 만주에도 우리가 관리하는 교회가 있구 해서…….”

“선생께서도 교회에 나가시어 설교를 하십니까?”

“그야, 내가 맡아 가지고 있는 교회는 없지만, 때때 하지요.”

“성서 중에서 선생이 가장 좋아하시는 대문은 어떠한 것입니까?”

“그것은─

요한복음 14장 12절

하시며, 선생은 책상 서랍에서 한 권의 성서를 꺼내시어,

“내가 진실로 진실로 너희더러 이르나니 나를 믿는 사람은 나의 행하는 일을 져도 행할 터이오 또한 이보다 큰 것도 행하리니 이는 내가 아버지께로 들어감이라…….”

부드러운 음성으로 한 차례를 읽으신 다음, 곧 이어서 ‘강화講話’라도 있으실 것 같았으나, 문득 눈을 드시어 나를 보시자, 선생은 고요히 책을 덮어 다시 서랍 속에 간수하시고 다음에 잠깐 말이 없으시다.

내가 이제 하직하고 나간 뒤 선생은 무엇을 하시렵니까, 여쭈니, 선생

은 선생 앞에 산같이 쌓여 있는 무려 5, 60통의 편지더미를 턱으로 가리키시며,

"각처에서 매일 들이미는 이 편지를 차례로 보아야죠. 그리고 차례로 답장을 하여야죠."

"모두 선생이 몸소 하십니까?"

"내가 구술을 하고 서기가 쓰고, 그 중에 외국 서신은 내가 쓰지요."

"이 일 한가지만 하더라도 과연 두어 달은 일하실 한가로운 시간이란 없으시겠습니다."

"그럼요. 더구나 일이 이뿐이오? 예서 일을 마치고 집으로 돌아가도, 거기선 또 거기서 하여야 할 일이 기다리고 있는 것이니까……."

나는 새삼스러이 산적한 서신을 다시 한번 바라보고 그렇게 분망하신 선생을 이 이상 한가로운 이야기로 괴롭혀 드리고 싶다 생각하지 않았다.

선생의 건강을 빌고 밖으로 나오며,

선생께는 오직 '일'이

있으시구나 하였다.

무릇 아래 귀여운 자녀를 못 두시고 즐겁고 한가로운 시간을 거의 못 가지시는 선생에게 있어, '일'은 온갖 것을 의미하여, 그것은 선생에게서 고독을 물리칠 수 있으며 또한 선생의 마음을 부요케 할 수 있을 것이다.

나는 언덕 진 길을 내려오며 선생께 참말 긴하게 여쭈어 보아야만 하였든 여러 말씀을 뒤늦게 생각해내었든 것이다.

대문을 나서기에 미쳐, 다시 한번 둘러 살핀 문짝 위에 오래 되어, 낡기는 하였으나 분명히 '한인물입閒人勿入'의 목패木牌가 붙어 있는 것을

발견하고 역시 선생을 그 이상 괴롭게 하여드리지 않았든 것을, 그나마
도 다행하다 생각하였다.

　-(文責在筆者)-

『조광』1938년 4월

조선 여성의 장점, 조선 여성의 단점-설문

장점

1. 집안 일에 부지런함을 취합니다.
2. 전통을 굳게 지켜감이 무던합니다.

단점

1. 남들과 함께 단합하여 일함에 있어서 성의가 부족한 것.
2. 신여성들도, 한번 가정을 갖고 보면, 구식 부인이나 마찬가지로, 곧잘, 우상을 숭상하여 미신적 언동을 감행하는 것을 얼른 고쳐야 하겠습니다.

『가정지우』1939년 7월

해설 / 연보

한 문학주의자의 운명

– 박태원 수필 읽기

류 보 선*

1. 한 자유주의자의 내면 풍경 – 박태원 에세이의 문제성

박태원의 에세이를 읽는 것은 의미 있는 작업이다. 박태원의 에세이에 소중하며 중요한 것들이 담겨 있기 때문이다.

박태원의 에세이에서 크게 눈여겨볼 것은 두 가지이다. 하나는 에세이 전체에 내밀하게 산포되어 있는 작가 박태원의 내면풍경. 박태원은 여러 개의 서로다른, 또 때로는 이질적인 관념과 형식충동을 동시에 거느리며, 그것 사이의갈등 혹은 길항을 통해 자신만의 고유한 역사지리지와 소설 문법을 개척해 간작가이다. 흔히 박태원은 이상과 더불어 모더니즘을 대표하는 작가로만 알려져 있다. 하지만 그것만이 다는 아니다. 박태원의 문학은 다양하고 풍부하다.박태원의 문학은 다성적이며 혼종적이다. 이 다성성과 혼종성이야말로, 그리고 분열된 욕망이나 목소리의 쉴새없는 부딪침과 조정과정이야말로 박태원 문학의 원천이다. 박태원은 「적멸」(1930), 「소설가 구보씨의 일일」(1934), 「방란장주인」(1936)의 작가이다. 하지만 동시에 「해하垓下의 일야一夜」(1929), 「천변풍경」(1936), 「성탄제」(1937), 「골목안」(1939)의 작가이기도 하다. 즉 박태원

---

* 군산대 국문과 교수.

은 한편으로는 작가 이상에 버금가는 모더니즘적 형식 충동이 끓어넘치는가 하면, 다른 한편으로는 전근대적 인륜성과 전근대적 서사원리를 존중하는 면모를 보인다. 탕아를 꿈꾸는가 하면 그 탕아가 돌아오기를 기다리는 아비이기도 하다. 그렇다고 이것이 박태원의 전부인가 하면 그렇지 않다. 박태원은 또한 「춘보」(1946), 「계명산천은 밝았으냐」(1965) 「갑오농민전쟁」(1980)의 작가이기도 하다. 박태원은 일제 말기에는 갑작스레 「삼국지」(1941), 「수호전」 (1942) 등을 번안하더니 해방 후부터 민중 영웅들의 형상을 전면에 내세운다. 그러더니 민중 영웅에의 관심을 구체적인 역사 속에서 실현한 수작 「갑오농민전쟁」을 완성하기에 이른다. 박태원은 한마디로 규정하기 힘들 정도로 착종적이고 다성적인 면모를 동시에 거느리고 있는 작가라 할 수 있거니와, 그러므로 작가 박태원 내부의 이 분열, 착종, 모순들을 읽어내고 그것의 구체적인 내포를 획정하는 일은 중요하다. 그것은 박태원 문학의 기원과 운동 방향을 문맥화하는 일이자 동시에 한국근대문학의 한 계보의 형성과 전개과정을 계열화하는 작업이기 때문이다. 이때 무엇보다 중요한 참고자료가 되는 것이 바로 박태원의 에세이다. 박태원의 에세이에는 소설을 구성하는 내러티브에 의해 억제되고 억압된 박태원의 여러 내면들이 비교적 날 것 그대로 꿈틀거리고 있으며, 그래서 박태원 문학, 더 나아가 1930년대 한국 모더니즘 문학의 기원과 경과를 법칙화할 수 있는 핵심적인 누빔점이 은밀하게 숨어 있다. 결국 박태원 문학의 다양성의 기원과 그 변화무쌍한 변모의 원동력이 내밀하게 살아 숨쉬는 곳이 박태원의 에세이거니와, 박태원의 에세이를 꼼꼼하게 읽어야 하는 이유도 바로 여기에 있다.

이처럼 박태원의 에세이는 박태원 문학의 행방을 추적할 수 있는 열쇠를 쥐고 있다는 점에서 우선 주목되지만, 그러나 그것만이 박태원의 에세이를 꼼꼼히 읽어야 하는 이유의 전부는 아니다. 박태원의 에세이를 박태원 소설의 원천으로만 읽는 것은 박태원의 에세이에 대한 신성모독이다. 박태원의 에세이는 그의 소설을 해명하기 위한 참고자료 정도로 한정할 정도의 물건이 아니다. 좀더 구체적으로 말하자면 박태원의 에세이는 박태원 소설에 비해 뒤지지 않는 고유한 미학적 특질과 문제성을 구축하고 있다. 박태원의 에세이에 대한 열정과 그의 에세이에서 느껴지는 품격은 결코 만만치 않다. 박태원은 소설 창작에 있어서 끊임없이 새로운 창작방법이나 기법을 모색하는 바로 그 정도만큼 자신의 세상을 보는 눈을 외화할 수 있는 다양한 발화 형식들을 악무한에 가까울 정도로 끊임없이 시험하고 실험한다. 해서, 박태원은 소설뿐만 아니라 다양한 글쓰기 형식을 법고창신하는바, 박태원의 에세이는 이러한 자의식의 산물이다. 박태원의 에세이는 다양한 영역에 걸쳐 있다. 박태원의 에세이는 신변잡기, 여행담, 회고담, 인물평 등에서부터 그것들에 비해 상당히 무거운 에세이인 문학비평에 이르기까지 여러 영역의 글쓰기 형식에 두루 걸쳐 있는 것은 물론 그 각각의 글에서 시도되는 스타일 또한 상당히 독특하며 독창적이다. 박태원에게 있어 에세이란, 소설을 본령으로 하는 박태원이 이런저런 계기로 쓴 자투리의 글이 아니라 자신만의 독특한 세계상을 표현할 수 있는, 그러니까 어느 형식에도 억매이기를 거부했던 박태원 특유의 자유로이 부동하는 영혼이 찾아낸 또 하나의 중요한 실천 영역이었던 것이다. 이것이 박태원의 에세이를 꼼꼼하게 읽어야 하는 또 하나의 이유임은 물론이다.

종합하자. 박태원의 에세이는 박태원 특유의 자유롭고자 하는 의지와 열정이 치열한 자기모색 이후에 찾아낸 바로 그 형식이라 할 수 있다. 그래서 박태원의 에세이에는 우리 역사 특유의 지정학적 위치 때문에 더욱 절대화되고 집요했던 수많은 내러티브와 형식, 그리고 규범으로부터 벗어나고자 했던 한 자유분방한 영혼의 우울과 냉소, 절망과 희망이 곳곳에 흩어져 있다. 그러니 당연하게도 박태원의 에세이에는 식민지 근대화와 분단으로 이어지는 근대 이후 한국 역사의 무시무시하고도 매혹적인 파노라마가 전경화로 깔려 있고, 또한 그 숨막히는 파노라마 속에서만 만들어질 수 있는, 그렇기에 의미 있는 깊은 성찰이 우리를 기다리고 있다.

이제 박태원의 에세이가 지니는 문제성은 충분히 드러난 셈이거니와, 이로써 우리가 떠날 여행의 사전 답사도 끝난 셈이다. 그렇다면 지금부터는 길에 올라 박태원 에세이의 구체적인 내용과 가치를 조목조목 확인하고 그것을 지도에 기록할 차례다. 과연 박태원의 에세이는 근대 이후 굴곡진 한국 역사의 우울하고도 비극적이며, 그런만큼 지나치게 희극적이고 냉소적인 드라마를 어떻게 전유하고 있으며 그 즐거운 지옥, 혹은 처참한 낙원의 역사 속에서 어떤 삶의 방식, 어떤 역사, 어떤 모럴, 어떤 사유의 원리에 관심을 보이고 있는 것일까.

2. 광기의 모더니티와 냉소 - 초기 에세이의 풍경

박태원의 본격적인 에세이는 그의 전체적인 작품 활동에 비추어 보자면 상대적으로 뒤늦게 나타난다. 시기적으로 보자면 1936년경부터이고, 작품상으로 보자면 『천변풍경』 무렵부터이다. 박태원의 에세이가 박태원의 작품 목록에 뒤늦게 나타나는 것은 여러 이유가 있겠지만 무엇보다 중요한 것은 박태원이 에세이를 소설의 여기餘技 정도로 파악했기 때문이다. 한마디로 초창기의 박태원은 에세이에 관심을 보이지 않을 뿐만 아니라 불신을 보이기까지 한다. 하여, 박태원의 문학 활동 초기에는 에세이가 거의 지속적으로 씌어지지 않는 바, 박태원의 초창기 문학에 있어서 에세이는 박태원 문학의 주변부적 위치를 점할 뿐이다.

초창기의 박태원이 수필에 대해 보였던 무관심은 그 시기 박태원이 수필에 대해 가졌던 불신과 관련이 있는 것으로 보인다. 아니, 더 정확하게 말하자면, 소설에 대한 그의 열정에 기인한다고 해야 하리라. 가령 박태원은 1930년대 초반에 쓴 「문예시평」(1933)에서 수필에 대한 자신의 견해를 피력한다. 이 글에서 박태원은 수필에 관한 두 가지 견해에 주목한다. 하나는 수필을 소설의 뒤를 이어 새 시대의 문학적 총아가 될 형식으로 규정하는 김기림식의 수필관. 박태원은 우선 "향기 높은 유머의 보석과 같이 빛나는 위트와 대리석같이 찬 이성과 아름다운 논리와 문명과 인생에 대한 찌르는 듯한 아이러니와 패러독스와 그런 것들이 짜내는 수필의 독특한 맛은 이 시대의 문학의 미지의 처녀지가 아닐까 한다."는 김기림식의 수필관에 주목한다. 하지만 박태원은 김기림의 이러한 수필관에 비판적인 태도를 취한다. 대신 수필에 대한 또 하나의 견해에 동의를 표한다. 바로 조용만식의 수필관. 조용만은 수필이 문학의 하나의 형식으로 장구한 역사와 톡특한 경지를 가지고 있다는 것은 인정하나 그것은 어디까지나 "문학의 방류이었지 결코 문학의 주류가 아니었다."고 주장한다. 또한 조용만은 현재의 수필이 처한 현실도 "문인들은 두뇌의 피로를 쉬기 위하여 쓰고 독자들은 딱딱한 글을 저작詛嚼한 뒤에 디저트로 읽는 것이니 수필류는 이같은 가벼운 청량제로서 문학사상의 여천餘喘을 보전하여 온" 상황이어서 수필이 문학의 주류가 되는 것은 불가능하다고 말한다. 박태원은 수필에 대한 두 견해 중 아주 간단하게 조용만의 견해에 손을 들어준다. 즉 이 시기의 박태원은 수필의 여러 속성상 수필이 새 시대의 문학적 총아가 되기란 불가능하다고 믿고 있었던 것이다.

박태원이 초창기에 수필을 경원한 이유가 장르에 대한 불신 때문만은 아니다. 오히려 더욱 중요한 계기가 숨어 있다. 바로 초기 박태원의 소설 경향이 그것이다. 초기 박태원의 소설은 「소설가 구보씨의 일일」에서 보듯 사소설적, 혹은 심경소설적 경향이 농후하다. 예컨대 박태원의 초기 소설은 소설가인 자기 자신을 허구화하여 소설의 중심에 위치시킴으로써 한편으로는 자신의 일상생활을 객관적으로 재현하면서 완결된 서사적 구조를 획득하고, 다른 한편으로는 세계나 사물, 혹은 타자에 대한 작가의 관심이나 성찰의 내용들을 허구화된 소설가의 행적 속에 적절하게 삼투시킨다. 그 결과 박태원의 초기 소설은 많은 소설이 사실은 에세이 소설이다. 즉 박태원의 초기 소설은 한편으로는 예외적 개인이라 할 예술가의 삶의 행적을 치밀하게 재구성한 뛰어난 소설이면서, 동시에 그 허구화된 소설가를 통하여 각 사물이나 사건의 역사철학적인 맥락을 풍부하게 읽어내는 날카로운 에세이였던 것이다. 그러니 1933년 무렵 박태원에게는 김기림이 말했던 그 '독특한 맛'을 실현하는 영역이 굳이 에세이일 필요가 없는 셈이다. 박태원에게 그 '독특한 맛'이란 오히려 소설이라는 장르에서 더욱 완전하게 구현되며, 따라서 1933년 무렵 박태원에게 에세이는 어디까지나 여기이자 '가벼운 청량제'에 불과할 뿐인 것이다.

허나, 이 시기를 벗어나면 사정이 달라진다. 잘 알려져 있듯, 박태원은 1936년경부터, 구체적으로는 『천변풍경』, 「골목안」 등으로부터 소설 경향이 달라지기 시작한다. 『천변풍경』의 단계부터 박태원은 소설의 바깥에서 작가로서 대상 인물들과 사물들을 관찰한다. 곧 카메라의 조정자가 된 것이다. 박태원은 이제 소설 안에 들어가서 말하는 대신에 카메라의 렌즈에 비친 형상을 통해 자신의 세계상을 보여주고 묘사한다. 박태원이 자신의 메시지를 전달하는 방법은 대상 인물과의 거리를 조정하거나 사물에 대한 관찰의 각도나 시선을 통해서다. 창작방법의 이러한 변화는 당연하게도 박태원의 소설에서 문명에 대한 박태원 고유의 자유분방한 아이러니와 패러독스가 들어설 틈을 용인하지 않는다. 이제 박태원은 선택의 기로에 선다. 문명에 대한 사변을 위해 예전의 사소설적 경향으로 돌아가느냐 아니면 또 다른 보완물을 찾느냐 하는. 이 갈림길에서 박태원은 소설 이외의 보완물로 자신의 사변을 제시하기에 이른다. 그것이 곧 수필이다. 이렇게 1936년경부터 박태원의 수필에 대한 관심이 높아지기 시작하며, 이때부터 박태원의 에세이는 그의 소설과는 전혀 다른 고유하고도 독특한 세계를 구현함으로써 박태원 문학 전반을 한껏 풍요롭게 살찌우는 한 축으로 자리한다.

곧 박태원의 초기 문학에서 박태원의 에세이가 주변부적 위치에 놓여 있다고 해서 이 시기에 에세이라 불릴 만한 글들이 없는 것은 아니며, 또 그 수준이 일천한 것도 아니다. 「병상잡설」(1927), 「꿈 못꾼 이야기」(1934), 「이상적 산보법」(1930) 등은 초기 박태원의 대표적인 에세이에 해당한다. 헌데, 이 에세이들의 수준이 만만찮다.

「병상잡설」에서 박태원은 "장수長壽란 결코 행복된 것은 못 된다."고 말한다. 육체의 장수 상태에서 경험할 정신적 소멸이 두려워서란다. 박태원은 또 이 글에서 "시가詩歌를 잃은 몸! 그것은 결국 나에게 있어서는 무기력한 15관여의 육체를 의미할 뿐"이라고 말하기도 한다. 박태원에게 오직 중요한 것은 정신이고, 시적인 열정이며 미적 가치이다. 박태원은 이런 것들을 사유의 중심에 놓고 세상을 읽어들여 사물들을 재질서화한다. 그 순간 세상은 온갖 것이 뒤바뀐, 전도된 곳으로 바뀐다. 이곳에서의 행복이란 곧 불행이며, 이곳에의 삶이란 곧 죽음의 다른 이름일 뿐이다.

진애塵埃 · 매연煤煙 · 굉음轟音 · 살풍경殺風景 · 몰취미沒趣味 모든 실답지 않은 것만을 소유하고 있는 도회 가운데서 폐병환자로 신경이 극도로 과민하여 가지고 살아가려니 첫째 위생이니 무에니 하는 것이 다 헛소리려니와 통계표를 보지 않고도 적어도 10년쯤 단명할 것은 환한 일이다. 더구나 허위란 놈은 사람이 사는 곳이면 어댈른지 따라다니는 것이지만 특히 도회에서 가장 많이 발견되는 바이라는 것은 누구나 아는 바이다.

   약 일 주일 가량 전의 일이거니와 나는 세모의 가장 바쁜 본정통本町通을 걷고 있었다. 대판옥大坂屋을 나선 나는 삼월오복점三越吳服店 쇼윈도 앞에 몰켜 있는 무리들 발 밑에서 울고 있는 '애 거지' 두 명을 발견하였다. 그들은 치운 듯이 서로 얼싸안고서는 처창悽愴스럽게 울고 있었다. 물론 길 가는 사람이나 쇼윈도 앞에 서 있는 사람이나 이런 것은 조곰도 개의치 않는 모양이었다. 그러다가 '거지'는 울고 있든 얼굴을 들어 조심조심 주위를 살피어보다가 고만 나의 눈과 마주쳤다. 나는 독자에게 그때 실로 그 순간 그가 얼마만이나 황당하게 다시 머리를 '동무 거지'의 가슴에다 파묻고 소리를 내어 울었는가를 알리려 한다. 동정을 청하는 깨끗한 눈물이 전혀 허위의 책략이라는 것이며, 천진난만하여야 할 어린이를 이렇게 만들어 놓은 사회 아니 도회의 죄를 생각할 때 나는 머리가 힁한 것을 깨달았든 것이었다. (「병상잡설」 중에서)

   박태원에 따르면 이곳, 특히 도회는 허위나 책략, 그러니까 전도된 가치관에 의해 지배되는 곳이다. 근대의 계몽론자들은 하나같이 문명으로 인한 위생적 상태를 근대적 제도가 인간에게 제공한 최고의 축복처럼 말하지만, 박태원은 근대성의 총화인 도회가 사실은 무엇보다 인간의 위생에 치명적이라고 말한다. 또한 박태원은 화려한 쇼윈도를 사이에 두고 펼쳐지는 도시의 처연한 파노라마에 대해 말한다. 화려한 모더니티의 세례로부터 소외된 거지, 그러한 그늘을 철저하게 외면한 채 모더니티의 화려함에 혼을 넘긴 근대인들, 그 '애 거지'들의 타인의 동정을 받기 위한 거짓 눈물과 고도로 계산된 허위의 책략들. 박태원에게 모더니티란 사물의 주인공화와 인간의 사물화가 지배하는 곳일 뿐이다. 그러니 박태원에게 그 모더니티의 원리에 속박된 채 살아가는 현존재들은 당연히 화려함에 혼을 빼앗기는 기계들이다. 그것도 철저하게 계산가능성이라는 유일한 원칙에 조종되는, 걸어다니는 허위의식의 총화다.

   「병상잡설」에서 보여준 아이러니한 현실에 대한 성찰, 혹은 현실에 대한 아이러니적 독법은 「꿈 못꾼 이야기」와 「이상적 산보법」에서도 그대로 이어진다. 「꿈 못꾼 이야기」는 한 잡지의 편집자로부터 '꿈 이야기'에 대한 원고를 청탁받고 꿈을 꾸기 위해 노력하는, 그러나 결국은 실패하는 이야기다. 작중화자는 꿈에 대한 원고 청탁을 받고는 이왕이면 '훌륭한 꿈'을 꾸고자 한다. 그리고 그 '훌륭한 꿈'을 위해, '꿈의 행복'을 위해 자신이 하고 싶은 일을 하나하나 접는다. 소설 읽기를 중단할 뿐만 아니라 중간에 잠을 깨지 않기 위해서 나오지 않는 오줌을 억지로 짜내는 등 "한참을 눈물 겨운 노력"을 하기도 한다. 하지만 결국 훌륭한 꿈은커녕 사람들에게 공개하여 남부끄러운 종류의 꿈이나 가위눌리는 꿈조차 꾸지 못한다. 이 '꿈 못꾼 이야기'는 사소한 일상사처럼 보이지만, 이 사소한 일상사를 가공하는 박태원의 기량과 그 기량을 통해 완성된 이야기는 그렇지 않다. 「꿈 못꾼 이야기」에서 박태원이 말하고자 하는 바는 '훌륭한 꿈', 그것도 사회적 초자아가 지정한 '행복한 꿈'을 위해 자신들의 욕망을 억압당하는 것은 물론 무의식의 활동영역인 꿈마저도 통제당하는 현존재들의 실존방식인바, 박태원은 말 그대로 '꿈 못꾼 이야기'라는 아무 것도 아닌 것처럼 보이는 에피소드를 통해 이제 인간으로부터 자립해 인간을 장악하기 시작한 사회적 초자아에 철저하게 강박당한 현존재의 실존을 실감나게 스케치한다.

이에 반해 「이상적 산보법」은 이 허위로 가득찬 모더니티의 세계 속에서 현존재들이 자신들의 자존을 지키며 살아가는 박태원 나름의 방법론을 제시하고 있다. 「이상적 산보법」에서 허위의 모더니티를 견디는 방법으로 박태원이 제시한 것은 그가 「적멸」, 「소설가 구보씨의 일일」에서 집중적으로 시험한 그것, 그러니까 박태원의 표현을 빌자면 도시의 근대적인 징후를 찾아다니는 '고현학'적 도시 순례이다. 「이상적 산보법」에서 박태원이 근대인으로 살아가기 위한 최소한의 조건으로 제시하는 것은 하루하루가 다르게 명멸하는 근대적 징후를 찾아다니며 자기화하는 도시를 향한 오디세이적 모험이다. 이때 물론 도시의 근대적 징후를 향한 오디세이적 탐험, 그러니까 사물이 지배하는 그곳에 대한 탐사는 어디까지나 현존재의 세계내적 위치를 확인하는 출발점일 뿐이다. 박태원은 여기서 더 나아갈 것을 말한다. 박태원은 그렇게 현존재들의 세계내적 위치를 확인한 후, 그러니까 비본래적인 사물의 가치에 의해 지배되는 세상이 바로 이곳이며 현존재들 또한 그것에 의해서 구성된 허위의식을 좇으며 살아가고 있음을 확인한 후, 이러한 상황 속에서 벗어날 의미 있는 좌표에 대해 고민한다. 이 고민 끝에 박태원이 도달한 결론은 냉소적 도시 산책과 군중 체험이다. 박태원은 진정한 근대인으로 살기 위해서는 두 가지 조건이 충족되어야 한다고 믿는다. 하나는 더욱 화려해지는 모더니티의 매혹에 영혼의 마지막 부분까지 내준 도시적 군중들과 같이 호흡하면서 끊임없이 변화하는 자신의 세계내적 위치를 확인하는 것. 또 다른 하나는 그 화려한 모더니티와 군중들로부터 '저만치' 거리를 유지하는 것. 이 양자를 충족시킬 방법으로 박태원은 냉소적인 도시 산책과 군중 체험을 제시한다. 박태원에 따르면 근대성이라는 수레바퀴 위에서 진정한 인간으로 사는 길은 도시 산책과 군중 체험을 통해 수시로 변화하는 세계상을 읽어낸 후 그 세계상이 뿜어내는 매혹이나 그 거울이 제시하는 나르시즘적인 자기만족감에 기만당하는가 하면 떨쳐내고 경이를 느끼거나 냉소하는 삶이다. 한마디로 박태원은 근대성에 대한 열광적 숭배와 위대한 거부, 경이와 냉소의 변증법적 길항을 근대성에 대한 가치 있는 대응이라 설정하고 그 실천 전략으로 도시, 혹은 모더니티 속에서의 냉소적인 산책을 제시하는 것이다. 「이상적 산보법」은 바로 그 냉소적인 도시 탐사의 방법론이자 행동강령을 담고 있는 에세이다. 그러나 이 글은 아쉽게도 『동아일보』의 휴간으로 글이 중단되어 버려서 그 전모를 볼 수가 없다. 하지만 우리가 확인할 수 있는 부분만으로도 모더니티의 총화인 도시에 강렬하게 매혹되면서도 동시에 냉소를 잃지 않는 산책자에 대한 박태원의 기대는 충분하게 확인할 수 있거니와, 이는 박태원의 초기 에세이가 모더니티에 대한 만만찮은 성찰의 결과임을 웅변적으로 보여주는 바로 그 대목이기도 하다.

3. 가족 · 이상 · 김유정, 살아 있는 미적 진리들

박태원의 에세이는 다양하다. 작가 박태원이 시선을 고정시키는 대상이나 사물이 가히 박물학자의 그것이라 할 정도로 여러 영역에 두루 걸쳐 있다. 또한 그 대상이나 사물을 바라보는 작가의 시선이나 그것을 표현하는 문체 또한 변화무쌍하다. 그러므로 박태원 에세이를 유형화하는 일도, 그리고 그 에세이를 구성하는 미적인 원리들을 추출하는 일도 쉽지 않다. 하지만 유형화나 단순화의 위험을 무릅쓴다면 전혀 불가능한 일도 아니다. 박태원의 에세이는 다양하지만 박태원 자신이 일상생활에서 경험한 일련의 사건들에 대한 술회가 압도적이다. 그리고 박태원의 일상생활에 대한 술회는 크게 두 가지 유형으로 분류가 가능하다. 자신의 가족이나 이웃 풍경에 대한 묘사가 그 하나이고, 또 다른 하나는 작가적 성장기와 문단교우록이라 일컬을 만한 것이다.

물론 기행문이나 탐방기 등 다른 형식의 에세이가 없는 것은 아니다. 그리 여행을 즐기지 않았던 것으로 보이는 박태원은 그래도 여행이나 탐방의 기회가 있을 때마다 여행기를 집필하여 「바닷가의 노래」(1937), 「영일만어」(1936), 「해서기유」(1938) 등의 기행문을 남기고 있다. 하지만 이 글들은 박태원이 자신의 일상생활이나 문단교우록을 술회한 에세이와 비교하자면 상대적으로 밀도가 떨어지는 것이 사실이다. 「바닷가의 노래」 등은 자연 앞에 홀로 선 자기 자신의 쓸쓸함과 허전함, 그리고 고독이라는 감정을 술회할 뿐 그 이상의 것이 보이지 않는다. 곧 그의 기행문이나 탐승기에는 다른 기행문에서는 쉽게 찾아볼 수 있는 인간의 능력으로는 혜량하기 힘들 정도로 질서 정연하고 숭고한 자연에 대한 외경심이나 예찬 등을 찾아보기 힘든 것이다. 그 외경심, 혹은 숭고의 염 대신에 들어서 있는 정서는 도시, 혹은 문명을 떠난 자의 쓸쓸함이나 불안 같은 것이거나, 아니면 거친 자연에게서 맛본 불쾌하기 짝이 없는 외설스러운 공포뿐이다. 박태원에게 자연이란 위대함과는 거리가 먼 인간적 활력을 무력화시키는 시·공간일 뿐이다. 이상李箱이 자연에게서 단지 사물의 반복과 권태만을 보았듯 박태원 역시 자연에게서 아무런 인간적이고 현대적인 의미를 찾아볼 수 없었던 것이다. 박태원의 자연 안에서의 산책기, 곧 기행문이 다른 에세이에 비해서 밀도가 떨어지는 것은 오히려 당연하며, 그의 에세이에서 자연 탐방기가 차지하는 비율이 현저하게 낮은 것 역시 당연하다.

박태원은 이처럼 자연 속의 인간에 대해 큰 의미를 발견하지 못한다. 그러므로 박태원이 미적 진리의 현현을 경험하는 대상은 자연 이외의 것이다. 물론 그렇다고 이 진술이 곧 박태원이 보들레르의 경우처럼 자연적인 것 그 자체를 무질서나 악의 근원으로 설정한다는 것을 의미하지도 않는다. 보들레르에 비교하자면 박태원은 오히려 자연적인 것에 아주 큰 의미를 부여하는 편이다. 물론 박태원은 자연이라는 질서, 자연이라는 대상 그 자체에는 경외감을 느끼지 않는다. 하지만 인간 속에 남아 있는 자연적인 것에는 누구보다도 진정으로 경배심을 보일 뿐만 아니라 사실은 박태원 내면 자체가 자연주의자의 그것이다.

> 그래도 나는 끈기 있게 씨앗을 기다려 보기로 하였다.
> 그렇게도 짧지 않은 동안 내 마음에 기쁨을 주어온 이 가련한 화초를 씨도 받는 일 없이 그대로 내어버린다는 것이 내게는 견디기 어렵게 슬펐든 까닭이다.
> 그러나 불행히 안해의 한 말은 옳아 그 뒤로 한 이레가 지나도록 씨는 단 하나도 영글지 않았다.
> ......
> 내가 그것을 사고 싶었다고 또 내게 그것을 산 푼전이 있었다고, 별로 깊이 생각해 보는 일도 없이, 꽃장사의 점두에서 그 불운한 나팔꽃을 집어온 것은 분명히 옳지 않았든 것이다.
> 우리집 좁고 또 보잘것없는 뒤뜰에서의 그들의 생활은 군색하였고, 그곳에서 그들은 영구히 전할 생명을 잃고 말았다.
> ......
> 밤이 깊으면 달이 있어도 없어도 나는 곧잘 뒷짐 지고 그곳을 거닐며 때로 씨도 못 받은 나의 나팔꽃을 생각하고는 혼자 마음에 운다.
> 나의 나팔꽃은
> 나의 화단은
> 그리고 가을은 참말 슬프기도 하구나. (「화단의 가을」 중에서)

박태원은 이처럼 나팔꽃 씨를 받지 못해 나팔꽃의 생명을 끊어놓았다고 슬퍼하는 존재이다. 박태원은 자연의 질서를 존중하는 순진한 영혼의 소유자이며 모든 사소한 사물에도 생명에도 정령이 깃들어 있다고 믿는 애니미즘의 추종자이기도 하다. 또한 인간과 자연이 유기적인 조화와 통일을 이루는 상태, 그러니까 인류의 유년기적 상태로의 귀환을 추구하는 몽상주의자이기도 한 것이다. 그러니 이 자연과도 조화를 이루려하고 또 대화가 가능하다고 믿는 존재에게 인간을 압도하는 자연은 오히려 공포의 대상일 뿐이며, 또한 자연을 철두

철미하게 희생시키면서 형성된 도시의 현대적 풍경이나 그것을 가능케 한 모더니티는 곧 실낙원의 풍경에 다름 아닌 것이다.

박태원의 초기 에세이는 주로 도심 풍경, 혹은 인공적인 질서에 나타나는 이질감과 살풍경을 발견하고 표현하는 것에 초점이 맞추어져 있다. 하지만 시간이 지나면서 박태원은 도시의 살풍경을 냉소하는 대신에 그 살풍경 속에서도 여전히 살아 움직이는 가치 있는 존재, 영역, 제도 등을 찾아 나선다. 박태원의 소설도 그러한 행보를 걷지만 특히 박태원이 뒤늦게 쓰기 시작한 에세이에서는 이러한 경향이 거의 압도적이다. 그 결과 박태원의 에세이는 숭고한 자연에 대한 예찬도, 그렇다고 도시의 현대적 풍경에 대한 환호와 경멸도 아닌 다른 영역을 주시한다.

자연이나 문명 대신에 박태원의 에세이가 집중적으로 관심을 보이는 대상은 자신의 가족과 문우文友들이다. 박태원의 에세이는 단연 자신의 가족과 문우들에게 집중적으로 눈길을 보낸다. 그들을 바라보는 시선 또한 예사롭지 않다. 해서, 그의 에세이에서 가족의 일상사와 문우들에 대한 기록이 차지하는 비율은 가히 압도적이라 할 정도로 많다. 뿐만 아니라 그 밀도 또한 다른 대상을 다룬 에세이와 비교하기 힘들 정도로 촘촘하다. 「화단의 가을」(1935), 「모화관 잡필」(1936), 「옆집 중학생」(1936), 「어린것들」(1937), 「순정을 짓밟은 춘자」(1937), 「에고이스트」(1937), 「결혼 5년의 감상」(1939), 「춘향전 탐독은 이미 취학 이전」(1940) 등은 모두 자신의 가족이 에세이의 중심에 위치한 탁월한 에세이들이며, 「유정과 나」(1937), 「고 유정 군과 엽서」(1937), 「이상의 편모」(1937), 「이상 애사」(1938) 등은 작가 이상과 김유정의 문제적인 성격을 압축적으로 표현한 숨막히는 에세이들이다. 박태원에게 가족이나 문우는 자신에게 매우 소중한 존재들이라는 차원을 넘어선다. 비유하자면 박태원에게 어머니와 아내, 그리고 아이들이나 이상, 김유정, 김기림 등의 구인회 멤버들은 '살아 있는 미적 진리'들이다. 박태원은 가족이나 문우, 그리고 그들과 자신과의 관계 방식에 대단히 현대적인 의미, 그러니까 역사철학적이고 문명사적 의미를 부여한다. 좀더 구체적으로 말하자면 박태원은 가족이나 문우들, 그리고 이들과 자신을 묶어주는 친밀성에의 의지와 경험을, 차디차게 계산적이어서 현존재들을 끊임없이 광기로 몰고 가는 모더니티, 「소설가 구보씨의 일일」의 표현에 따르자면 '황금광 시대'를 넘어설 수 있는 모랄로 설정한다.

이유가 없을 리 없다. 박태원에게 인간과 자연, 자아와 타자 사이의 합일이라는 인류의 유년기적 상태에 대한 동경을 일깨운 것이 다름 아닌 가족이라는 공동체이며 또한 문학이라는 제도이기 때문이다. 가족과 문학은 박태원에게 순진성의 철학을 형성시킨 바로 그 기원에 해당한다. 박태원은 가족과 문학을 통해서 쌓은 순진성에 관한 경험을 자기화하는 것은 물론 그것의 의미와 실천의 필요성을 깨닫거니와, 하여, 문학과 가족을 둘러싼 경험을 문명사적으로 문맥화하여 다시 가족과 문학(혹은 그들과의 관계)에 투사시킨다. 종합하자면 가족과 문학이라는 제도는 박태원에게 순진성의 철학을 제공해주고 그것의 사도가 된 박태원은 바로 그 가족과 문학을 문명사적으로 맥락화한 표현을 통하여 그 순진성의 철학을 외화시키고 있는 것이다.

박태원의 성장기를 그려놓은 에세이의 가장 특징적인 장면은 가족 사이의 상호주관적 관계(혹은 친밀성의 경험)와 문학에의 매혹이다. 「나의 생활 보고서」 「순정을 짓밟은 춘자」 「춘향전 탐독은 이미 취학 이전」의 술회에 따르자면, 성장하는 동안 박태원은 가족이라는 울타리 안에서 모더니티와는 근본적으로 다른 어떤 강렬한 것을 경험한다. 우선 이타성의 경험이다. 이것은 곧 인간 사이의 친밀성과 상호주관성의 경험으로까지 확장된다. 이 이타성의 경험에는 물론 자기를 잊지 않으면서도 타자를 존중하는 부모되기의 인식론적 가능성을 최대한도로 실천한 박태원의 부모 역할이 절대적이다. 그의 부모는 자식의 욕망을 억압하고 불온시하는 초자아 혹은 대타자의 위치에 서 있지 않다. 대신 몇몇 과잉억압을 구두선으로 필수불가결한 억압마저 부정하려는 식의 욕망을 단지 바라보는 것으로 지혜롭게 통제한다. 가족구성원 중 특히 박태원 어머니의 경우는 박태원에게 가족이라는 울타리를 무엇보다도 소중하게 여기게 만든 장본인이다. 어머니는 다만 진정으로 아들이 행복하기를 바란다. 아들이 소설이라는 헛것에 미쳐서 건강을 해치지 말기를, 능력에 맞는 번듯한 직장을 지니기를, 좋은 처자를 만나 안정적인 가정을 꾸리기를, 빌고 빈다. 그뿐이다. 이러한 어머니를 두고 박태원은 그의 「소설가 구보씨의 일일」에서 "스물여섯

해를 길렀어도 종시 마음이 놓이지 않는 자식이었다. 설혹 스물여섯 해를 스물여섯 곱하는 일이 있다더라도, 어머니의 마음은 늘 걱정으로 차리라."고 표현한 바 있거니와, 그 정도로 박태원을 향하는 어머니의 마음은 헌신적이다. 이어머니의 헌신은 박태원의 마음을 움직이고 박태원의 감각은 물론 정신을 형성한다. 해서, 「소설가 구보씨의 일일」을 다시 빌어오자면, 박태원은 어머니의 이타성에 감동한다. "오오, 한없이 크고 또 슬픈 어머니의 사랑이여, 어버이에게서 남편에게로, 그리고 다시 자식에게로, 옮겨가는 여인의 사랑 그러나 그 사랑은 자식에게로 옮겨간 까닭에 그렇게 힘 있고 또 거룩한 것이 아니었을까."

이토록 관대한 어머니의 소망이 박태원에게 준 것은 단지 이타성과 친밀성의 경험만은 아니다. 그것은 또 하나의 중요한 것을 박태원에게 경험케 한다. 사실 박태원의 어머니는 박태원을 위해 모든 것을 베풀지만 그것은 다른 한편으로 작가 박태원을 철저하게 억압하는 것이기도 하다. 어머니의 소망이란 아들이 꿈꾸는 세계와는 근본적으로 다르기 때문이다. 어머니는 끊임없이 아들에게 세속적인 질서에 순응할 것을 요청한다. 그런데 문제는 이것이 전혀 강압적이지 않다는 것이다. 동시에 이 요청은 아들이라는 타자만을 배려한 이타성의 산물이라는 것이다. 하여, 아들은 딜레마에 빠질 수밖에 없다. 자신의 욕망을 억압한다는 점에서 어머니의 염원에 반항하거나 부정해야 하나 그 억압이 전적으로 아들을 배려한 결과물이라는 점에서 전면적인 부정도 불가능하다. 그러므로 어떤 권위나 금기도 강제하지 않고 오로지 아들의 행복을 바라는 어머니의 소망은, 박태원을 한 겹이 아닌 두 겹의 구속을 행한다. 박태원은 결국 어머니의 강요 없는 강요 때문에 금기와 허용, 과잉억압과 억압, 에로스와 타나토스, 위엄과 관대 사이에서 동요하게 된다. 이렇게 되면 길은 세 가지다. 하나는 어머니를 금기로 규정하고 전면적인 부정을 행하는 것, 아니면 어머니의 소망을 그대로 자기화하여 세속적인 가치 혹은 사회적 초자아에 순응하는 것, 그리고 그것이 아니면 이 양자의 의미 있는 병존 형식을 찾아가는 것. 박태원은 이중 이 양자를 거듭거듭 길항시키고 병존시키면서 어머니의 소망을 규정적으로 부정하는 것으로 이 모순 상태를 헤쳐가게 되거니와, 이렇게 박태원의 어머니는 결과적으로 박태원의 변증법적 사유의 기원이 된다.

가족 외에 박태원의 (무)의식의 형성에 결정적인 또 하나의 요소는 문학에의 매혹이다. 박태원의 몇몇 에세이에 따르면 박태원은 어떤 이유인지 어린 나이에 '이야기'의 세계에 빠져든다. 이후 그는 7살 시절 이미 자신의 이야기 목록을 지닐 정도로 재능 있는 어린 이야기꾼이 된다. 그리고는 곧 「춘향전」「심청전」「소대성전」의 구소설에 빠져들고 9살 무렵에는 "오륙십 권의 얘기책이 어린 구보의 조고만 책상 밑에 그득 쌓"일 정도가 된다. 이렇게 '구소설'을 섭렵한 후 박태원은 자연스럽게 고리키의 「어머니」 등으로 '신소설'에 입학한다. 그 이후 박태원은 문학에 들려 산다. 문학 이외에는 어떠한 것에도 관심을 보이지 않는 그야말로 문학도가 된 것이다. 박태원은 문학을 위해 자신의 모든 것을 기투한다. "집안 어른의 뜻을 어기고 학교를 쉬"는가 하면, 하루 '5시간 독서주의'를 삶의 좌표로 설정하기도 한다. "새벽녘에나 잠이 들면 새로 한시 두시에나 일어나고 하"는 생활이 이어지고, 이 생활은 "구보의 건강을 극도로 해하고" 특히 시력을 크게 상하여 놓는다. 하지만 박태원은 "몸이 좀더 약하여지고 또 제법 심한 신경쇠약에조차 걸리고 한 것을, 도리어 그러면 그럴수록에 좀더 우수한 작가일 수 있는 자격이나 획득한 듯싶게 기뻐하"곤 한다. 박태원에게 문학은 일종의 종교이며 기존의 모든 문학서는 교리이다. 박태원은 그 교리를 열심히 연마하는 것은 물론 더 나아가 문학이라는 절대자에 대한 자신의 경외심을 실천하는 충실한 사도이자 더 나아가 교리의 창안자가 되고자 한다. 물론 박태원의 수필에는 자신이 왜 유독 얘기, 문학에 강한 집착을 보였는가 하는 연유가 밝혀져 있지 않아 아쉬움이 없는 것은 아니나, 그 행간행간에 묻어나는 문학에 대한 열정만은 치열하다 못해 지독하다. 하여간 박태원에게 문학은 세상의 어떤 것보다도, 아니 유일하게 가치 있는 영역이다. 박태원은 바로 이 문학이라는 종교적 경배감으로 모더니티라는 세속적인 질서를 바라보고 비판한다. 아니, 그 반대인지도 모른다. 세속적인 질서에 대한 자발적인 불복종(inservitude volontaire) 혹은 성찰을 통한 비순종(indocilite reflechie)이 박태원을 문학의 길로 이끌었을지도 모를 일이다. 사정이야 어찌되었건 박태원은 광기의 모더니티를 비판적으로 바라볼 뿐만 아니라 그것과 치열하게 맞서며, 이때 박태원의 무모할 정도로 자신만만한 무기가 되는 것은 바로 문학이다.

이처럼 박태원이 순진성의 철학의 소유자가 될 수 있었던 데에는 유난히 서로에 대한 배려가 남다른 가족과 모더니티라는 타락한 가치를 부정하는 문학이 절대적인 역할을 담당한다. 즉 박태원에게 가족과 문학은 박태원 특유의 순진성의 철학을 형성시킨 주요한 두 원천이다. 아니, 가족과 문학으로 인한 순진한 세계에 대한 동경은 단순히 기원에 그치지 않는다. 그것은 동시에 박태원 에세이의 출발점을 이룬다. 박태원의 에세이에서 문학과 가족을 둘러싼 경험은 결코 지나간 삶의 한 장면으로 회고되지 않는다. 가족과 문학은 박태원에게 여전히 현재적이다. 아니, 좀더 정확하게 말하자면, 문학과 가족으로부터 촉발된 친밀한 관계에 대한 동경은 처음에는 자연발생적인 것이지만 그것은 시간이 지나면 지날수록, 그러니까 박태원이, 혹은 그가 발 딛고 있는 사회가 모더니티에 점점 더 타락하면 할수록 목적의식적인 것이 된다. 즉 박태원은 황금광의 시대로 표상되는 모더니티의 거친 파도 속에서도 여전히 살아 숨쉬는 순진성의 영토에 대한 모색을 멈추지 않는바 결국은 가족과 문학이라는 제도를 순진성의 마지막 영토로 설정하기에 이른 것이다.

가족과 문학은 세속적인 가치로부터 박태원을 지켜주는 견고한 성벽이며 동시에 고삐 풀린 모더니티의 멀미로부터 벗어나 목가적인 삶을 가능케 하는 안식처이다. 박태원은 가족과 문학에게서 느끼는 목가적인 아우라를 충분히 향유하는 것은 물론 그 경험을 자신의 궁극적인 목적의 실현을 위한 중요한 매개체, 혹은 공동체로 설정한다. 하여, 박태원의 에세이는 자신의 가족과 문우들의 현존 형식과 그들과 자신 사이를 가로지르는 연대감, 혹은 친밀성에의 경험을 무엇보다 소중하고 의미 있는 것으로 기록한다.

그중 박태원이 압도적으로 기록하고 있는 것은 자신의 일상적인 가족 풍경이다. 조그마한 뒤란에 나팔꽃을 가꿔 나가는 풍경을 묘사한 「화단의 가을」, 서울의 변두리인 모화관에 이사하여 살아가면서 겪게 된 여러 체험담을 담은 「모화관잡필」, 옆집 중학생들의 소음으로 고통 받는 이야기를 다룬 「옆집 중학생」, 어린 두 딸의 성장 풍경이 담겨 있는 「어린것들」, 글쓰는 자신 때문에 가족 사이에서 벌어지는 갈등과 화해를 다룬 「에고이스트」, 두 딸 후 첫째아들을 얻는 과정을 묘사한 「잡설」(1939), 그리고 결혼 후 5년간의 이야기를 다룬 「결혼 5년의 감상」 등은 모두 박태원의 가족이 글의 중심에 놓여 있는 탁월한 에세이들이다. 이 에세이들은 겉으로 보자면 작가 자신의 자잘해 보이는 일상사나 가정사를 집중적으로 반복하고 있을 뿐이다. 그러나 그럼에도 불구하고 이에세이들은 하나같이 그 자잘한 일상사에 대한 작가의 감회의 수준을 훌쩍 뛰어넘는다.

　"아빠아, 맛난 거 사 왔수?"
　아이들은 아빠 외투 주머니 속에 과일 봉지를 용하게 찾아낸다.
　"맛난 거, 맛난 거."
하고, 소영이가 감격한 나머지에 고 작은 손뼉조차 짤깍짤깍 치면, 설영이는 저도 좋아서 뛰면서, 그래도 한마디 한다.
　"이게 어디 맛난 거야? 사과지, 사과."
　소영이는 밥을 빼놓고는 모두 '맛난 것'이지만, 설영이는 좀 다른 모양이다.
　'사과', '감', '배', 이러한 이름을 잘 아는 과일과 '빵', '비스켓또', '구리또', '담배과자', 이러한 이름을 잘 아는 과자 등속은 '맛난 것'이 아니라 다 각기 '사과'요 '빵'이요 '배'요 또 '구리또'다.
　그러나 아침에 아빠 보고, 사 오라는 '맛난 것'이 반드시 이 이름들을 잘 아는 것 이외에 것을 의미하는 것도 아닌 모양이다.
　그럼?—
　알았다. '사과'도 '빵'도 다 '맛난 것'이지만 설영이는 저의 동생 앞에서 저의 박식을 나타내고 싶었을 뿐이다.
　그러나 아빠가 '신문샤'나 '인쇄쇼'에 가는 것은 설영이에게 있어 '볼일'이라는 것과 판연히 구별되는 것이다.
　아침에 아빠가 되는 대로 '신문사' 간다고 말한 것을 어느 때는 설영이가 곧잘 기억하고 있다가 저녁에 돌아온 아빠 보고,
　"어디 갔다오?"
　하고 물어, 아빠가
　"볼일."
　하고 그렇게 대답이라도 하고 볼 말이면 설영이는 조금도 용서하지 않는다.
　"뭘, 볼일? 아깐 신문샤 간다구 그러구……"

그러면 소영이도 덩달아,

"뭘 보일, 뭘 보일……"

소영이는 무엇이든 설영이를 따라 하려고 바쁘다. 제가 설영이를 따라 하려고 할 뿐 아니라, 어른에게도, 설영이에게 하듯, 제게도 하여 주기를 요구하여 마지않는다. (「어린것들」 중에서)

「어린것들」은 만 3년 10개월 된 박태원의 큰 딸 설영이와 만 2년 4개월 된 소영이의 성장 기록이다. 「어린것들」에서 박태원의 시선이 집중적으로 머무는 곳은 바로 가족들을 강제적이지 않으면서도 끈끈하게 묶어주는 친밀성의 경험들이다. 할머니에서부터 두 손녀딸에 이르는 가족간의 배려는 충분하다 못해 넘쳐흐른다. 그러나 그렇다고 해서 그 배려가 각자 자신의 모든 것을 포기하는 형태는 아니다. 이 가족 구성원들은 모두가 아버지는 아비-되기에 충실하고 어머니는 어미-되기에 최선을 다한다. 이들 가족 구성원은 어머니라는 조건 때문에 자식들을 위해 헌신하지만 그렇다고 그 자식들을 위해 자기를 포기하지 않는다. 아니, 포기할 수가 없다. 필수불가결한 금기를 교육시켜야 하기 때문이다. 억압의 필요성으로 인해 넘치는 억압을 행할 경우 그것은 타자의 목소리나 소망을 억누르게 될 가능성이 높고 이것은 또한 타자라는 존재를 비존재화하는 폭력적 행위로 귀결될 가능성이 높지만, 그렇다고 최소한의 억압까지가 부정되어서는 안될 일일 터이다. 박태원의 에세이에 그려진 가족구성원 중 부모들은 부모 입장에 놀랄 정도로 충실하다. 그들은 자식들의 욕망을 허용하되 지나친 것은 금지하고, 억압하되 과잉억압은 하지 않고, 나를 포기하되 동시에 유지하는 아비-되기와 어미-되기의 길을 모범적으로 수행한다. 박태원의 에세이는 인류의 유년기에나 가능했을 법한 가족간의 이러한 상호주관성의 경지를 집중적으로 부각시키고, 또 한없이 따뜻하고 투명한 시선으로 읽어낸다. 그래서 박태원의 에세이를 반복해서 읽다 보면 박태원 자신의 사소한 가정사는 더 이상 한 가족의 행복한 순간의 기록이기를 거부한다. 서둘러 결론을 말하자면 박태원이 그려낸 사소한 가족 풍경은 한국적 모더니티가 잃어버린, 그래서 우리가 다시 회복해야 하는 목가적이고 전원시적인 풍경으로 비치기도 하는 것이다.

그렇다고 박태원의 에세이가 무조건적으로 가족을 예찬하거나 현실적 규정
성과 관계 없이 가족 사이의 친밀성의 경험을 절대화하는 것은 아니다. 만약
그랬더라면 박태원의 에세이는, 그 에세이를 관류하는 순진성의 철학은, 현실
과 어떤 긴장도 없는 몽상 혹은 판타지가 되고 말았을 것이다. 하지만 박태원
의 에세이는 순진무구한 판타지와는 거리가 멀다. 박태원이 순진무구한 영혼
의 소유자이면서 동시에 냉철한 서기관이기 때문이다. 박태원은 가족 사이의
친밀성을 소중하게 생각하기는 하지만 그것을 절대화하여 다른 실존적 관계는
가치없다고 부정하거나 아니면 현실 속에 남아 있는 작은 기미들을 극대화시
켜 과장하지도 않는다. 박태원은 자아와 타자 사이의 원환적 조화라든가 인간
관계 사이의 친밀성이란 가족간의 친밀성까지를 포함하여 모더니티에 의해 스
러져가는 경험내용이라는 것을 무엇보다 잘 알고 있으며, 또한 자신이 동경하
는 삶의 경지를 위해 그 앎을 왜곡하지 않는다. 박태원은 있는 그대로를 보여
주려 한다. 하여, 박태원의 에세이에서 가족구성원 사이의 친밀성의 경험은 언
뜻언뜻 비친다. 박태원은 찰라적으로 명멸하고 마는 그 경험, 그러니까 서로의
배려로 아름다운 풍경을 따뜻한 시선으로 그려낼 뿐이다. 그것에 대한 헛된 미
망과 반추도 하지 않는다. 정말로 오랜만에 순식간에 나타나는 그 장면을 포착
하여 묘사하는 것으로 자신의 간절한 소망을 대신 표현한다. 예컨대 이런 식
이다.

아침 일즉이 나가 밤이 이렇게 늦어서야 돌아오는 그들은 필연코 그 살림살이가
넉넉지는 못할 게다.
근소한 생활비를 얻기에 골몰하는 그들이 대체 언제 어느 여가에 그들의 안식과
오락을 구할 수가 있을 것인가. 더구나 이렇게 밤늦게 궂은 비는 끊이지 않고 나려
우산의 준비 없는 그들은 전차 밖에 한걸음을 내어 놓을 때 그 마음의 우울을 구하
기 힘들 게다.
그러나 나의 생각은 이를테면 부질없은 것으로 내가 현저정 정류소에서 차를 내
렸을 때 나와 함께 나리는 그들을 위하여 그곳에는 일즉부터 그들의 가족이 우산
을 준비하여 기다리고 있었고, 더러는 살이 부러지는 구녕이 군데군데 뚫어지고

한 지우산을 박쥐우산을 그들은 반가이 받아들고 그들의 어머니와 안해와 혹은 그들의 누이와 어깨를 나란히하여 그들의 집으로 향하여 돌아가는 것이 아닌가.

내가 새삼스러이 주위를 둘러보았을 때 아즉도 돌아오지 않는 아들을 위하여 남편을 위하여 혹은 오래비를 위하여 우산을 준비하고 있는 여인들은 그곳에 오즉 십여 명에 끄치지 않었다.

나는 그들에게 행복이 있으라 빌며 자주는 가져 보지 못하는 감격을 가슴에 가득히 비 나리는 밤길을 고개 숙여 걸었다. (「우산」)

이태준의 『문장강화』에 좋은 문장으로 소개된 바 있는 「우산」의 일절이다. 박태원은 위의 글에 해당하는 부분에 부제를 붙여 놓고 있는데, 바로 '아름다운 풍경'이다. 박태원은 이처럼 서로 간에 대한 배려로 정이 넘쳐나는 친밀성의 경험을 소중하게 여기며, 또한 그것을 아름다운 것으로 규정한다. 박태원이 유난히 아름다움에 강한 집착을 보인 작가라는 사실을 상기한다면, 박태원이 상호주체성이나 친밀성의 경험을 얼마나 내밀하게 열망했는지를 쉽게 확인할 수 있다.

그런데 여기서 또 하나 중요한 것은 박태원이 이러한 아름다운 풍경만을 골라 찾아내어 그것을 집중적으로 반복하지 않는다는 것이다. 예컨대 박태원은 자신의 꿈에 들뜨거나 열망에 들려 그가 살고 있는 시대에서 보자면 단지 주변적이고 우연적이며 찰나적인 경험내용을 중심적이거나 본질적이며 영원한 것으로 왜곡하거나 전도시키지 않는다. 박태원 그 자신은 아름다운 풍경에 대한 열망으로 가득 차 있으면서도 정작 박태원의 에세이에서 이러한 아름다운 풍경의 출현은 매우 드물다. 다시 말해 박태원은 아름다운 풍경에 대한 열망이 지니는 의미를 실현하기 위해서는 그것에 대한 열망이 높으면 높을수록 그것에 대한 현혹으로부터 거리를 두어야 한다는 점을 잘 알고 있었던 것이다. 아름다운 풍경이란 언뜻언뜻 어떤 맥락도 없이 나타나 현존재들에게 자신들의 진리체계가 비본래적이라는 것을 환기시키면 그뿐, 그것을 과장하여 마치 스러진 세계가 전면적으로 귀환하는 것처럼 묘사할 경우 그 묘사는 어떤 현실성도 담보할 수 없고 또한 밀도도 유지할 수 없다는 사실을 철저하게 자기화하고 있었던 것이다. 이런 점에서 박태원은 누구보다도 냉정한 눈을 가진 현실주의자, 그러니까 누구보다도 철저한 모더니스트라 할 수 있다. 박태원은 모든 쾌락마저도 거짓인 이 거짓된 사회에서 인간과 자연의 조화란 더 이상 실현될 수 없는 꿈이라는 것을 승인하는 입장에 서 있거니와, 당연히 박태원은 인간의 꿈을 현실화시키는 주체의 능동성이나 담론의 수행적 기능을 신뢰하지 않는다. 대신 찰라적인 진리의 현현을 충실하고 냉정하게 기록한다.

하여, 박태원의 에세이에서 오히려 더 많이 등장하는 것은 친밀성이 빛을 발하는 순간이 아니라 친밀성의 경험을 불가능하게 하는 요소들이다. 곧 박태원이 한 가족의 친밀성이나 더 나아가 사회구성원들 사이의 의사소통을 불가능하게 하는 요인으로 지목한 여러 가지다. 그것은 이웃집의 소음이기도 하고, 주변부의 고유성과 가치를 인정하지 못하는 안잠자기 할멈의 수다이기도 하고, 가진 자와 못 가진 자를 확연하게 구분하여 사람을 달리 대하는 전기공사 직원의 소란이기도 하고, 아들이 아니라는 이유로 태어나는 생명의 소중함을 반감시키는 왜곡된 초자아의 개입이기도 하고, 어른들을 배려하지 않는 젊은 이들의 무례이기도 하다. 박태원은 이러한 소란스러움과 무례를 비록 작은 것이기는 하나 치명적인 것으로 판단하는 듯하다. 특히 이웃집의 소음과 사람들 사이의 무례에 대한 비판은 박태원의 에세이에 자주 반복되는 장면이기도 하다. 박태원에게 이웃집의 소음과 무례는 곧 광기의 모더니티를 의미한다

동시에 박태원에게 "그들이 아는 유행가요의 전부를 특히 연대순으로, 때로는 독창, 때로는 병창, 또 때로는 혼성 합창을 하"는 "벽 하나 격하야 사는 옆집의 묘령의 여성"(「나의 생활보고서—소설가구보씨의 일일」)이나 그 여학생 대신 들어와서는 영어 독본 낭독과 동양사 암송으로 유행가 부르기로 교사들에 대한 험담이나 우동집에 대한 비교 연구 등으로 또 급기야는 서투른 수풍금 연주 소리로 "자정 이내에 우리들을 재워주는 일이 결코 없는" 옆집 중학생들(「옆집 중학생」), 그리고 "좌석을 구하지 못하여 애쓰는 노인을 소년을 또는 아이 업은 아낙네를 눈앞에 두고" "자기의 위치를 고수함에 있어 제법 떳떳한"(「차중의 우울」) 존재들은 모두가 다 그 광기의 모더니티의 전위들이며 첨병들이다. 그들은 오직 계산, 측정, 측량의 정확성과 돈이라는 잣대로 인간들을 바

라보는 존재들이며, 따라서 타자에 대한 배려 따위란 전혀 없다. 이들은 모두 "어떻게 하면 승객들이 조금이라도 불편함을 덜 느끼고, 각기 목적지에 안전히 도달할 수 있을까 , 그것에 대하여 고려하는 일 없이 그들은 오직 승차임乘車貨 징수와 무효승차권 발견에만 전 정신을 집중시키는", 하여 "자기들에게 봉급을 지불하는 경전 당국에만 충실하면 족한 듯이 생각하는"(「만원전차」) 경전 승무원들과 같은 존재들이다. 이들은 떳떳하고 당당하다. 그리고 그렇게 인간 사이의 친밀성의 공간을 비집고 들어와서는 그 순수한 공간을 다시는 회복할 수 없는 방식으로 훼손시키거니와, 더 나아가 몇몇 예외적인 존재들이 예외적인 순간에 경험하는 친밀성의 경험마저 불가능하게 만든다.

결국 박태원의 에세이에서 압도적으로 많은 부분은 이런 '불쾌'한 풍경에 대한 묘사로 구성되어 있다. 박태원이 이러한 풍경에 비판적임은 물론이다. 때로 이 불쾌감은 격앙되기도 하여 분노로 치닫기까지 한다. 하여, "제 함부로 신사에게 폭행을 가하고 부녀에게 희학戲謔질을 하여 거리의 질서를 어지러이 하"는 "거리의 무뢰배들"에게는 거의 복수심에 가까울 정도로 분노를 느껴 '완력腕力'을 탐내"기도 한다. 하지만 이 분노가 불쾌한 풍경을 바라보는 박태원의 시선은 아니다. 박태원이 완력을 통한 분노의 해소가 "그(완력을 말함-인용자)는 졸연히 얻기 어려울 뿐 아니라, 설혹 원하여 얻을 수 있더라도 …… 저들 수다한 무리들을 거리에서 없앨"(「항간잡필」) 수는 없다는 사실을, 또한 그들이 아무리 무뢰하고 떳떳하고 친절치 못하더라도 그들 행동 양식 역시 광기의 모더니티라는 거대한 수레에서 내릴 수 없기 때문에 행하는, 어쩔 수 없는 삶의 형식이라는 것을 잘 알고 있기 때문이다. 하여, 박태원은 이들에게서 "한편으로는 가소로우며 또 한편으론 연민을"(「만원전차」) 느낀다. 이 양가감정을 박태원은 이들에 대한 냉소로 표현한다. 그들의 행동에 대한 세심한 묘사와 어조의 아이러니와 역설을 살려 그들을 냉소하고 조소하는 것, 그것밖에 길이 없는 것이다. 프로이드의 말처럼 냉소가 이성, 비판적 판단, 그리고 억제들과 맞서서 싸우기도 하지만 존재하는 이성, 비판적 판단, 억제를 넘어서서 새로운 틀을 건립하기보다는 그것을 변화할 수 없는 것, 이미 절대적인 것으로 승인하는 자리에서 이루어진다고 한다면, 박태원의 서 있는 자리가 바로 이것이기 때문이다.

  이렇듯 박태원의 가정사를 중심에 놓은 에세이는 타락한 세상에 대한 조소를 전경화로 깔고 그 안에서 아주 희미하게 빛나는 친밀성의 경험들을 세밀하고 따뜻하게 그려낸다. 그 결과 박태원의 에세이에 그려지는 가족 풍경은 모더니티의 살풍경을 넘어서는 인류의 유년기적 상태를 아주 짧은 순간, 그런 만큼 강렬하게 환기시킨다. 이 사소한 가족 풍경 안에서 품어져 나오는 황홀경은 그래서 더욱 아득하거니와 박태원의 가족 풍경을 담은 에세이가 풍부하고 활력이 넘치는 것도 바로 이 때문이다.

  박태원의 에세이에는 가족 풍경만큼 밀도 있게 서술되고 있는 또 하나의 대상이 있다. 바로 문우文友들, 그 중에서도 특히 이상과 김유정이다. 앞서 살펴보았듯 박태원에게 문학이란 광기의 모더니티로부터 자신의 순수한 영혼을 지켜주는 튼실한 벽이자 동시에 이 타락한 사회로부터 벗어날 계기로 작용하는 거의 유일한 인간 활동이다. 박태원은 이 문학이라는 제도, 혹은 활동을 종교처럼 숭배했을 뿐만 아니라 그 진리를 인정받기 위해 그야말로 혼신의 힘을 다한다. 이런 박태원에게 그와 마찬가지로 문학이라는 활동을 치열하게 수행하는 존재들이 남다른 의미로 다가왔을 것임은 예상하기 어렵지 않다. 박태원에게 문우들은 '걸어다니는 진리'이고 '살아 움직이는 진정한 정신'에 다름아니다. 문학을 다른 어떤 목적에 도달하기 위한 수단이 아니라 그것 자체를 목적으로 삼았던, 문학에 목숨을 걸다시피 한 구인회 멤버들은 박태원에게 자신과 같은 문학의 사도라는 점에서 깊은 친밀성을 불러일으키기에 충분했다고 할 수 있다. 그 중에서도 이상과 김유정이라는 존재는 박태원에게 숭고한 존재로 비쳐진다. 그들은 저 성스러운 문학을 위해 자신의 피와 육체와 영혼을 동시에 불사른 존재들, 그러니까 문학을 위해 순교한 존재들이었던 것이다. 이 순교자들을 향하는 박태원의 시선은 당연히 경외심으로 가득 차 있으며, 그래서 이들의 순교 앞에 바친 헌사는 절절하다 못해 비장하기까지 하다.

  우리는 한동안 곧잘 낙랑에서 차를 같이 먹었다. 그리고 세 시간씩, 네 시간씩 잡담을 하였다. 그는 분명히 다섯 시간씩 여섯 시간씩이라도 그곳에 있고 싶었음에도 불구하고 문득 내게 말한다.

"박형, 그만 나가실까요?"

그래 나와서 광교廣橋에까지 이르면,

"그럼 인제 집으로 가겠습니다. 또 뵙죠."

그리고 그는 종로 쪽으로 향하는 것이었으나 대부분의 경우에 그는 얼마를 망살 거리다가 다시 한바퀴를 휘돌아 낙랑을 찾는 것이었다.

고중에라도 그것을 알고 그를 책망하면 그는 호젓하게 웃고,

"허지만 박형은 너무 지루하시지 않아요?……"(「유정과 나」)

이상은 사람과 때와 경우를 따라 마치 카멜레온같이 변한다. 그것은 천성에보다 환경에 의한 것이다. 그의 교우권이라 할 것은 제법 넓은 것이어서 무론 그 친소親 疎와 심천深淺의 정도는 다르지만 한번 거리에 나설 때 그는 거의 온갖 계급의 사 람과 알은 체하지 않으면 안 된다. 그러한 모든 사람에게 자기의 감정과 사상과 생 각을 그대로 내어 보여 주는 것은 무릇 어리석은 일이다. 그래 그는 '우울'이라든 그러한 몽롱한 것말고 희로애락과 같은 일체의 감정을 솔직하게 표현하지 않는 것 에 어느 틈엔가 익숙하여졌다. 나는 이 앞에서 변태적이라는 문자를 사용하였거니 와 그것은 이상에게 있어서는 그 문자가 흔히 갖는 그러한 단순한 것이 아니고 좀 더 그 성질이 불순한? 것이었다. 가령 그는 온건한 상식인 앞에서 기탄없이 그 독 특한 화술로써 일반 선량한 시민으로서는 규지窺知할 수 없는 세계의 비밀을 폭로 한다. 그러나 그는 그것을 이야기하고 싶은 충동을 느끼어서가 아니라 실로 그것 을 처음 안 신사들이 다음에 반드시 얼굴을 붉히고 또 아연하여야 할 그 꼴이 보고 싶어서인 듯싶다.

사실 이상은 한때 상당히 발전하였던 외입장이로 그러한 방면에 있어서도 놀라 운 지식을 가져 그것은 그의 유고 중에도 한두 편 산견散見되나 기생이라든 창부라 든 그러한 인물을 취급하여 작품을 쓴다면 가히 외국 문단에 있어서도 대적할 사 람이 없을 것이다.

다만 그러한 점으로만도 조선 문단이 이상을 잃은 것은 가히 애석하여 마땅한 일이나, 그는 그렇게 계집을 사랑하고 술을 사랑하고 벗을 사랑하고 또 문학을 사 랑하였으면서도 그것은 절반도 제몸을 사랑하지는 않았다. (「이상의 편모」)

박태원의 이상과 김유정에 대한 숭배는 이렇게 열광적이며 외경심으로 충일하다. 그들은 순수하며 또한 타인에 대한 배려가 남다른 존재들이다. 그렇지만 순진한 영혼끼리의 친밀한 관계를 불가능하게 하는 '온건한 상식', 그러니까 광기와 아집과 사물화된 모더니티에 대해서는 어떠한 타협도 모색하지 않는다. 그 모더니티란 순수함과 인간 사이의 친밀성을 다양한 기제로 억누르고 폐기처분한 자리에서 성립한 것이기 때문이다. 순수함과 친밀성이란 관점에서 보자면 모더니티란 전혀 '건전한 상식'일 수 없다. 그것은 인간의 고유함, 질, 비교불가능성, 환원불가능한 것, '건전하지 않은 것', 더러운 것 등등을 폐기처분하거나 은폐한 채 형성된 허위의식의 집합일 뿐이다. 결국 이들은 순수함을 위해, 순수한 영혼끼리의 친밀성을 위해 자신의 모든 것을 기투한다. 그들은 자신의 전존재를 걸고 건전한 상식이 억압하고 폐기처분한 그것들을 다시 귀환시켜 초자아의 대리인들 앞에 들이댄다. 그들은 그들의 순수한 욕망을 위해 불순한(?) 변태적 언행, 혹은 위악을 무기로 건전한 상식을 냉소하는 데 그들의 모든 것을 던져 넣었다. 하지만 건전한 상식은 견고했고, 아니, 견고해서 건전한 상식이었고, 이 불순하게 순수한 욕망의 소유자들은 그 견고한 건전한 상식 앞에 결국 좌초한다. 박태원에게 이상과 김유정은 일종의 자아-이상이다. 박태원에게 이상과 김유정은 자신이 가족으로 표상되는 친밀성의 경험 때문에 하고 싶었으나 할 수 없었던 영역을 놀라울 정도의 용기와 결단으로 수행해낸 전사들이며 영웅들인바, 그들이 그렇게 명명했으니 박태원의 입장에서 보자면 이들의 죽음은 곧 순교인 것이다. 그러니 이상과 김유정의 삶과 죽음을 기록한 박태원의 에세이가 살아남은 자의 슬픔으로 출렁이는 것은 당연하며, 또한 숨막히는 밀도로 촘촘한 것 또한 당연하다.

4. 기교와 문장의 정치학

박태원의 에세이에는 가족의 일상사나 문단교우록말고도 빛나는 것이 또 하나 있다. 그것은 좀 논리적이고 이지적인 종류의 것이다. 흔히 무거운 에세이로 칭해지는 문학비평이 그것이다. 박태원은 이광수, 염상섭, 한설야, 김남천, 이태준 등 당시의 작가들이 대부분 그러했듯 적지 않은 양의 문학비평을 남기고 있다. 하지만 박태원의 문학비평은 다른 작가들의 비평과 구분되는 고유함이 있다. 이광수 등이 역사, 사회, 철학 분야의 논설에서부터 향후 문학의 향배를 지시하는 문학비평에 이르기까지 거의 비평의 모든 영역을 소화하고 있는 반면, 박태원의 비평 행위는 그 범위가 현저하게 좁다. 박태원의 문학비평은 크게 두 가지 지점으로 모아진다.

우선 다양한 글쓰기 형식으로 자신의 문학관을 피력하는 글들이 눈에 띈다. 「백일만필」1926), 「시문잡감」(1927), 「어느 문학소녀에게」(1933), 「표현 · 묘사 · 기교 –창작여록」(1934), 「궁항매문기窮巷賣文記」(1935), 「내 작품에 대한 항변–작품과 비평가의 책임」(1937), 「일 작가의 진정서」(1937), 「옹노만어擁爐漫語」(1938) 등이 여기에 해당한다. 이 글들에서 나타나는 박태원의 문학관은 비교적 분명하다. 개성이 중요하다는 것, 문학을 문학답게 하는 것은 내용이 아니라 그 내용을 구성하고 전달하는 문장, 형식, 그리고 기교라는 것을 정확히 해야 한다는 것. 투사나 주의자만큼이나 룸펜 인텔리도 우리 사회의 전형적인 인물에 해당한다는 것, 그러니까 계급모순 못지않게 아니 그보다도 더 문명화와 그에 따른 인간의 사물화가 핵심적인 문제라는 것, 그러므로 '기지와 해학'을 담아야 한다는 것. 다음을 보자.

표현—
묘사—
기교—
를 물론하고, '신선한, 그리고 또 예민한 감각'이란, 언제든 필요하다는 것이다.
신선하다는 것.
예민하다는 것.
이것들은 오직 이것만으로 이미 가치가 있다.
'신선한, 그리고 또 예민한 감각'은 이미 가치가 있다.
'신선한, 그리고 또 예민한 감각'은, 또, 반드시 '기지'와 '해학'을 이해한다.
현대문학의 가장 현저한 특징의 하나는, 아마 그것들이 매우 넉넉하게 이 '기지'와 '해학'을 이 '기지'와 '해학'을 그 속에 담고 있다는 것일 게다.
사실 현대의 작품은, 이러한 것들을 갖는 일 없이, 결코, 현대의 우수한 독자들에게 '유열(愉悅)과 만족'을 주지는 못한다.

　　까닭에—

　　'감각'이 낡고, 무디고, '기지'가 없고, 그리고 또 '해학'을 아지 못한다면—, 쉬
웁게 말하여, 총명하지 못하다면, 그는 이미 현대의 작가일 수 없다.(「표현·묘
사·기교—창작여록」)

　　문학을 문학답게 하는 요소를 표현, 묘사, 기교 등 문학 자체의 고유한 가치
에서 찾고 또 향후 문학의 창작도 문학의 고유한 가치를 중심에 두고 이루어져
야 한다는 것이다. 이 주장은 지금으로서는 대단히 상식적인 것처럼 보인다.
하지만 이 글이 씌어진 시기의 문학사적 상황을 고려하면 그렇게 만만하게 볼
것이 아니다. 당시로서는 이 견해가 충분한 시대적 의미를 지녔기 때문이며,
동시에 이러한 견해를 보편화시키는 데 상당히 효과적인 글쓰기의 전략을 구
사하고 있기 때문이다. 박태원은 문학의 자율성이라는 가치를 입증하기 위해
표현, 묘사, 기교 등을 문학의 중심에 세워놓는다. 그리고는 이전에 문학을 구
성하는 요소로 널리 공유되었던 모든 것들—사상, 운동, 이데올로기, 현실성,
전체성, 계급모순, 민족모순 등—을 배제해 버린다. 예컨대 이런 것이다. 박태
원은 조선 문단은 한 명의 여류작가도 가지고 있지 않다고 주장한다. 최정희,
백신애, 박화성 등이 있으나 그들은 여류작가가 아니라는 것이다. "여류작가
다운 표현, 여류작가가 아니고는 못할 묘사"가 없기 때문이다. 아무리 위대한
내용이라고 하더라도 그것의 표현, 묘사, 기교가 문학적이지 않으면 그 문학작
품은 형식적 조건이 갖추어지지 않은 미완의 큰 작품이 아니라 아예 문학 작품
이 아니라는 식이다. 그런 연후 박태원은 슬쩍 현대인의 실존을 표현하기 위한
적절한 형식으로 이중노출이라는 구체적인 기교를 제시하는가 하면, 또 기지
와 해학의 방법을 권유하기도 한다. 결국 박태원은 기존의 문학에 대한 관념을
두 단계의 여과 과정을 거쳐 가치 없는 것으로 전복시킨다. 먼저 절대화된 표
현, 기교, 묘사 등의 범주를 중심으로 문학의 위계질서를 재구성하고, 거기에
현대인의 실존(룸펜 인텔리라는 존재, 현대인이 앓고 있는 신경증 등등)이라는
또 하나의 중심을 추가한다. 이중 박태원의 문학비평이 기존의 관념에 효과적

으로 대응하고 급기야 그것을 해체하는 데 큰 역할을 할 수 있었던 것은 다름 아니라 이 비타협적 위계질서화다. 만약 지금 이곳의 본질은 사물화된 인간이 므로 문학은 그것을 다루어야 하며 그때 문학은 그것을 문학적 기교나 묘사를 통해 표현해야 한다고 했을 경우, 이것은 자칫 지금, 이곳의 본질이 과연 그것이며 그러한 내용과 형식의 관계는 그럼 어떠해야 하느냐라는 곤혹스러운 논란에 휩쓸릴 가능성이 높다. 하지만 박태원은 문학적 표현, 묘사, 기교가 있는 것만이 문학이라는 비타협적인 위계질서를 세워놓고 그 외의 요소들은 철저하게 외면하는 구성방식을 취함으로써 작가의 사상이나 세계관을 절대화하던 기존의 문학 관념을 효과적으로 해체시킨다. 하여, 박태원의 문학비평은 "내가 신문기자가 되는 구경의 동기, 교사가 되는 구경의 동기, 내가 하는 모든 작위의 구경의 동기와 일치하는 것이니, 그것은 곧 '조선과 조선민족을 위하는 봉사-의무의 이행'"(이광수, 「여의 작가적 태도」)라거나, "시인은 이제와서 시인인 것을 완전히 포기하여야 한다"(임화, 「시인이여! 일보전진하자!」)라는 견해를 해체하고 그 자리에 문학이란 그 고유한 요소들에 의해 비로소 문학이 된다는 관념을 튼실하게 세워놓는다. 물론 김동인, 염상섭, 『백조』 동인 등 문학의 고유한 가치를 주장했던 견해가 없었던 것은 아니나, 박태원의 문학비평이 씌어지는 그 시점은 여전히, 문학이라는 제도는 단지 사상이나 신념을 실어나르는 그릇이라는 시각에 머물렀다고 할 수 있다. 박태원의 문학비평은 바로 이것과 치열하고도 물러섬없는 쟁투를 감행하며 결국은 문학의 자율성이라는 관념을 제도화킨다. 한국문학사에서 문학이 더 이상 어떤 사상의 도구나 수단일 수 없다는 인식이 일반화된 것은 박태원, 넓게는 구인회 이후라 할 수 있는데, 물론 모든 것이 박태원 비평의 몫이라고 할 수는 없으나 박태원 특유의 표현, 묘사, 기교를 정점으로 하는 비타협적 위계질서가 문학이 그 고유한 자리를 찾는 데 중요한 기여를 했던 것만큼은 분명하다.

　박태원 문학비평의 또 하나의 영역은 작품에 대한 리뷰다. 박태원 자신이 중요하다고 생각하는 작품에 대한 평, 그러니까 리뷰를 발표하기 시작하는 것은 비교적 초기부터다. 그러다가 1933년 이후부터는 월평이나 문예시평 등을 통하여 자신이 읽은 작품에 대한 평을 본격적으로 선보이기 시작한다. 박태원의 리뷰 작업은 꽤 지속적으로 이루어질 뿐만 아니라 분량 또한 만만찮다. 박태원이 그만큼 작품에 대한 리뷰에 깊은 관심을 보이고 있었을 뿐만 아니라 그것에 대단히 중요한 의미를 부여하고 있었다는 증거다.

박태원의 리뷰 중 제일 먼저 눈에 띄는 것은 우선 그 대상이 매우 다양하다는 것이다. 박태원의 리뷰는 이광수, 김동인 등 당대 문학을 대표하는 작가들의 작품은 물론 갓 등단한 신인의 작품에까지 꽤나 세심한 촉수를 들이댄다. 박태원의 리뷰는 여기에 그치지 않는다. 박태원의 리뷰는 범위를 넓혀 러시아의 사회주의 리얼리즘을 대표하는 작품인 『시멘트』 등까지도 포괄한다.

박태원의 리뷰는 이처럼 다종다양한 작품들을 꼼꼼하고도 일관된 기준으로 읽어낸다. 이때 일관된 기준이란 앞서 박태원의 문학관을 표현한 글들에서 핵심적으로 드러났던 그것, 그러니까 표현(문장), 묘사, 기교, 그리고 현대성 등이다. 이 기준들은 박태원 리뷰에 있어서 거의 절대적인 규율이며, 박태원 리뷰에서는 이것만이 중요시된다. 세상에 대한 심오한 성찰, 천고의 진리, 작가의 세계관, 작가의 명망 따위란 거의 아무런 가치도 인정받지 못한다. 오히려 그것에 대한 관심이 비문학을 양산하는 결과를 낳았다고 박태원의 리뷰는 주장한다.

제 자신 '에'와 '의'를 구별 못하는 그들에게 남의 작품의 문장을 논란할 능력이 없음은 용획무괴한 일이겠으나 도대체 그들의 '이른바' 내용이라는 것은 무엇이냐, 한 개의 우수한 내용이 오즉 그것만으로 한 개의 예술 작품일 수 있느냐─ 이것에 관하여는 일즉이 어느 기회에 내가 말한 일이 있으므로 이곳에서 그것을 되풀이하는 번거로움을 피하거니와 …… '내용'이니 '형식'이니, '수법'이니 '문장'이니 하고 왼갖 것을 논할 수 있는 것은 오즉 참말로 우수한 작가, 평론가에게만 용허(容許)되는 일이요, 중등학교 2년생 정도의 졸렬한 문장을 가져 사상을 표현하는 재조밖에 없는 자들의 감히 참여할 배 아니다. (「주로 창작에서 본 1934년의 조선문단」)

주인공 김강사도 결코 능하게 묘파되지는 못하였거니와, 특히 부주인공 T교수에 이르러서는, 그 정체를 알 길이 없습니다. 그의, 김강사에게 대하여 갖는 바 태도, 농하는 휼계(譎計), 그러한 것을 독자들이 적확하게 알아내기에는 재료가 미비한 것이었고, 결말의, "그때 이웃방으로 통하는 문이 열리며 언제나 일반으로 봄물결이 늠실늠실하듯 왼 얼굴에 벙글벙글 미소를 띠운 T교수가 응접실로 들어왔다" 하는, T교수의 불의의 출현도 당돌하고 부자연스러운 것이었습니다. ……나는 이 작품을 읽고 나서, 꼭 끄집어내어 말할 수는 없으나 이것은 결코 '소설가'의 소설이 아니었다-하는 느낌을 받았습니다.

        ……

    이분의 「소낙비」는 그러나 불행히 읽어보지 못하였고 검열관계로였는지 중단되었으므로 이곳에서는 무엇이라 말할 수 없으나 전에 읽었던 「총각과 맹꽁이」의 1편으로 미루어 이분이 제법 정확한 묘사력을 가지고 있고 아울러 작가적 기술로도 우수한 것이 있음을 여기서 언명할 수 있습니다. (「문예시감-신춘작품을 중심으로 작가, 작품 개관」)

박태원의 리뷰는 이렇게 단순한, 그러나 일관된 기준에 의해 작성된다. 이 단일하면서 일관된 기준은 박태원 리뷰를 매우 논쟁적이고 전복적인 것으로 만든다. 그렇다. 박태원의 리뷰는 그 당시까지 쓴 어떠한 리뷰에서도 볼 수 없을 정도로 전복적이고 해체적이다. 박태원의 리뷰는 세상 사람이 위대한 작품으로 널리 칭송하던 작품을 단 하나의 비문학적 표현을 들어 문학성이 결핍된 작품으로 떨어뜨리기도 하고, 몇몇 문장이 빛나는 갓 등단한 신인을 위대한 작가의 반열에 올려놓기도 한다. 이처럼 박태원의 리뷰에는 탈영토화와 재영토화의 숨막히는 변전이 이루어지며 이러한 변전과 모색의 파노라마 끝에 문학은 더 이상 무언가를 실어나르는 수단에서 그 자체가 궁극적인 목적인 고유한 영역으로 독립하기에 이른다. 박태원의 리뷰가 어느 누구의 월평보다도 폭발적인 영향력을 발휘했다 함은 이를 두고 일컫는 것이거니와, 박태원 이후 한국문학사에서 문학적 자율성과 고유성은 한국문학을 구성하는 핵심적인 관념과 전통으로 굳건하게 자리를 잡게 된다. 한마디로 문장, 표현, 기교를 배타적으로 절대화하는 박태원의 단순하고도 일관된 리뷰가 결국은 문학의 자율성이라는 관념을 형성하고 정착시키는 큰 역할을 담당한 것이며, 이것이야말로 박태원 리뷰의 가장 핵심적인 의의라 할 수 있다.

5. 영도의 글쓰기와 상투어의 세계

그런데 박태원의 에세이에는 박태원만이 쓸 수 있는, 그러니까 사소하고 찰라적인 장면들에서 모더니티의 빛과 그늘을 동시에 발견하여 읽는이들로 하여금 경이감을 느끼게 하는 그런 에세이만 있는 것은 아니다. 박태원 에세이 목록에는 박태원이 아니어도 쓸 수 있을 것 같은, 아니 전혀 박태원이 쓴 것 같지 않은 에세이도 적지 않게 포진되어 있다. 「농촌현지보고」, 「옛친구들에게 주는 글」, 「싸우라! 내 사랑하는 아들딸들아」, 「로동당 시대의 작가로서」(1961), 「지조를 굽하지 말라!」(1962), 「삼천만의 염원」(1964), 「암흑의 왕국을 부시는 투쟁의 역사」(1965) 등이 그것이다. (이 책에서는 월북 이후의 수필 작품은 싣지 않았다-편집자) 이 중 「농촌현지보고」는 일제말기에 쓴 에세이고 나머지 것은 월북 후 북한에서 쓴 것이다. 이들 에세이에는 안타깝게도 박태원만의 고유한 요소가 발견되지 않는다. 말하자면 이런 종류의 에세이는 전혀 박태원의 고유한 혼과 정신이 깃들어 있지 않은 글들인 것이다. 박태원의 고유한 정신 대신에, 그 시대를 풍미하던 절대적인 인과율, 상투어구들, 권위주의적 담론이 들어차 있는 글이라고나 할까. 무엇보다 자신의 고유성을 중시했던 박태원이었지만 박태원은 이렇게 자기가 거의 드러나지 않는 글을 쓴다. 아니, 이런 종류의 글을 쓸 수밖에 없었다. 쓰지 않을 자유가 허용되어 있지 않았기 때문이며, 자기가 쓰고 싶은 글을 쓰기 위해서는 대속하듯 이런 글이 필요했기 때문이다. 하여간 박태원은 자신의 스타일을 포기한 채 당시의 권위주의적 담론에 상당 부분을 기댄 글을 쓰거니와, 결과적으로 박태원의 에세이 목록에는 박태원의 다른 글들에 비하면 상당히 이질적인 에세이들이 등재되는 상황이 벌어진다.

그렇다고 이 말이 곧 「농촌현지보고」 등의 글에 박태원의 고유한 시선이 전혀 투사되어 있지 않다는 것을 의미하지는 않는다. 「농촌현지보고」 등에도 분명 박태원의 시선과 목소리는 있다. 박태원의 이전의 글이 시대를 풍미하는 권위주의적 담론의 몫을 최소화하면서 그 권위주의적 담론으로부터 소외된 대상이나 인간적 본성, 그리고 하위주체들을 새롭게 호명하여 담론을 구성한 것이라면, 「농촌현지보고」 등은 그 시대의 권위주의적 담론을 거의 대부분 수용하고 그 빈틈에 자기를 투사시키는 방식으로 구성된다. 자신의 글 속에 자기 자신의 몫을 최소화한 까닭에 박태원다운 맛은 현격하게 떨어지지만 그렇다고 그 글 속에 박태원의 욕망이 개입되지 않은 것은 아니다. 박태원은 직접적이고도 엄격한 검열 탓에 글의 소재나 표현방식조차가 자유롭지 못한 상황에서, 그렇다고 글을 안 쓸 수 있는 자유도 없는 상황에서, 또한 몇몇 시대 정신에 순응하는 글을 쓰면 자기 자신이 정작 쓰고 싶은 바를 간접적으로나마 표현할 수 있는 길이 열리는 상황에서 글쓰기를 행해야 했던바, 이 난관을 헤쳐가기 위해 박태원이 선택한 길은 자신의 욕망을 최대화하기 위해 결국은 자기를 최소화하는 방식을 취한다.

박태원이 자유로운 글쓰기가 허용되는 않는 시대에 구사한 글쓰기 방식은 크게 두 가지이다. 하나는 시대정신에 순응하는 글을 쓸 필요가 있을 경우 최대한 자신의 개입을 축소시키는 방법이다. 박태원은 하나의 담론만이 절대적이고 폭력적으로 강요되는 상황 앞에서 그 시대의 담론을 전적으로 거부하는 대신 자기의 존재감을 싣지 않는 것으로 그 상황을 견뎌나간다. 즉 하나의 담론만이 강제되는 상황에서 그 권위주의적 담론을 옮겨적기는 하되 그 시대의 권위주의적 담론을 내적 설득의 담론 차원으로 자기화한다든가 자신의 담론체계를 권위주의적 담론체계와 연결시킨다는가 하는 길을 철저하게 거부한다. 이는 외면적으로 보면 당시의 권위주의적인 담론을 그대로 수용하고 또 추종하고 있는 것처럼 보이지만 그렇지 않다. 예컨대 박태원은 음흉한 의도를 감춘 채 허황된 판타지를 널리 선전하는 권위주의적 담론의 생산자에게 그들이 만들어낸 판타지를 기정사실화하여 그대로 돌려주고 있는바, 이는 지젝의 지적처럼 음흉한 의도를 숨긴 권력 주체를 냉소하는 아주 유효한 방식 중의 하나라고 할 수 있을 터이다. 권위주의적 담론 앞에서 자기 자신을 철저하게 무로 만드는 이러한 글쓰기를 우리는 영도의 글쓰기 혹은 포즈로서의 글쓰기라 할 수 있을 것이며, 「농촌현지보고」 등의 에세이를 비롯, 박태원이 일제시대에 쓴 몇몇 소설들이 이 경우에 해당한다.

박태원이 자신의 개성이나 자율성을 전혀 표현할 수 없는 상황에서 취하는 또 하나의 방식은 권위주의적 담론의 빈틈에 집중적으로 자신을 실어내는 것이었다. 박태원이 북한에서 쓴 글들이 이 경우에 해당한다. 잘 알려져 있듯 박태원은 1930년대 후반기부터 도시를 배회하는 룸펜을 그리기보다는 서사시적 원시성을 지닌 인물들에 대해 집중적인 관심을 보인다. 파시즘의 등장으로 표상되는 1930년대 후반기의 세계사적 충격이 발전도 퇴보도 불가능한 채 영원히 지속되는 시간이라는 박태원의 시간관을 근원적으로 흔들었고, 박태원은 이 세계사적 혼란 속에서 민중적 영웅들과 그들의 활력을 대대적으로 기록하고 환기시킨다. 말하자면 박태원은 1930년대 후반기에 문명 사회를 숨죽인 채 살아가는 룸펜을 통해 근대를 드러내기보다는 어떠한 사물의 질서에도 얽매이지 않을 정도로 활력에 가득찬 서사시적 영웅의 민중적 에네르기의 발산을 통해 모더니티를 넘어서고자 하는 열망에 빠져들었던 것이다. 마치 니체가 문명 사회를 넘어설 수 있는 어떤 초인을 끊임없이 불러냈듯이. 하여간 박태원은 1930년대 후반기에 서사시적 행동으로 활력에 넘친 영웅들의 이야기인『삼국지』『수호전』『서유기』등을 다시 쓰며, 해방 이후에도 근대화 직전의 민중의 영웅, 혹은 영웅적인 민중들의 모습에 깊은 관심을 보인다. 아마도 모더니티의 위력 앞에서 숭고하게 죽어가는, 또 경우에 따라서는 민중적 활력으로 모더니티의 파고를 이겨내는 또 다른 숭고를 그리고 싶었으리라. 월북 후 그리 짧지 않은 시간 동안, 글을 쓸 수 없었던 박태원은 글쓰기의 기회가 주어지자 바로 이 근대화 직전의 민중적 영웅의 세계를 그려내기에 몰두한다. 북한에서 역사를 대대적으로 재구성하는 시점에 박태원은 다시 글을 쓰게 되며, 그 순간 박태원은 바로 갑오농민전쟁이라는 제재를 선택한다. 갑오농민전쟁은 한편으로는 북한의 유일한 권위주의적인 담론이 민중운동의 정점으로 인정한 사건이며 동시에 박태원이 그리고자 했던 그 서사시적 영웅이 수시로 출몰했던 역사적 공간이며, 그래서 권위주의적 담론의 절대적인 인과율에 어긋나지 않으면서 박태원의 표현하고자 하는 욕망도 충족시켜주는 역사적 사건이기도 한 것이다. 하여, 박태원은『갑오농민전쟁』에 그야말로 자신의 전존재를 걸고 자신을 투사시킨다.

박태원이 북한에서 쓴 에세이 또한 이러한 성격을 지닌다. 북한에서 쓴 박태원의 에세이는 크게 두 가지이다. 하나는 남한의 아들, 딸, 어머니, 그리고 친구들에 보내는 편지 형식의 글이다. 주로 남한 사회를 비판하고 더 나아가 친지들에게 남한 사회의 모순을 해결하고 남북통일을 위해 일하라고 선동하는 내용을 담고 있다. 그리고 다른 하나는 『갑오농민전쟁』을 반드시 완성하겠다는 의지를 밝히는 글이다. 물론 이 글에도 뛰어난 소설로 수령과 당의 은총을 반드시 갚겠다는 북한식 상투어 혹은 권위주의적 담론이 전면에 포진되어 있다. 이렇게 박태원이 북한에서 쓴 에세이들은 주로 남한 사회에 대한 과격한, 그러나 상투적인 비판과 당에 복무하는 작가의 자세 등으로 채워져 있다. 하지만 박태원은 그 내용을 담아내는 형식을 통해서, 또는 권위주의적 담론의 빈틈들을 활용해서, 박태원 자신이 하고자 하는 말을 완곡하고 간접적인 방식으로 표현한다.

학교 말을 하고 보니 새삼스럽게 너희들의 한심한 처지가 생각키워 저도 모를 결에 눈시울이 뜨거워지는 것은 금할 길이 없구나. 십년 전에 소영이는 여자중학교 일학년생이었으니, 대학까지 올라갔더라도 이제는 졸업한 뒤겠지만 일영이는 국민학교 오년생, 재영이는 삼년생이라 그 뒤 그대로 학업을 계속할 수 있었다면 지금 다 대학생들일 것이다. 그러나 그것을 어떻게 바라랴. 무슨 돈으로 너희들이 대학까지 다니고 있으리라 믿으랴. 은영이도 나이로는 중학에 들어갔어야 할 나이지만 국민학교나마 옳게 마쳤는지 모르겠다.
      ……
조국통일이 이루어지는 날 너희들 앞에 희망과 행복의 광활한 길은 활짝 열릴 것이다. 그날을 하루라도 앞당기기 위하여 떨쳐나서서 싸우라. 이 아비도 쇠잔한 몸에 스스로 매질해서 좀더 좋은 작품을 쓰겠다. 그리하여 부자 상봉하는 마당에 서로 영광과 기쁨을 더하게 하자. (「싸우라! 내 사랑하는 아들딸들아」 중에서)

이 작품을 통하여 나는 근세사에서 취급되는 주요 사건들 - 익산 민란, 삼남 지방 농민들의 봉기, 천주교도 학살 사건, 경복궁 중건, 샤먼호 사건, 남연군묘 도굴 사건, 신미 양요, 병인 양요, 운양호 사건, 강화도 조약, 임오군란, 갑신정변, 고부 민란, 갑오농민전쟁 등을 다 보여 줄 것이다.
그리고 이것을 될수록 실지에 있던 역사적 인물들의 성격 형상을 통하여 예술적으로 재현하겠다.

......

　마지막으로 언어 문체 문제에 대하여 나의 생각을 말하겠다.

　나는 본래 남들한테서 '장거리 문장'이라고 들을 만큼 긴 문장을 즐겨 쓴다. 그것은 이러한 문장이 바로 인간들의 심리 세계를 상세히 전개시키는 데 알맞기 때문이며, 나의 형상의 체질에도 맞기 때문이다. 그리고 문장을 류창하게 흘러가게 하다가도 가끔 자꾸 걸리게 하는 수법도 사용한다. 만약 미끈히 흘러 가기만 한다면 인상이 희박해질수도 있기 때문에 사색을 요구할 대목에는 되씹고 곱씹어 읽도록 문장을 조직하군 하였다. 그리고 대화에 개성을 부여하는 데 특별한 노력을 기울이군 한다. 대화야말로 흥미 있고 성격적이어야지 그렇지 않고 사건 전달의 기능이나 하는 무미한 것이야 무슨 필요가 있겠는가.

　나는 앞으로 인민의 해방의 길을 올바로 찾기 위하여 험난한 길을 고심 분투하며 걸어가는 오수동이와 (그가 17세에서 49세까지) 전봉준(9세에서 42세까지)과 함께 이 작품의 완성을 위해 필생의 노력을 다하련다. (「암흑의 왕국을 부시는 투쟁의 력사」 중에서)

　북한에서 쓴 박태원의 에세이에서 거듭 반복되는 것은 남한 사회에 대한 비판이다. 그런데 박태원은 이 남한 사회의 비판을 주로 어머니, 아들딸, 문우들에게 보내는 편지글 형식으로 표현한다. 그는 이를 통해 한편으로는 남한 사회에 대한 비판이라는 권위주의적 담론의 목소리를 충분히 담아낸다. 그러나 이것이 이 에세이들의 전부는 아니다. 이 에세이들은 다른 한편으로는 남에 두고 온 그토록 아끼고 아끼던 어머니와 아들딸들에 대한 먹먹한 그리움과 친밀감을 동시에 표현하고 있는 것이다. 사정이 여기에 이르고 보면 박태원이 북한에서 쓴 에세이들은 전혀 박태원답지 않은 방식으로 기록된 박태원만이 쓸 수 있는 글들이라 할 수 있다.

　박태원이 자신의 창작의지를 불태우는 에세이들의 경우에도 사정은 마찬가지이다. 여전히 박태원에게 있어 문학적으로 가장 중요한 조건은 문장이며 기법이며 개성이다. 하지만 무엇보다도 문학의 내용을 중시하고 그 내용을 중심으로 모든 것을 위계질서화하는 북한의 풍토에서 문장, 기법, 개성을 전면에 내세운다는 것은 곧 당의 지침을 거부한다는 것을 의미한다. 이 상황에서 박태원이 택한 방법은 권위주의적 담론이 구축한 위계질서를 모두 수용하고 거기에 문장, 기법이 중요하다는 사실을 강조하는 것이다. 박태원은 비록 문장 또는 기법도 중요하다고박에 말할 수밖에 없었지만, 이 표현에는 문학의 어떤 것보다도 문장이나 기교, 묘사를 강조했던 박태원의 면모가 고스란히 스며 있다고 할 수 있다. 하지만 박태원에게 허용된 일이란, 그리고 박태원이 할 수 있는 일의 최대치란 바로 이 정도까지였을 것이다. 이 정도를 넘어설 경우 자신의 필생의 작업인 『갑오농민전쟁』을 완성할 수 있는 길은 사라져버릴 것이기 때문이다.

사정이야 어찌되었건 이것들이 바로 박태원의 작품목록에 등재된 마지막 에세이들이다. 이 에세이들은 전혀 박태원답지 않으나 그렇지만 당시의 북한 상황에서는 박태원만이 쓸 수 있었던 에세이였다고나 할까. 하여간, 어느 순간부터인가 박태원은 자신의 고유한 개성을 현저하게 축소시켜야만 하는 악조건 속에서 글을 쓸 수밖에 없었고, 하여, 박태원의 북한에서의 글들은 사실 그 이전에 보였던 박태원다운 맛을 찾기 힘든 것이 사실이다. 그럼에도 불구하고 하나 분명한 것은 박태원은 주어진 조건 안에서 항상 최대한 문학적이고자 했다는 것, 그런 까닭에 박태원답지 않은 글 속에서도 박태원 특유의 문학을 향한 열정만이 빚어낼 수 있는 영롱한 빛이 깃들어 있다는 것이다.

하지만 박태원은 더 이상 권위주의적 담론 대신 자신만의 고유한 담론체계로 문학행위를 할 수 있는 상황 속에서 글을 쓰지 못했고 이것이야말로 한국문학사의 가장 큰 손실이라 해도 과언이 아닐 것이다. 하지만 어쩔 것인가. 박태원에게는 운명처럼 그러한 조건만이 주어졌으니. 결국 이렇게 박태원의 에세이는 또 한 번의 위대한 비약을 감행하지 못하고 어느 지점에서 멈추고 말았다. 아쉽게도.

구보 박태원 연보

1909(1세)　음력 12월 7일(양력 1910년 1월 6일) 서울수중박골(지금의 수송동)에서 부父 밀양 박씨 용환容桓과 남양 홍씨 사이에 4남 2녀 중 차남으로 태어남. 초명初名은 등 한쪽에 커다란 검은 점이 하나 있어 점성點星이었는데, 1918년 8월 14일 태원泰遠으로 개명함

1913(5세)　11월 21일 조모 장수 황씨 사망함.

1919(11세)　경성사범부속 보통학교 입학.

1923(15세)　보통학교 4학년 수료 후, 입학시험을 보아 4월 22일 경성제일공립고등보통학교 입학. 『동명』 제33호(4월)의 소년 칼럼난에 「입학」이란 작품이 뽑힘.

1926(18세)　의사인 숙부 박용남朴容南과 고모 박용일朴容日(이화여고교원)이 문인들과 교분이 깊어, 그들의 소개로 춘원 이광수에게 지도를 받게 되었다. 제일고보 재학중이던 당시에 『조선문단』 『동아일보』 『신민』 등에 시와 평론등을 발표하기 시작.

1928(20세)　3월 15일 오전 1시 경성부 다옥정 7번지에서 아버지 박용환 사망.

1929(21세)　4월 7일 경성제일공립보통학교 졸업.
11월 10일 동아일보에 박태원泊太苑 필명으로 꽁트 「무명지無名指」 발표.
12월 『신생』에 시 「외로움」을 발표.
12월 17일부터 박태원泊太苑 필명으로 소설 「해하垓下의 일야一夜」 연재.

1930(22세) 일본으로 건너가 동경 법정대학예과에 입학.
박태원泊太苑 필명으로『동아일보』에 시「창窓」, 단편소설「적멸寂
滅」을 연재함.『신생』에 몽보夢甫라는 필명으로「일리야스」 발표,
단편소설「수염」을 발표 본격적으로 문단에 데뷔.

1931(23세) 동경 법정대학 예과 2학년 중퇴 후 귀국, 수필「나팔」, 시「가을
바람」, 단편소설「회개한 죄인」『신생』에 수필「영일만담永日漫談」
발표.

1933(25세) 이태준, 정지용, 김기림, 조용만, 이상, 이효석 등과 구인회九人會
에 가담하여 활동.「반년간」,「오월의 훈풍」,「옆집 색시」,「낙조」,
「피로」 등을 발표함.

1934(26세) 10월 27일 보통학교 교원인 김정애(慶州 金氏 重夏의 외동 딸)와
결혼「소설가 구보씨의 1일」「애욕」 등을 신문에 연재.

1935(27세) 『조선중앙일보』에 장편소설「청춘송」 연재.

1936(28세) 1월 16일 오후 4시 15분 동대문 부인병원에서 맏딸 설영雪英 출
생.『조광』에 장편소설「천변풍경」을 연재하는 한편,「방랑장 주
인」,「비량」,「진통」,「보고」 등 많은 소설을 발표.

1937(29세) 7월 30일 서울 관동(館洞, 지금의 교북동) 12번지 4호에서 둘째딸
소영小英 출생.『조광』에 장편소설「속 천변풍경」을 연재.

1938(30세) 장편소설「우맹愚氓」과「명랑한 전망」을 연재. 장편소설집『천변
풍경』과 단편소설집『소설가 구보씨의 1일』을 출간.

1939(31세) 9월 27일(음력 8월 15일 추석날)에 서울 예지동 121 번지에 맏아
들 일영一英 출생.「박태원 단편집」과「지나 소설집支那小說集」을
출간.

1940(32세) 서울 돈암동 487번지의 22호에 집터를 마련, 새로 집을 짓고 솔
거하여 이사.『문장』에 장편소설「애경」을 연재.

1941(33세) 『매일신보』에 장편소설「여인성장」을 연재하는 한편, 번역 소설
「신역 삼국지」를『신시대』에 연재.

1942(34세) 1월 15일 서울 돈암동 487번지의 22호에서 둘째아들 재영再英 출

생. 『조광』에 중국소설 「수호전」을 3년에 걸쳐 연재하는 한편, 장편소설집 『여인성장』을 출간.

1945(37세) 조선문학가동맹 중앙집행위원 피선. 『매일신보』에 장편 「원적」을 연재하다 76회로 중단. 『조선주보』에 장편 「약탈자」 연재.

1947(39세) 7월 24일 서울 돈암동 487번지의 22호에서 셋째딸 은영恩英 출생. 장편소설 『홍길동전』 출간.

1948(40세) 성북동 39번지로 가족과 함께 이사. 『중국소설선 Ⅰ·Ⅱ』, 『이순신 장군』, 단편집 『성탄제』 출간.

1949(41세) 장편소설 『금은탑』 출간. 『조선일보』에 갑오농민전쟁의 모태가 되는 「군상群像」을 6월 15일부터 1950년 2월 2일까지 발표하다가 도중 하차.

1950(42세) 6·25 동란 중 월북.

* 북한에서의 활동은 자세히 밝혀지지 않았으나, 국내 신문 보도 및 잡지 등을 통하여 알려진 상황을 수집 정리한 것임.

1953(45세) 평양문학대학교수로 재직하며, 국립고전예술극장 전속작가로 조운曹雲과 함께 『조선창극집』 출간.

1956(48세) 남로당 계열로 몰려 숙청당해, 작품활동 금지됨.

1960(52세) 작가로 복귀.

1963(55세) '혁명적 대창작 그루빠'의 통제 아래, 갑오농민전쟁의 전편에 해당하는 함평, 익산민란 등을 다룬 대하역사소설 「계명산천은 밝아 오느냐」를 집필.

1965(57세) 망막염으로 실명.

1975(67세) 고혈압으로 전신불수의 불운 겹침.

1977(69세) 완전실명과 전신불수의 몸으로 동학혁명을 소재로 한 대하소설 『갑오농민전쟁』을 구술로 받아쓰게 하여 1986년에 완성.

1979(71세) 12월 7일 생일에 국기훈장 제1급 수여됨.

1986(78세) 북한 『조선문학』 7월호에는 박태원이 고혈압에 시달리다 7월 10

일(음력 6월 4일) 저녁 9시 30분 사망했다고 발표했다. 1998년
11월 18일 애국렬사능에 안치되었다.

부인 김정애는 죽기 전에 꼭 남편을 만날 것이란 희망을 안고 살
다가 1980년 4월 21일(음력 3월 7일) 오후 7시 30분에 서울 관악
구 봉천7동 1615번지의 6호에서 세상을 떠나 용인 천주교 묘원에
계시다.

구보가 아즉 박태원일 때

2004년 12월 28일 인쇄
2005년 1월 3일 발행

저 자 박 태 원
펴낸이 박 현 숙
찍은곳 신화인쇄공사

110-320 서울시 종로구 낙원동 58-1 종로오피스텔 606호
TEL. 02-764-3018, 764-3019   FAX. 02-764-3011
E-mail : kpsm80@hanmail.net

펴낸곳 도서출판 깊 은 샘

등록번호/제2-69. 등록년월일/1980년 2월 6일

ISBN 89-74-16-142-7

※ 잘못된 책은 교환해 드립니다.

값 12,000원